anagramma

778

W0462016

Della stessa autrice:

Love. Un nuovo destino
Love. Un incredibile incontro
Love. Un pensiero infinito
Love. Fidati di me
Love. Non smettere di amarmi mai
Un cattivo ragazzo come te
Tutto per gioco

Titolo originale: *Brothers*
© 2018 by L.A. Casey

Traduzione dalla lingua inglese di Elena Rubechini
Prima edizione: ottobre 2019
© 2019 Newton Compton editori s.r.l., Roma

ISBN 978-88-227-3159-3

www.newtoncompton.com

Realizzazione a cura di Librofficina
Stampato nell'ottobre 2019 presso Puntoweb s.r.l., Ariccia

L.A. Casey

Love
Amanti per sempre

Newton Compton editori

A voi che amate i fratelli Slater e le loro donne
quanto le amano i ragazzi stessi. Non riesco a trovare le parole
– e pensare che le parole sono il mio mestiere! – per esprimere
quanto sono grata, commossa e colpita dal supporto
che i miei personaggi hanno ricevuto da ognuno di voi
negli ultimi quattro anni.
I fratelli Slater non sono mai stati miei, sono vostri.

Parte prima
Dominic

Capitolo uno

Presente

Quando si hanno cinque bambini è difficile dormire. Nel fine settimana è praticamente impensabile. Io però non mi ero ancora arreso e ci provavo da quando ero diventato padre quindici anni prima; ogni fine settimana cercavo di guadagnare qualche minuto in più quando era possibile. I miei pargoletti senza concezione degli spazi personali si assicuravano che non ci riuscissi.

«Papà?».

Mi rifiutai di aprire gli occhi e brontolai: «Vattene».

«Forza, papà. Alzati».

Russai. Rumorosamente.

«Papààààààààààà?».

Mugugnai tenendo ancora gli occhi chiusi nella speranza che il piccolo rompiscatole si arrendesse e andasse via.

«So che stai facendo finta».

«Vai a disturbare tua madre», provai a implorarlo, sprofondando nel cuscino. «Ti prego».

Sentii delle manine soffici sulla schiena nuda e fu lì che cominciò il gioco "facciamo finta che papà sia un tamburo".

«Non voglio giocare con una donna. Voglio giocare con te. Tu sei più forte della mamma».

Ridacchiai piano sotto i baffi prima di girarmi e porre fine al gioco del tamburo che aveva iniziato mio figlio. Alzai le braccia e mi strofinai gli occhi e quando li aprii vidi il soffitto della camera da letto su cui era attaccata una serie di adesivi di lune e stelle di quando Georgie era piccola. Girai la testa a sinistra e mi ritrovai faccia a faccia con il vero piccoletto di casa. Mi allungai, afferrai Axel per le ascelle e lo sollevai sul letto facendolo ridere e gridare. Era il più piccolo dei nostri cinque figli, l'ultimo. Il mio cucciolo. Per questo motivo era viziato da fare schifo.

«Tua madre è forte. Perché non vuoi giocare con lei?»

«Con lei non ci parlo più».

Lo disse mentre mi si sedeva in pieno petto mozzandomi il respiro.

«Perché no?».

Si imbronciò. «Perché continua a chiamarmi *piccoletto*».

Mi venne da sorridere. «Non pensi di essere piccolo?»

«Ho appena compiuto sette anni», disse gonfiando il petto con orgoglio. «Non sono piccolo, papà».

Gli sorrisi. «Tua madre non vuole dire niente quando ti chiama così. È solo un'abitudine che le è rimasta. Chiama pure me *piccolo* qualche volta… ti sembro un bambino?».

Axel ci pensò un attimo e poi ridacchiò. «No di certo».

Rispose picchiettando sui miei addominali. A trentotto anni avevo ancora i muscoli duri, tonici e decisamente scolpiti. Crescendo non mi era diminuita la passione per l'allenamento, così come l'adorazione di mia moglie per il mio corpo, motivo per cui mi ero assicurato di mantenermi al massimo della forma fisica perché faceva gemere Bronagh alla sola vista.

Adoravo sentire quella donna gemere.

Sbadigliai. «Tua madre è ancora in pigiama?»

«Sì». Annuì. «Ha detto che si fa la doccia quando ti svegli».

«Sarà meglio che scenda di sotto e la lasci andare allora. Che dici?».

Axel alzò un sopracciglio. «La bacerai?»

«Non ti piace quando lo faccio?».

Scosse la testa. «È la mia mamma».

«Ed è mia moglie», ribattei con un sorriso.

«Io sono stato nella sua pancia», disse impassibile. «Prova a battere questo».

Facile.

«Ti ci ho messo io nella sua pancia».

Mi guardò. «Come?».

Esitai, incerto se Axel fosse troppo giovane per il discorsetto che avevo fatto agli altri figli a età diverse, quando lui si mise a picchiettare sui miei capezzoli e scoppiando a ridere al mio sobbalzo. Mi smontò di dosso quando gli colpii scherzosamente le mani, poi saltò giù dal letto ed uscì dalla stanza urlando: «Mamma, l'ho svegliato».

Mi alzai a sedere. «Avevi detto che volevi giocare!».

«Era una bugia», urlò raggiungendo le scale. «La mamma ha detto che stasera dopo cena mi dava il biscotto più grande se ti svegliavo. Mi dispiace... ma non troppo! Biscottiiiiiii».

Scalciai via le coperte, mi girai e misi i piedi a terra. Grugnii quando sentii mia moglie in fondo alle scale complimentarsi con il piccolo di casa per avermi svegliato; manipolava sempre i ragazzi quando non voleva fare qualcosa. Diceva che era uno dei vantaggi dell'avere figli.

«Beau!», urlò d'un tratto Georgie. «Ridammelo o giuro che...».

«Ehi!», urlai mettendomi in piedi, e andai in corridoio per vedere cosa stava succedendo.

Georgie, la maggiore, aveva il braccio intorno al collo di Beau, il secondogenito. Con la gamba destra lo teneva fermo in modo da avere una presa e un equilibrio migliori. Beau non poteva liberarsi senza farsi male e lei lo sapeva. Le avevo insegnato io a proteggersi e a farsi valere ma non doveva fare pratica sui fratelli.

Guardai il più grande dei miei figli maschi ed ebbi un flashback della sua nascita.

«Amore, è perfetto», dissi alla mia compagna esausta che si stringeva il neonato al petto. «È davvero perfetto».

«Ti somiglia tantissimo, Dominic», sorrise Bronagh. «Avevamo una piccola me e ora abbiamo un piccolo te».

«Come facciamo ad essere così fortunati?», chiesi estasiato. «Come faccio ad essere così fortunato?».

Lei mi sorrise, così mi abbassai annullando la distanza tra di noi e le toccai le labbra con le mie.

«Come lo chiamiamo?»

«A me piace molto il nome Beau».

Alzai un sopracciglio e mi tirai indietro. «Come si scrive?»

«b-e-a-u».

«Si pronuncia Bo, amore. Però mi piace. Chiamiamolo così».

Bronagh mi guardò sorpresa. «No, si pronuncia Beau come in beauty*».*

«Negli Stati Uniti...».

«Non siamo negli Stati Uniti», mi interruppe seccata. «Mi piace pronunciarlo come beauty*. Puoi soprannominarlo Bo se proprio vuoi».*

«Va bene», ridacchiai. «Si chiama Beau come beauty *e il suo soprannome sarà Bo. Lo dirò ai miei fratelli così non ti faranno arrabbiare».*

Bronagh sorrise. «Che secondo nome gli mettiamo?».

Il cuore mi si allargò quando dissi: «Damien».

Lei mi guardò raggiante. «Beau Damien Slater. Lo adoro, adoro lui... non vedo l'ora che Georgie lo veda. È diventata una sorella maggiore».

«Alannah la porterà qui appena la chiamo», la rassicurai. «Presto sarà qui».

Chiuse gli occhi e si strinse a Beau.

«Amo la nostra famiglia».

«Io amo te, bellezza».

«Ti amo anch'io, Facciadicazzo».

«Georgie, lascialo andare», dissi tornando con la testa al presente.

«Ma papà, mi ha preso il telefono!».

«Lascialo andare», ripetei con fermezza. «Subito».

Georgie strinse il collo di Beau un'altra volta prima di lasciarlo andare e scaraventarlo a terra. Strinsi le braccia al petto e guardai la mia unica figlia femmina. Lei si mise le mani sui fianchi e sostenne il mio sguardo. Guardai mio figlio che si lamentava per terra e poi di nuovo lei.

«Era proprio necessario?»

«Sì», rispose senza esitare. «Ha preso il mio telefono senza permesso».

Guardai Beau. «Perché l'hai preso?».

Lui grugnì e si rimise in piedi ergendosi in tutta la sua altezza. Aveva quattordici anni ma con il suo metro e settantacinque sovrastava già il metro e sessanta della sorella. Quando erano accanto mi veniva da sorridere. Beau era più piccolo di quindici mesi ma fisicamente era più grande. Dal canto suo mia figlia non si era mai fatta fermare da quisquilie come l'altezza quando si trattava di rimettere a posto i fratelli o uno dei molti cugini maschi. Sapeva benissimo come ferirli se doveva. O se voleva.

«Stavo solo scherzando, papà», disse Beau prima di lanciarle un'occhiata di sbieco. «È una pazza furiosa».

Georgie gli diede un calcio nello stinco. Lui strillò, si prese la parte dolente con tutte e due le mani e saltellò su un piede solo.

«Bo, rendi il telefono a tua sorella», ordinai. «E George, smetti di picchiarlo».

Speravo che usando dei nomignoli la tensione si sarebbe allentata ma Georgie, con il suo atteggiamento irrequieto da adolescente, si rifiutò di collaborare.

«Non prometto niente», mi disse mentre afferrava il telefono che le allungava il fratello. «La prossima volta, Bo, te la spezzo quella gamba».

Si girò, percorse furiosa il corridoio fino a entrare nella sua stanza sbattendo la porta. Beau scosse la testa e poi la gamba prima di appoggiare il piede a terra e guardarmi.

«Dovete farla rinchiudere in un manicomio, papà», disse con la faccia serissima. «È un incubo».

Alzai un sopracciglio. «Non ti darebbe noia se tu non toccassi le sue cose».

«Non le darei noia se lei non mi rompesse tutto il giorno».

Mi portai una mano al viso e strinsi due dita all'attaccatura del naso.

«È troppo presto per affrontare tutto questo».

«Sono le nove passate».

Feci cadere la testa in avanti. «Appunto. È presto».

Beau grugnì quando dal piano di sotto risuonarono le urla e gli strepitii di mia moglie.

«Non in questa casa».

Gli puntai l'indice contro. «Lascia stare tua sorella o ti menerà».

«Solo perché io non reagisco!».

«Lo so». Sorrisi. «Quando sarai più grande e più piazzato non riuscirà ad afferrarti tanto facilmente».

«Madonna, non vedo l'ora».

«Attento a come parli».

«Madonna non è un'imprecazione». Alzò gli occhi al cielo. «E nemmeno merda o cazzo».

«Sulla prima posso sorvolare perché è un intercalare, ma se ti sento dire la seconda o la terza ti meno io. Capito?»

«Sì».

«Bene». Annuii. «Ora vai a rimettere in ordine la stanza. È domenica e sai che tua madre rompe il cazzo se quando viene a controllare la trova sottosopra».

Mentre scendevo le scale Beau mi domandò: «Perché tu dici cazzo e nessuno ti mena?»

«Chi mi dovrebbe menare?»

«Hai ragione, papà». Fece una pausa. «Hai proprio ragione».

Risi e saltellai giù per le scale. In salotto vidi Axel disteso a testa in giù sul divano a guardare i cartoni. Incrociai le braccia e lo guardai.

«Axel, ti verrà il mal di testa a guardare la televisione in quel modo».

«No, non mi viene», rispose senza staccare lo sguardo dallo schermo. «La guardo sempre così».

Non avevo dubbi.

«Siediti dritto ogni tanto o ti andrà tutto il sangue al cervello».

«Va bene, papà».

Scossi la testa divertito, lasciai cadere le braccia e andai in cucina. Individuai mia moglie nel momento in cui entrai nella stanza. Preparava la colazione dandomi le spalle e mi presi un momento per guardarla. In venti anni non era cambiata per niente. Nemmeno dopo cinque figli. Il suo corpo era perfetto come sempre. Vita stretta, cosce robuste e un culo così grosso che mi faceva ancora perdere l'equilibrio quando lo guardavo.

Aveva i capelli più corti – le arrivavano sotto le spalle e non più fino al sedere – ma erano ancora di un meraviglioso color cioccolato. Aveva più zampe di gallina, smagliature e un po' di pancina perché aveva avuto molti figli, ma non dimostrava trentotto anni. Passava benissimo per una con dieci anni di meno e glielo dicevo spesso perché era vero... non solo perché ogni volta che lo dicevo si concedeva.

Era minuta, femminile, il grande amore della mia vita insieme ai miei cinque figli. Figli che mi aveva dato lei. Mi guardai la fede e sorrisi al pensiero che avevamo appena celebrato il nostro tredicesimo anniversario. Eravamo sposati da tredici anni ma stavamo insieme da venti e non vedevo l'ora di passarne con lei altri cinquanta, se Dio voleva. Non riuscivo a immaginare di trascorrere la mia vita con nessun'altra e non volevo nemmeno.

«Buongiorno, signora Slater».

Sapevo che sorrideva anche se non si era girata. Lo sentivo.

«Buongiorno, signor Slater», rispose. «Come hai dormito?»

«Prima o dopo che mi hai svegliato con la bocca sul...».

Quando si girò e mi guardò con gli occhi verdi ridotti a fessure, mi si smorzò il sorriso.

«I bambini», sussurrò arrabbiata. «Ci sono i bambini».

Guardai a sinistra e vidi i figli numero tre e quattro, Quinn e Griffin, seduti al tavolo dall'altra parte della stanza che non ci degnavano della minima attenzione. Riportai lo sguardo su mia moglie e sorrisi.

«Non mi sentono».

Mi diede una rapida occhiata soffermandosi un po' troppo a lungo sull'inguine e sul petto e facendomi fare dei pensieri sconci, ma poi, come mi aspettavo, si rigirò verso i fornelli.

«Ti ho fatto le uova e sto finendo di preparare i pancake proteici», disse affaccendandosi sulla padella per girarli. «I ragazzi hanno ingurgitato le prime due serie che avevo fatto insieme a due frittate di dieci uova».

«Q e Griff?»

«Sì», rispose scuotendo il capo. «Axel e Beau hanno mangiato i cereali; Georgie non è ancora venuta a fare colazione. Quinn e Griffin ci manderanno sul lastrico. Non posso credere a quanto riescano a mangiare. Mangiano quanto Locke e lui non smette mai di farlo».

«Sono maschi in fase di crescita».

Bronagh sbuffò. «Maschi in fase di crescita un cazzo; hanno sempre fame».

«Anche io e i miei fratelli durante lo sviluppo». Ridacchiai. «E tuttora».

«Oh, lo so», rispose mia moglie. «Sono io che cucino. So bene quanto puoi ingurgitare, ciccione che non sei altro».

Mi avvicinai, premetti il mio corpo contro il suo e le circondai la vita sottile.

«Pensi che sia ciccione?», la stuzzicai. «La mia percentuale di grasso corporeo dice il contrario».

«Hai l'appetito di un ciccione e anche i tuoi figli. A parte Georgie, ma prima anche lei mangiava tanto». Scosse la testa. «Non so se ce lo possiamo permettere. Sai che spendiamo quasi trecentocinquanta euro a settimana solo di cibo? Non vado nemmeno più a fare la spesa al Dunnes perché lì arriverei a più di quattrocento come niente».

Mi abbassai e la baciai sulla guancia.

«Perché ti preoccupi di questo? Guadagno più che abbastanza per coprire le spese. Abbiamo la casa di proprietà visto che Branna l'ha data a te e le macchine nuove avendole permutate a un buon prezzo. Abbiamo un'ottima assicurazione sanitaria e due polizze sulla vita. Ogni mese metti da parte i soldi per pagare le bollette in tempo. Ti preoccupi per niente».

«Lo so». Sospirò rilassando il corpo. «È che sta per ricominciare la stagione di calcio e i ragazzi sono cresciuti e gli si sono allungati i piedi, quindi devo ricomprargli le uniformi, le tute, gli scarpini che costano più di cento euro il paio, e vestiti nuovi visto che non gli sta più niente da estate. Me ne sono accorta solo stamattina quando si sono vestiti e gli andava tutto stretto. Non voglio nemmeno pensare al materiale per dipingere di Georgie. Lo consuma così velocemente che dobbiamo ricomprarlo ogni...».

«Tesoro», la interruppi. «È per questo che abbiamo dei risparmi. Per queste evenienze».

Si irrigidì di nuovo mentre metteva un pancake su una pila di altri quattro accanto a una frittata grande che immaginai fosse per me.

«Scaldatela», borbottò. «Si è freddata mentre facevo i pancake».

La guardai mentre si dava da fare intorno a me.

«Bronagh, amore…».

«Vado a farmi la doccia», tagliò corto lasciando la stanza. «Non ci metto molto».

La guardai allontanarsi incupito. Non avevo idea del perché tutto d'un tratto avesse cominciato a preoccuparsi per i soldi. Dieci anni prima avevo chiesto un prestito a Kane per acquistare un vecchio edificio fatiscente in centro e demolirlo. Dopo averlo ricostruito dalle fondamenta avevo aperto la Slater's 24/7 Fitness. Da nove anni a questa parte ci ricavavo un notevole profitto mensile. Stavo persino considerando l'idea di aprire una seconda palestra a Tallaght perché la prima andava a gonfie vele. Avevo ripagato Kane e non avevo alcun tipo di debito.

Bronagh lo sapeva quindi non capivo perché si preoccupasse di non riuscire a pagare l'attrezzatura sportiva dei ragazzi o il materiale artistico. Avevo abbastanza soldi da poter comprare centinaia di scarpini da calcio. Cavolo, potevamo comprare un'altra casa se volevamo. L'istinto mi diceva di seguirla e scoprire quale fosse realmente il problema, ma negli anni avevo capito che quando era arrabbiata aveva bisogno di spazio. Di solito quando discutevamo invadevo il suo spazio e non le davo la possibilità di sfuggire, ma quella volta sapevo che c'era dell'altro. Dovevo scegliere il momento in cui parlarle.

Con un sospiro presi il piatto e lo misi nel microonde come mi aveva detto mia moglie. Mentre si scaldava andai al frigorifero con l'intenzione di versarmi un bel bicchiere di succo d'arancia ma quando presi il cartone lo trovai vuoto. Mi imbronciai e sbattei la porta del frigo prima di girarmi verso i miei figli.

«Chi di voi è il deficiente che ha rimesso dentro la confezione vuota di succo?».

Quinn e Griffin si puntarono il dito contro a vicenda, ma quando Quinn guardò male il fratello e gli colpì la mano, Griffin urlò probabilmente pensando che l'altro volesse picchiarlo per aver mentito, e capii che l'aveva fatto.

«Griffin?»

«Scusa», disse con lo sguardo ancora sul fratello maggiore. «Me ne sono dimenticato».

«Come cazzo fai a dimenticarti che il cartone è vuoto se lo senti?».

Il bambino si guardò intorno in cerca della madre e quando vide che non c'era non disse niente della mia parolaccia. Imprecavo di rado davanti ai bambini, e soprattutto non verso di loro, ma quando facevano cose stupide mi irritavano troppo e a volte mi scappava. Rimettere in frigo il cartone vuoto del succo era una cosa stupida.

«Scusa, papà».

Sospirai. «Va bene. Però non farlo più».

«Non lo farò».

«E mi dispiace di aver detto una parolaccia».

Griffin fece un sorrisetto. «Va bene. Però non farlo più».

«Altrimenti lo vai a raccontare a tua madre?»

«Be', dubito che proverei a lottare contro di te».

Sbuffai. «Un giorno sarai grande quanto me. Tutti e due lo sarete».

«In altezza sì, probabilmente, ma tu ti alleni un sacco. Non credo che lo farò. Sono pigro».

Lo era davvero.

Se doveva scegliere tra giocare fuori all'aria aperta o stare al chiuso a giocare tutto il giorno ai videogiochi, questi vincevano sempre. Faceva parte della squadra di calcio perché lo avevamo costretto. Io e Bronagh non sapevamo più cosa inventarci per farlo uscire e avevamo deciso di dargli un ultimatum. O entrava nella squadra di calcio o di un'altra disciplina, o faceva un'altra attività; in caso contrario, la console, il computer e il telefono volavano dalla finestra.

Il giorno dopo si era iscritto a calcio.

Beau, a quattordici anni, giocava nell'under sedici, Quinn

e Griffin, che avevano dodici e undici anni, erano nell'under tredici e Axel aveva appena cominciato a giocare nei pulcini. Griffin non ci andava con molto piacere, ma cazzo, era bravo. Per fortuna anche Beau e Quinn lo erano ma loro vivevano solo per lo sport. Non percepivano gli allenamenti o le partite come una punizione; lo sarebbe stato non farceli andare. La squadra di Axel non giocava a livello competitivo per via dell'età, quindi le sue partite erano di puro divertimento e lui lo adorava.

E poi c'era Georgie che aveva quindici anni. La mia primogenita, la mia unica femmina… l'unica femmina dei venticinque figli che avevamo io e i miei fratelli.

Lo sport era fuori questione perché lei adorava disegnare, dipingere e, da poco, scolpire. Gli anni passati con la zia Alannah erano serviti a qualcosa. Aveva cominciato a disegnare quando era piccola e grazie alle dritte di Alannah e al suo talento era riuscita a fare un ritratto realistico all'età di tredici anni. Amava l'arte; era il suo modo per esprimersi. Nel fine settimana frequentava le lezioni di arte per acquisire maggiore esperienza per le rare volte in cui non era con la zia. Alannah e Bronagh erano sempre state amiche per la pelle, ma lo erano diventate ancora di più da quando Alannah aveva cominciato ad uscire con mio fratello Damien molti anni prima.

«Sarai sempre pigro se non alzi la testa dai videogiochi».

Griffin roteò gli occhi e borbottò qualcosa tra sé e sé.

«Che hai detto?»

«Niente, papà», sbuffò. «Non mi va di sentire te che brontoli di nuovo per i videogiochi. Tu e la mamma mi state sempre addosso».

«Perché sei sempre alla console o al telefono».

«Mi sono iscritto alla squadra di calcio come mi avete detto di fare», protestò. «Non basta?»

«Per ora sì».

Si distese e tornò alla colazione.

«A che ora c'è la partita?»

«Alle undici», risposero all'unisono.

«Vi ci porta la mamma?».

Quinn fece un sorrisetto. «Ha detto che puoi scegliere se accompagnare noi o andare a fare la spesa».

Rimasi un attimo perplesso. «Al supermercato?».

Quinn annuì e sorrise davanti alla mia espressione orripilata. Non andavo mai al supermercato. L'unica volta in cui l'avevo fatto era stato un completo disastro. Avevo sbagliato a comprare la metà delle cose sulla lista e avevo dimenticato l'altra metà. Bronagh era dovuta tornare al negozio a comprare la roba giusta e questo l'aveva messa di malumore per tutto il giorno. Era stata un'esperienza terribile dall'inizio alla fine e avrei fatto di tutto per tirarmene fuori. Mia moglie e i miei figli lo sapevano.

«Vi accompagno io».

Griffin fece una risatina. «Lo immaginavo».

Anche Quinn ridacchiò prima di ingurgitare un pancake. Mi sedetti al tavolo con loro e mangiammo parlando di scuola, sport e ragazze che di recente avevano cominciato ad attirare la loro attenzione. Niente di sessuale; ora che non trovavano più le femmine disgustose avevano solo cominciato ad avere delle cottarelle.

«Griffin ha due ragazze», annunciò Quinn mentre finivamo di mangiare. «Litigano per lui».

Griffin avvampò. «Finiscila, Q!».

Guardai mio figlio accigliato. «È vero, Griff?»

«No», insistette. «Gli piaccio e basta. Mi seguono a scuola e si arrabbiano quando parlo con una invece che con l'altra. Non sono le mie ragazze, però. Non ne ho nemmeno una, figuriamoci due».

«Bene», dissi serio. «È irrispettoso prendersi gioco di due ragazze».

«Lo so», annuì Griffin. «Dobbiamo essere gentili con le ragazze e trattarle come vorremmo che un ragazzo trattasse Georgie o tu tratti nostra madre. Mi ricordo del nostro discorso».

«Hai detto *nostra madre*», ridacchiò Quinn.

Griffin lo fulminò. «Perché sto parlando con papà. Anche tu dici le cose come lui a volte».

Alzai gli occhi al cielo.

«Non è una cosa brutta dire quello che dico io. So che siete irlandesi ma siete anche americani. Metà del sangue che vi scorre nelle vene è mio e vi ho detto che è importante che conosciate le vostre origini».

«Mamma ha detto che non abbiamo delle vere origini americane perché il Paese è stato saccheggiato tantissimo tempo fa».

Rimasi un attimo in silenzio. «Okay, è vero ma...».

«Siamo irlandesi ma grazie a te abbiamo delle origini americane», tagliò corto Quinn. «Lo sappiamo. Ti prego, non dircelo di nuovo. Mi sembra di essere a scuola sennò».

Dovetti trattenere un sorriso. Sembrava insofferente al pensiero di me che gli impartivo una lezione sul mio Paese di origine.

«Mettete i piatti in lavastoviglie e andate di sopra a ordinare le vostre stanze», dissi. «Vostra madre non vi farà andare a calcio se non fate le faccende domestiche».

Griffin si rianimò davanti alla prospettiva di sfuggire alla partita, quindi aggiunsi: «Se non vai ti confischerà l'Xbox, il computer e il telefono».

Si mise in piedi bofonchiando. «È cattiva».

Dopo aver messo in lavastoviglie i loro piatti, lasciarono la stanza e io sospirai. Mi rilassai seduto al tavolo per un momento e poi girai la testa quando Georgie entrò vestita con jeans, stivaletti e un maglione.

«Avrai caldo oggi con il maglione e gli stivali, tesoro. Fa caldo fuori».

Georgie mi guardò e sbuffò.

«Ho sempre freddo, papà. Non esiste il caldo per me. Non in questo Paese almeno».

Mi venne da sorridere mentre puliva la cucina dopo che Bronagh aveva preparato la colazione per tutti. Era uno dei suoi compiti; preferiva pulire la cucina mentre i ragazzi lanciavano una monetina per vedere a chi toccava pulire i bagni.

«Che fai oggi, tesoro?»

«Ho lezione al centro alle dieci e mezzo», rispose. «Passa a prendermi zia Alannah. Vengono anche Alex e Joey».

«E io che pensavo che mi avresti fatto compagnia alla partita. Vengono anche gli zii e i tuoi cugini».

L'espressione di terrore di Georgie mi fece scompisciare dalle risate. Anche a lei scappò un sorriso quando si rese conto che la stavo prendendo in giro.

«Ti vai a vestire?», mi chiese con un sopracciglio aggrottato. «Sei troppo vecchio per andare in giro in mutande come i ragazzi».

«Troppo vecchio?», ripetei offeso. «Ho trentotto anni, stronzetta».

Georgie fece una smorfia. «Mancano solo due anni ai quaranta».

La guardai in cagnesco. «Sei cattiva».

«Tra cinque anni ne avrò venti, ti fa stare peggio?».

Sentii una morsa di dolore al petto.

«Sì», risposi massaggiandomi il cuore. «Sì. Sei la mia piccolina».

«Hai sentito Axel?», urlò Georgie. «Papà mi ha appena chiamata piccolina!».

Sentii un rumore e poi i passettini veloci di mio figlio minore che trotterellava nella stanza. Nell'abbracciarle i fianchi, andò a sbattere contro Georgie facendola ridere.

«Te l'ho detto!», le disse. «Te l'ho detto che pensano che siamo tutti piccoli».

«È vero». Georgie annuì. «Penso che mamma e papà stiano diventando matti».

«*Super* matti».

«Ehi», li presi in giro. «Siete tutti i miei piccolini».

«È fuori di testa», disse Axel scuotendo la testa. «Dovremmo metterli nella casa per anziani in cui hai detto che andranno quando saranno vecchi».

Rimasi a bocca aperta e Georgie scoppiò a ridere.

«Non dovresti dirgli quello che dico», ridacchiò stringendosi il fratellino al fianco. «Si arrabbiano quando li chiamiamo vecchi».

«Ohhh». Axel annuì. «È un segreto».

«Un *super* segreto».

Per Axel era tutto super quando andava enfatizzato.

«Un *super* segreto». Annuì come se avesse accettato una missione. «Capito».

«Una casa di riposo?». Guardai mia figlia sbalordito. «Davvero?».

Fece un gran sorriso che mi scaldò il cuore.

Era la copia di sua madre e, fossette a parte, nessuno l'avrebbe mai presa per mia figlia. Bronagh aveva riversato tutto il suo patrimonio genetico sulla primogenita; e su Quinn. Era l'unico dei maschi che assomigliava di più a lei che a me. Aveva i suoi occhi verdi, la carnagione perfetta, il naso, la bocca. Tutto. Il resto dei ragazzi aveva preso da me, il che voleva dire che sembravano degli Slater. Beau era la copia sputata del figlio maggiore di Damien e siccome avevano quasi la stessa età venivano sempre scambiati per gemelli con loro grande ilarità.

«Sto scherzando», mi rassicurò Georgie facendomi l'occhiolino. «Non vi metterei mai in una casa per vecchi. Non riuscirei a portarvici».

Sbuffai. «Bada a tuo fratello mentre mi faccio la doccia».

Mi fece il saluto militare e poi lei e Axel si abbassarono per sfuggirmi e si misero a ridere sguaiatamente quando finsi di cadere. Lasciai la stanza con un gran sorriso e andai su. Sentii della musica assordante provenire dalla stanza in soffitta che avevamo riconvertito qualche anno prima che nascesse Axel. Era la stanza di Beau e da quando era entrato nell'adolescenza avevo preso in considerazione l'idea di insonorizzarla perché il ragazzo concepiva un solo livello di volume ed era alto.

«Beau!», urlai e battei sulla ringhiera della scala a chiocciola che portava su. «È meglio che tu mi risponda».

La musica si interruppe e la porta si aprì appena.

«Che c'è, papà?»

«Abbassa il volume di quella roba!», lo avvertii. «Abbiamo dei vicini, sai?»

«Scusa», disse affacciandosi quel tanto che bastò perché vedessi che era rosso e sudaticcio. «Ora abbasso».

Chiuse la porta e quando stavo per salire a vedere cosa stava facendo mi fermai. L'ultima volta che ero entrato nella sua stanza senza bussare mi ero ritrovato davanti mio figlio che si masturbava come se non ci fosse stato un domani. Per una settimana non mi aveva guardato negli occhi e siccome era successo solo qualche mese fa, dovevo rispettare i confini e la sua privacy. Mi ricordavo cosa significava essere un quattordicenne in preda agli ormoni. A me veniva duro anche solo ad annusare dei fiori.

La differenza tra me e mio figlio era che io alla sua età non mi dovevo fare le seghe. Pagavo le escort per soddisfare i miei bisogni. Era un vantaggio della mia vita passata di cui ero sicuro che Beau avrebbe usufruito volentieri. Scossi la testa con un sorriso e andai in camera mia. Guardai la porta del bagno chiusa e sentii scorrere l'acqua della doccia. Chiusi in fretta la porta della camera, mi sfilai i boxer e andai in bagno in punta di piedi.

Non facevamo sesso sotto la doccia da mesi e non mi sarei mai fatto sfuggire l'opportunità di fare l'amore con mia moglie mentre era grondante. Quando entrai nella stanza fui colpito in faccia dal vapore. Non riuscivo praticamente a vedere ma era tipico di Bronagh. L'acqua doveva diventare bollente prima che prendesse in considerazione l'idea di mettersi sotto il getto. Era un po' la nostra sauna privata.

«Ehi, mamma».

Fece un salto quando entrai in doccia dietro di lei ma non si girò.

«Sei così prevedibile», disse sbuffando. «Lo sapevo che saresti venuto».

Allungai la mano e gliela misi sul sedere.

«Puoi biasimarmi?», chiesi abbassandomi e passandole la lingua sul lobo dell'orecchio. «Il tuo sedere mi fa sentire male all'uccello».

«Dopo tutto questo tempo?». Agitò il sedere contro di me. «Sono ancora figa, Facciadicazzo».

Arricciai le labbra mentre guardavo i miei fianchi che si spostavano e cominciavano a fare avanti e indietro piano. Il mio uccello si appoggiò perfettamente tra le natiche di

Bronagh e mi sentii in paradiso. Mi morsi il labbro inferiore quando lei strinse il sedere in un modo che inviò una scarica di piacere alle palle.

«Ca… zzo».

«Vuoi che ti dia il culo?».

Appoggiai la bocca sui capelli fradici di mia moglie.

«Sì», dissi con voce roca. «Sì, amore, ti prego».

Mi concedeva raramente di scoparla nel culo perciò quando lo faceva mi sentivo come se tutti i Natale di sempre fossero arrivati nello stesso momento.

«Preparami».

Queste parole fecero affluire sangue al mio membro già pulsante. Mi misi in ginocchio dietro di lei e quando mi portai in avanti e le morsi il sedere, lei trattenne un attimo il respiro e poi rise.

«Bastardo».

Sorrisi mentre passavo la lingua sul punto che avevo morso. Senza preavviso le aprii le gambe e le infilai la lingua nel buco del culo. Bronagh appoggiò la mani alle mattonelle del muro. Le misi un braccio intorno premuto sullo stomaco come supporto nel caso fosse scivolata e caduta. Grugnii quando portò la mano sulla mia per spingermela sulla fica e mostrarmi cosa voleva che facessi. Trovai il clitoride con le dita e sentire il primo gemito che le uscì mi fece riempire le palle.

Adoravo quando gemeva.

Le leccai il buco del culo e giocai con il clitoride fino a che il suo corpo cominciò a tremare. Mi tirai su, mi presi l'uccello e feci in su e in giù un paio di volte prima di allineare la cappella al corpo di Bronagh. Con la mano sinistra aprii mia moglie e quando spinsi piano in avanti, chiusi gli occhi. Il bagnato, il calore, la stretta pulsante dei suoi muscoli. Solo lei poteva darmi questo stato di estasi. Mi imposi di aprire gli occhi per potere vedere il mio cazzo che si infilava nel suo sedere stupendo e, come sempre, non riuscii a non rovesciare gli occhi all'indietro quando fui invaso dal piacere.

«Dominic», bisbigliò Bronagh. «Cazzo».

Cazzo sì.

«Piccola», gemetti sottovoce. «Sei sempre perfetta».

«Piano», bisbigliò. «Fai piano».

Dovevo fare piano. Non importava quante volte le avessi scopato il culo, all'inizio dovevo comunque essere delicato fino a che lei non si dilatava e si abituava alla sensazione di pienezza. Veniva con più intensità quando cominciavo piano, quindi mi presi del tempo per entrare e uscire dal suo corpo. Le portai la bocca al collo e la baciai fino a che la testa non le ricadde indietro sul mio petto.

«Mia», grugnii mentre facevo passare i denti sulla sua pelle. «Sei tutta mia. Ti scopo fino a farti andare in estasi, piccola».

«Sì», rispose cominciando a spingere contro il mio corpo. «Cazzo. Sì».

I movimenti blandi si trasformarono in spinte energiche. Bronagh sgroppava contro di me selvaggiamente facendomi godere come io facevo godere lei. L'unico suono che si sentiva era il respiro affannoso, lo schiocco delle pelle contro la pelle e qualche grugnito o gemito che non riuscivamo a contenere. Trovai il mio ritmo e la scopai con più forza. Lei giocò con il clitoride grugnendo e il suono mi arrivò dritto alle palle portandomi a penetrarla più forte e più a fondo. Fece un respiro mozzato, lo trattenne e rimase in silenzio mentre facevo l'amore con lei e seppi che stava venendo. Sibilai quando contrasse i muscoli dell'ano intorno a me.

«Brava ragazza», la elogiai passandole la lingua sulla spalla. «Cazzo. È bellissimo».

Ora che era venuta dovevo raggiungere io l'orgasmo perché sapevo che uno dei ragazzi avrebbe potuto chiamarci e mettere in pausa indefinita il nostro momento intimo. Mi ci vollero altri trenta secondi ma quando le palle si indurirono e un brivido mi percorse la spina dorsale, sapevo che stavo per venire. Aprii le labbra e i miei gemiti profondi riempirono la stanza mentre usciva il primo getto. Sibilai quando Bronagh contrasse i muscoli un altro paio di volte creando un effetto aspirapolvere e risucchiando il mio sperma.

«Piccola!».

In tutta risposta ridacchiò.

«Cazzo quanto ti amo», ansimai dandole una pacca sul sedere per enfatizzare. «Continui a rovinarmi».

Bronagh grugnì contro la parete. «Mi hai scopata fino a farmi andare in coma, omone».

Risi mentre uscivo da lei, e l'abbracciai. Passai qualche minuto a prendermi cura di lei. Le lavai i capelli e il corpo non solo perché mi piaceva farlo ma perché lei lo adorava. Dopo essermi lavato anche io, la riguardai.

«Hai intenzione di dirmi perché eri preoccupata prima in cucina?».

Si girò verso di me, mi guardò e sentii il cuore che mi picchiava nel petto. Era bellissima, bella da far male e non ne avevo mai abbastanza di lei. Quella donna aveva il mio cuore, corpo e mente. Uno sguardo di quegli occhi verdi ed ero alla sua mercé.

«Non so nemmeno io quale sia il problema», rispose con un sospiro. «A volte mi rendo conto che abbiamo una famiglia grande e ho paura che d'un tratto non potremo più prendercene cura».

«Bronagh».

«Dominic, sei tu quello che fa i soldi», mi interruppe. «Io… io…».

«Tu ti occupi di tutto e di tutti», terminai la frase. «Amore, sei il cuore di questa famiglia. Senza di te non ci sarebbe niente. Lo sai».

Quando i suoi occhi luccicarono per le lacrime, mi abbassai e la baciai fino a che si rilassò contro di me.

«E Alannah ti paga. Lavori con lei da anni. Anche tu contri buisci finanziariamente».

Sospirò ma non mi contraddisse.

«Basta preoccuparsi», mormorai contro le sue labbra. «D'accordo?».

Annuì. «D'accordo».

«Ti amo».

Borbottò. «Ti amo anch'io».

Feci un salto quando mi passò le unghie sul membro che si stava afflosciando e lei rise perché arretrai nella doccia con un sorrisetto.

«Domani stessa ora?».

Bronagh sbuffò. «Se per allora riuscirò a sedermi, vediamo».

Uscii dal bagno con un sorriso a trentadue denti. Mi asciugai, mi misi dei boxer puliti e mentre mi stavo per infilare i pantaloni sentii delle voci in corridoio. Mi avventurai ad andare a vedere e nel momento in cui lasciai la stanza sentii dei respiri, delle risatine e anche un orripilato: «Papà!».

Georgie stava andando in camera sua con le sue amiche Alexandra e Joanne, chiamate Alex e Joey, al seguito. Le conoscevo da quando andavano all'asilo quindi vedere che mi guardavano senza battere ciglio mi sconvolse. Guardai i miei boxer, poi di nuovo le amiche adolescenti di mia figlia e, per la prima volta forse in anni, mi sentii avvampare.

«Ciao ragazze». Sorrisi e mi allungai a prendere un asciugamano appeso alla ringhiera per avvolgermelo stretto intorno alla vita. «Come state?»

«Molto bene, signor Slater», rispose Joey alzando un sopracciglio e mordendosi il labbro inferiore. «Molto bene».

Alex ridacchiò, Joey mi guardò impassibile e Georgie era paonazza.

«Puoi metterti dei vestiti addosso?», mi implorò. «Ti prego».

Feci sì con la testa, tornai nella mia stanza e mi chiusi la porta alle spalle prima che qualcuno potesse aggiungere un parola. Bronagh si stava mettendo il reggiseno. Si era già infilata i calzini e le mutande e quando mi vide mi guardò interrogativa.

«Alex e Joey mi hanno appena visto in boxer». Ero in imbarazzo. «Mi sa che Joey si è leccata le labbra».

Bronagh sorrise. «Georgie è arrossita?»

«Sì», risposi. «Si lamenterà per una settimana».

Mia moglie si infilò un paio di jeans ridacchiando e poi alzò gli occhi al cielo per scherzo quando si accorse che la fissavo mentre si vestiva. Sorrisi. Non mi vergognavo affatto di farmi sorprendere a mangiarmela con gli occhi. La guardavo ogni volta che potevo, lo sapeva lei e lo sapevano tutti. Ai ragazzi non dava noia perché mi avevano sempre visto affettuoso con la madre. Se avessi smesso lo avrebbero trovato strano.

«Dovrai scusarti con Georgie», disse Bronagh. «Altrimenti sarà un incubo».

Mi infilai i jeans, i calzini e una maglietta.

«Lo faccio prima che vadano al centro».

«Porto Axel con me a fare la spesa così tu hai solo Quinn e Griffin da accompagnare. Si tratta di una partita in casa quindi devi solo andare al campo. Voglio passare da Skechers a comprare delle scarpe da ginnastica ad Axel; le ultime due paia si sono consumate a furia di arrampicarsi al Gravity con te».

Sorrisi. «Gli piace».

«Alle scarpe no».

Andai da lei, le diedi una pacca sul sedere, le afferrai il viso e la baciai con passione. Quando mi staccai lei oscillò verso di me come quando eravamo ragazzi.

«Quello per che cosa era?»

«Mi andava di baciarti».

Aprì gli occhi e mi sorrise.

«Sei la mia *beauty queen*».

«A propositi di *beauty*...». Piegò la testa di lato. «Perché Beau e Georgie litigavano prima?»

«Lui le aveva preso il telefono; lei ha contrattaccato».

«Quel ragazzo trova sempre modi nuovi di darle noia».

«Le vuole bene... e gli piace anche darle noia».

Bronagh ridacchiò mentre le baciavo la guancia prima di uscire dalla camera. Guardai le scale e vidi Alex e Joey scendere senza mia figlia. Andai in camera sua e rimasi di sasso sulla porta.

«Che cavolo ti sei messa addosso, Georgie Slater?».

Si girò per guardarmi e mi si fermò il cuore quando le vidi la pancia nuda.

«A-avevi ragione sul c-caldo», balbettò. «Mi stavo mettendo qualcosa di più fresco».

«Più fresco?». La guardai con occhi sgranati. «Sei nuda».

«Papà, ma dai». Si accigliò. «È un crop top con una gonna».

Due cose che non si era mai messa. Mai.

«Sei nuda», ripetei. «Non esci di casa conciata così. Se ti pieghi ti vedranno tutti il culo».

Corsi in camera mia, presi una maglietta che avevo fatto stampare per scherzo l'anno prima e tornai in camera di mia figlia. Gliela diedi e aspettai fuori che si cambiasse. Quando la sentii fare un verso inorridito mi sentii molto soddisfatto di me stesso.

«Papà!».

«Non dirmi "papà"», la misi in guardia mentre rientravo. «Se non ti sai vestire per bene lo farò io per te. Mettiti dei pantaloni».

Mia figlia ringhiò: «Questo mi farà salire in cima alla lista degli sfigati! Se mi metto questa nessun ragazzo mi guarderà più!».

Le sua parole mi scatenarono i fuochi d'artificio in testa.

«Non te la toglierai mai più».

Georgie batté un piede per terra e si girò verso di me. Aprì la bocca e urlò: «Mamma!».

Rimasi in ascolta di Bronagh che arrivava e sorrisi quando la sentii avvicinarsi canticchiando.

«Che c'è Georgie?»

«Papà mi sta rovinando la vita e ne è pure contento».

Ero molto contento.

Mia moglie entrò con un sospiro stanco ma quando i suoi splendidi occhi si posarono sulla maglietta, rise di gusto. Nostra figlia, che non era altrettanto divertita, lanciò un acuto. «Non è divertente! Mamma, mi prenderanno per il culo fino alla morte se me la metto».

Bronagh incrociò le braccia al petto. «Pensavo che non ti interessasse quello che pensano gli altri di te».

Georgie cambiò atteggiamento. «Infatti».

Mia moglie alzò un sopracciglio. «Allora qual è il problema?».

Georgie indicò la maglietta e lesse le parole stampate in nero. «"Questo è mio padre. Ti farà quello che tu farai a me". E la foto di papà senza maglietta sotto la scritta peggiora le cose».

«È una bella foto», obiettai. «Non essere cattiva».

Si rifiutò di guardarmi e si concentrò sulla madre. «Piuttosto che mettermela preferirei andare in giro solo con il reggiseno davanti ai ragazzi dell'ultimo anno».

Mia figlia aveva appena descritto un incubo che avevo fatto davvero.

«Vuoi che chieda ai tuoi cugini di starti addosso lunedì a scuola?», ringhiai. «Perché posso chiamarli adesso».

Quella testarda di mia figlia mi derise. «Fallo».

Mi sfidava ma era abbastanza grande da sapere che sarebbe stato meglio non farlo.

«Bene», dissi prendendo il telefono.

«Bene», ribatté.

Composi il numero di Jax e mi portai il telefono all'orecchio.

«Ehi, zio», rispose al terzo squillo.

«Mi serve un favore».

Sentii la risatina di una ragazza e poi lo sbuffo scocciato di mio nipote. «Sono un po' impegnato, zio. Puoi aspettare?».

Scossi la testa mentre un sorriso mi si apriva in volto.

«Si tratta di Georgie».

Sentii Jax zittire la persona che ridacchiava.

«Sta bene?», chiese spostando l'attenzione dalla ragazza alla conversazione.

«Sì», dissi e poi borbottai: «Minaccia di venire solo con il reggiseno lunedì a scuola».

«Minaccia di fare che?», ringhiò Jax. «È lì con te?»

«Sì».

«Passamela», ordinò. «Subito».

Era proprio il figlio di Kane. Bussai alla spalla di Georgie con il telefono e glielo porsi quando lei si girò. Guardò l'apparecchio per un secondo e vidi che l'atteggiamento da dura cominciava a vacillare. Si ricompose, prese il telefono e se lo mise all'orecchio.

«Jax, che vuoi?», chiese anche se il tono era meno severo di prima.

Quando la voce di Jax risuonò dal telefono guardai Bronagh. Sorrise e io scossi la testa. Si stava divertendo quanto me.

«No!», urlò all'improvviso Georgie. «Se lo fai mi assicurerò che Daisy Mars non ti guardi mai più». Poi trattenne il fiato alla risposta di Jax. «Non oseresti, Jax Slater».

«Invece sì», sentii minacciare Jax.

«Fai pure», disse furiosa. Riagganciò, si voltò e mi tirò il telefono.

«Potete uscire tutti e due, per favore?», chiese. «Voglio restare sola».

Aprii la bocca per ignorare la richiesta e continuare la discussione ma una mano soffice mi toccò il gomito.

«Forza», disse Bronagh. «Lasciamola stare».

Mi trascinò fuori dalla stanza e giù per le scale.

«Georgie scende tra poco», disse Bronagh a Alex e Joey che facevano compagnia a Axel e Beau in salotto. Beau, che fissava Joey, non si accorse nemmeno che la madre aveva parlato. Era così preso che mi fece sbuffare.

Venti minuti dopo la discussione, Georgie, vestita in maniera adeguata, andò con le amiche al centro d'arte quando Alannah venne a prenderle. Bronagh portò Axel con sé a fare la spesa e Beau venne con me alla partita. Tornammo a casa che erano le quattro passate. Dopo la partita portai i ragazzi a mangiare e poi a vedere un film della Marvel. Quando misi piedi in casa mi sembrò che fosse appena scoppiata la seconda guerra mondiale.

Era passato Jax e lui e Georgie erano immersi in una violenta discussione in cucina. Oltrepassai i miei figli e corsi lì. Mia moglie era appoggiata al lavello e si massaggiava l'attaccatura del naso. Vidi mio nipote e la mia primogenita che si guardavano in cagnesco. Quando lui si accorse che ero arrivato fece un sorriso diabolico.

«Zio Nico», disse distogliendo l'attenzione dalla cugina. «Georgie ha un ragazzo… ed è un Collins!».

Capitolo due

Presente

«Jax, puoi ripetere?»

«Non farlo», lo implorò Georgie. «Sembra che gli stia per venire un colpo».

C'ero davvero vicino e non è un'esagerazione.

«Hai capito bene, zio. Georgie ha un ragazzo; è mio cugino. Un Collins fino al midollo».

Non mi ero nemmeno accorto di stare andando avanti e indietro per la stanza fino a che mia moglie non si avvicinò con cautela e mi mise una mano sul braccio. L'unica cosa a cui riuscivo a pensare era a quel piccolo bastardo che toccava mia figlia in zone che non doveva.

«Respira», mi disse Bronagh. «Piano e a fondo, dentro e fuori».

Feci quello che diceva, respirai piano e a fondo ma era inutile. Ero troppo agitato per calmarmi.

«Ragazzi», abbaiai ai miei figli che stavano sull'uscio della cucina. «Andata in camera vostra. Subito».

Augurarono buona fortuna a Georgie mentre filavano su per le scale senza voltarsi. Lei non li guardò; aveva gli occhi ridotti a fessure rivolti verso Jax e se il suo sguardo avesse potuto uccidere, mio nipote sarebbe stato morto e sepolto.

La guardai. «A partire da questo momento non hai più un ragazzo».

Fece scattare lo sguardo su di me e gridò: «Ma papà!».

«No!», la interruppi. «Niente "ma papà"! Non passerò sopra a questa cosa. Hai quindici anni; cosa te ne fai di un ragazzo?».

Georgie mi guardò. «Non lo lascerò. Me ne frego di quello che dici».

Come, prego?

«Ah, è così?».

Georgie si fece piccola piccola e annuì in maniera impercettibile.

«Allora buttiamo via tutto», annunciai. «Telefono, computer, trucchi, prodotti per capelli, la televisione, altoparlanti, iPod. Tutto. Nel cestino».

Georgie spalancò gli occhi.

«Se mi manchi di rispetto in casa mia allora non godrai dei privilegi per cui io e tua madre paghiamo».

«È tutta colpa tua!». Georgie attaccò Jax. «Non potevi proprio tenere la bocca chiusa. Hai rovinato tutto. Ti odio».

Jax trasalì come se le parole della cugina lo avessero colpito.

«Georgie», disse sbalordito. «Ritira quello che hai detto».

«No».

«Ritiralo», ripeté. «Subito».

«No!».

«Georgie Slater», disse Bronagh con voce gravissima. «Ritira subito quelle parole cattive».

Georgie guardò la madre, sostenne il suo sguardo per un lungo momento, poi si girò e corse su per le scale senza dire una parola.

«Georgie!», le urlai dietro ma lei non si fermò.

Jax rimase immobile a guardarla. Un momento dopo si girò verso di me e disse: «Dovevo dirtelo, zio. Ieri ero al centro commerciale con Indie e lui ha comprato dei preservativi. Gli ho chiesto per scherzo con chi li avrebbe usati e gli è sfuggito il nome di Georgie prima che se ne rendesse conto. Ieri sera ne ho parlato con lei e non vi ho detto niente solo perché mi ha assicurato che lo avrebbe fatto lei, ma quando abbiamo parlato al telefono stamattina ho capito che non l'aveva fatto».

Bronagh fece un respiro profondo. «L'hai picchiato?»

«Non quanto avrei voluto», bofonchiò mio nipote.

«Indie Collins», dissi disgustato. «Il figlio di Gavin».

Pensavo a quello che aveva detto Jax. Indie stava comprando dei preservativi da usare con Georgie. Preservativi. Sentii ogni muscolo del mio corpo irrigidirsi fino a fare male. L'impulso di picchiare qualcosa era forte e il cuore mi batteva così forte che pensavo sarebbe esploso.

«Sì, è il figlio maggiore di zio Gavin».

Bronagh mi afferrò il braccio quando mi girai e mi diressi verso la porta.

«Non osare, Dominic!». Mi fulminò. «Non te la prenderai con Gavin perché i nostri figli si frequentano».

«Si frequentano?», ripetei. «Fanno molto di più. Fanno sesso».

«Dominic, ascoltami».

Conoscevo quel tono, voleva dire che non era d'accordo con me.

«No», dissi rifiutandomi di guardarla.

Non le avrei permesso di persuadermi, assolutamente no.

«Amore», insistette. «Dobbiamo parlarne».

«Non c'è niente di cui parlare», risposi. «Ha quindici anni. Quindici anni, cazzo. Non avrà una relazione quando non sa nemmeno come funzionano. No».

«Dominic...».

«Bronagh, ti amo da morire ma non chiedermi di cambiare idea. Non posso. È mia figlia e quindici anni sono troppo pochi per avere una relazione. Non dovrebbe pensare al sesso».

Sospirò. «Hai ragione ma dobbiamo parlarle e spiegarle perché».

Ero troppo arrabbiato per stare vicino a mia figlia.

«Non lascerà questa casa se non per andare a scuola», annunciai. «Ha quindici anni e pensa di essere abbastanza grande per fare sesso? Col cazzo».

«Okay», fece Bronagh accondiscendente. «Se dici che è in punizione allora è in punizione, ma lasciami parlare con lei prima che tu vada su e faccia un casino. È minorenne, lo sappiamo, ma suo padre e suo cugino stanno parlando della sua vita privata e lei non è qui per difendersi».

Feci sì con la testa e mia moglie corse su per le scale. Mi portai le mani al viso e resistetti all'impulso di urlare. Il mio mondo era stato appena sconvolto ed ero furioso che fosse per colpa di un Collins.

«Da quanto tempo stanno insieme?»

«Indie dice un paio di mesi», borbottò Jax. «Dev'essere stato molto discreto perché non lo sapeva nemmeno Locke e lui sta sempre con Indie. Mi sento un idiota per non averli beccati prima, ma davvero non ne avevo idea fino a ieri. Non ho mai pensato che i miei cugini potessero guardare Georgie in quel modo perché sanno che li farei fuori se la ferissero».

Ripresi a fare avanti e indietro perché mi sentivo un leone in gabbia.

«Sono fuori di me».

Jax annuì. «Si vede».

«Bronagh mi uccide se uccido il ragazzo e mi arrestano».

Jax annuì. Di nuovo. «Onestamente avrei più paura di zia Bee che della prigione».

Non riuscivo nemmeno a ridere. Mi veniva da vomitare.

«Ha quindici anni», dissi. «Quindici, e fa sesso».

«In sua difesa, Indie in effetti ha detto che li comprava per la loro prima volta. È il suo primo ragazzo quindi per quello che posso dire è ancora vergine».

Il cuore mi si alleggerì. «Grazie al Cielo».

Mi sentii meglio, ma sapere che molto probabilmente aveva in programma di fare sesso non mi andava proprio giù. Era una bambina. Non avrebbe dovuto pensare a una cosa da adulti come il sesso. Mi sentii invadere dal panico perché mi resi conto che fino a quel momento avevo gestito la situazione davvero male. Avevo reagito con rabbia, e se l'avessi scaricata ancora su mia figlia si sarebbe ribellata e sarei di certo finito in prigione per averla fatta smettere di vedere quel piccolo bastardo di un Collins e il suo cazzetto.

«Ha quattro fratelli e venti cugini maschi… dovreste mettere soggezione a qualsiasi ragazzo le si avvicini. State facendo un pessimo lavoro».

Jax sbuffò. «Grazie, come se non lo sapessi».

Scossi la testa e poi mi appoggiai al muro del corridoio.
«Non lo pensava davvero, lo sai? È solo arrabbiata».
«Lo so», annuì Jax. «Ma voglio comunque che si scusi. Mi ha fatto male quando ha detto che mi odia. Non me l'aveva mai detto».
Sapevo che si sentiva ferito. Jax adorava Georgie; era la ragazza più importante della sua vita. Lo era di tutti e lei lo sapeva. Amava i suoi fratelli e i cugini più di quanto si potesse esprimere perciò sapevo che si sarebbe scusata in lacrime una volta sbollita la rabbia e rimasto solo il rimorso.
«Si scuserà, dalle il tempo di calmarsi. Ti verrà a cercare quando si renderà conto di quello che ha detto».
Jax si limitò ad annuire, poi si girò a guardare le scale. Notai un succhiotto sul collo e schiusi leggermente le labbra. Sapevo per esperienza che se due ragazzi avevano il tempo di farsi i succhiotti avevano anche il tempo di fare altro.
«Sarà meglio che non faccia sesso nemmeno tu!».
Jax si voltò di scatto. «Cosa?»
«Hai un succhiotto sul collo. È bello grande».
Avvampò dal collo in su.
«Non faccio sesso», rispose e poi si schiarì la voce. Due volte. «Giuro».
Lo guardai. «Hai sedici anni. Non sei molto più grande di Georgie. Nemmeno tu sei abbastanza adulto da farlo, quindi non pensare che siccome sei un ragazzo i tuoi genitori non si arrabbieranno. Tu e Georgie siete nella stessa barca».
Jax deglutì. «Credimi… lo so».
Lo sa?
Alzai un sopracciglio. «Che è successo?»
«Oggi… mamma e papà sono entrati mentre… sai cosa? Non importa. Sicuramente papà te lo racconterà».
Sapevo che l'avrebbe fatto e, a giudicare dalla faccia paonazza di Jax, sarebbe stata una bella storia.
«A proposito dei miei genitori», continuò Jax. «Sono venuto solo per parlare con Georgie. Sono in punizione».
«La punizione ha qualcosa a che vedere con quello che ti hanno sorpreso a fare?».

Jax annuì e ripensai a quando avevamo parlato al telefono la mattina. Lo avevo sentito zittire una ragazza che rideva e feci due più due.

«Quando ti ho chiamato stamattina eri con una ragazza... i tuoi ti hanno sorpreso con lei?».

In quel momento Axel venne giù e prese la mano di Jax.

«Mamma dice che posso venire a casa tua a giocare con Eli se mi ci porti».

Jax sorrise al cuginetto. «Ma certo».

Quando guardò di nuovo me gli scomparve il sorriso.

«Devo andare a casa, ma di' a Georgie che mi trova lì se mi cerca. A presto, zio».

Uscì con mio figlio prima che potessi rispondere. Sapevo che la storia che mi avrebbe raccontato Kane riguardo al figlio era dura per lui quanto lo era la mia situazione con Georgie.

«Mamma mia questi adolescenti».

Andai in salotto e mi lascia cadere sulla poltrona con un sospiro. Appoggiai la testa all'indietro e mi chiesi se anch'io ero stato un incubo come lo era questa generazione di Slater e poi risi perché sicuramente io e i miei fratelli eravamo stati pure peggio da ragazzi. Non vivevamo in una casa accogliente con una famiglia normale e amorevole. No, vivevamo in un ghetto in cui la slealtà e un attimo di esitazione potevano ucciderti. Il nostro percorso verso l'età adulta e il punto in cui ci trovavamo era stato difficile e in tutta onestà ero sorpreso che noi cinque ce l'avessimo fatta.

Dio solo sapeva se c'erano stati dei momenti in cui ognuno di noi aveva desiderato di farla finita.

Capitolo tre

Dieci anni

«Dominic!».

Feci un salto in aria di trenta centimetri quanto sentii urlare il mio nome. Mi precipitai fuori dal letto, mi misi in piedi e aspettai.

«Sì?».

Mio padre spalancò la porta che sbatté contro il muro con un tonfo. Il cuore cominciò a battermi a mille e ogni muscolo del mio corpo si tese per l'ansia. Deglutii quando lui, che fisicamente ricordava molto mio fratello maggiore Ryder, mi guardò con i suoi freddi occhi grigi. Occhi che i miei fratelli avevano preso da lui.

«Che ti avevo detto sul seguire le lezioni?».

Guardai l'orologio nero e sbattei le palpebre. Ero in ritardo di due ore per la lezione di matematica. Era martedì e il martedì facevamo lezione di matematica tutto il giorno per essere pronti quando avremmo cominciato a lavorare per papà e il suo socio in affari, Marco. I numeri erano tutto per loro, quindi era fondamentale che noi fossimo intelligenti a sapessimo tutto quello che c'era da sapere a riguardo.

Lo guardai e mi sentii rimpicciolire.

«Scusa, papà». Mi irrigidii. «Mi sono scordato di mettere la sveglia».

Quando percorse lo spazio tra di noi e mi diede un ceffone con il dorso della mano, mi si riempirono gli occhi di lacrime ma mi rifiutai di farle scendere. Persi l'equilibrio per un secondo ma mi rimisi in piedi subito e feci del mio meglio per far vedere che stavo bene anche se volevo solo tornare a letto, nascondermi sotto le coperte e non uscire mai più.

«Vatti a fare la doccia, vestiti e porta il tuo culo inutile a lezione. Subito».

Annuii.

«Rispondimi a parole tue».

«Sì», pigolai. «Ho capito. Vado subito a lezione».

Sapevo che stava per colpirmi di nuovo quindi mi misi in tensione per farmi trovare pronto.

«Papà», disse all'improvviso la voce di Ryder. «Ci penso io».

Papà si fermò con la mano a mezz'aria.

«L'hai detto anche l'altra volta e siamo punto a capo con lui che salta le lezioni».

Ryder entrò nel mio campo visivo, andò dietro a mio padre e disse piano: «Ha dieci anni».

«Per me ne può avere anche cinque, non me ne frega un cazzo!», tuonò quando mio fratello si fermò accanto a lui. Spinse Ryder che rimase fermo e rigido. «Quando gli dico di fare una cosa mi aspetto che la faccia. Se è pigro a lezione, quando crescerà sarà pigro sul lavoro e questo è inaccettabile».

«Come ho detto», disse Ryder acido, muovendo la mascella da una parte all'altra. «Ci penso io».

Papà guardò prima lui, poi me, poi lasciò la stanza senza degnarmi di un altro sguardo.

«Sei un inutile sacco di merda», urlò. «Stai giocando col fuoco, Dom. Porta il culo a lezione. Subito!».

Digrignai i denti. Detestavo quando mi chiamava in quel modo. Era l'unico a chiamarmi Dom e non lo sopportavo. Non sopportavo nemmeno quando mi chiamava Dominic… mi faceva provare disgusto per il mio nome per via di tutto l'odio che ci riversava quando lo pronunciava.

«Ehi», disse Ryder attirando la mia attenzione. «Stai bene, piccolino?».

Annuii ma trasalii quando mi passò il pollice sulla guancia che papà aveva colpito.

«Si sta già gonfiando… quanto ti ha colpito forte?».

Ryder era arrabbiato, sentivo la sua rabbia irradiarsi.

«Sto bene».

Non stavo bene, la faccia mi pulsava ma dovevo essere forte e non mostrare debolezze. Non mi era concesso.

Sbuffò. «Non devi essere forte davanti a noi, okay? Ne abbiamo parlato. Tra fratelli sei in uno spazio sicuro, non devi fingere di stare bene quando non è vero. Non con noi».

Odiavo quando mi tremava il labbro inferiore. Odiavo piangere. Odiavo mostrare qualsiasi segno di emozione perché i miei genitori lo consideravano una debolezza ma con i miei fratelli… non mi sentivo debole. Facevano sentire il pianto quando uno sentiva male o era triste come una reazione naturale e questo era uno dei tanti motivi per cui non potevo vivere senza di loro. Erano la mia roccia. Quando abbassai la testa e il mento toccò il petto cominciai a singhiozzare. Ryder si accovacciò subito, mi cinse con le braccia e mi trasse a sé. Gli buttai le braccia al collo e gli appoggiai la fronte sulla spalla. Amavo gli abbracci, forse perché non ne ricevevo molti e quelli dei miei fratelli erano speciali.

«Ry?».

Mi strinse. «Sì?»

«Perché mamma e papà non ci vogliono bene?».

Nostro padre era sempre duro con noi. Qualsiasi cosa facessimo non era abbastanza per lui, e nostra madre… ci considerava solo una scocciatura. Non le piaceva abbracciarci o baciarci; non le piaceva nemmeno stare con noi. Ce l'aveva detto così tante volte che ormai avevamo smesso di chiederle di passare del tempo insieme. Non erano dei genitori normali; ci avevano avuti solo per portare avanti gli affari. Tutto l'amore che avevano era l'un per l'altra e per il loro impero… noi eravamo semplici pedine nel loro gioco perverso.

Ryder non mi rispose per un po'. Mi strinse fino a che il pianto si placò e smisi di tremare. Quando si staccò mi mise le mani sulle spalle e mi guardò negli occhi. Era strano ma riuscivo quasi a sentire quanto la mia domanda l'avesse addolorato. Faceva del suo meglio per farci sorridere e sentire amati e speravo che lui sapesse che noi gli volevamo bene quanto lui ne voleva a noi.

«Non sono come gli altri papà e mamme», rispose infine. «Ma tu lo sai che io ti voglio bene, vero? Anche Kane, Alec e Damien. Noi cinque siamo invincibili, giusto?»

«Giusto». Annuii con convinzione. «Siamo noi contro il mondo».

«Proprio così». Ryder sorrise. «Noi contro il mondo».

Gli sorrisi anch'io.

«Avanti», disse. «Fatti una doccia al volo e vestiti che ti porto a lezione».

«Ryder».

«Eh?»

«Ti voglio bene anch'io».

Mio fratello mi guardò con un sorriso raggiante. La prima volta che avevo espresso il mio amore per un adulto mi ero beccato una risata e un rifiuto, ma quando lo comunicavo ai miei fratelli sentivo che il loro amore mi tornava indietro dieci volte tanto. Con loro non c'erano mai risate maligne e rifiuti ma solo amore e accettazione. Ecco perché credevo davvero che fossimo noi contro il resto del mondo. Se avevo loro non mi serviva nessun altro. Avrei seguito il codice in cui credevamo e per loro avrei vissuto una vita di amore e lealtà perché già è difficile trovare una persona che ti ami per quello che sei, figuriamoci cinque.

Eravamo davvero noi contro il resto del mondo.

E vogliamo dirla tutta? 'Fanculo il mondo.

Capitolo quattro

Quindici anni

«Dominic?».

Chiusi gli occhi e misi la mano sullo sciacquone. Vomitai di nuovo. Volevo che lo stomaco mi si assestasse, ma continuai a rigettare fino a che non uscì più nulla. Afferrai un po' di carta alla cieca, mi ci pulii la bocca, poi la buttai nel water e scaricai. Mi tirai su e mi misi le mani sui fianchi mentre facevo dei respiri lenti e profondi.

«Stai bene?».

Aprii gli occhi, mi girai, aprii la porta del gabinetto e uscii. Ryder, Alec, Kane e Damien erano nel bagno pubblico del locale alla moda in cui ci trovavamo. Mi guardavano corrucciati tutti e quattro. Incrociai lo sguardo di ognuno e mi sforzai di sorridere perché sapevo che riuscivano a leggermi senza troppo impegno. Non potevo guardare Kane a lungo perché avevo paura che sarei scoppiato a piangere. Il suo nuovo lavoro richiedeva il contatto fisico e se lui non faceva quello che gli veniva richiesto veniva punito severamente.

Durante il suo primo incarico non era riuscito a fare quello che gli avevano ordinato e lo avevano frustato fino a fargli perdere i sensi. La sua faccia… era deturpata, così come il resto del corpo. Lo avevano colpito più di venti volte con un cavo e anche se gli avevano messo i punti e stava ormai guarendo, le ferite erano ancora infiammate di una tonalità rosso. Mi chiesi se sarebbero mai schiarite… per il bene di mio fratello speravo di sì. Non era mai stato uno molto socievole ma essere guardato come se fosse uscito da un film horror l'avrebbe ferito.

«Dominic?».

Richiusi gli occhi e risi nella mia mente. Odiavo il mio nome. Lo odiavo così tanto che rispondevo solo quando mi chiamavano Nico, che preferivo, ma con i miei fratelli era diverso. Sapevano che odiavo il mio nome per via di nostro padre. Lui non lo diceva mai in maniera neutra, però; lo sputava come un boccone cattivo in bocca. Quando lo pronunciava lui c'era odio, quando lo pronunciavano i miei fratelli c'erano amore e accettazione. Erano gli unici a cui permettevo di chiamarmi Dominic… nessun altro sarebbe mai stato così speciale da poterlo fare.

Nessuno.

«Sto bene», risposi a Ryder aprendo gli occhi e ritrovandomelo a fissarmi. «Sono solo nervoso».

«Per l'incontro?», chiese Alec. «Ho fatto delle ricerche su questo tipo e non può competere con te. Lo metterai a tappeto facilmente».

Abbassai le spalle. «Ma non sono un vero lottatore… ho solo perso la testa quando Trent ha colpito Dame. Che succede se combatto con questo tipo e mi picchia di brutto? Me ne frego di farmi male. Mi importa di cosa farà Marco se deludo le sue aspettative».

«Ascolta», disse Kane. «Quando lotti con questo tipo siete solo voi due. Dimenticati di tutto e tutti e concentrati su di lui. Osserva i suoi movimenti, studia il suo stile, conta i suoi passi e poi contrattacca come ti ho insegnato. Ci siamo allenati da quando abbiamo ottenuto questi lavori di merda e so quanto sei bravo. Credi in te stesso perché io credo in te».

Sapevo che credevano tutti in me e cercai di trasformarlo in energia positiva, ma era difficile.

«Andiamo là fuori», dissi serrando la mano e sentendo quanto riuscivo a stringere forte. «Voglio finire il prima possibile».

I miei fratelli mi scortarono dentro il locale. La musica era assordante e la pista da ballo era stata svuotata. La gente era assiepata intorno alla pedana che, a detta di Marco, sarebbe stata la base delle mie attività per gli anni successivi. Sapevo già che il nostro aguzzino mi aveva iscritto a incontri in diversi posti ma cercai di non pensarci. Feci quello che aveva suggerito Kane; mi concentrai su quell'incontro e lasciai tutto il resto fuori.

Una voce urlante annunciò il mio ingresso che fu accolto da una serie di «buu» e risatine disgustose. Me lo aspettavo. Ero un ragazzino smilzo e quello contro cui combattevo aveva venticinque anni… la stessa età di Ryder. Se fossi stato nel pubblico forse avrei riso anch'io. Non sapevano che il ragazzo contro cui lottavo lo faceva per soldi mentre io lo facevo per la vita di mio fratello.

Quando entrai e raggiunsi la pedana vidi il mio avversario scuotere la testa con le mani sui fianchi. Dalla sua espressione si capiva che non riusciva a credere di dover sfidare me. Pensava che avrebbe vinto con facilità. Dovevo mostrare a lui e a tutti che si sbagliavano di grosso.

«Ce la puoi fare», disse Damien quando lo guardai.

Aveva paura per me, glielo leggevo negli occhi, e sapevo che lui leggeva la paura nei miei. Abbracciai il mio gemello e anche gli altri. Non mi attardai; invece saltai, mi aggrappai alla pedana e mi tirai su fino a ritrovarmi in piedi davanti all'uomo di cui non mi scomodai nemmeno di sapere il nome. Avevo deciso che non volevo sapere i nomi di quelli con cui mi sfidavo. In quel modo sarebbe stato più facile dimenticare che erano persone vere.

«Quanti anni hai?».

Non volevo che mi parlasse. Volevo solo combattere e andare via.

«Quindici», risposi. «Non lo sapevi?».

Scosse la testa. «Mi hanno detto di questo incontro stamattina».

Io lo sapevo da settimane.

«Togliamoci il pensiero».

Ridacchiò. «Non vorrei farti male, ragazzino, ma lo farò».

Cambiai atteggiamento. «Provaci».

Rise di nuovo ma non in modo presuntuoso. Era una risata genuina. Pensava che l'incontro fosse una barzelletta. Il suo modo di fare rilassato indicava che non stava prendendo l'incontro o me sul serio. Non mi vedeva come una minaccia da nessun punto di vista quindi dovevo usare quello a mio vantaggio. Sapevo come combattere. Kane aveva lavorato con me per prepararmi a questo incontro fino a che non ne potevo più. Sapevo di poter gestire un uomo che era il doppio di me, sapevo di potergli fare il culo… prima ero preoccupato ma una volta in pedana davanti a lui ero certo che l'unico a preoccuparsi doveva essere il mio avversario.

«Nessun dolore», dissi ad alta voce battendo i pugni insieme. «Nessun dolore, cazzo».

La campana suonò senza preavviso e il ragazzo si avventò subito su di me. Probabilmente voleva mettere fine alle mie disgrazie. Sferrò un destro mettendoci potenza nella speranza di colpirmi il mento e mandarmi a tappeto. Mi chinai a sinistra e gli tirai due pugni all'altezza del fegato. Sussultò al contatto ma si girò su sé stesso e non potei non notare l'espressione sorpresa. Si allungò un po' di più, contrasse i muscoli e alzò la guardia.

Non scherzava più.

Quando si buttò in avanti riuscii a evitare il primo colpo ma mi afferrò la vita con l'altro braccio, mi tirò su e mi scaraventò a terra. Mi mancò il respiro e sentii male ma non persi la concentrazione. Gli avvolsi le gambe intorno al busto e poi gliele chiusi intorno alle braccia quando provò a liberarsi dalla mia morsa. Controllai il respiro e feci pressione sulle sue braccia. Lo sentii urlare e sentii anche la folla. Le grida di incitamento erano assordanti e mi incoraggiavano a tenere salda la presa. Mi spaventai quando sentii prima il ragazzo ruggire e poi uno scrocchio nel braccio che avvertii anch'io. Lo lasciai andare subito e lui rotolò via lamentandosi dal dolore.

Non riuscivo a guardargli il gomito. Dall'angolazione che aveva preso era chiaro che gli avevo spezzato l'osso. Non notai il sangue fino a che il ragazzo non si girò e mi resi conto che l'osso era uscito dalla carne. Non volevo più lottare… non volevo ferire altre persone. Guardai i miei fratelli e vidi le loro espressioni sconvolte. Guardai Kane che muoveva la testa. Sapevo cosa mi stava dicendo. Marco mi aveva detto di non fermarmi finché il mio avversario aveva ancora voglia di lottare. La vita di Damien dipendeva dall'eseguire gli ordini. Uno sguardo al mio avversario mi fece capire che voleva uccidermi e mi sprofondò il cuore.

Lo stomaco mi si strinse.

Mi lanciai in avanti prima che potesse alzarsi e mi buttai su di lui. Lo presi a pugni finché non smise di cercare di colpirmi e quando vidi che non era più in grado di combattere, mi alzai e ruggii. Con quel ruggito liberai ogni briciola rinchiusa di frustrazione, dolore, rabbia e paura. Non avrei più temuto i combattimenti. Avrei avuto fiducia in me e nelle mie capacità e avrei steso chiunque mi si fosse parato davanti. Si trattava dell'orgoglio di un estraneo contro la vita di mio fratello e la famiglia avrebbe sempre vinto.

Marco si sarebbe pentito del giorno in cui mi aveva reso un combattente… me ne sarei assicurato.

Capitolo cinque

Diciotto anni

«Dico solo che non dovete andare per forza alla scuola pubblica. Potete anche continuare a studiare da casa».

Battei piano la testa sul tavolo della cucina facendo ridere i miei fratelli. Diciamo tutti tranne il più grande. Una volta finiti i cereali, spostai la ciotola e dedicai tutte le mie attenzioni a Ryder.

«Non so cosa ci sia di così divertente», borbottò. «Sono serio».

«Ry», cominciò Damien. «Abbiamo studiato da casa per tutta la vita. Non siamo mai stati con i ragazzi della nostra età… non con dei ragazzi normali, almeno».

Ryder sospirò perché sapeva che non ci avrebbe convinti a restare a casa.

«Ascolta», proseguii. «È una buona cosa. Saremo circondati da ragazzi della nostra età in un contesto normale. Non ti sei sempre preoccupato che fossimo troppo isolati?»

«Sì», concordò annuendo. «Ma…».

«Vogliamo andare alla scuola pubblica, Ry».

Ryder guardò Damien che lo aveva interrotto e, anche se assomigliava tantissimo a nostro padre, sapevo che era una persona di gran lunga migliore e che non avrebbe reagito con violenza. Ci guardò e, come immaginavo, fece di sì con la testa. Era preoccupato e lo detestavo. Si preoccupava sempre per noi, ma una cosa stupida come andare a scuola non doveva aggiungersi alla lista.

«La scuola è a dieci minuti da qui e non ci sono più di trecento alunni. Nel nostro anno sono quarantacinque, Ry. Niente può andare storto. Nemmeno Dominic può mettersi nei guai qui».

«Non portare male».

«Staremo bene», lo rassicurai.

Kane ci osservava in silenzio come sempre e poi si alzò ridacchiando.

Socchiusi gli occhi. «Che c'è di così divertente?»

«Siete vestiti uguali».

Io e Damien ci guardammo, poi guardammo le uniformi e poi di nuovo Kane.

«In questa scuola devi portare l'uniforme. Non puoi metterti i tuoi vestiti».

«Lo so ma siete gemelli ed è divertente vedervi vestiti uguale».

Non ci avevo pensato.

«Sembriamo stupidi?»

«No», rispose immediatamente Ryder. «Sembrate dei normalissimi studenti».

Sembrava molto felice a riguardo.

Diedi una gomitata a Damien. «Dobbiamo essere lì dieci minuti prima per prendere l'orario, quindi sarà meglio andare».

Annuì, poi salutammo i nostri fratelli, prendemmo gli zaini e uscimmo. Avevamo deciso di andare a piedi come facevano tutti. La mancanza di un parcheggio per gli studenti era una delle tante cose in cui l'Irlanda era diversa. Vivevamo lì da sei settimane e non potevo fare a meno di notare che era tutto diverso. La gente, l'accento, il cibo, l'alcol, i paesaggi, i soldi, il senso di marcia. A forza di incontri avevo visto tanti Paesi in pochi anni e l'Irlanda era il primo in cui io e i miei fratelli ci eravamo sentiti a casa. Rimanere era stata una decisione comune e io non potevo esserne più felice.

Venivo da New York ma lì non mi ero mai sentito a casa. Il ghetto in cui eravamo cresciuti sembrava una prigione, ma in Irlanda io e i miei fratelli ci sentivamo bene.

«È normale essere emozionati di andare a scuola?».

Risi alla domanda di Damien.

«No, sono emozionato anch'io. Ci annoieremo presto ma 'fanculo. Almeno saremo in mezzo a gente normale ed è tutto quello che mi interessa».

Il tragitto fino a scuola fu breve e quando entrammo stavo sudando. Faceva troppo caldo per indossare il maglione di pile e quando vedemmo che gli altri ragazzi avevano solo la camicia e la cravatta, ci togliemmo il maglione e lo mettemmo nello zaino.

«Sei preoccupato per l'incontro di venerdì?»

«Quando mai sono preoccupato per gli incontri?»

«Finiscila con le stronzate», disse Damien mentre cercavamo la segreteria. «Sono io. Non devi mentire».

Guardai mio fratello e sospirai. «Non faccio un incontro da quando eravamo in Scozia. È stato due mesi fa e da quando ci siamo trasferiti qui non mi sono più allenato. Ci è voluto un po' a trovare una casa e sistemarci. Devo vincere perché i prossimi due incontri sono gli ultimi e poi possiamo finalmente liberarci di Marco. Non posso perdere. Non posso dargli motivo di pensare che possa... continuare a tenerci».

Non potevo permettere a Marco di avere ancora il controllo su di noi. Non potevo.

«Andrai alla grande, Dominic. Come sempre».

«Oh, grazie fratellino».

Damien mi diede un pugno al braccio facendomi ridere. Smisi quando mi accorsi che un bel po' di occhi erano puntati su di noi. Molti di questi appartenevano a ragazze.

«Anche il tuo ego si è appena gonfiato?»

«Non solo quello», sorrisi. «Alcune di queste ragazze sono belle».

Damien rise. Trovammo la segreteria, bussammo alla porta e ci presentammo alla persona che ci aprì. Si chiamava Ann e in sessanta secondi ci diede le informazioni principali sulla scuola. Ci diede l'orario, con una legenda per capire le abbreviazioni, e una mappa. La scuola era più piccola di quanto mi ero immaginato. Il campo di calcio era più grande di tutti gli edifici messi insieme.

«Ann ci ha spiegato che la "classe dell'appello" è come chiamano qui la classe del tutor», disse Damien mentre lasciavamo l'ufficio leggendo il nostro orario. «Il nostro tutor è l'insegnante da cui andiamo se ci serve qualcosa. Ogni mattina per i primi dieci minuti dobbiamo andare da lei a registrare la presenza e altre volte, come stamattina, abbiamo proprio lezione con lei».

«Quindi non è una consulente scolastica?»

«No», rispose. «Ogni classe ha un tutor da cui andare se serve il pass per andare in bagno o roba del genere. È solo un titolo».

Che cretinata.

Mi imbronciai. «Mi sembra che Ann abbia detto che se abbiamo bisogno di qualcosa dobbiamo andare dal responsabile del nostro anno ma non so chi cazzo sia».

«È l'insegnante responsabile di tutte le classi dello stesso anno. Andiamo da lei se veniamo cacciati di classe o qualcosa non va. È la professoressa Wall. Mentre il nostro tutor è la professoressa McKesson».

«Vediamo di non farci buttare fuori di classe o io probabilmente andrò dritto a casa per la confusione di non riuscire a capire a chi mi devo rivolgere».

Damien sorrise e scosse la testa. «Andrà tutto bene. Troviamo l'aula dell'appello così non facciamo tardi».

La trovammo in fretta ma quando arrivammo la porta era chiusa.

«E ora?»

«Ora aspettiamo», rispose Damien. «Le lezioni cominciano tra...».

«Posso aiutarvi?».

Ci girammo al suono di una voce e quando realizzai che apparteneva a una bella ragazza sui vent'anni, raddrizzai le spalle.

«Siamo nuovi», rispose Damien. «Sono Damien Slater e questo è mio fratello Dominic...».

«Ma preferisco Nico», lo interruppi.

Mio fratello mi guardò, poi riguardò la ragazza e disse: «Questa è la nostra aula dell'appello».

«Ah, siete i miei ragazzi americani».

Suoi?

«Immagino di sì», sorrisi e lei ricambiò.

«Sono la professoressa McKesson, il vostro tutor. Prego, entrate, così vi sistemo».

Aprì la porta e la seguimmo. Ci ridisse di tutta la storia del tutor e del responsabile del nostro anno e poi ci elencò le regole della scuola a una a una fino a che non le ripetemmo e le capimmo. La McKesson era bella e sapevo che lo pensava anche Damien ma, a differenza mia, lui non avrebbe provato a vedere se poteva succedere qualcosa di sessuale. Questo mi faceva piacere... ma poi mi ricordai che avevo promesso a Ryder di non fare niente di sconveniente mentre ero a scuola.

Che palle.

Una volta finito, la nostra tutor si sedette alla cattedra e cominciò a tirare fuori libri di testo e taccuini dalla borsa. Io e Damien ci guardammo, scrollammo le spalle e poi ci sedemmo al banco vicino a una finestra. Guardai i prati verdi che arrivavano fino al bosco che copriva le montagne e mi rilassai. Adoravo quel posto. Era pacifico.

«Quella è figa, la ragazza con i capelli neri».

Fissai mio fratello con sguardo interrogativo. Dovevo essermi isolato perché non eravamo più soli con la tutor. L'aula era gremita di alunni, molti dei quali erano ragazze e ci fissavano. Mi misi dritto.

«Sedetevi», disse la professoressa McKesson. «Abbiamo due nuovi studenti che vengono dall'America. Sono Damien e Dominic Slater. Dominic preferisce essere chiamato Nico, quindi ricordatevelo quando vi rivolgete a lui. Vi prego, siate gentili e aiutateli ad ambientarsi. Potete usare quest'ora per rimettervi in pari con i compiti ma fatelo in silenzio».

Nessuno le prestò ascolto e fummo bombardati di domande da tutte le parti. Non mi dava fastidio rispondere perché non erano personali. Principalmente erano domande stupide tipo da dove venivamo, quanto eravamo alti, quanti anni avevamo, se i nostri occhi erano davvero grigi, se avevamo la ragazza e se i capelli di Damien erano naturali o tinti.

Tornai a guardare fuori dalla finestra quando Damien disse: «La prenoto».

«Cosa?»

«La ragazza che è appena entrata… la prenoto».

Ero troppo stanco per fare finta di concentrarmi su quello che diceva.

«Che ragazza?».

Damien mi sorrise. «Alle tue ore dieci c'è una ragazza con un culo enorme e un corpo da urlo. Prenotata».

Con interesse ormai destato, spostai lo sguardo sull'oggetto delle attenzioni di mio fratello e nel momento in cui posai gli occhi sul sedere e la ragazza a cui era attaccato si girò e fece un cenno di saluto all'insegnante, sentii aumentare la salivazione.

«No-no», dissi a Damien senza distogliere lo sguardo dal sedere. «Non puoi prenotare un culo del genere. Cristo, guardalo. È perfetto per me».

Mio fratello ridacchiò. «Infrangeresti il codice…».

«Mi venderei l'anima per quel culo enorme. E pure la tua».

Con la coda dell'occhio vidi Damien scuotere la testa e ridacchiare tra sé e sé.

«Mi sa che stai sbavando».

Deglutii. «Sì. Cristo, sono innamorato. Sono davvero innamorato».

«Non l'hai nemmeno vista in faccia ancora».

«Chi se ne frega», risposi. «Guarda quel culo, cazzo».

Damien mi diede una pacca sulla spalla. «Mi faccio da parte. Sembra che tu stia per piangere dalla gioia. Quel culo è perfetto per te».

«È bellissimo».

Mi sedetti dritto, feci girare il collo da spalla a spalla e ignorai le occhiate delle mie compagne di classe per concentrarmi sulla dea con i capelli castani. Non l'avevo ancora vista in faccia, teneva il mento premuto contro il petto e i capelli le coprivano il volto come un velo, ma non mi importava. Volevo scoparla. Lo volevo così tanto che faceva quasi male e per quel motivo dovevo essere affascinante e sfrontato quel tanto da farmi desiderare anche da lei.

Quando girò la testa nella mia direzione e i capelli le si spostarono, i pantaloni mi diventarono estremamente stretti. Non solo aveva un culo enorme e un corpo da urlo ma il viso... era bellissimo. E non in modo artificioso ma di una bellezza naturale. Aveva la pelle chiara, il naso piccolino e le labbra abbastanza sottili, ma gli occhi erano grandi e di un verde acceso. Non era nemmeno vicina a me ma potevo vedere chiaramente quella giada luminosa che ricambiava il mio sguardo.

Tenne gli occhi bassi mentre si avvicinava.

«Questo è il mio posto», disse con il tono piatto.

Fui preso un po' alla sprovvista dal suo approccio. Era come se ce l'avesse già con me e non le avevo ancora detto una parola. Il fatto che mi parlasse senza guardarmi negli occhi mi irritò. Sembrava che parlasse con un essere inferiore e io odiavo quando la gente non mi trattava da pari.

Damien fece per alzarsi senza dire una parola ma, per qualche motivo, gli misi una mano sulla spalla e lo fermai. Eravamo nuovi e non sapevamo che quel posto fosse di qualcuno e l'insegnante non aveva detto niente quando ci eravamo seduti. Non importava quanto fosse figa o quanto fosse meraviglioso il suo culo, quella ragazza non avrebbe dato ordini a mio fratello. Ne prendevamo già abbastanza.

«Il *tuo* posto?», domandai con un sopracciglio alzato. «C'è il tuo nome sopra, per caso?».

Mi guardò negli occhi e per qualche secondo non mi rispose. Era concentrata su un pensiero ma poi, come se avesse premuto un interruttore, tornò alla realtà e disse: «Sì, c'è».

Indicò un nome inciso sul banco che non avevo idea di come si pronunciasse.

«Bro-cosa?».

Lei alzò gli occhi al cielo. Provai soddisfazione per averla irritata e non capivo perché.

«*Bronagh*».

«Bro-nah?», sillabai e poi borbottai tra me e me: «Che senso ha metterci una *g* se è muta?».

Inarcò un sopracciglio. «Già, è così che si pronuncia il mio nome e come puoi ben vedere è sul *mio* banco».

Damien sbuffò divertito. «Ti ha preso per le palle, fratello. Togliamoci dalle scatole di questa *adorabile* donna e sediamoci in fondo vicino alle signore carine».

A giudicare dalle risatine, le ragazze stavano ascoltando la nostra conversazione. Ovviamente non erano interessate a Bronagh ma a me e mio fratello. A essere sincero in quel momento sembrava disgustata e dovevo ammettere di sentirmi offeso. Non ero abituato. Non avevo mai conosciuto una ragazza che era irritata con me appena mi aveva conosciuto… nemmeno quelle che non mi volevo scopare. Mi faceva un po' innervosire ma mi gasava anche di più.

Sapevo che sarebbe stata una sfida e mi sentivo carico al massimo.

Mi alzai piano e dissi in tono di scherno: «Te l'ho scaldata».

«Ringrazia le tue chiappe da parte mia, eh». Mi superò e si sedette sulla sedia che avevo liberato. Appoggiò lo zaino sulla sedia su cui stava Damien e se la avvicinò. Era ovvio il messaggio che nessuno doveva sedersi accanto a lei e questo mi divertì molto.

Ridacchiai e mi girai per seguire Damien che avanzava verso la fila in fondo.

«Che problema ha?», domandai ad alta voce.

«Chi? Bronagh? Niente», rispose una ragazza con i capelli neri. «Solo che non le piace granché la gente o essere al centro dell'attenzione, preferisce starsene per i fatti suoi».

«Non le piace la gente?», ripetei. «Ha qualcosa che non va?».

Se era sociopatica non avrei di certo perso tempo con lei. Non importava quanto fosse perfetto il suo culo. Avevo già abbastanza casini di cui preoccuparmi senza che una giovane pazza mi mettesse in cima alla sua lista nera.

«Sono sicura di avere un sacco di cose che non vanno secondo te, carino, ma ti assicuro che ci sento benissimo», disse ad alta voce, senza voltarsi.

Qualcuno ridacchiò e sorrise persino. Era una tosta, dovevo ammetterlo.

«Tieni il becco chiuso, fratello», ridacchiò Damien.

Anche se mi piaceva, non le avrei permesso di insultarmi… altrimenti avrebbe pensato che fossi un rammollito.

«*Carino?*», ringhiai. «Con chi crede di parlare quella stronza?»

«Ok, moderiamoci», disse la McKesson, alzandosi al suono della parola "stronza". «Bronagh, questi ragazzi sono due nuovi studenti, vengono addirittura dagli Stati Uniti d'America».

Bronagh fece girare le dita in aria. «Forza USA».

La professoressa si morse il labbro inferiore e scosse la testa.

«Gli Slater sono gemelli, come è ovvio. È facile distinguerli visto che hanno i capelli di colore diverso. Nico è castano e Damien è biondo, be', più bianco che biondo».

«Me lo ricorderò, prof, grazie».

Poi la McKesson presentò Bronagh.

«E questa signorina adorabile, ragazzi, è Bronagh Murphy».

«È un *piacere*, signorina Murphy».

«Ho forti dubbi al riguardo, signor Slater», rispose Bronagh facendo ridere la classe.

«Ok, tornate a qualsiasi cosa stavate facendo prima che Bronagh entrasse in classe». Agitò una mano.

Nemmeno un secondo e le ragazze iniziarono un fuoco di fila di domande. Tutte tranne Bronagh e la ragazza coi capelli neri davanti a noi. Stavo per allungarmi per toccarle la spalle e chiederle il nome ma Damien mi aveva preceduto. La ragazza si guardò intorno quando lui le toccò la spalla e alzò un sopracciglio con fare interrogativo.

«Sono Damien Slater», disse. «E tu sei?»

«Alannah Ryan», rispose con un sorriso. «Piacere di conoscerti».

Cazzo, era carina. Anche Damien lo pensava e il fatto che ignorasse le altre ragazze mi diceva che Alannah era quella con cui si sarebbe divertito. Distolsi l'attenzione dalla conversazione frivola e guardai Bronagh liberare il cavo degli auricolari arrotolato intorno all'iPod. Chiamò l'insegnante.

«Prof?».

Quando la McKesson alzò gli occhi, agitò l'iPod Touch nella sua direzione. L'insegnante annuì, dandole in silenzio il permesso di ascoltarlo e questo mi incuriosì.

«Merda, potete ascoltare l'iPod qui?», chiesi ad Alannah.

«Eh?», disse spostando lo sguardo da Damien a me, a Bronagh e poi di nuovo a me. «Oh, no, solo Bronagh. Fa i compiti tutti i giorni, quindi ha il permesso di ascoltare la musica purché a volume basso».

Si trattava di una brava ragazza e la verità era che volevo tirare fuori la parte monella che era in lei. Unii le mani dietro la testa e la guardai. Da quando si era seduta non si era girata nemmeno una volta. Sembrava che non gliene fregasse un cazzo di me e mi piaceva. Era una situazione diversa rispetto a quello a cui ero abituato quando c'era una ragazza con cui volevo spassarmela, ma questo non mi scoraggiava. Mi allettava ancora di più. La volevo ed ero pronto a qualsiasi cosa per farmi implorare di esplorare quel corpo formoso.

«Stai facendo lo strambo», mi disse Damien dandomi una spallata. «Non le piaci, Dominic, quindi lasciala stare. Hai visto come ti ha guardato quando è venuta al banco? Ho come l'impressione che potrebbe prenderti a calci in culo se solo la provocassi».

Esatto. Stava per conto suo, non guardava nessuno e si metteva le cuffie per lasciare il mondo fuori. Quando mi aveva guardato avevo sentito di non interessarle minimamente e per quanto sembrasse stupido mi aveva eccitato da morire. La volevo e proprio perché non potevo averla il corpo e la mente erano concentrati solo su quello.

«Fratellino», sorrisi guardandolo. «La voglio, e ottengo sempre quello che voglio. Lo sai».

«Lo so», sospirò. «Qualcosa mi dice che questa ragazza ti porterà un sacco di guai».

«Sono d'accordo», dissi riportando lo sguardo su di lei china su un quaderno. «Ecco perché sarà così divertente».

Capitolo sei

Diciotto anni

Non riesco a credere di aver pensato che conquistare questa ragazza sarebbe stato divertente.

Guardai il mio avversario per terra che avevo appena picchiato con brutalità e mi sentii vagamente male per lui. Sapeva combattere – non c'era dubbio – ma grazie a Bronagh Murphy covavo così tanta rabbia e aggressività che il malcapitato non aveva una chance di lasciare la piattaforma se non in pessime condizioni. Quella ragazza mi incasinava la testa in tutti i modi possibili e la cosa peggiore era che comunque la desideravo più dell'aria per respirare. Un momento prima era tutta sexy con me e il momento dopo era fredda. Quella situazione mi faceva impazzire… lei mi faceva impazzire.

Mi girai verso la folla vociante e la vidi subito. Mi guardava con gli occhi sbarrati e la bocca spalancata. La mia performance l'aveva scioccata e questo mi dava un senso di piacere quindi le sorrisi. Uscì dalla trance di colpo e sulle sue labbra lessi: «Cazzo». Dentro ribollivo a vedere che covava tutta questa rabbia verso di me, ma fuori le feci l'occhiolino per mostrarle che non mi toccava, anche se, in realtà, tutto quello che faceva mi toccava.

Dopo essere sceso dalla pedana controllai Drake, il ragazzo contro cui avevo combattuto. Dopo essermi assicurato che stesse bene ci abbracciammo per far vedere che quello che succedeva in pedana rimaneva in pedana e andai sul retro per farmi la doccia e cambiarmi. Una volta finito tornai nel locale e trovai la folla che incitava i nuovi combattenti. Feci scorrere lo sguardo sulla gente che era lì per il sangue e con mia sorpresa nella mischia vidi Bronagh e Branna che urlavano e applaudivano come tutti.

«Interessante», dissi tra me e me mentre andavo al divanetto riservato a me e ai miei fratelli.

Erano tutti lì e Alec aveva le sue conquiste quotidiane ai lati. Un uomo e una donna che sembravano entrambi presi da lui. Kane sedeva nel mezzo con le braccia conserte e percorreva la sala con sguardo truce. Damien era al telefono e Ryder… be', il fratellone aveva lo sguardo fisso sulla maggiore delle sorelle Murphy e avrei giurato che non sbattesse nemmeno le palpebre.

Sembra che non sia l'unico ad aver perso la testa per una Murphy.

«Il destro di Branna è migliore di quello di molti degli avversari che ho affrontato».

Ryder non sorrise né fece cenno di aver sentito quello che avevo detto mentre mi sedevo accanto a lui. Gli altri fratelli mi salutarono, si congratularono per la bella vittoria e annunciarono di voler andare a casa. Proprio allora le luci nel locale si accesero e Kane sembrò così sollevato che saltò in piedi. Alec salutò i suoi giocattolini che se ne andarono imbronciati.

«Perché non li porti a casa?»

«Me li sono già scopati prima», rispose con una scrollata di spalle. «Non mi piace la minestra riscaldata».

Risi e scossi la testa. Riportai l'attenzione su Ryder che si era alzato. Seguii il suo sguardo e vidi che era ancora fisso su Branna e Bronagh che incespicavano verso l'uscita. Scossi la testa. Cercavano di sostenersi l'un l'altra ma stavano fallendo miseramente.

Andammo verso l'uscita senza dire una parola. Alec invitò certa gente a venire da noi per una festa. Mentre salivamo le scale lo guardai e dissi: «Odio le feste in casa».

«Sarà divertente», ribatté. «Ho invitato il ragazzo con cui ti sei scontrato e la sua banda».

«E chi altro?»

«Pochi intimi».

Voleva dire un sacco di gente.

Scossi la testa e feci un respiro profondo quando uscimmo. Cercai Branna e Bronagh e quando le vidi parlare con Drake, il tipo a cui avevo appena fatto il culo, andai a grandi passi verso di loro chiedendomi se avrei dovuto picchiarlo di nuovo quando disse qualcosa che fece ridere Bronagh. Quando mi trovai dietro di lei le guardai il culo prima di guardare oltre la sua testa e incrociare lo sguardo di un Drake sorridente. Sentii la fine della loro conversazione e storsi le labbra quando mi resi conto che Bronagh gli stava dicendo che noi ci odiavamo e non le avrei permesso di venire alla festa a casa nostra.

«Sono certo che a Nico non dispiacerà».

Bronagh ridacchiò.

«No, davvero», insistette. «Gli dispiacerebbe».

«Non mi dispiacerebbe affatto, bellezza».

Si irrigidii. «Fottiti, Dominic».

Drake inarcò un sopracciglio, guardò dietro di me e chiese: «È la tua donna, amico?».

Bronagh scoppiò a ridere.

«La sua donna?». Storse la bocca. «Cazzo s-se lo sogna...».

«Già». La interruppi. «È mia».

Era mia e sotto sotto lo sapeva anche lei.

Non mi accorsi nemmeno quando Drake se ne andò perché ero troppo concentrato sulla piccola furia che si era girata per guardarmi in faccia. Sembrava che volesse incenerire me e i miei fratelli, ma era così ubriaca che sembrava mi stesse facendo gli occhi dolci. Alzò la mano libera che non era intorno a Branna e me la puntò al viso. Misi le braccia conserte, consapevole che stava per cazziarmi.

«T-tu, stronzetto succhiacazzi, non sono tua», disse. «N-non sono niente per te e se ti azzardi a d-dirlo di nuovo...».

Si interruppe nel sentire Branna che aveva un conato di vomito. Vidi Bronagh cercare di sostenerla con tutte le sue forze.

«No, Branna, non farlo», supplicò. «Non mi v-vomitare addosso e non morire, non posso portarti a casa; sto di mmerda!».

Quando noi ragazzi ridemmo, alzò gli occhi e ringhiò.

«'Fanculo a tutti... tranne te, Damien, tu sei g-gentile», disse; Damien rise e io alzai gli occhi al cielo.

«Dammela», disse Ryder. «La porto a casa io».

Bronagh guardò mio fratello e scosse la testa. «Eh, no, pensa che sei un c-coglione, e anch'io, e ti prenderà a pugni se si accorge che sei c-con lei».

Ryder ghignò e abbassò lo sguardo su Branna. «Correrò il rischio».

Mio fratello prese Branna tra le braccia lasciando Bronagh a vacillare, per cui mi feci avanti e la afferrai.

«Ti tengo».

Aprì quei bellissimi occhi verdi e mi guardò.

«Lasciami. Andare».

«Ok». Feci come aveva chiesto solo per riafferrarla quando le cedettero le ginocchia. Risi e me la strinsi contro il corpo.

«A quanto pare *hai bisogno* di me, bellezza».

«Non sono nemmeno b-bella».

Sorrisi, la sollevai come una sposa e le stampai un bacio in fronte mentre lei si rannicchiava contro il mio petto. Mentre la portavo alla macchina in braccio bofonchiò qualcosa su me e i miei fratelli che facevamo lei e sua sorella a pezzettini e scossi la testa. Risi, però, quando disse: «Tranne Damien. Non lo aiuterebbe mai perché lui è gentile».

Quando montai sul sedile posteriore della macchina mi sistemai Bronagh accanto del tutto consapevole che avere il suo corpo accoccolato sul mio con il braccio intorno a me e la testa sul mio petto mi faceva sentire appagato come mai ero stato in vita mia. Non ci voleva un genio per capire che mi stavo innamorando di quella ragazza... e che lei mi odiava.

Quella era la situazione in soldoni.

Quando raggiungemmo casa la gente stava arrivando per la festa che aveva organizzato Alec. Bronagh era semicosciente e continuava a dirmi che voleva dormire insieme nel mio letto e anche se mi sarebbe costata probabilmente la vita, la assecondai e la portai in camera mia. Cadde sul letto e mi piacque il modo in cui era comunque bellissima nonostante il trucco sbavato, i capelli arruffati ed era ubriaca fradicia.

Non avevo il coraggio di toglierle il vestito, quindi le tolsi le scarpe e la misi sotto le coperte. Mi spogliai e rimasi in boxer, poi mi distesi a letto accanto a lei. Si girò e mi abbracciò. L'uccello mi diventò subito duro ma non mi concentrai su quello. Mi concentrai su Bronagh e su quanto mi piacesse averla nel mio letto.

D'un tratto aprì gli occhi e mi guardò e io deglutii. Non c'era rabbia o frustrazione nei suoi occhi brillanti, solo una vulnerabilità che non avevo mai visto. In quel momento aveva abbassato la guardia e sembrava stanca di litigare con me.

«Mi spaventi, Dominic».

Mi accigliai. «Non ti farei mai del male, Bronagh».

«Invece sì». Sbadigliò. «Se ti amassi e tu mi lasciassi mi spezzeresti il cuore».

Capii che parlava di dolore emotivo non fisico.

«È l'unico motivo per cui non mi vuoi?».

Annuì e disse: «Ti voglio così tanto che fa male, ma farebbe ancora più male perderti».

«Bronagh, ti voglio anch'io».

Mugolò.

«Faccio dei sogni su di te», disse chiudendo gli occhi. «Mi fai brutte cose».

«Dio santo», dissi mentre lei portava la gamba sulla mia coscia, metteva il braccio sul petto e appoggiava la faccia sul collo. «Mi uccidi, piccola».

Si accoccolò contro di me e sapevo che stava entrando in uno stato di sonno profondo.

La guardai dormire del tutto consapevole di sentirmi infinitamente felice anche solo a tenerla stretta. Era sexy e bellissima ma abbracciarla in quel momento non aveva niente di sessuale e questo mi spaventò da morire. Non mi era mai interessata una ragazza oltre il suo aspetto fisico e il fatto che potessi farmela o meno, ma con Bronagh c'era molto di più. Non avevo mai avuto le farfalle nello stomaco solo ad abbracciare una ragazza prima. Non ne avevo mai avuta una nel letto tutta la notte… in realtà non avevo mai avuto una ragazza nel mio letto senza farci sesso.

Feci scorrere la punta delle dita sulla sua pelle chiara e morbida.

«Che mi stai facendo, bellezza?».

Capitolo sette

Diciotto anni

Ero una cazzo di testa calda.

Ero tesissimo mentre portavo Bronagh in ospedale. Ero arrabbiato con me stesso per aver reagito in maniera melodrammatica quando Kane mi aveva chiamato per dirmi che Bronagh e Gavin Collins sembravano molto a loro agio da McDonald's. Come aveva previsto mio fratello, mi agganciai all'amo, mi presentai lì e feci a pugni con Gavin per il semplice motivo che gli piaceva Bronagh e voleva la sua attenzione. Ero possessivo e mentre la guardavo sapevo che sarei dovuto cambiare perché si era fatta male e questo era inaccettabile.

«Stai bene?».

Si girò di scatto verso di me, truce. «A te sembra che stia bene?».

No, sembrava che le facesse male e mi si rivoltò lo stomaco.

Quando non risposi lei urlò: «Rispondimi!».

Sospirai. «No, perché qualsiasi cosa dica mi urlerai contro e basta, quindi terrò la bocca chiusa».

Grugnì. «Cazzo, sarebbe la prima volta!».

Rimasi ancora in silenzio e sentii che lei mi guardava e scoppiai a ridere.

«Non discuterò con te, piccola, quindi smettila di tendermi esche».

Sibilò con voce assassina: «*Non* sono la tua piccola».

«Me n'ero dimenticato», dissi con un finto sorriso. «Scusa».

Scosse la testa, gemette e si strinse la mano al petto. «Dio, fa tanto male».

Mi bastò uno sguardo per capire che stava per mettersi a piangere e mi sentii squarciare il petto.

«Bronagh, per favore, non piangere».

Tirò su col naso. «Non posso farci niente, fa davvero male».

«Lo so, ma siamo quasi arrivati in ospedale», la rassicurai. «Ti farò rimettere a posto, ok?».

La guardai recuperare il cellulare e appoggiarselo all'orecchio con un sospiro. Mugolò dal dolore e sentii chiaramente la voce di Branna che sbraitava.

«Bronagh? Piccola? Che succede? Qualcosa non va? Gavin ti ha fatto male? Cazzo, lo uccido…».

«Branna, sta' zitta», la interruppe con un grido. «Gavin non mi ha fatto male, ma sono ferita lo stesso e sto andando in ospedale».

«In ospedale? Perché? Che è successo? Stai bene?».

Le sfuggì una risata in mezzo al dolore. «È successo Dominic».

Sospirai di nuovo.

«Dominic?», sbottò Branna, poi digrignò i denti. «Ucciderò tuo fratello».

«Non se lo uccido prima io», sentii urlare Ryder.

Feci un gemito e sperai in silenzio di avere il tempo di spiegare cos'era successo prima che mi uccidessero. Riattaccò proprio mentre entrava nel parcheggio dell'ospedale. Trovai un posto vicino al pronto soccorso e feci uscire subito Bronagh dalla macchina. Quando entrammo le stetti alle spalle. Fatta la registrazione, ci spostammo nella sala d'attesa, stracolma di gente.

Bronagh si guardò intorno, poi mi lanciò un'occhiataccia. «Ti odio».

Annuii. «Mi odio anch'io. Cazzo, passeremo qui tutta la notte».

«E allora vattene», ribatté lei. «Nessuno ti chiede di rimanere».

Le lanciai un'occhiataccia. «Se pensi che ti lascerò qui, non mi conosci molto bene».

«Non ti conosco per niente».

Alzai gli occhi al cielo e la tirai per la mano sana verso l'unico sedile libero in tutta la stanza. Non le piacque essere tirata e mi assestò un calcio nello stinco, facendo ridacchiare un paio di persone.

«Problemi in paradiso?».

Sbuffò rivolto allo sconosciuto. «No, fratello, sono i nostri preliminari».

Era mortificata, lo vedevo dal rossore in viso.

«Scusa, scherzavo».

Spalancò gli occhi quando mi vide accomodarmi sull'unico posto libero e aprì la bocca quando la presi per i fianchi, la feci voltare e me la trascinai sulle ginocchia. La aggiustai in modo che fosse comoda. Le feci passare un braccio intorno alla vita e strinsi leggermente. Con la schiena contro il mio petto e la testa sulla mia spalla mi rilassai e si rilassò anche lei, anche se sapevo che voleva rimanere rigida.

«Puoi picchiarmi dopo. Adesso rilassati e lasciati abbracciare finché non ti visita un dottore».

Detto questo mi avvicinai al suo viso e la bacia qualche volta sulla guancia. Mi dispiaceva che si fosse fatta male a causa della mia irruenza mentre lottavo con Gavin e desiderai di poter cancellare il suo dolore. Speravo che sapesse che non volevo che si facesse male perché avrei preferito morire che causarle anche un momento di sofferenza. Ci tenevo troppo a lei.

Passò qualche minuto e Bronagh all'improvviso si raddrizzò e si tolse il golfino. Se lo mise sulle gambe e questo mi sembrò un po' strano.

«Hai caldo?», le chiesi quando si riappoggiò al mio petto.

Scosse la testa, la mano ferita stretta a sé.

«Allora perché…».

«Mi coprivo le gambe».

Perché?

Rimasi zitto per un secondo, poi dissi: «Probabilmente mi pentirò di averlo chiesto, ma perché?».

Arrossì e sussurrò: «Perché da seduta sono tre volte più grosse».

Silenzio.

Cercai di capire perché questo era un problema dal suo punto di vista ma non ci riuscii.

«Dio mi salvi dalle ragazze e dal loro stupido modo di pensare».

Stava per redarguirmi ma sfregai il naso contro il suo collo. «Guarda caso io penso che tu sia fottutamente stupenda stasera. Non ti avevo mai visto indossare abiti della tua *vera* taglia finora. Devo dire, Bronagh, che mi piace *parecchio*».

Abbassò la testa mentre arrossiva dal collo in su facendomi ridacchiare.

«Bronagh Murphy?».

Alzammo entrambi lo sguardo e vedemmo che un'infermiera aveva chiamato Bronagh. Seguii Bronagh e lei non disse niente. Sapevo che non l'avrebbe mai ammesso ma mi voleva lì con lei. La facevo sentire meglio riguardo l'intera situazione.

«Bronagh?».

Lei annuì, poi l'infermiera guardò me.

«Solo parenti o partner…».

«Sono il suo ragazzo».

Bronagh rimase in silenzio mentre l'infermiera sorrideva e ci faceva cenno di seguirla nella sala del triage. Le ci vollero pochi minuti per controllare Bronagh e decidere che le serviva una radiografia per vedere se la mano era rotta. Pregai che fosse solo una distorsione. Mi sarei sentito morire se si fosse rotta la mano per me. Quando l'infermiera lasciò la stanza mi concentrai su Bronagh che era silenziosa.

«A che pensi?».

Mi guardò. «Sto pensando che sei pericoloso, e che averti nella mia vita significherebbe fare quello che ha sempre voluto Branna, aprirmi a qualcuno. Sei un rischio che sto pensando di correre».

Non credevo alle mie orecchie e prima che me ne accorgessi mi insinuai tra le sue gambe.

«Mi vuoi?».

Bronagh deglutì. «Devi impegnarti a non farmi arrabbiare così tanto, ma sì, ti voglio».

Le presi la faccia tra le mani, accarezzandola con i pollici mentre mantenevo il contatto visivo.

«Non sto dicendo che diventerò subito la tua ragazza», aggiunse senza fiato. «Sto dicendo che è una possibilità».

Inarcai un sopracciglio. «Quindi sono in prova?».

Annuì. «Esatto, voglio solo provare a vedere se funziona questa cosa tra noi prima di metterci un'etichetta sopra, a te sta bene?».

A una condizione.

«Posso baciarti quando voglio?».

Alzò gli occhi al cielo. «Niente baci a scuola perché non voglio affrontare quei melodrammi, soprattutto dopo quello che è successo con Destiny, e per la cronaca non ne parleremo *mai*. In quel fine settimana non eravamo niente quindi quel che è successo o non è successo non sono affari miei. A parte questo però, sì, puoi baciarmi quando vuoi».

Non aveva niente di cui preoccuparsi per quanto riguardava Destiny. Non l'avevo baciata né ci avevo fatto sesso. Quando a ginnastica aveva lasciato intendere che ci eravamo dati da fare l'avevo lasciata parlare perché volevo ferire Bronagh come mi aveva ferito lei a rifiutarmi, ma una volta che le cose si fossero assestate glielo avrei spiegato e avrei chiarito che da quando le avevo messo gli occhi addosso nessun'altra mi aveva avuto. Se le avessi detto in quel momento che non era successo niente avrebbe pensato che cercavo solo di rabbonirla quindi non parlai dell'argomento, come mi aveva chiesto.

«Allora mi sta bene».

Detto ciò appiccicai le labbra alle sue e le infilai a forza la lingua in bocca. Bronagh si aggrappò al mio braccio con la mano sana e mugolò mentre approfondivo il bacio per prendermi quello che volevo da lei. Non ero nemmeno vicino a quello di cui avevo bisogno ma era comunque un buon inizio. Mi ero a malapena saziato delle labbra di Bronagh che venni trascinato via da lei. Mi girai e mi irrigidii appena vidi il pugno di Branna Murphy venire verso di me.

Poi successe il finimondo.

Chiamarono la polizia che una volta arrivata separò Ryder

e Branna da noi. Mi portarono in una stanza separata per mettermi otto punti grazie all'anello di Branna che mi aveva disegnato una bella ferita proprio sopra a un occhio. Bronagh aveva fatto la radiografia e le avevano confermato che era solo una distorsione. Dopo che l'avevano dimessa era venuta da me a controllare che stessi bene. Mentre un'infermiera carina mi applicava i punti, una poliziotta, anche lei carina, venne a chiedermi se volevo sporgere denuncia contro Branna, cosa che trovai esilarante.

«Le ha già detto che non vuole denunciare mia sorella, *perché* continua a ripetersi?».

Bronagh si era comportata in maniera strana da quando la poliziotta era entrata. Avevo notato subito che l'agente era interessata a me e anche Bronagh sembrava averlo notato.

La poliziotta lanciò un'occhiata a Bronagh. «Fa parte del mio lavoro porre questo genere di domanda alle vittime di un'aggressione più di una volta per essere sicura che siano certe della propria decisione».

Bronagh si avvicinò.

«Fa parte del suo lavoro anche flirtare con la suddetta vittima quando la sua *ragazza* è proprio lì accanto?».

L'agente guardò Bronagh, poi me, poi di nuovo Bronagh e arrossì. Anche l'infermiera che mi metteva i punti si zittì dopo l'uscita di Bronagh. Volevo scoppiare a ridere ma mi trattenni. Si era dichiarata la mia ragazza perché voleva che le altre due si facessero da parte e lo adoravo.

«Sta' a sentire», disse l'agente puntando su Bronagh due occhi ridotti a fessure. «Non stavo flirtando...».

«Sì invece, ma può anche lasciar perdere, non gli interessa. Giusto?».

Quando mi guardò e scoprì che la stavo già guardando, si leccò il labbro inferiore e il sangue mi si concentrò nei genitali.

«Giusto».

Bronagh guardò soddisfatta la poliziotta e disse sprezzante: «Visto?».

Mi sentivo intirizzito per essere stato seduto a lungo, quindi, una volta che l'infermiera ebbe finito, stiracchiai le braccia sopra la testa facendo flettere i muscoli. Ero senza maglietta perché Branna me l'aveva strappata aggredendomi, e mentre mi stiravo vidi tre paia di occhi che mi guardavano il petto nudo. Non ero stupido, sapevo com'era il mio corpo e di solito mi piaceva ricevere l'attenzione delle donne, ma in quel momento volevo l'attenzione di una sola e ce l'avevo.

«Hai un tatuaggio stupendo».

Guardai l'infermiera che aveva parlato e poi la poliziotta che annuiva.

«Grazie, signore». Sorrisi circondando la vita di Bronagh con un braccio. «La mia *ragazza* è d'accordo con voi».

Bronagh si irrigidì quando entrambe fecero una faccia strana all'affermazione che era la mia ragazza e, ad essere sincero, il fatto che la sottovalutassero irritava un po' anche me.

«Ha finito qui?».

Annuirono, anche se si capiva che non avrebbero voluto.

«Allora possiamo andarcene?».

Guardai Bronagh e poi la poliziotta che sembrava averne abbastanza dell'atteggiamento di Bronagh.

«Hai qualche problema?»

«Sì, in effetti», la interruppi con un sorriso. «Si è slogata la mano qualche ora fa e non ha ancora preso gli antidolorifici. Appena finisco andiamo a recuperarli alla farmacia a orario continuato».

Lei mi sorrise di nuovo dimenticandosi dell'esistenza di Bronagh.

«Ora ti dimetto».

Vidi Bronagh alzare gli occhi al cielo dopo che l'infermiera ebbe parlato e lasciato la stanza e questo mi strappò un sorrisetto. Le attenzioni che mi riservavano le due donne la stavano uccidendo.

«Anch'io ho finito qui, a meno che tu non voglia esporre denuncia. In tal caso possiamo verbalizzarla in centrale».

Gli occhi di Bronagh diventarono fessure.

«No, grazie», dissi con garbo. «Resto della mia convinzione».

La poliziotta annuì, salutò e uscì dalla stanza. Guardai Bronagh che rimuginava in silenzio.

Dopo qualche istante sospirò. «Che c'è?»
«Cazzo, sei così sexy». Mi chinai, le incollai le labbra al collo e succhiai.
«Smettila». Mi guardò male. «Potrebbe entrare chiunque!».
Feci passare lo sguardo sulle sue curve. Era così formosa che mi faceva venire l'acquolina in bocca.
«Come se mi importasse, vederti gelosa e possessiva mi ha fatto diventare duro come il diamante. Cazzo adoro questo lato di te».
«Dominic», disse con il viso in fiamme.
Mi scoppiò una risata. «Stai passando da sexy a adorabile da morire. Mi stai uccidendo!».
Mi lanciò un'occhiataccia. «Ti ucciderò se non la pianti, non mi piace».
«Allora perché incroci le gambe?».
Abbassò lo sguardo e si rese conto che effettivamente aveva le gambe incrociate.
«Sta' zitto!».
Mi ci volle una dose incredibile di autocontrollo per rimanere seduto. Sapevo che aveva la figa pulsante e più stringeva le cosce più arrossiva.
«Se vieni qui da me, farò andare via quel dolore e lo trasformerò in un piacere immenso».
Chiuse gli occhi alle mie parole.
«Scommetto che ti sei bagnata per me; riesco praticamente a sentire il tuo calore da quaggiù».
Cercò di concentrarsi sulla respirazione. La guardai fare dei respiri per calmarsi e mi fece sorridere. Cercava di tenermi fuori e non glielo avrei mai lasciato fare, non quando finalmente si stava aprendo con me.
«Vieni qui da me, piccola».
Si mosse quasi all'istante e mi leccai le labbra come se fosse stata un cazzo di banchetto. Aprì gli occhi quando le sue ginocchia sbatterono contro le mie. Le sorrisi e mi abbassai per sfregare il naso contro il suo. Tremava e sapevo che aveva paura ma volevo farle vedere che l'intimità con me era qualcosa da desiderare, non da temere.

«Cosa senti adesso?», bisbigliai. «*Dimmelo*, bellezza».

«Ho caldo… e male», disse col respiro un po' affannato.

«È un male insinuante?», mormorai, sfiorando le labbra con le sue. «Senti pulsare?»

«Mmh-mmh».

Le succhiai il labbro inferiore per un secondo, poi lo rilasciai. Non volevo altro che buttarla su un lettino, tirarle giù i jeans, aprirle le cosce e scoparla fino a farla urlare ma sapevo che non sarebbe successo quindi misi quel pensiero da parte e mi concentrai sul trarre godimento dal darle godimento.

«Il tuo corpo sa cosa vuole e più ti trattieni più il tuo bel clitoridino si mette a pulsare, pretendendo la mia attenzione. Vuole solo la *mia* attenzione, giusto?».

Si aggrappò alla mia spalla con la mano buona. La strinse quando le circondai la vita con le mani, scesi più giù e le afferrai il sedere. Le tirai una pacca sul sedere e repressi un gemito. Amavo il suo culo.

«Perché mi fai questo?», sussurrò. «Quando tornerò lucida ti ammazzerò».

Detto questo mi baciò come una donna affamata. Presi subito il controllo del bacio. La baciai con trasporto e nel contempo feci scivolare la mano destra sul davanti dei suoi jeans e con un rapido movimento delle dita li sbottonai e tirai giù la lampo in pochi secondi.

«Dominic, per favore».

Sapevo cosa mi stava chiedendo e non c'era bisogno che lo ripetesse.

«Rilassati, piccola, e lascia che mi prenda cura di te».

Le feci passare la mano sullo stomaco e poi affondai la mano nelle sue mutandine.

Ansimò quando feci scivolare l'indice tra le sue pieghe lisce e bagnate, seguito dal pollice in una carezza sul minuscolo nodo di nervi che reclamava la mia attenzione.

«Bronagh, piccola, cazzo, sei *fradicia*».

Quando ripresi a baciarla non mi rispose con molto trasporto e sapevo che era perché aveva tutta l'attenzione focalizzata sulle mie dita che giocherellavano intorno al clitoride gonfio.

Mi strinse la spalla. «Oh, Dio».

Mi allontanai di un paio di centimetri e le osservai il viso carico di emozioni e vi lessi piacere, me lo sentii indurire fino a far male. Quando chiuse gli occhi, l'uccello mi sussultò. Vedere quanto godeva con il mio tocco mi faceva arrapare più di quanto credessi.

«Occhi su di me».

Spinse la fica contro la mia mano e seppi che era mia.

«Sì, sì!», implorò all'improvviso. «Non fermarti».

«Cazzo, non ci penso nemmeno», dissi muovendo il pollice più in fretta. «Ti piace, bellezza?».

Le sue anche sussultarono.

Sorrisi e dissi: «Lo prenderò per un sì, allarga un po' le gambe per me».

Fece come chiedevo senza esitazione e gemette un po' più forte quando affondai il dito tra le sue pieghe e la penetrai con cautela nella fica calda e bagnata. Quando sentii i muscoli ben stretti intorno al dito ebbi un brivido lungo tutto il corpo. Mi venne l'acquolina in bocca a immaginarmi che lì ci fosse il mio uccello.

«Non vedo l'ora di sentirti attorno al pisello», sibilai. «Mi distruggerai, bellezza, lo so».

Dopo avere affondato le dita dentro e fuori un paio di volte, tornai sul clitoride e roteai a velocità maggiore, facendole emettere suoni che misero a dura prova il mio autocontrollo.

«Oh, Dio», ansimò. «Ok, puoi fermarti a-adesso, Dominic, è troppo. Non p-posso…».

«Stai per venire, piccola, tutto qui», la interruppi ripremendo le labbra sulle sue. «Permettimi di farti venire, bellezza».

Il corpo cercava di muoversi mentre raggiungeva l'orgasmo ma non glielo permisi. Aumentai la presa su di lei e le stimolai la fica con le dita fino a che non le tremarono le labbra. Trattenne il respiro e rimase a bocca aperta e occhi serrata. Le guardai la faccia trasfigurarsi per l'estasi che le aveva provocato l'orgasmo e la trovai la cosa più bella del mondo. Mi si gonfiò il petto al pensiero che ero stato io a farle fare quell'espressione e mandare il suo corpo in estasi.

Quando riaprì gli occhi qualche secondo dopo, mi leccai il labbro inferiore.

«Sei fottutamente sexy quando vieni, bellezza», dissi togliendole piano piano le mani dalle mutande. Continuai a guardarla mentre mi portavo il dito alla bocca e leccavo via tutto. «Mmh, e il tuo sapore è ancora meglio».

Vidi che cominciava ad andare nel panico.

«Oh, Gesù». rise piano.

«No, Bronagh». Risi piano. «Non sentirti in imbarazzo per quello che è successo. Cazzo, è stato bellissimo, e non ti permetterò di pensare niente di meno, mi hai capito?».

Non parlò e non riusciva a guardarmi, quindi le sollevai il capo dal mento fino a farle incrociare i miei occhi.

«Mi hai capito?», ripetei. «Ripetilo».

«Come faccio a non sentirmi in imbarazzo!», chiese. «Tu... quello che mi hai fatto e poi hai... hai...».

«Leccato via il tuo orgasmo dalle mie dita?», conclusi. «Sì, l'ho fatto, e quindi? Era buonissimo e non vedo l'ora di assaggiarlo di nuovo».

Se prima era rossa, ora era paonazza.

«Dominic!», brontolò. «Non dirmi queste cose, non ho mai fatto niente del genere, mai. Be', a parte quando abbiamo quasi fatto sesso in camera tua ma comunque, è una cosa *enorme* per me e non so come metabolizzare quello che provo...».

«Piccola, devi prendere fiato e calmarti. È una cosa naturale, hai avuto un orgasmo, un orgasmo che ti ho procurato io. Che cazzo sarà mai, ti ha fatta sentire benissimo, quindi perché vergognarsi? Sono il tuo ragazzo, servo proprio a questo. Praticamente solo a questo».

Vidi che rifletteva sulle mie parole e sapevo che sotto sotto si stava calmando.

«E poi», continuai, «sono contentissimo che nessuno te l'avesse mai fatto provare prima. E *fremo* per la voglia di essere il primo a fare sesso con te. Me lo sogno la notte, bellezza».

Mi guardò. «Davvero?»

«Ogni notte», risposi. «Fin da quel giorno a casa mia in cui mi hai detto che eri vergine, dopo che avevo fatto a botte con Jason; non riesco più a togliermelo dalla testa».

Deglutì. «È difficile da credere?»

«Solo perché sei bellissima, mi sorprende che nessuno sia arrivato prima di me». Le feci l'occhiolino. «Però sono contento, perché la tua verginità è *mia*».

Le labbra le fremettero. «Tua, eh?»

«Il fidanzato sono io quindi sì». Sorrisi. «Tutta mia».

«Non avevo detto che sarai in prova prima che io ci dia un qualche titolo?».

La strinsi a me.

«Già, be', mi promuovo fidanzato perché ti ho fatto ubriacare con un orgasmo. Comunque prego».

Alzò gli occhi al cielo per finta. «Non so nemmeno perché ho perso tempo a dirti che eri in prova. Non appena ho detto che avrei corso il rischio con te hai dato per scontato di essere il mio ragazzo, giusto?».

Mi strinsi nelle spalle. «Più o meno. Avevo intenzione di farti credere che il gioco fosse in mano tua, ma come hai già scoperto ho io tutto il potere del mondo proprio qui sulla punta delle dita».

Quando le agitai le dita in faccia spalancò gli occhi e io scoppiai a ridere. L'abbracciai sapendo che ci sarebbero stati molti alti e bassi nella nostra relazione ma ora l'avevo conquistata e non l'avrei lasciata andare. Si inseriva perfettamente nella mia vita; era come un pezzo di me che non credevo mi mancasse. Il pensiero di vivere al suo fianco rese il futuro più eccitante e sapevo che ne sarebbe valsa la pena di avere una storia con lei.

Niente poteva portarmela via.

Niente.

Capitolo otto

Presente

«Papino?».

Guardai verso la porta del salotto a cui era appoggiata mia figlia. Gli occhioni verdi erano più grandi che mai e teneva le mani unite. Era nervosa e sapevo che era perché la madre l'aveva mandata a parlarmi. Era raro che mi chiamasse "papino" quindi capii che era preoccupata. Non l'avevo cercata per tutto il giorno e questo andava contro il padre che Georgie conosceva. Di solito dopo una lite andavo e mi chiarivo con chiunque fosse coinvolto perché non mi piaceva discutere con i miei figli. Ma quel giorno non ero andato perché volevo che si rendesse conto di quanto era nei guai.

«Vieni, piccola».

Entrò con gli occhi fissi sul bicchiere di whiskey che avevo in mano. Erano quasi le sei e sentivo il bisogno di bere qualcosa. Non ero mai stato un gran bevitore – di solito ero quello che guardava la gente ubriacarsi – ma quel pomeriggio mi serviva qualcosa per calmarmi i nervi. Avevo sentito dire che l'essere genitore portava a bere e non mi ero mai reso conto di quanto fosse vero fino a che i miei figli non erano entrati nell'adolescenza.

«Bevi per colpa mia?».

Posai il bicchiere sul tavolo.

«No, ma a essere sincero aiuta».

«Mi dispiace di averti mentito su Indie», disse con gli

occhioni verdi luccicanti. «Ci frequentiamo solo da un paio di mesi. È che… tu mi vuoi bene da morire e so che per te è dura lasciarmi crescere».

«Questo è vero, Georgie, ma non mi hai detto di Indie perché in fondo lo sapevi anche tu che i ragazzi alla vostra età non dovrebbero avere una relazione. Tu hai quindici anni e Indie ne ha appena compiuti tredici».

Molte persone non avrebbero pensato che un tredicenne potesse interessarsi al sesso, ma avendo perso la verginità proprio a quell'età, sapevo molto bene che era possibile.

Mia figlia rabbrividì. «Sono solo due anni di differenza, nemmeno due anni, solo venti mesi… giorno più giorno meno».

La guardai e lei sospirò.

«Ho parlato con mamma e capisco quello che dite e sono d'accordo. Non so perché Indie abbia comprato i preservativi perché non erano per noi. Forse voleva solo essere pronto. Papà, non sono stupida. So che sono troppo giovane per fare sesso… non so nemmeno come funzioni per bene. Cioè, so come funziona, ma allo stesso tempo no».

Era diventata paonazza e anche se sapevo che era in imbarazzo, il sollievo che provai al petto mi fece quasi piangere. Non faceva sesso e non voleva farlo. Era tutto quello che mi importava.

«Ascolta». Sospirai e mi portai in avanti appoggiando i gomiti sulle ginocchia. «So che ti fa arrabbiare il fatto di essere trattata in maniera diversa dai tuoi fratelli qualche volta, ma devi capire che per maschi e femmine il mondo è molto diverso. Non è giusto ma è così e essere iperprotettivo serve a risparmiarti di farti male».

Georgie annuì. «Lo so. Ho accettato anni fa che mi avreste mandata tutti fuori di testa».

Io, i miei fratelli, i suoi fratelli e i cugini l'adoravamo.

Sorrisi. «Ti vogliamo tutti bene».

«Lo so», disse. «E io voglio bene a voi».

«Anche a Jax».

Mi guardò con un sopracciglio alzato. «Certo, papà, gli voglio bene».

«Oggi gli hai detto che lo odiavi».

Abbassò la testa per la vergogna. «Ero molto arrabbiata con lui ma non lo pensavo sul serio. Davvero».

«Lo so», dissi. «Ma andrai a casa sua a scusarti stasera. Ti vuole un mondo di bene e l'hai ferito quando gli hai detto che lo odi».

Georgie deglutì. «Mi scuserò. Promesso».

Mi riappoggiai allo schienale. «Mi dispiace se mi sono arrabbiato quando Jax ha detto che hai un ragazzo. Non voglio che tu pensi di non poter parlare con me. Mi sono arrabbiato proprio per i segreti ma non avrei dovuto e ti chiedo scusa».

«Grazie», disse. «Mi dispiace per averti nascosto di Indie. È che... era bello piacere a qualcuno anche se sa che c'è un branco di ragazzi pronto a ucciderlo se mi guarda in un certo modo».

Piegai la testa di lato. «Non gli importa dei tuoi fratelli e cugini?»

«Dal momento che alcuni sono anche i suoi di cugini, no, è tranquillo. È preoccupato per Locke, però. Sono migliori amici e lui non gli ha parlato di noi perché io gli ho detto che non volevo che lo sapesse nessuno. Potrebbero litigare per questo e poi io e Indie potremmo litigare per quello». Si mise la testa tra le mani. «Hai ragione. Le relazioni sono troppo impegnative».

Risi. «Be', adesso ne hai una e non sei una che cerca scappatoie».

Georgie alzò la testa e per un momento mi sembrò di vedere Bronagh.

«Pensavo che avessi detto che non potevo più avere un ragazzo».

La guardai. Sapevo che se l'avessi fatta rompere con quel ragazzo l'avrei allontanata da me. Non era più una bambina e anche se era ancora minorenne doveva farsi le sue esperienze ed essere indipendente.

«Ascoltami e fallo attentamente. Puoi continuare a uscire con lui ma la relazione non diventerà intima in nessun modo o in nessuna circostanza fino a che non sarai adulta. Questo significa come minimo fino ai diciotto anni. Nelle relazioni c'è altro oltre al sesso. Non tutte le cose speciali devono diventare fisiche».

Spalancò gli occhi di giada, saltò in piedi e si buttò su di me. «Oh, grazie, papà!».

La presi e l'abbracciai piano. Quando ci separammo e me la ritrovai davanti mi si spezzò il cuore in due. Era bellissima, cazzo. La bellezza più pura che avessi visto. Era l'immagine sputata di Bronagh con il mio sorriso e le fossette. Era una giovane donna e lo detestavo.

«Per me è difficile», dissi con voce dura. «Lo sai, vero?»

«Lo so, papà, ma ti giuro che non l'ho nemmeno baciato ancora e non farò niente delle cose di cui hai paura fino a che non sarò molto più grande. Promesso».

Lo diceva in quel momento, ma avrei voluto vedere quando si fosse presentata la situazione in cui quel piccolo bastardo di un Collins le avesse fatto desiderare di provare le cose che aveva giurato di non fare. Una volta che quel delinquente avesse avuto la sua attenzione, sarei stato l'ultimo dei pensieri di mia figlia.

«Voglio che tu mi prometta che rifletterai molto bene quando si parla di baciare e quel che ne segue. Considera tutti gli aspetti, okay? E, regola numero uno, non avere paura di dire di no. Abbi rispetto per te stessa e non concederti a un ragazzo se non ti rispetta allo stesso modo. Hai capito, Georgie Slater?»

«Sì, papà, ho capito».

Annuii. «Voglio incontrarlo».

Il sorriso le svanì dal volto e sbiancò più di quanto non fosse di pelle già chiara. «Lo hai già incontrato un milione di volte».

«Però, non sapevo che fosse il tuo ragazzo allora».

Georgie deglutì. «Non lo spaventerai, vero? Perché ha già paura di Jax che ancora non ha nemmeno provato a spaventarlo... tranne per quel pugno che gli ha dato ieri. Indie mi ha scritto prima che è andato a casa di Jax con Locke e Jax l'ha semplicemente guardato senza battere ciglio. È bastato a farlo andare fuori di testa e sono cugini. E so che anche Beau, Enzo e Alby ci andranno giù pesanti con lui».

Adoravo i miei figli e i miei nipoti.

«Non lo spaventerò ma non sarò nemmeno il suo migliore amico», dissi serio. «Voglio che sappia che tu sei la mia vita e che se ti ferisce in qualche modo metterò fine alla sua. Ecco quanto».

«Papà!».

Scrollai le spalle. «Ti sto solo dicendo la verità».

Georgie si sedette e sospirò. «Okay, immagino che sia giusto così».

«Digli di venire domani pomeriggio. Stasera voglio sentirmi triste perché stai crescendo. Per domani mi sarà passata ed entrerò in una nuova fase della paternità che mi richiede di spaventare il tuo ragazzo fino a renderlo docile».

«Papààà», urlò scuotendo la testa ma con il sorriso. «Ti voglio bene da morire».

«Anch'io e ricorda quello che ho detto prima. Sei in punizione per la scenata di stamattina e per quello che hai detto a Jax. Niente apparecchi elettronici per questa settimana e farai qualche faccenda extra in casa».

Georgie annuì e accettò la punizione. «Okay, papà».

Mi abbracciò e mi baciò un'altra volta prima di dire: «Vado in camera a dire a Indie di domani e poi metto tutta la mia roba sul vostro letto così potete metterla in cassaforte. Poi vado da Jax».

La guardai lasciare la stanza e mi sentii davvero fiero di lei per aver accettato la situazione a testa alta. Presi il bicchiere, lo svuotai e chiusi gli occhi.

«A cosa pensi, omone?».

Aprii gli occhi e vidi Bronagh che entrava in silenzio e veniva da me. Sembrava che i fianchi le ondeggiassero a rallentatore e mi venne l'acquolina in bocca. Quando appoggiò il sedere sul mio inguine e si accoccolò a me l'abbracciai in automatico. Amavo sentirla, odorare i suoi capelli. Amavo lei.

«Pensavo a quando ero un ragazzo e poi a quando ti ho conosciuto e la nostra vita insieme fino ad adesso».

Sorrise. «Abbiamo vissuto dei bei venti anni, vero?»

«E i migliori devono ancora arrivare».

Mi passò le dita tra i capelli. «Dimmi a cosa pensi».

«Che ti amo, ecco a cosa penso».

Si mise dritta e i suoi occhioni verdi mi guardarono con ammirazione e amore.

«Ti amo anch'io, Facciadicazzo».
Sbuffai. «Sarà meglio, culona».
Bronagh rise. «Come ti senti dopo la storia con Georgie?»
«Mi sono chiesto se tu e i bambini sareste sopravvissuti senza di me se fossi andato in prigione».
«E a che conclusione sei arrivato?»
«Che vi mancherei troppo».
«È vero», annuì. «Preferirei averti a casa con noi. Sempre che non ti dispiaccia rinunciare alla prigione».
Era furba.
Sospirai. «Se proprio devo».
Sorrise e il cuore mi batté contro il petto.
«Sei bellissima, Bronagh».
Arrossì e questo mi fece ridere.
«Dopo tutto questo tempo arrossisci ancora quando ti faccio i complimenti».
«Ma smettila».
Sorrisi, le tirai la testa verso la mia e la baciai fino a che non si sciolse tra le mie braccia.
«Mmh». Gemette contro le mie labbra. «Non mi stancherò mai dei tuoi baci».
«Bene», dissi rilassandomi. «Perché ho in mente di baciarti per molto tempo».
Sorrise. «So che nostra figlia ti ha ferito oggi. Ha ferito anche me».
Appoggiai la fronte alla sua.
«Sono terrorizzato all'idea che cresca, Bronagh. Non sono pronto».
«Lo so, amore. È successo senza che ce ne accorgessimo. Ieri era una bambina e oggi è una giovane donna».
La strinsi. «E che cazzo».
Bronagh rise. «Però pensa che possiamo vederla diventare una donna, costruirsi una carriera, innamorarsi, sposarsi e fare figli. Abbiamo cresciuto dei bravi ragazzi, Dominic. Ci renderà fieri di lei. Lo so».
Annuii e chiusi gli occhi. «È la mia unica figlia femmina e io… voglio solo… voglio che viva al meglio. Voglio che

commetta i suoi errori ma voglio che se ne prenda la responsabilità come ha fatto stasera. Per me lei è perfetta, Bronagh. È un'estensione di te. Tutti i miei figli lo sono».

Bronagh mi passò un dito sulle labbra. «Sono anche estensioni di te. I ragazzi assomigliano a te e ai tuoi fratelli. Georgie ha il tuo sorriso e la tua forza».

Mi si scaldò il petto.

«Ti senti meglio dopo averle parlato?»

«Sì», risposi. «Ma sono comunque preoccupato perché ha detto che non farà roba da adulti fino a che non sarà più grande ma sappiamo entrambi che sono stronzate. Cosa ti facevo quando avevo diciotto anni e tu diciassette?», le chiesi scuotendo la testa frustrato. «Non mi limitai a baciarti in quella stanza di ospedale quando ti slogasti la mano. Le mie dita ti fecero cose molto intime se ricordo bene».

Mia moglie mugolò. «Oh, me lo ricordo, maritino».

«Non ora, moglie».

«Hai fatto il mio corpo tuo», continuò.

«Esatto», bisbigliai. «Ti ricordi cosa ti facevo quando eravamo ragazzi? Ti toccavo, leccavo, succhiavo e scopavo così forte che a volte ti dimenticavi di respirare. Gesù, Bronagh, sarei saltato nel fuoco per avere il tuo corpo ancora prima di conoscere te. Georgie ha il tuo stesso fisico, quindi so che questo stronzetto pensa quello che pensavo io e vorrà… oddio, non riesco nemmeno a dirlo».

«Dominic», ridacchiò lei. «Non puoi pensare sul serio che rimarrà vergine per sempre».

«Cristo, Bronagh», dissi quasi piagnucolando. «Non hai idea di quanto sia difficile parlarne per me. È la mia bambina. Nessun delinquentello sarà mai abbastanza per lei. È superiore a chiunque. Le voglio bene più della mia stessa vita ed è… difficile, cazzo, va bene? Era ieri che aveva cinque anni e mi chiedeva di portarla a cavalcioni e mi diceva che i maschi facevano schifo e ora ha un ragazzo. Cazzo!».

Mia moglie mi portò le braccia intorno al collo e appoggiò la testa alla mia.

«I nostri bambini stanno crescendo».

«Almeno Axel ha solo sette anni». Sentii un nodo allo stomaco. «Lo coccolerò così tanto da rincretinirlo».

Bronagh fu scossa da una risata silenziosa.

«Quando l'ho incrociata per le scale Georgie mi ha detto che vuoi vedere Indie domani».

Annuii. «Lo voglio spaventare ma in maniera moderata. So che se la faccio rompere con lui Georgie non si fiderà più di me, quindi gliela do vinta, ma l'ho fatta promettere di non entrare in intimità fino a che non è più grande. L'ha promesso e ora posso solo sperare che lo faccia sul serio».

«Lo farà, tesoro. Ti rispetta troppo per infrangere una promessa».

Lo speravo.

«Lo accetterò, davvero, ma stasera voglio solo sentirmi triste perché sta crescendo».

Mia moglie mi diede un bacio sulla guancia. «Normalmente ti direi di allenarti ma non credo che ti aiuterebbe. Vai al pub con i tuoi fratelli; ti faranno sentire meglio».

La strinsi. «Tu puoi farmi sentire meglio».

«Ti farò sentire meglio stasera quando torni a casa». Mi fece l'occhiolino mentre si alzava e andava via. «Per ora mi occupo dei ragazzi così puoi andare al pub e scaricarti».

Non ebbe bisogno di ripetermelo due volte. Tirai fuori il telefono e chiamai Damien. Rispose al quinto squillo.

«Vuoi farti una birra o dieci con me?».

Sbuffò. «Cha hai fatto?».

Ci rimasi male. «Perché dai per scontato che abbia fatto qualcosa?»

«Perché ti conosco».

Mi strofinai il viso con la mano libera. «È successo un macello e non ha niente a che fare con me e Bronagh».

Damien trattenne il fiato. «I ragazzi?»

«Georgie», dissi demoralizzato. «Ha un ragazzo e Bronagh non mi permette di ucciderlo. È uno dei figli di Gavin».

«Cazzo», imprecò Damien. «'Fanculo. Esco subito».

Riattaccò e arrivò da me in dieci minuti esatti. Non entrò. Presi chiavi e portafoglio e uscii.

Mi diede una pacca sulla spalla appena salii in macchina. «Stai bene?».

Scossi la testa. «Starò bene domani ma ora sono a pezzi».

«Sono a pezzi io, posso solo immaginare come ti senti».

«Stasera ho aperto gli occhi e ho capito che Georgie è una giovane donna e non più una bambina. I pensiero di un ragazzino eccitato che le sta intorno mi fa salire l'istinto omicida».

«Ho voglia di spezzare le mani e il cazzo di quel ragazzino. Non sei il solo».

Grugnii. «Solo la sua morte mi farebbe felice».

«Ed è un Collins oltretutto?».

Sbuffai. «Il figlio di Gavin... Vuoi sapere la cosa ironica?».

Annuì.

«Indie è la copia di Gavin».

«Allora è un bastardo bello».

«Secondo te non lo so?!». Strinsi le mani a pugno. «Una volta ho quasi perso Bronagh per lui e ora sto per perdere la mia bambina non solo per suo figlio ma per la sua fotocopia? Cazzo. Voglio ucciderlo. Non mi importa nemmeno che sia un ragazzino».

Sbuffò. «Andrai a l'inferno se lo uccidi».

«Mi spiegherò ai cancelli. Non ti preoccupare per me, ottengo sempre quello che voglio».

Mio fratello sorrise. «Una delle sorelle Murphy è un ottimo esempio».

Mi spuntò un sorriso in faccia. «Ci credi che ho sposato la mia ragazza del liceo?»

«No, considerato che l'avevo prenotata prima io. Sono ancora arrabbiato con te per aver infranto il codice tra fratelli per una ragazza».

Risi. «Cosa farebbe Alannah se scoprisse che volevi portare Bronagh a ballare su un materasso quando l'hai vista la prima volta?»

«Non dirglielo mai». Mi fece l'occhiolino. «Non mi avrebbe dato cinque figli se l'avesse saputo, questo è certo».

«Non preoccuparti, il tuo segreto è al sicuro con me». Risi. «Me lo porterò nella tomba».

Sorrise mentre si allontanava dal marciapiede e si dirigeva al pub vicino. Arrivammo, ci sedemmo a un tavolino e ordinammo una pinta di sidro. Fissai il tavolo e poi lo guardai quando mi tirò una pacca sulla spalla.

«Ce la faremo, fratello».

Annuii. «Domani starò bene. Farò buon viso a cattivo gioco… ma ora…».

«Vuoi solo sentirti triste perché la tua bambina non è più una bambina?».

Non ti azzardare a metterti a piangere.

Appoggiai la testa sugli avambracci. «Chiama gli altri… ho bisogno delle loro stronzate».

«Ci penso io». Ridacchiò e aggiunse: «Potresti pentirtene prima della fine della serata».

Non mi pentivo mai di una serata passata con i miei fratelli… erano l'unico motivo per cui ero l'uomo che ero diventato. Gli dovevo tutto e sapevo che mi avrebbero aiutato a superare il momento di smarrimento così come mi avevano aiutato a superare tutto gli ostacoli negli anni. Non c'era nessun altro al mondo sui cui avrei potuto fare affidamento. Speravo solo di non ubriacarmi al punto di prendere e andare a cercare quel ragazzino perché se fosse successo nemmeno i miei fratelli avrebbero potuto impedire a Bronagh Slater di rimandarmi a New York a calci in culo.

Chiusi gli occhi e ridacchiai tra me e me. Era stata una serata dura ma faceva parte della vita con dei figli e c'era una cosa di cui ero assolutamente certo: amavo la mia vita alla follia e non avrei cambiato niente.

Niente, cazzo.

Parte seconda
Alec

Capitolo uno

Presente

Quella mattina mi svegliai perché sentii uno strillo. Uno strillo forte e terrorizzato. Mi tirai su e cercai istintivamente Keela ma trovai il suo lato del letto vuoto. Litigai con la coperta e, ritrovandomela attorcigliata intorno alle gambe, caddi dal letto e atterrai con la spalla sul parquet di quercia.

Cazzo.

«Alec!».

Mi liberai e mi misi in piedi in preda alla paura. Mentre correvo fuori dalla stanza afferrai la prima cosa che potevo usare come arma, un ombrello dei Power Rangers, e mi precipitai giù dalle scale. Misi piede in corridoio e scivolai fino alla cucina. Avevo l'ombrello alzato pronto per attaccare. Ispezionai a destra e a sinistra e quando non vidi nessun intruso mi rilassai… c'era solo mia moglie sul tavolo della cucina.

«Pensavo ti stessero ammazzando!», la fulminai. «Che cazzo hai, donna?»

«Uccidilo!», mi implorò. «Oddio. Uccidilo».

Uccidere cosa?

Seguii il dito di Keela e quando vidi una tarantola venire verso di me cacciai un urlo più forte di quello di mia moglie. Usai l'ombrello come un martello e picchiai con ferocia l'insetto. Dopo un minuto buono di colpi ciechi, mi fermai e guardai il pavimento.

Feci un sospiro nervoso.

«Ho risolto, no?».

Keela scosse la testa con le mani sui fianchi. «Ben fatto, marito».

«Non avevo nemmeno paura».

Alzò gli occhi al cielo mentre mi chinavo a esaminare la tarantola.

«Oh...», mi incupii. «Gli ho amputato una zampa per sbaglio».

Keel, ancora sul tavolo, disse: «Vorrei che gli avessi mozzato la testa a quella puttana».

Alzai lo sguardo su di lei. «Ora che è morta mi sembra inutile».

Sbuffò palesemente in disaccordo. Riguardai la tarantola.

«Ora che la vedo da vicino non è nemmeno così grande... oh mio Dio!».

Dalla gola mi uscì un ruggito molto mascolino mentre il ragno riprendeva vita e correva verso di me con chiari intenti omicidi. Aveva una zampa in meno ma questo sembrò dargli una spinta in più perché si muoveva velocemente zigzagando come se cercasse di confondermi. Aspettava l'occasione per saltarmi addosso e infliggere il colpo mortale. Lo sapevo perché se fossi stato in lui avrei fatto la stessa cosa. Saltai sul piano della cucina per sfuggirgli. Quando mi trovai in una buona posizione gli lanciai l'ombrello che lo colpì in pieno e lo spappolò.

«Ah! Risuscita dopo questo, puttana!».

Ci fu un attimo di silenzio e poi sentii delle grasse risate provenire dalla mia destra.

«Sono quasi morto, che cazzo ci trovi di divertente?»

«Tu», gracchiò Keela. «Hai fatto un balzo sulla cucina».

«Stava correndo verso di me. Hai visto come andava veloce?»

«Pensavo che non avessi paura».

«Pensavo che fosse morto!», ribattei. «Certo che non avevo paura quando pensavo che fosse morto».

Continuò a ridere.

«Come sei salita lassù?», le domandai mentre scendevo. «Hai usato una sedia?»

«No», rispose mentre la rimettevo giù. «Ho visto la tarantola e sono saltata».

«Ah, sì?», alzai le sopracciglia e spinsi il mio corpo contro il suo in maniera provocante. «Ho qualcos'altro sui cui puoi saltare ed è molto più grande».

«Vi prego», il mio primogenito, Enzo, simulò un conato di vomito entrando in cucina vestito da calcio da capo a piedi con l'uniforme. «Non fatemi vomitare prima ancora che abbia fatto colazione».

Keela mi spinse via come se fossi stato un carbone ardente e questo mi incoraggiò a toccarla ancora di più. La seguii, la abbracciai da dietro e la trassi a me.

«Non c'è niente di disgustoso in un uomo che ama la propria donna».

«Invece sì», disse Enzo ispezionando il frigo, «se l'uomo è il mio vecchio e la donna la mia vecchia».

Keela trattene il respiro scandalizzata. «Non sono ancora così vecchia da essere chiamata "la tua vecchia", piccolo impertinente».

Nostro figlio chiuse il frigo armato di latte, pastella pronta per pancake e un cartone di succo. Si girò ma guardò solo la madre. Negli occhi grigi, che aveva preso da me, aveva una luce maliziosa.

«È solo un modo di dire, mamma». Ammiccò. «Lo sai che ti trovo bellissima».

«Bellissima?», mi intromisi. «Sul serio, Zo? Pensi che buttare lì un complimento ti farà…».

Keela mi diede una gomitata nello stomaco e mi interruppe.

«Mi trovi bella?», ridacchiò compiaciuta. «Grazie, tesoro. Vieni, ti preparo la colazione. Ti metto le gocce di cioccolato nei pancake».

Enzo si abbassò e baciò la madre sulla guancia. «Sei la migliore, mamma».

«Mezzasega», borbottai mentre lui mi lanciava un sorriso furbastro da sopra la testa di Keela. «Perché non sei corso quando l'hai sentita urlare?»

«Perché poco dopo ho sentito urlare te e tra le urla ho sentito la parola tarantola. Non volevo mettere a rischio la mia vita per nessuno di voi due, mi dispiace».

«Non mi sono mai sentito così tradito in tutta la mia vita», dissi portandomi una mano al petto. «Non so proprio come tu possa essere il frutto dei miei lombi angelici».

Enzo rise e mi diede una spinta per sedersi al tavolo. Mi rivolsi a mia moglie.

«Ti ha solo detto che sei bella e gli prepari la colazione». Mi misi le mani sui fianchi offeso. «Io ti mostro quanto sei bella con il mio magnifico corpo e mi becco una gomitata nello stomaco. È sempre così».

«Zitto. Li faccio anche a te i pancake».

Mi sentii rincuorato. «Sei la migliore».

«E ti chiedi da chi ha preso Enzo?».

Sorrisi. «Sono un grande insegnante, gattina».

In tutta risposta sbuffò. Mi chinai e la baciai sul collo mentre si girava ad accendere i fornelli. Le diedi una pacca sul sedere che la fece ridacchiare e strappò a me un sorriso. Mi sedetti a tavola con Enzo e lo fissai mentre mandava un messaggio col cellulare.

«La tua ragazza pensa sempre che sia più figo di te?».

Sospirò. «Non è mai stata la mia ragazza e non ha mai detto niente del genere. Ha detto che eri più figo di quanto si aspettava».

«È la storia della mia vita, figliolo. La mia bellezza sbalordisce la gente; è sempre stato così e sempre lo sarà».

Enzo mi rivolse un'occhiata divertita. «Io sono più bello».

«Tutti voi piccoli Slater lo pensate. Jax pensa di essere un dono di Dio alle donne, tu te ne vai in giro come se avessi il pisello di trenta centimetri e anche i tuoi cugini sono uguali. E i tuoi fratelli. Non so dove ho sbagliato a crescervi per farvi acquisire tutta questa autostima».

Enzo e mia moglie risero alla mia battuta.

«I miei figli sono belli perché sono io la madre», disse Keela versando la pastella in una padella. «I tuoi geni hanno contribuito solo all'altezza».

E a praticamente tutto il resto.

«Sono contento di essere alto», disse Enzo appoggiandosi allo schienale. «Se sei alto le ragazze ti trovano in automatico dieci volte più attraente. E dieci volte dieci fa di me l'esemplare più figo a scuola. Jax vorrebbe essere sexy come me. Già solo i capelli mi fanno spiccare».

Enzo era l'unico della famiglia ad avere i capelli rossi come la madre. Ed erano ricci e, siccome erano selvaggi, li teneva sempre in ordine e stava attento ad aggiustare la lunghezza in modo che il ricciolo facesse un giro solo. Anch'io dovevo ammettere che era bello, anche se idiota.

«Dio mi salvi dal vostro ego gigantesco», mormorò Keela. «Alcuni dei tuoi cugini hanno i capelli bianchi; risalti anche in confronto a loro?»

«Certo», mi rispose. «Sono lo Slater più fico di sempre. Non si discute».

La logica di un quattordicenne non smetteva mai di divertirmi.

«Tienitela stretta quella autostima, ragazzo», gli sorrisi. «Una donna te la dimezzerà entro i venti anni».

Keela ridacchiò. «Io ho dimezzato la tua?»

«Donna, tu mi hai ridotto a uno straccio quando ci siamo conosciuti. Non ti piaceva niente di me».

«Eppure non mi hai lasciata in pace».

«Ti sei vista le gambe? Avresti potuto farmi una ceretta integrale e usarmi come tavola da surf e non sarei andato da nessuna parte. Le tua gambe mi danno linfa vitale e il resto del tuo corpicino da favola accompagnato dal viso bellissimo è un surplus».

Le orecchie di Keela avvamparono.

«Zitto», sussurrò.

Enzo rise. «Vado alla partita tra un'ora. Porto i ragazzi con me visto che la loro partita è dopo la mia. Zio Ry ha detto che ci accompagna tutti col furgone. Mentre torniamo a casa li porto a mangiare. La mamma mi ha già dato i soldi».

Era una bella impresa. Enzo aveva quattordici anni ed era il maggiore, Murphy ne aveva dodici, Ares undici, Ace nove e poi c'era Miler di sei. Erano impegnativi da gestire per me e Keela quindi l'offerta di Enzo di portarli tutti fuori ci toglieva parte di responsabilità da genitori.

Keela sorrise a nostro figlio. «Sei un bravo ragazzo a prenderti cura dei tuoi fratelli».

«A proposito dei tuoi fratelli», domandai. «Dove sono? C'è troppo silenzio a quest'ora perché non stiano facendo danni».

I miei sensori da papà erano all'erta.

«Sono dall'altra parte della strada», rispose mia moglie. «Sono sorpresa che non ti abbiano svegliato mentre si vestivano. Sembravano un'orda di elefanti. Miller e Ace hanno litigato per dieci minuti su chi doveva stare con i gemelli oggi. Non hanno smesso fino a che non li hanno separati e Jules ha preso Miller e Nixon ha preso Ace. Quei due mi faranno morire presto con tutta la confusione che fanno; non so davvero come tu riesca a dormire con tutto quel caos».

«Dormire come un morto è un superpotere. Lo vogliono in molti, ma solo pochi hanno la facoltà di esercitarlo».

Enzo ridacchiò. «Tu ci riesci alla grande, papà».

«Grazie!», esclamò Keela. «Glielo dico da anni».

«Voi due siete solo *hater*».

«Puoi smettere di usare un termine da giovani, per favore?».

Alzai gli occhi al cielo. «Quel termine si usa da prima che ti insediassi nella mia palla sinistra, quindi taci».

«Alec!», mi riproverò mia moglie mentre Enzo scoppiava a ridere.

Provavo sempre un senso di soddisfazione quando lo asfaltavo e mi piaceva.

«È vero. I ragazzi di oggi pensano che certe parole gli appartengano quando esistono solo perché gliela abbiamo passate noi».

Keela guardò Enzo. «Ha ragione. Tutte le parole che usate voi, le usavamo anche noi».

«Non riesco a immaginare papà dire un insulto irlandese».

«È diverso», dissi. «Se mi fossi trasferito qui da solo probabilmente avrei perso il mio accento e mi sarei adattato a quello della mamma, ma sono sempre stato con i tuoi zii quindi abbiamo mantenuto vivo l'accento… anche se non è marcato come prima, devo ammetterlo».

«È vero», annuì Keela. «Ora pronunci le parole più come me e non hai più quell'accento buffo».
Sorrisi. «In pratica sono irlandese».
Enzo sbuffò. «Sì, papà, proprio irlandese».
Ignorai il sarcasmo e mi rivolsi a mia moglie.
«Facciamo un figlio mentre gli altri figli sono fuori?».
Enzo emise un verso che sembrava molto uno strido.
«Vi prego, no», implorò. «Quattro fratelli minori sono tutto quello che riesco a gestire mentre devo stare dietro anche a un milione di cuginetti. Vi prego di non farmi questo».
Keela rise davanti all'espressione terrorizzata di nostro figlio.
«Papà ti sta prendendo in giro», lo rassicurò. «Cinque è il numero perfetto, come gli zii».
Enzo tirò un sospiro di sollievo. «Grazie a Dio».
Sbuffai. «Adori i tuoi fratelli e i tuoi cugini, specialmente Georgie».
«Georgie è la preferita di tutti perché è adorabile».
«Adorabile», ripeté Keela ridendo. «Ti tirerebbe un calcio in bocca se ti sentisse definirla qualcosa di diverso da "dura"».
Enzo ringraziò la madre che gli metteva sei pancake nel piatto.
«Sappiamo che non dobbiamo dire certe cose davanti a lei. Odia essere l'unica ragazza quindi dobbiamo farla sentire come se comandasse».
Alzai gli occhi al cielo. «Non illuderti, figliolo. Lei comanda sul serio. Tiene voi e tutti gli uomini di questa famiglia per le palle. Adora essere l'unica ragazza. Fa finta di odiarlo solo per tenervi in riga».
Enzo sospirò. «Non so come faccia. Anche quando mi irrita le voglio bene lo stesso».
Keela rise. «È l'unica femmina quindi volete tutti proteggerla».
«A volte fa paura, per esempio sa lottare davvero bene. Mi sa che abbiamo fatto male a fare wrestling con lei quando eravamo più piccoli. Gli unici che non riesce a stendere sono Jax, me, Locke, Jules e Nixon. Riesce ancora ad avere la meglio su Beau, ma per poco. È brava, papà. Fidati».

Sorrisi. «Continuerà a provare fino a che non riuscirà a stendervi tutti».

«Lo so», ridacchiò Enzo mentre mangiava. «Mi sa che la prossima volta che mi salta addosso la lascio vincere così ci mette una pietra sopra».

Mi appoggiai allo schienale e guardai mio figlio abbastanza a lungo che smise di mangiare e mi guardò.

«Che c'è, papà?»

«Niente», risposi mentre mia moglie mi metteva i pancake davanti. «Stavo pensando a quanto ti voglio bene. A te e a quella zazzera di capelli rossi».

«Ti voglio bene anch'io», rispose. «E non odiarmi per i capelli. Sono una calamita per ragazze».

Sbuffai e poi battemmo il pugno. Facemmo colazione insieme, poi Keela rassettò la cucina intervenendo quando dicevamo qualcosa che le interessava, anche se principalmente parlammo di sport.

«Zo», disse Keela quando Enzo ebbe finito di mangiare. «Se Miller e Ace si comportano male mentre siete fuori, chiamami che li vengo a prendere. Mi sono raccomandata di ubbidirti».

«Ci saranno anche Juels e Nix. Adorano i gemelli quindi non si comporteranno male davanti a loro».

«Allora dovremmo farli trasferire qui», disse Keela facendomi sbuffare.

Dopo che Enzo fu uscito, la casa era così tranquilla che riuscivo a sentirmi i pensieri… e questo non succedeva praticamente mai. Feci scorrere lo sguardo sul corpo di mia moglie con fare famelico. Ringrazia Dio che avesse i pantaloncini del pigiama; le sue gambe erano morbide, snelle e, anche se lei era bassa, le gambe erano lunghe e le adoravo. Feci risalire lo sguardo su per il sedere, la vitina e infine la massa di riccioli rossi.

«Come fai ad essere più attraente ogni giorno che passa».

Mi guardò da sopra la spalla e incrociò il mio sguardo.

«Mi hai visto bene, playboy?».

Alzai un sopracciglio. «Gattina, guardo il tuo bel corpicino ogni volta che posso. Ora vieni qui e dammi un po' d'amore».

Si asciugò le mani a un asciughino e venne verso di me facendo ondeggiare i fianchi. Sorrideva e sapevo che voleva scoparmi. Mi misi dritto quando si prese la maglietta da sotto e la sfilò dalla testa. Non aveva il reggiseno e la vista del seno nudo mi fece sfuggire un gemito. Era l'unica insicurezza di mia moglie. Dopo che aveva allattato così tanti bambini non era più alto come quando ci eravamo conosciuti, ma dirle che era una cosa naturale non funzionava, quindi le facevo capire che lo adoravo come quando ci eravamo conosciuti perché lo adoravo proprio quanto lo adoravo prima.

Nell'istante in cui fu a portata di mano, l'acciuffai per la vita. Si tolse i pantaloncini con una risata e mi aprì le gambe mentre le prendevo in bocca un capezzolo rosa. Il suo sospiro di godimento me lo fece venire duro. Quando passò delicatamente le unghie sul mio punto sensibile, mi fece sussultare. Mia moglie sapeva cosa succedeva quando mi toccava la schiena, lo sapeva molto bene.

Mi alzai provocandole una risata e lei mi avvolse le gambe intorno alla vita. Le sorrisi, ma il sorriso mi svanì quando sentii un urletto acuto. Sobbalzammo dallo spavento.

«Mamma!».

Keela rimase senza fiato. «Miller!».

La rimisi giù e corsi in corridoio col cuore in gola. Mi fermai con una scivolata quando vidi mio figlio più piccolo in braccio a mio fratello. Ryder cercava di consolare Miller che però era troppo disperato. Quando il bambino mi vide pianse più forte. Si allungò verso di me e lo presi.

«Che è successo?»

«È caduto e ha battuto la nuca mentre giocava a rincorrersi con i gemelli in giardino». Si accigliò e si mise le mani sui fianchi. «Ho controllato e non ci sono tagli, solo un bernoccolo».

Mi strinsi Miller al petto e lo cullai per calmarlo. Mi accorsi del momento in cui mio fratello vide i miei boxer e coprì un sorriso con la mano. Guardai in basso e vidi che stavo sfoggiando un'erezione. Fantastico.

«Non farlo», lo ammonii. «Ti ucciderà se fai una battuta mentre piange in questo modo».

Keela comparve accanto a me vestita e prese il bambino con fare amorevole ignorando completamente me e Ryder. Andò in salotto e non ci mise molto a calmare Miller. Il piccolo smise di singhiozzare fino a che non tirò solo su col naso. Io e mio fratello rimanemmo sulla porta a guardare Keela che faceva la sua magia.

«Abbiamo interrotto il momento dei giochi?»

«Sì», risposi. «Ma non importa, basta che lui stia bene».

Mi sistemai i boxer contento che la mia erezione non fosse più un problema. Sentire il pianto di mio figlio e sapere che si era fatto male l'aveva praticamente stroncata.

«Ti chiamo dopo per sapere come sta», disse Ryder. «Devo portare il resto della tribù a calcio».

Gli diedi una pacca sulla spalla. «Grazie».

Se ne andò e io mi sedetti con mia moglie e mio figlio sul divano. Miller mi si arrampicò sullo stomaco e mi appoggiò la testa sul petto. Keela sorrise quando il bambino si tirò su e mi guardò il petto nudo e si sentì incoraggiato a togliersi i vestiti da calcio. Risi quando rimase solo con i boxer di Batman e si distese di schiena sul mio petto mettendosi comodo. C'erano tre piccoli Slater che odiavano stare vestiti. Miller e i miei nipoti Israel a Rafe adoravano andare in giro nudi come vermi quando potevano. Fargli tenere almeno i boxer era un'impresa.

«Di tutti i nostri figli», disse Keela accarezzandogli la schiena, «lui è quello che ti somiglia di più».

Gli arruffai i capelli strappandogli un sorriso. Li faceva crescere quindi erano lunghi e gli strusciavano sul collo come a me. Era decisamente un me in miniatura; faceva tutto quello che facevo io e ripeteva tutto quello che dicevo e questo mi aveva portato a stare molto attento a quello che dicevo. Era il mio piccoletto, nostro figlio minore, perciò facevo di tutto per coccolarlo perché sapevo di avere i giorni contati. Prima di rendermene conto sarebbe diventato un adolescente come Enzo.

All'improvviso la porta si aprì ed entrò Alfie, il figlio di mezzo di Ryder. Indossava anche lui l'uniforme da calcio. Quasi tutti i ragazzi Slater giocavano a calcio. Erano tutti nello stesso club ma in squadre diverse per via della differenza di età.

«Cugino». Alfie si imbronciò quando vide Miller disteso su di me. «Amico mio, stai bene?».

Miller girò la testa per guardarlo. «Sì, sto bene».

«Vuoi giocare a *Fortnite* con me?», chiese Alfie e poi si sedette guardandomi. «Può venire, zio? Papà ha detto che se venivo a giocare con Miller non dovevo andare a calcio».

Alfie adorava Miller, lo sapevo, ma in quel momento lo stava usando per evitare la partita e mi irritava. *Fortnite* era l'ultima ossessione dei ragazzi.

«Certo». Increspai le labbra. «Sono per un'ora, d'accordo?».

Alfie annuì, scese dal divano e corse di sopra nella stanza dei giochi senza guardarsi indietro.

«Cugino!», urlò Miller mentre mi scendeva dal petto arrancando. «Aspettami».

«Muoviti allora, Mills!».

Quando furono entrambi di sopra mi girai verso Keela e vidi che sorrideva scuotendo la testa.

«Non riesco a credere che si chiamino "cugino" tra loro».

«Non mi ricordo com'è cominciata, ma è carino».

Keela si chinò su di me e mi appoggiò la testa sul petto.

«Vuoi fare qualcosa di divertente?».

La guardai. «I bambini potrebbero scendere da un momento...».

«Non parlo di sesso, Alec».

Mi imbronciai. «Allora cosa?»

«Pensavo di guardare un film».

Rimasi un attimo in silenzio. «Che film?»

«Non lo so...oh, so che su Sky danno uno dei film di *Jurassic World*. Il secondo, credo. Che dici?»

«Non lo guardiamo».

Avevo fatto un giuramento a Dio che non avrei più rivisto quel dannato film.

Keela mi guardò. «Ah, già, mi ero dimenticata che al cinema hai pianto quando il dinosauro col collo lungo è morto».

«L'hai visto anche tu, Keela!», sbottai. «Chiedeva aiuto; chiedeva agli umani di fermare la barca e aiutarlo ma non l'hanno fatto e lui...», mi interruppi a metà e feci qualche respiro profondo. «È morto», conclusi. «Era triste e non sono stato l'unico a piangere, quindi lasciami stare».

«Gli altri che piangevano erano sotto i quattordici anni, grand'uomo».

Le lancia un'occhiataccia. «Allora io e bambini siamo le uniche anime pure della famiglia!».

Rise. «Quindi che vuoi vedere, piagnone?»

«Voto *Star Wars*», dissi baldanzoso.

Keela fece un lamento e poi rise quando dissi: «Se guardi il film nuovo con me dopo ti mangio la figa fino a farti venire».

«Sarà meglio che tu mi faccia piegare le dita dei piedi, maritino».

Tirai un pugno in aria. «Lo faccio sempre, cara».

Presi il telecomando e misi *Il risveglio della Forza*. Alannah Slater scelse quel momento per entrare in casa mia come la piaga che era. Misi il film in pausa prima ancora che fosse cominciato e la guardai storto entrare in salotto. Fece una faccia strana quando mi vide.

«È molto più di quanto vorrei vedere del tuo brutto culo in questo meraviglioso sabato mattina».

Mi stiracchiai. «La prossima volta che entri nella mia tana sarò nudo, Ryan».

«Non sono più Alannah Ryan da dieci anni e lo sai».

«Sarai sempre una Ryan, mostro succhiavita. Nessuna Slater sana di mente sarebbe diabolica quanto te».

Si sedette sulla poltrona e sorrise. Sapeva fin troppo bene di essere una piantagrane e a giudicare dall'espressione sul suo bel viso, se ne compiaceva pure.

«Be', che si dice quattr'occhi?».

La mascella le si irrigidì come mi aspettavo. Le era peggiorata la vista negli anni e si rifiutava di fare l'operazione con il laser per paura di rimanere cieca o chissà cosa quindi si era rassegnata a portare gli occhiali. All'inizio li odiava, quindi la prendevo in giro ogni volta che potevo e le dava ancora noia dopo tutti quegli anni.

«Anche Ares e Ace portano gli occhiali», disse con voce inespressiva.

«Sì, ma loro sono i miei amorevoli piccoletti. Tu sei un demone dell'inferno».

La fissai quando si tolse gli occhiali e li appoggiò sulle cosce.

«Perché li hai tolti?»

«Perché non ti voglio vedere. La tua brutta faccia mi va venire il mal di testa».

Keela rise. «Questa è carina».

Alannah guardò più o meno nella sua direzione e sorrise.

«Riesci a vedermi, Lana?»

«Solo la forma. I lineamenti sono confusi e irriconoscibili».

Mia moglie mi guardò. «Quando ci sei tu si toglie spesso gli occhiali».

«È perché sono troppo sexy e vorrebbe saltarmi addosso, quindi per far contento il mio fratellino nasconde la sua folle attrazione per me togliendosi gli occhiali in mia presenza. Non può farci niente, è pazzamente attratta da me».

Keela arricciò le labbra divertita.

«Oh», sbuffò Alannah, «e io che pensavo di farlo perché il tuo brutto muso mi fa bruciare gli occhi».

«Nah, è quello che vuoi credere così non ti senti in colpa per volere il mio corpo sensuale».

Alannah alzò gli occhi al cielo. «Ti piace proprio il suono della tua voce».

«Ho un debole», ammisi.

«Ti ricordi quando l'anno scorso hai avuto lo streptococco e hai perso la voce?». Annuii e lei aggiunse: «I dieci giorni migliori della mia vita».

Keela scoppiò a ridere mentre rivolgevo un'occhiataccia alla mia arcinemica.

«Stai rivoltando mia moglie contro di me, Ryan».

Alannah, estremamente soddisfatta di sé stessa, si rimise gli occhiali, guardò la televisione e disse: «State guardando *Star Wars*?».

Keela annuì. «*Il risveglio della Forza*».

«Non mi piacciono, né i vecchi né i nuovi».

Mi irrigidii. «Esci da questa casa».

Non mosse un muscolo. Anzi, sorrise a mia moglie che mi

diede un colpetto sul fianco. «Non puoi buttare la gente fuori di casa perché non gli piacciono i tuoi stessi film».

«Calmati». Le puntai l'indice contro e poi tornai su Alannah. «*Star Wars* è più di una saga e lo sai».

Sbuffò. «*Star Trek* è meglio».

Keela trattenne il fiato. «Corri, Alannah».

Mi sentii ribollire il sangue. Mi alzai di scatto e rivolsi tutte le mie attenzioni a Alannah Slater. Era un parassita che dovevo estirpare. L'avvertimento di Keela le aveva dato un po' di vantaggio prima che mi avventassi verso di lei. Balzò in piedi, urlò come una banshee e corse fuori a tutta velocità ma questo non mi fermò dal rincorrerla. E nemmeno il fatto di avere addosso solo i boxer.

«Torna qui, puttanella Trekkie!».

Potevo giurare di averla sentita ridere mentre scappava da me.

«Aiuto!», strillò correndo verso casa di Ryder e Branna.

Arrivò alla porta d'ingresso proprio nel momento in cui Ryder e Damien corsero fuori. Quando videro la scena si misero a ridere. Damien tornò serio e spalancò gli occhi quando si rese conto che la moglie non stava rallentando. Aprì le braccia e l'afferrò mentre lei si gettava su di lui e gli avvolgeva le gambe intorno.

«Salvami», ansimò. «È un cazzo di svitato».

«Morte!», urlai mentre rallentavo fino ad un'andatura di camminata sostenuta. «La morte è ciò che... ahi!».

Mi interruppi quando sentii un dolore accecante al piede destro. Me lo presi e saltellai agonizzante. Era successo. Quello che temeva ogni genitore... avevo messo il piedi su un cazzo di mattoncino Lego. Nel giardino davanti alla casa di mio fratello maggiore.

«Il diavolo esiste», sibilai rimettendo il piede a terra. «È vero, cazzo!».

Sentii i miei fratelli scoppiare a ridere seguiti da risate di bambini. Mi girai verso il furgone di Ryder carico dei nostri figli che mi indicavano e ridevano a crepapelle mentre Enzo sorrideva con il telefono puntato verso di me. Lo guardai torvo fino a che non mise via il telefono con un sorriso mesto.

Damien e Alannah stavano accanto a Ryder e avevano dei sorrisi talmente grandi che gli dovevano per forza far male quelle cazzo di guance.

«Dove sono i vostri figli demoniaci?»

«In macchina, dietro di te».

Mi girai e salutai con la mano i miei nipoti che ridevano di me. Penso che ridessero per il fatto che ero uscito in boxer e non per aver pestato un Lego.

Piccoli bastardi.

«Dame e Ry vanno a vedere le partite. Non vuoi andare?»

«Sai che non ho il permesso di andare alle partite fino a che non scadono i due anni».

«Ah, già», si ricordò Alannah. «Mi ero dimenticata della diffida di due anni per disturbo…».

«Non ho disturbato un bel niente», dissi con fermezza. «Quel fottuto arbitro era corrotto. Me lo sentivo».

Quella storia era una barzelletta. L'avevo fatto per l'onore del club e mi ero beccato una diffida di due anni per aver aggredito l'arbitro. L'avevo a malapena toccato. Al massimo l'avevo spinto e gli avevo detto che gli avrei ficcato un piede su per il culo, ma niente di più.

«Non ti dava il diritto di aggredire quell'uomo durante la partita dei bambini, Alec».

La zittii con un gesto della mano. «Non è stata tutta questa tragedia».

«L'hai fatto piangere», controbatté Alannah. «E anche un po' di bambini».

Dovevo ammetterlo… quella parte me l'ero scordata.

«Le cose brutte accadono ogni giorno. Hanno bisogno di temprarsi».

«Era una partita di bambini di nove anni, Alec. Non la finale del Mondiale».

I miei fratelli risero all'affermazione di Alannah e io alzai gli occhi al cielo.

«Anche se volessi andare alla partita, e non voglio, Miller ha battuto la testa quindi resta a casa. Anche Alfie è da noi. Starò con loro».

«Sicuro?», domandò. «Non sarò lì a infastidirti. Ci saranno Dominic e Kane. Io vado al centro sociale».

Praticamente viveva lì.

«È un'offerta allettante ma no. Sto bene qui, tesoro».

Alannah sbuffò e mentre mi superava mormorò: «Comunque *Star Trek* è meglio».

«Puttanella Trekkie!».

Corse alla macchina ridendo. Salì dal lato passeggero e bloccò la portiera, urlando quando alzò lo sguardo e vide che la guardavo dal finestrino e mi passavo un dito sulla gola.

«Quando ti prendo sei fregata, Ryan».

«Ti informo che è una Slater da dieci anni».

Mi girai verso mio fratello piccolo, ignorando il fatto che a trentotto anni non era più così piccolo, e lo guardai storto.

«La parte maligna che è in lei è dei Ryan. È la stronza che esce per giocare».

«Non dire parolacce!», urlò Alannah dal finestrino.

«Chiedo scusa ma sono un cristiano», mi misi la mano sul cuore. «Non direi mai parole volgari davanti ai bambini».

Alannah alzò gli occhi al cielo. «È straordinario come diventi un timorato di Dio quando sei nei guai».

La guardai imbronciato. «Pussa via, Satana».

Mi sorrise e poi mi mostrò con discrezione il dito medio mentre mio fratello partiva e i miei nipoti mi salutavano e facevano facce buffe. Anche Ryder stava salendo sul furgone quindi lo salutai e attraversai la strada con una corsetta facendo attenzione a dove mettevo i piedi. Una volta rientrato in casa e chiusa la porta, andai in salotto e trovai mia moglie distesa su un fianco con gli occhi chiusi. Sapevo che dormiva senza bisogno di avvicinarmi per controllare. Da quando avevamo avuto i bambini aveva sviluppato la capacità magica di addormentarsi appena c'era silenzio.

Mi sedetti accanto a lei e le misi la testa sulle mie gambe. Feci ripartire il film e lo guardai da solo. Dopo un'ora mi alzai facendo attenzione a non svegliare Keela e andai a controllare i ragazzi. Avevano spento il videogioco senza che glielo avessi dovuto ridire e questo mi fece piacere. Giocavano con una poltiglia che avevano fatto di recente e una volta visto che avevano messo dei teli protettivi per terra, non c'era bisogno che gli ricordassi di stare attenti.

«Avete fame?»

«Sì», risposero all'unisono.

«Che volete?»

«A me vanno i noodles», rispose Alfie.

«Sì». Miller annuì in accordo. «Anch'io voglio i noodles. Al curry».

«Io li voglio al pollo, per favore».

Una volta preso l'ordine andai in cucina a prepararli. Quando misi in tavola li chiamai per scendere a mangiare. Sentii delle mani che mi passavano sullo stomaco e feci un salto. Poi mi rilassai perché sentii la risatina di mia moglie.

«Mi hai spaventato».

«Lo so, non mi senti mai quando ti arrivo alle spalle».

«Perché ti muovi come un ninja».

Ridacchiò. quando mi girai mi sparì il sorriso perché vidi che aveva gli occhi rossi e gonfi.

«Cos'hai?».

Sbatté le palpebre. «Niente, perché?».

Le portai una mano al viso e le passai delicatamente un dito sotto gli occhi.

«Hai pianto».

Scosse la mano. «Era solo un brutto sogno».

«Riguardo cosa?».

Distolse lo sguardo. «I noodles hanno un buon odore».

Le girai la testa nella mia direzione e la guardai imbronciato. Odiavo vederla triste e sapere che qualcosa l'aveva fatta piangere, anche se era solo un sogno, mi irritava.

«Alec, amore, sto bene».

«Allora dimmi perché piangevi».

Deglutì. «È solo... che... ti ricordi quell'incubo che facevo?».

Mi irrigidii e sentii aumentare il battito. Non faceva quell'incubo da anni e sapere che quelle immagini affollavano di nuovo quella bellissima testa mi fece male. Quell'incubo era colpa mia. Tutta colpa mia.

«Gattina».

«Sto bene».

Non mosse un muscolo.

«Keela».

Chiuse gli occhi. «Era... li ho visti... ti toccavano di nuovo».

Mi venne da vomitare e mi si spezzò il cuore. Strinsi la presa su mia moglie.

«Non sono mai stato toccato fino a che non hai appoggiato le tue mani e le tue labbra sul mio corpo. Non sono mai stato toccato in un modo significativo fino a che non sei arrivata tu. Sei l'unica persona al mondo che possiede la mia testa, il mio corpo e il mio spirito».

Keela cominciò a piangere.

«Lo so». Tirò su col naso. «Lo so. So che sei stato costretto. È che alla mia mente piace torturarmi. Scusami».

Non parlavamo del mio passato da tanto, principalmente perché eravamo andati avanti e avevamo cominciato una vita insieme. Sapevo che mia moglie aveva accettato quello che era successo, ma sapere che stava male faceva stare male anche me.

«Tu mi hai salvato», dissi scostandole i capelli dietro l'orecchio. «Mi hai dato questa vita, i bambini e la felicità».

Mi guardò e la sua bellezza mi colpì. Gli occhi erano contornati da più rughe ma l'energia vitale vi splendeva più forte che mai. Avevamo intaccato i quaranta ormai e stare insieme a lei mi faceva sempre sentire un ventottenne. Era la mia roccia, il mio cuore e non c'era niente al mondo che non avrei fatto per lei.

«Non cambierei niente di quello che è successo», disse stupendomi. «Affrontare quelle cose ci ha portati qui. Amo la nostra vita, i nostri figli e amo te così tanto che a volte tutta questa felicità non mi sembra nemmeno vera. Non so perché ho fatto quello stupido sogno ma non significa niente. Non importa più da tanto tempo. Tutto quello che conta sei tu, Alec. Sei fantastico così come sei e non cambierei niente di quello che ti ha portato a essere l'uomo e il padre che sei oggi. Sei perfetto e lo sei sempre stato».

Appena finì di parlare la baciai e ci staccammo solo quando sentimmo le risatine e i finti conati di vomito di Alfie e Miller che erano scesi a mangiare. Keela mi sorrise e mi diede un altro bacetto prima di girarsi verso i bambini e sistemarli a tavola. La guardai appoggiarsi al bancone e, come sempre, ringraziai Dio per avermi donato quella donna che aveva dato un senso alla mia vita.

Avevo il cuore colmo di gioia ma mi ricordavo dei tempi in cui non era così. Le cose non erano sempre state perfette per me e i miei fratelli... ma avevo un segreto che conoscevano solo uno dei miei fratelli e una donna e volevo che rimanesse così. Non c'erano molte cose del mio passato che potevo risparmiare ai miei fratelli e a mia moglie, ma certi segreti era meglio lasciarli nascosti. Avrei fatto di tutto per proteggere mia moglie e la mia famiglia, e nascondere cose che non si potevano cambiare era una di queste.

Capitolo due

Quindici anni

Quella mattina mi svegliai al settimo cielo. Finalmente avevo perso la verginità… be', almeno per quanto riguardava farlo con un ragazzo. Come i miei fratelli, potevo avere la figa quando volevo. Le ragazze delle gang che frequentavano il ghetto erano più che disponibili a scopare chiunque glielo lasciasse fare. E io lasciavo che mi scopassero un sacco e loro lasciavano che io le scopassi un sacco… ma spesso sentivo un prurito che la figa non riusciva a far passare. Non ero sicuro di quando avevo capito precisamente di essere bisessuale ma quando avevano cominciato a piacermi le ragazze dal punto di vista sessuale, avevano cominciato a piacermi i ragazzi allo stesso modo. Non avevo mai fatto nulla per via degli omofobi con cui vivevo.

E anche perché avevo paura che raccontandogli della mia sessualità, i miei fratelli mi avrebbero escluso. Quei quattro erano la mia ragione di vita quindi non glielo avevo mai detto perché il rischio di perderli era troppo alto. Odiavo pensare che potessero reagire male al fatto che mi piacessero i ragazzi quanto le ragazze, quando la testa e il cuore mi dicevano che non gli sarebbe importato, ma la paura di una reazione negativa mi faceva tenere tutto dentro.

Detestavo mantenere i segreti.

Entrai nell'ala del ghetto riservata alla mia famiglia e quando feci il mio ingresso in cucina trovai mia madre seduta al tavolo.

«Ciao, mamma».

Mi guardò. «Sei così bello, piccolo mio».

Le sorrisi ma non ero sincero. Non amavo quella donna e lei non amava me. Avevo scoperto fin da piccolo che Ryder era un tutt'uno di madre e padre e fratello maggiore e mi andava bene. Avrei solo voluto non dover vedere i miei genitori e far finta di essere qualcosa di più di semplici colleghi, perché era tutto quello che eravamo. Essere costretto a stare con loro e fingere che mi piacessero mi lasciava l'amaro in bocca.

«Ce l'hai già la ragazza, piccolo Alec?».

Non mi chiamava mai col mio nome e basta, ma ci aggiungeva sempre la parola «piccolo» e questo mi irritava.

Mi grattai il collo. «No, mamma, non ho ancora trovato una ragazza da portare a casa».

Non che sottoporrei nessuna ragazza alla pena di conoscerti.

Era troppo presa dal telefono per sentire la mia risposta e non le importava abbastanza da fingere interesse. Mi girai e mi preparai dei cereali ignorando gli uomini di papà che entrarono in cucina. Mi salutarono e io gli feci un cenno del capo. Corbin, il capo della sicurezza di mio padre, si abbassò e baciò mia madre sul collo provocandole una risatina. Digrignai i denti. Non era un segreto che lei avesse degli amanti, così come mio padre aveva le sue. Avevano una relazione aperta e credo che fosse l'unico motivo per cui restavano insieme. Scopavano altra gente e alla fine ritornavano sempre l'uno dall'altra. Si amavano solo l'un l'altra ma non era vero amore. Non poteva essere.

Se avessi amato qualcuno non l'avrei mai condiviso e se avesse voluto qualcun altro oltre a me, allora avrebbe voluto dire che non mi amava davvero. Ero giunto a questo dopo essere cresciuto vedendo mio padre che permetteva ad altri uomini di essere intimi con la moglie.

«Alec?».

Guardai Corbin che mi chiamava e dissi: «Sì?»

«Ti dispiace se rubo tua mamma per un po'?».

Mi si rivoltò lo stomaco per il disgusto. Mi portai sovrappensiero la mano al rosario che portavo al collo. Non ero molto religioso ma mi rilassava toccare i grani.

«Fai pure», tornai ai miei cereali.

Li sentii lasciare la stanza e scossi la testa quando il suono di una pacca sulla pelle mi provocò una scarica di repulsione lungo la schiena. Sapevo che le aveva schiaffeggiato il sedere come anticipo di quello che stavano per fare. Mia madre era bellissima; aveva lunghi capelli castani, occhi celeste chiaro e, grazie alla chirurgia plastica, un visto e un corpo bellissimi, ma quella bellezza era fallace. Penso che lo sapesse anche Corbin ma non gli interessava del suo cuore e di quello che aveva dentro. Voleva solo quello che c'era in mezzo alle cosce. Era quello che volevano tutti gli uomini con cui si divertiva e lei era disposta a darglielo pur di ricevere la loro attenzione per un po'.

Mi sedetti al tavolo vuoto con i miei cereali e avevo appena finito quando mio padre entrò come una furia. Era arrabbiato e quando i suoi occhi freddi e grigi si posarono su di me, potei giurare di averli visti riempirsi di rabbia. Mi si fermò il cuore e la paura mi avvolse come una coperta. Sapevo che stava per picchiarmi… me lo sentivo.

«Non ho fatto niente», disse alzandomi e cercando di correre fuori dalla stanza. Ma lui era più grosso e più veloce. Mi prese per i capelli e mi scaraventò per terra. Non riuscii a urlare o ad emettere alcun altro suono se non un gemito di dolore. Era come se avessi un grido incastrato in gola che non riusciva a uscire.

«Papà», gracchiai mettendomi sulla schiena. «Che ho fatto?»

«Sei un frocio!».

Spalancai gli occhi nel momento in cui il suo stivale mi colpì l'inguine e un dolore accecante mi colpì i nervi. Mi afferrai le palle, mi raggomitolai e mi contorsi dolorante in silenzio. Non avevo mai provato una sensazione così agonizzante da consumare il corpo. Sentii delle lacrime calde spuntarmi agli angoli degli occhi prima di cadere in goccioloni. Non riuscivo a muovermi, il dolore caldo e lancinante che si diffondeva dall'inguine mi aveva paralizzato.

«Una telecamera di sicurezza ti ha ripreso mentre ti scopavi uno dei fattorini dopo una consegna».

Si muoveva in cerchio intorno a me come uno squalo che si avvicina furtivo ala preda. Urlai più forte quando mi colpì sull'osso sacro. Non avevo mai provato un dolore fisico così acuto ma non era niente rispetto a quello che provavo nel cuore. Sapevo che mio padre non amava me o i miei fratelli, ma essere l'oggetto della sua crudeltà mi ferì in molti modi.

«Se un cazzo di frocio!». Sputò prima di fare il giro e colpirmi allo stomaco. «Pensavi di poter scopare gli uomini nel ghetto senza che io lo venissi a sapere?».

Mi girai e vomitai quando mi prese.

«Papà», tossii. «Ti prego...».

Si chinò su un ginocchio e alzò una mano. Mi arrivò un pugno in faccia e questa volta mi sfuggì uno strillo ben udibile.

«Oh, quindi ora strilli!», osservò con crudele sarcasmo. «Non sopporti le botte e strilli come la puttanella che sei?».

Digrignai i denti e mi sforzai di non emettere suoni. Chiusi gli occhi e desiderai che mi sparissero le lacrime. Mi rifiutavo di fargli vedere come mi aveva distrutto. Non gli avrei mai fatto sapere quanto mi ferivano le sue parole.

«Posso sopportarlo».

Papà fece una risata roca e mi picchiò ancora. Il colpo in faccia mi fece sprofondare in una ben accetta oscurità. Improvvisamente non sentivo più dolore mentre lo stordimento mi consumava. Non ero mai stato meglio... fino a che il dolore ritornò. Sentii della mani sulle spalle e quando mi scossero, il dolore che si irradiò su per la spina dorsale mi fece mugugnare.

«Alec?». Sentii qualcuno trattenere il respiro. «Alec, chi ti ha ridotto così?».

Aprii gli occhi e per un attimo ebbi paura che mio padre fosse ancora chino su di me, ma quando misi a fuoco vidi che era Ryder. Nei suoi occhi c'erano paura, preoccupazione e rabbia. Si girò e chiamò qualcuno. Chiusi gli occhi e quando li riaprii Kane era su di me.

«Stai bene, Alec?».

Cercai di sorridere per rassicurarlo ma riuscii solo a fare l'occhiolino. Non stavo bene, il mio corpo gridava che non stava bene, ma dovevo tenere duro per i miei fratelli, specialmente per quelli più piccoli.

«Alec», ripeté Ryder serio. «Chi ti ha ridotto così».

Aprii un occhio e dissi: «Papà».

Gli occhi di Ryder brillarono di rabbia.

«Non... non andare da lui», lo implorai nel panico. «Se vede che ho bisogno che tu mi difenda viene a picchiarmi di nuovo».

«Hai quindici anni», mi rimproverò. «Non dovrebbe picchiarti in questo modo. Hai la faccia gonfia e credo che tu abbia le costole rotte».

Il dolore che provavo quando respiravo mi indicava che la teoria di mio fratello era probabilmente corretta.

«Starò bene», dissi a denti stretti mentre sentivo il dolore pulsare. «Portatemi in camera mia e starò bene».

Nei dieci minuti successivi strinsi le mani a pugno per cercare di sopportare il dolore mentre i miei fratelli mi aiutavano ad andare in camera. Quando mi distesi finalmente a letto le lacrime mi solcavano il viso. Prima che potessi asciugarle, Kane lo fece per me facendo attenzione a non pigiare troppo. Sentii che mi toglievano le scarpe, poi la maglietta e i jeans. Aprii gli occhi e capii che Ryder aveva tagliato i vestiti con le forbici per valutare i danni.

«Lo uccido».

Sentii un'ondata di panico.

«No, non farlo», lo implorai. «Ry, lo sai che aggredirlo lo spingerà solo a fare male a te e a me. Ti prego».

Fece fatica a restare calmo. Lo vidi schioccare le dita prima di chiudere le mani a pugno. Tremava e sapevo che era pervaso dalla rabbia per quello che mi era successo.

«Dimmi perché l'ha fatto».

Chiusi gli occhi. «Non posso».

Le parole ridotte a un mero sussurro.

«Perché, Alec?», chiesero i miei fratelli all'unisono.

«Perché mi odiereste», dissi maledicendomi per le lacrime che mi riempivano gli occhi. «Mi disconoscereste».

«Alec», disse Ryder pallido. «Non potresti mai fare nulla per farti rifiutare da noi. Hai capito? Sei nostro fratello e ti vogliamo bene».

Caddero altre lacrime. Scivolarono lungo le tempie e finirono nei capelli.

«Sono… sono stato ripreso da una telecamera mentre facevo sesso», cominciai chiudendo gli occhi per trovare il coraggio di dire quello che dovevo dire. «Con… con un ragazzo».

Ci fu silenzio ma solo per un attimo.

«Okay», disse Ryder titubante. «Cos'altro è successo perché ti picchiasse in questo modo?».

Aprii gli occhi. «Questo è il motivo per cui l'ha fatto».

Kane si chinò in avanti. «Mi stai dicendo che papà ti ha picchiato perché hai fatto sesso con un ragazzo? Stai scherzando?».

Scossi la testa e fremetti. Mi faceva male tutto, cazzo.

«Non pensate che sia disgustoso?».

Ryder e Kane si scambiarono un'occhiata e poi mi guardarono stupiti.

«Perché ti piacciono i ragazzi?», chiese Kane. «Alec, conosco un sacco di gay. Perché dovrei pensare che una cosa normale sia sbagliata?».

Il cuore mi saltò in petto e provai una sensazione di calore.

«Avevo… avevo paura che non la pensaste così».

«Essere gay è sullo stesso piano dell'essere eterosessuali. Non è un problema».

Guardai Kane. «Non sono gay. Sono bisessuale. Mi piacciono entrambi».

«Ho sempre saputo che ti piacevano sia gli uomini che le donne», commentò Ryder con mia grande sorpresa. «Ti si legge in faccia quando ti piace qualcuno, fratellino. Aspettavo solo che fossi pronto a dircelo tu prima di sollevare l'argomento».

Sentii che spalancavo gli occhi. Non avevo idea che Ryder lo sapesse. Guardai l'uno e l'altro dei miei fratelli e non vidi né rabbia, né disgusto, solo preoccupazione. Non avevano davvero nessun problema col fatto che non fossi etero. Lo avevano accettato ed erano passati al vero problema: io che stavo male. Volevo piangere disperatamente. Per tutto quel tempo avevo avuto paura che avrebbero reagito nel modo in cui aveva reagito mio padre e invece erano stati comprensivi e di sostegno come sotto sotto mi aspettavo.

«Non sapete quanto sono sollevato», dissi. «Dopo quello che mi ha fatto papà, temevo il peggio».

Ryder irrigidì la mascella. «Non pensare a lui, è un pezzo di merda. Vado a chiamare il dottore per farti dare un'occhiata».

Quando uscì guardai Kane e dissi: «Sto messo veramente male, così come mi sento?».

Annuì. «Peggio. Sei più brutto del solito».

Risi e fremetti dal dolore ma in quel momento non mi importava. I miei fratelli conoscevano me, il vero me, e mi amavano come prima. Non mi serviva nessun altro se avevo loro. Ryder aveva ragione a dire «'fanculo papà». Chiunque altro si mettesse contro di noi poteva andare a farsi fottere. Non avevamo bisogno di nessuno. Io non avevo bisogno di nessuno.

ATTENZIONE:

Il capitolo che segue contiene scene di stupro e di un tentato suicidio. Saltate il *Capitolo tre* della storia di Alec se non vi sentite a vostro agio a leggere di questi argomenti.

Capitolo tre

Ventuno anni

Era solo un appuntamento. Potevo gestire un cazzo di appuntamento.

Scossi la testa mentre mi osservavo nello specchio a figura intera in camera mia. Era la mia prima sera come escort di Marco per un grosso cliente e avevo avuto la nausea tutto il giorno. Ero un ragazzo sicuro di sé, ero consapevole del mio aspetto e sapevo che mi riusciva facile far ridere e sorridere la gente quando volevo. Era raro che fossi nervoso o dubitassi di me stesso, ma quella sera lo ero. I miei genitori erano morti da un anno e il sollievo per non averli più nella mia vita era ancora tutto quello che provavo. Sapevo di essere una persona orribile, ma mi sentivo così. Odiavo i miei genitori ed ero abbastanza sicuro che anche loro odiassero noi.

La loro morte aveva ferito Damien, più di tutti e, come una reazione a catena, la loro morte aveva causato un'altra morte per mano del mio fratellino. Fare l'escort faceva parte dell'accordo che avevamo stipulato. Marco non aveva avuto dubbi su come avrei ripagato il debito di Damien; sapeva fin dall'inizio cosa voleva che facessi e io non ci avevo pensato molto fino a quel momento.

«Sei nervoso?».

Feci un salto quando Ryder parlò. Alzai la testa e nello specchio vidi che era appoggiato alla porta con le braccia conserte. Sorrisi per lui perché sembrava molto più vecchio dei suoi venticinque anni e sapevo che era per via del patto con Marco.

Era diventato il capofamiglia, ufficialmente. Lo era sempre stato ma i nostri genitori non lo avevano mai capito.

«Nah», dissi con indifferenza. «Sono stato a decine di appuntamenti per Marco nell'ultimo anno. Ce la posso fare».

Ryder non mosse un muscolo.

«Sto bene», insistetti. «Non ti preoccupare per me».

Sbuffò. «Più facile a dirsi che a farsi. Mi preoccupo sempre per voi».

«Be', non dovresti. Facciamo questi lavori per proteggere Damien e una volta che abbiamo raggiunto la cifra, possiamo liberarci di Marco e di questa vita di merda una volta per tutte».

«È quello che continuo a ripetermi», sospirò.

Entrò, mi venne accanto e guardò allo specchio.

«È strano che ci somigliamo tutti così tanto ma nessuno è bello quanto te».

Sorrisi. «Dio non si è reso conto di quello che ha fatto creandomi così sexy. Ha fatto voi quattro brutti per bilanciare la mia bellezza».

Rise e mi diede un colpetto sulla spalla.

«Cretino».

Ridacchiai mentre uscivamo dalla stanza e ci dirigemmo nell'ingresso. Ancora prima di vederli sentii i gemelli e poi Kane che sbottava per farli smettere di litigare, e questo mi provocò una risatina.

«Sei tu il papà», dissi a Ryder. «Valli a separare».

Alzò gli occhi al cielo ma arricciò le labbra quando entrammo in salotto e trovammo Kane in mezzo ai gemelli che cercavano di colpirsi. Andai da Dominic e gli misi il braccio intorno al collo. Sapevo che poteva liberarsi se voleva, ma avrebbe dovuto farmi male. Si oppose un po', poi sospirò rumorosamente e lasciò perdere, cosa che mi fece ridere. Guardai Damien e lo vidi con Ryder e Kane. Nostro fratello maggiore gli stava davanti e gli parlava con durezza.

«Cos'è successo questa volta?», chiesi a Dominic lasciandolo andare. «E non mentire».

Si massaggiò il braccio e bofonchiò. «Questo deficiente sta

cercando un pretesto per litigare da tutto il giorno. Non perde occasione per starmi addosso e mi fa incazzare».

«Allora fai qualcosa a riguardo», urlò Damien dall'altra parte della stanza.

Afferrai Dominic quando cercò di accontentare la richiesta del gemello.

«Smettila!». Ryder rimbrottò Damien. «Che cazzo hai oggi?»

«Non è solo oggi», sbraitò Dominic. «È così da quando sono morti mamma e papà, da quando ha ucciso Trent!».

Ci fu silenzio per un attimo, poi Damien si liberò della presa dei nostri fratelli e corse fuori dalla stanza e dalla casa.

«È arrabbiato per quello che dobbiamo fare», disse Dominic sconsolato. «Non lo ammetterà mai, ma lo vedo quando mi guarda. Vuole che lo picchi perché abbattersi non è abbastanza».

Ryder si mise la mani sui fianchi, poi si girò e seguì Damien fuori senza una parola.

«Dominic», disse Kane attirando la sua attenzione. «Vieni, andiamo ad allenarci. Ti sentirai meglio».

Lo avrebbe fatto sentire meglio. Kane usava ogni minuto libero per aiutarlo ad allenarsi. Il lavoro di Dominic non era uno scherzo e lui doveva essere sempre al massimo o si poteva fare male. Aveva solo quindici anni, perciò doveva prendere molto seriamente le tecniche di combattimento. Kane lo sapeva e per questo lo aiutava a perfezionarle.

Dominic mi guardò con un sopracciglio alzato, quindi dissi: «Ho un appuntamento. Vai con lui».

Annuì e lasciò la stanza con Kane. Guardai il soffitto e sospirai. Facevamo questi lavori da un anno e avevamo già un sacco di pressione addosso. Guardai la porta quando sentii qualcuno schiarirsi la voce e vidi Jenner, uno degli scagnozzi di Marco.

«Ti porto nella stanza del piacere».

Lo guardai stranito. «Cosa?»

«L'appuntamento sarà lì». Fece spallucce. «È solo un posto, niente di che».

Presi la mia roba e annuii. Lasciai l'ala del ghetto in cui

viveva la mia famiglia, attraversai il cortile e scesi le scale con Jenner che mi guidava verso la stanza del piacere nel sottosuolo. Lì si facevamo delle feste, feste che in un modo o in un altro finivano in orgia. Il tragitto fino alla stanza fu breve e Jenner mi diede informazioni sull'uomo che aveva pagato per la mia compagnia quella sera. Una volta entrati vidi un uomo ben piazzato e tendente alla calvizie appoggiato al muro dalla parte opposta, misi su la mia faccia di circostanza.

«Buonasera», dissi con un sorriso forzato. «Sono Alec... stasera sarò il suo accomp...».

«Il mio giocattolino», mi interruppe l'uomo. «Questa sera sarai il mio giocattolino».

Mi sparì il sorriso e attraversai la stanza piano.

«Come?»

«Vieni», mi invitò con un cenno della mano. «Ho pagato solo per trenta minuti e voglio godermene ogni singolo istante».

La porta dietro di me si chiuse e quel suono di irrevocabilità mi fece sentire in trappola. Mi lasciai l'uscio alle spalle e guardai quell'uomo ben piazzato.

«Signore», dissi un po' incerto. «Mi avevano detto che sarebbe stato un appuntamento».

«Be', ti hanno detto male».

Mi paralizzai.

«Ho già pagato per la mia mezz'ora con te, quindi muoviti e vieni qui».

Mi girai senza dire una parola, andai alla porta ma con mio orrore la trovai chiusa a chiave. Strattonai la maniglia e quando fu chiaro che la porta non si sarebbe aperta mi venne da vomitare.

«Fai il bravo, Alec», sentii Jenner urlare da fuori. «Marco è già stato pagato. Mi ha detto di ricordarti del patto che avete stipulato, nel caso volessi andare via».

Damien.

Colpii la porta. «Mi avevano detto che era un appuntamento, Jen!».

«Ascolta», sospirò. «Prima ti scopi quel viscido, prima finisci».

Scoparlo?

«Non scopo proprio nessuno, Jenner!».

Sentii ridere alle mie spalle. «Hai ragione. Non lo farai».

Mi girai e vidi un secondo uomo; più alto ma più grasso e più brutto.

«E lei chi cazzo è?»

«Abbiamo fatto a metà», indicò l'uomo robusto con un dito, «per usufruire dei tuoi servizi».

Usufruire dei miei servizi?

«Deve esserci un errore», dissi nel modo più gentile possibile. «Io non sono… non sono un prostituto».

«In questo momento sì».

Guardai l'uomo robusto e mi aumentò la nausea.

«Come si chiama?»

«Carl». Indicò l'altro uomo e disse: «Questo è Lewis».

Quando mi guardarono pieni di aspettativa, sentii le lacrime bruciare agli angoli degli occhi. Loro… loro si aspettavano che gli donassi il mio corpo, e anche Marco se lo aspettava a quanto pareva. Stavo per girarmi e ordinare a Jenner di farmi uscire ma mi apparve la faccia di Damien e seppi che non potevo andarmene senza che lui venisse ferito in qualche modo.

Dovevo… dovevo fare quello che volevano quegli uomini. Li guardai spogliarsi dei completi eleganti e mi si rivoltò lo stomaco alla vista delle loro erezioni. Me la feci quasi sotto quando Lewis tirò fuori una frusta da una borsa sul pavimento. Saltai quando la fece schioccare.

«Spogliati», mi ordinò. «Mettiti in fondo al letto, dacci le spalle, siediti sui talloni e posa la mani sulle cosce».

Ubbidii come un automa e una volta in posizione mi sentii vulnerabile come mai nella vita.

Non piangere.

«Vi prego», sussurrai con le mani tremanti sulle cosce. «Vi prego, non costringetemi. Io… vi supplico».

Lewis fece schioccare la frusta a pochi centimetri da me e il suono fu così forte che trattenni il fiato. La mia reazione lo fece gemere… di soddisfazione. Guardai da sopra la spalla e lo vidi qualche metro dietro di me con una mano sulla frusta. Con l'altra si accarezzava l'uccello. Gli guardai in mezzo alle gambe e quell'uccello dalla forma bizzarra era così eretto che riuscivo a vederlo pulsare.

Mi girai verso il materasso con le lacrime agli occhi. Qualcosa dentro di me si ruppe in quel momento. Mi resi conto che le preghiere e le suppliche l'avrebbero eccitato ancora di più e avrebbero gettato benzina sul fuoco che bruciava in lui. Quegli uomini... mi avrebbero ferito in modi da cui non credevo mi sarei potuto riprendere... e dovevo lasciarli fare per proteggere mio fratello.

Fecero schioccare di nuovo la frusta e anche questa volta il rumore fu assordante.

«Mettiti carponi con le gambe più aperte possibile, così possiamo vedere il buco del culo senza toccarti».

Lo stomacò mi si agitò alle parole di Carl e per paura di vomitare non dissi niente, ubbidii e basta. Seguii gli ordini ignorando una lacrima che mi scivolò lungo la guancia. Tremavo o mi irrigidivo a seconda se l'uomo mi toccava il sedere. Ogni secondo era un'agonia nell'attesa timorosa di vedere cosa sarebbe successo dopo.

Quando sentii un dito bagnato toccarmi e massaggiarmi la pelle con qualsiasi sostanza della quale fosse ricoperto, sentii un tuffo al cuore. Sapevo per cosa si preparava e mi uccideva.

«La prego», sussurrai un'ultima volta. «Non lo faccia».

Non sapevo cosa stesse facendo perché avevo troppa paura per guardare e scoprirlo ma quando lo sentii gemere capii che le cose non si mettevano bene per me.

«Lasciatemi stare», dissi con voce soffocata. «Vi prego».

«Imploraci di non farlo, bellezza», disse con voce roca mentre emetteva un altro gemito e il materasso sotto di me affondava. «Imploraci».

Un attimo dopo si prese un pezzo di me che sapevo non avrei più riavuto indietro. Per non sentire il dolore dietro pensai a degli sketch comici per tutto il tempo. Chiusi gli occhi e pensai alla gioia e alle risate invece che al grosso uomo sudaticcio che mi toccava e mi faceva male. Pensai ai miei film e alla musica preferita quando una mano calda mi afferrò il pisello floscio e lo strinse fino a farmi vedere le stelle. Immaginai di cazzeggiare e passare il tempo con i miei fratelli invece di concentrarmi sulla lingua che mi leccava la schiena nuda e i denti che si infilavano nella mia carne tremante. Pensai a tutto quello che mi faceva sorridere e quando finì pregai Dio di farmi dimenticare quel giorno e tutto quello che era annesso ma sapevo che non avrei potuto dimenticarlo.

Era una cicatrice che nessun altro avrebbe visto. Una vergogna che nessun altro avrebbe portato. Era un incubo da cui sapevo di non potermi svegliare. Era la fine della mia vita come la conoscevo e l'inizio di una nuova esistenza che non avevo mai voluto.

Quando lasciai la stanza ero vestito ma mi sentivo comunque nudo. Jenner era appoggiato al muro e alzò lo sguardo quando mi sentì. Mi guardò da capo a piedi e disse: «Non amerò mai i miei fratelli al punto di farmi scopare da due viscidi».

Non gli risposi, non dissi niente. Quando arrivai in cortile era buio. Ero stato in quella stanza per ore, molto di più di quanto doveva durare l'appuntamento, e non sapevo che ora fosse. Sapevo solo che era tardi. Camminai verso casa completamente intontito e quando entrai fui lieto di vedere che era buio e silenzioso. Rimasi nell'ingresso per un paio di secondi prima di rendermi conto che stavo piangendo. Mi asciugai la faccia, salii le scale e percorsi il corridoio fino alla mia camera. Non guardai nelle stanze dei miei fratelli mentre le superavo. Non volevo pensare a loro in quel momento.

Una volta entrato in camera chiusi la porta e rimasi fermo per qualche minuto. Mi portai una mano al collo e toccai il rosario, ma, per la prima volta nella mia vita non mi fece sentire meglio. Me lo tolsi e me lo avvolsi intorno alla mano prima di liberarmene facendolo volare dall'altra parte della stanza.

Con le lacrime che sgorgavano, vidi una corda che avevo preso dalla stanza di Dominic settimane prima. Sapevo che voleva attaccare un clown a penzoloni dal soffitto di camera mia per vendicarsi di una ragazza che si voleva scopare e che gli avevo rubato. Prima di avere il tempo di pensarci bene la presi e la feci passare sopra la trave di legno che attraversava a zigzag tutto il soffitto. Feci un nodo e tirai più forte che potei. Il legno fece un leggero scricchiolio ma a parte quello sembrava resistente.

Sapevo che avrebbe sorretto il mio peso senza rompersi.

Mi resi conto di quello che stavo facendo ma prima che potessi riflettere, presi la sedia davanti alla scrivania, ci salii sopra, mi misi la corda intorno al collo e calciai via la sedia. Sentivo solo il dolore e la pressione ma udivo risuonare ancora le risate di quegli uomini, vedevo le loro facce e sentivo le loro mani su di me. Volevo che sparisse tutto. Volevo che diventasse tutto nero e silenzioso.

Cominciai a vedere dei pallini neri e non riuscii a sentire altro che i suoni soffocati che facevo. Mi sembrò di vedere i capelli bianchi di Damien e di sentire la sua voce e poi d'un tratto mi trovai per terra con lui su di me. Riuscivo a pensare solo a prendere grosse boccate d'aria. Quando guardai mio fratello con espressione folle vidi che piangeva e tremava e sembrava spaventato e sollevato allo stesso tempo. Provai a dire il suo nome ma faceva male. Il dolore al collo era fortissimo e in quel momento realizzai cosa era successo. Mi ero impiccato nel tentativo di togliermi la vita e il mio fratellino mi aveva tirato giù in qualche modo.

«Alec», singhiozzò. «Devo chiamare Ryder».

Andai nel panico e lo afferrai scuotendo la testa.

«No», dissi con voce soffocata. «Ti prego».

Il dolore che provai a parlare fu indicibile. La mia voce era poco più che un bisbiglio fioco ma sentii la disperazione nelle mie parole e sapevo che anche Damien l'aveva sentita.

«Perché?», chiese con voce spezzata. «Perché l'hai fatto? Dio, stavo per tornare a letto invece di venire a vedere se stavi bene. Ti ho sentito piangere di sotto mentre ero in cucina a prendere qualcosa da mangiare. Per poco non riuscivo a salvarti».

Deglutii e sussultai mentre il dolore mi lacerava la gola.

«Due uomini», dissi con voce soffocata. «Mi hanno stuprato e ho dovuto lasciarglielo fare. Ho dovuto».

«Cosa?», chiese Damien orripilato. «Alec, cosa?»

«Non voglio più stare qui». Lo guardai. «Voglio morire».

«No», disse Damien stringendo la presa sul mio braccio. «Non te lo permetto!».

Feci una cosa che non avevo mai fatto davanti a lui. Piansi e lui pianse con me mentre mi tirava sulle sue gambe. Si sedette per terra e mi abbracciò come un bambino, ma a nessuno dei due importava. Mi cullò e disse quanto mi voleva bene e che si sarebbe sistemato tutto.

«Era l'appuntamento che ti aveva organizzato Marco?».

Girai la testa e annuii e lui rimase in silenzio per un po'.

«Alec», singhiozzò. «Non permetterai a quei mostri di rovinarti».

«L'hanno già fatto», dissi senza fiato. «Non sono... non sono più me stesso».

«Sei un te stesso migliore perché sei più forte del dolore», ribatté. «Guardami».

Lo feci.

«Sei ancora mio fratello, il ragazzo più carino che conosca. Questo non è cambiato e non cambierà mai».

Non capivo come potesse crederlo ma lessi nei suoi occhi che ci credeva e questo mi fece crollare definitivamente.

«Non puoi dirlo agli altri», lo implorai ignorando il dolore alla gola. «Ryder si sentirebbe in colpa e Dominic e Kane si vendicherebbero e potrebbero farsi male. Non possiamo lasciare che accada».

Vidi che era combattuto sul da farsi.

«Damien, ti prego. Io... non voglio che lo sappiano».

Ci mise qualche minuto ma alla fine annuì e io mi lascia andare a un sospiro di sollievo.

«Fa male?», chiese guardandomi il collo.

Annuii. «Domani vado dal dottore».

«Gli altri vedranno il collo e si accorgeranno che è successo qualcosa e la tua voce... non è più la stessa».

«Faremo finta che stia male. Posso rimanere a letto fino a che la voce mi torna normale e mi copro il collo fino a che non è guarito».

«Ryder lo noterà. Lui nota tutto».

«Chiederò al dottore di dire che mi sono preso una brutta influenza e che mi ci vorranno un paio di settimane per riprendermi».

Mio fratello annuì, poi mi mise in piedi con delicatezza e mi aiutò a mettermi a letto. Non mi tolsi nemmeno i vestiti. Mi sedetti e guardai Damien buttare la corda con cui avevo cercato di togliermi la vita. Non riuscivo a capire cosa fosse successo. Avevo deciso di togliermi la vita in meno di un nanosecondo. Non credevo che uno potesse prendere una decisione così devastante tanto in fretta, ma mi sbagliavo. Con mia sorpresa Damien venne nel letto con me.

«Resti… resti con me?»

«Sì, fratello», rispose. «Ti voglio bene. Non ti lascerò affrontare tutto questo da solo».

Piansi di nuovo e cominciai a preoccuparmi che non avrei mai smesso. Mi sentivo spezzato, non ero più me stesso e sapevo che Damien lo percepiva.

«Mi dispiace da morire».

«Per cosa?», chiesi distendendomi e chiudendo gli occhi.

«Per tutto», rispose mentre scivolavo nell'oscurità. «Mi dispiace che tu e gli altri vi stiate facendo male per colpa mia… è tutta colpa mia».

«È colpa di Marco», risposi. «Niente di tutto questo è colpa tua».

Marco… era il colpevole di ogni cosa. Se mi fossi davvero tolto la vita quella sera sarebbe stato per quello che aveva permesso ad altri di farmi. Tutto, in un modo o in un altro, riconduceva a lui. Lo odiavo. Lo odiavo con ogni fibra del mio essere e comunque non mi sembrava abbastanza. Mi aveva trasformato in un giocattolo, un giocattolo che dei pervertiti bastardi avevano usato e di cui avevano abusato perché lui voleva i loro soldi.

Stavo male e pensai che sotto diverse forme sarei sempre stato male per quello che mi era successo ma, che mi potesse venire un colpo, non avrei permesso a Marco di prendersi anche la mia testa e il mio cuore quando aveva già il controllo della mia vita. Non mi importava a cosa mi avrebbe sottoposto, avrei sopportato e sarei andato avanti. Mi ricordai che lavorare per lui non sarebbe durato per sempre e giurai che una volta finito mi sarei vendicato.

Quando ne avrei avuta l'occasione… avrei ucciso quel bastardo.

Capitolo quattro

Ventotto anni

«Mi sento come lo schifo dello schifo», dissi a Kane mentre guardavo l'amica di Branna sedersi sul marciapiede del parcheggio e toccarsi la faccia con un gemito. «Ci è finita in mezzo per causa mia».

Stavamo trascorrendo una bella serata al Playhouse in occasione del ventunesimo compleanno di Bronagh… tranne per il momento in cui la festeggiata era finita per sbaglio in una rissa, ovviamente. A parte quello le cose andavano bene… fino a che una che avevo rimorchiato si era arrabbiata perché non volevo rivederla e se l'era presa con Aideen che era seduta accanto a me.

Kane alzò gli occhi al cielo. «Quindi ora controlli quello che fanno gli altri?»

«Non fare il coglione», lo rimbeccai. «Sai cosa voglio dire; quella tipa è scattata per colpa mia».

«Sta bene», disse Kane guardando Aideen. «La sua amica sarà qui presto e lei sarà a casa nel suo lettino in un batter d'occhio».

Sospirai. «Questa Keela sembrava arrabbiata. Mi ha vociato nell'orecchio quando l'ho chiamata».

Mentre ero al telefono il suo atteggiamento mi aveva divertito, ma a pensarci bene cominciavo a chiedermi se avrebbe davvero messo in atto la minaccia di prendermi a calci in culo una volta arrivata.

«Voglio andare a casa», sospirai. «Non volevo nemmeno rimorchiare stasera. Voglio dormire e basta».

«Sembra che ce ne andremo prima di quanto pensi».

Lo guardai. «Che intendi?»

«È arrivata l'amica».

«Come...».

«Aideen!».

Portai l'attenzione sulla sirena da mozzare il fiato che correva come una furia verso di noi. Alzai un sopracciglio mentre passavo in rassegna il suo corpo da urlo. Aveva i capelli colore del tramonto, la pelle bianca come la neve e le gambe... Dio del cielo, erano lunghe e sembravano morbide. Mi venne duro con una sola occhiata e in un secondo cambiai idea sull'andare a dormire. Volevo ancora andare a casa e volevo che lei venisse con me, ma dormire era l'ultimo dei miei pensieri. Indossava il vestito più striminzito che avessi mai visto. Era trasparente e sentii l'impulso di toglierglielo.

Una volta che fu abbastanza vicina si inginocchiò e tirò Aideen in un vigoroso abbraccio. Sussultai per lei quando vidi le ginocchia nude arrosate contro l'asfalto freddo. Lei non ci fece caso o ignorò il dolore che stava sicuramente provando.

«Stai bene? Che è successo?», le chiese liberandola dall'abbraccio per poterla osservare.

Quando le scostò i capelli dal viso, trattenne il fiato. Rabbrividii perché sapevo cosa aveva visto. Aideen aveva un taglietto sul sopracciglio e la mandibola gonfia sul lato destro.

«Una puttana mi è saltata addosso», borbottò.

«Chi?», sbottò. «L'ammazzo, cazzo!».

Questo mi fece sorridere. Era uno scricciolino e non ce la vedevo proprio a far male a qualcuno in una lite, ma sembrava sicura di sé. O forse era solo la rabbia per la sua amica che veniva fuori.

Aideen la strinse in un altro abbraccio.

«So che lo faresti, ma ora voglio solo tornare a casa. Posso restare con te?»

«Certo, idiota».

Io e Kane scoppiammo a ridere attirando l'attenzione di Keela. Ci guardò come se si fosse appena ricordata che eravamo lì. Spostò lo sguardo da uno all'altro e poi spalancò gli occhi. Arricciai le labbra. Sapevo come eravamo e non avevo dubbi che la ragazza si sentisse intimidita... fino a che ci lanciò un'occhiataccia.

Aiutò Keela, che era leggermente brilla, a rimettersi in piedi e le passò un braccio intorno alla vita per tenerla nel caso fosse caduta.

«Lui è Alec», disse Aideen, ma io ero troppo impegnato a studiare il corpo di Keela. «...e lui Kane».

Portai lo sguardo sul suo viso e la vidi deglutire quando posò gli occhi su Kane. Lo fissava, lo fissava spudoratamente, e vidi che strinse la presa su Aideen. Capivo la sua reazione e così mio fratello. Le sue cicatrici rendevano difficile guardarlo negli occhi ed era facile farsi spaventare dal suo aspetto.

«Ciao», riuscì a dire.

Kane non rispose.

«Kane è venuto a salvarmi quando la ragazza di Alec mi ha colpita». Aideen sorrise a Kane che ricambiò.

«Era una che mi sono scopato la settimana scorsa, non la mia ragazza», protestai. «E ho chiesto scusa per il suo comportamento».

Le cose rallentarono per un attimo mentre Keela ripensava a quello che le aveva detto l'amica. Vidi una scintilla accendersi in quegli occhi bellissimi e poi un incendio divampare. Lasciò andare Aideen e si buttò su di me. Mi mise la mani sul petto e mi spinse più forte che poteva. Mi prese alla sprovvista, quindi persi l'equilibrio e atterrai sul sedere con un grugnito.

«Questo è perché la tua ragazza ha ferito la mia amica, e se scopro chi è la troia, la uccido!».

Aideen la richiamò a sé mentre io fissavo Keela con gli occhi sbarrati. Guardai mio fratello che guardava me con la bocca spalancata. Dopo qualche secondo di silenzio scoppiammo a ridere come se fosse stata la cosa più divertente del mondo.

«Te l'avevo detto, fratello; è un'arpia del cazzo!», strepitai mentre prendevo la mano tesa di Kane per tirarmi su. «Non ci credo, cazzo».

Lui scosse la testa molto divertito.

«Vorrei che l'avessero visto i gemelli!».

Keela non sembrava minimamente divertita dalle nostre risate, nemmeno un po'.

«Continua a ridere, bello, e ti spacco la faccia!».

Feci un passo avanti con un sorriso enorme che spingeva per uscire. «In questo momento mi sento molto attratto da te. Che ne dici di tornare a casa con me, visto che sei già pronta per andare a letto?».

Keela rimase a bocca aperta per lo stupore e Aideen mi colpì al petto con un'occhiataccia assassina.

«Finiscila! Vi ringrazio per avermi aiutata, ma non voglio che tratti la mia amica come una delle tue vecchie clienti, Alec. Lei è una brava ragazza!».

Ebbi un fremito interiore quando menzionò il mio passato da escort. Mi irritava ancora il fatto che Branna glielo avesse detto ma non potevo farci molto. Non volevo che la conversazione si spostasse su questo, quindi tornai su Keela.

«Oh, scommetto che da qualche parte dentro di lei c'è una cattiva ragazza. Mi basterà usare le dita, la bocca e l'uccello per portarla alla luce e giocare con lei».

Keela aprì la bocca, credetti, sorpresa.

«Chi diavolo credi di essere?».

Sorrisi. «Alec Slater, la tua prossima – o unica – fantastica scopata».

Mi guardò malissimo e le si formò una ruga carina in fronte.

«Tu stai per essere Alec Slater vittima di omicidio, se non chiudi la bocca!».

Kane si piegò in due dalle risate mentre afferrò il braccio di Aideen per tirarla verso di sé, lontano da Keela.

«Ti prego, non metterti in mezzo», praticamente la implorò. «Finora non ho mai visto una donna, a parte Bronagh, rispondergli così male».

Era vero, Bronagh ci provava gusto a becchettarsi con me. Guardai Keela, quindi vidi il momento in cui notò che Aideen e Kane erano piuttosto in sintonia e non sembrò approvare.

Tornò su di me che avevo fatto un passo avanti. «Prova a toccarmi e non sarai più in grado di avere figli. Ti avverto».

Incrociai la braccia al petto decisamente divertito dalla piega che avevano preso gli eventi. Quella ragazza aveva spina dorsale e anche se era aggressiva e cercava di essere dura, si vedeva che faceva così perché non era sicura di me e mio fratello e il suo comportamento era una difesa.

«Vorrei che la smettessi di fissarmi».

Spostai lo sguardo sul suo petto.

«Perché saresti uscita vestita in *quel* modo, se non vuoi che le persone ti guardino?».

Stavo facendo il coglione e lo sapevo bene, ma quando era irritata Keela reagiva infiammandosi e mi piaceva molto.

«Sono uscita in camicia da notte perché la mia amica aveva bisogno di me e non ho pensato a vestirmi quando mi hai telefonato, idiota».

Mi avevano chiamato in quel modo molte volte da quando mi ero trasferito in Irlanda.

«Sembri la ragazza di mio fratello; anche lei mi dà spesso dell'idiota».

«Deve essere gentile, perché ci sono un sacco di termini che ti si addicono molto di più. "Checca" potrebbe essere uno», mi derise. Poi si girò verso Aideen e la trovò a baciare Kane. Andò da lei, le prese il braccio e la tirò via senza complimenti.

Mormorò non troppo sottovoce: «Non ricordi il video che diceva di non dare confidenza agli sconosciuti che abbiamo visto quando eravamo a scuola?».

Aideen sospirò. «Non sono pericolosi. Kane *mi ha salvata* dal pericolo».

Keela mi indicò col pollice da sopra la spalla. «Già, e la ragazza della checca ti ha messa in pericolo, quindi lascia perdere, Ado».

«Ado?». Sentii ronzare Kane alla mia sinistra. «Mi piace questo nomignolo».

«Senti, grazie per aver aiutato la mia amica dopo che si è fatta male, ma non ha intenzione di ringraziarti con una lap dance, quindi smettila di provarci».

Kane alzò le sopracciglia e guardò Aideen: «Sei una spogliarellista?»

«No, sono un'insegnante», rispose un po' troppo in fretta. «Niente lap dance significa che non si scopa».

Kane scoppiò a ridere. «La tua amica ti sta *vietando* di fare sesso con me?»

«Sì», risposero all'unisono.

La faccenda mi intrigava.

«E tu sei d'accordo?», le chiesi girando intorno alle ragazze e andando ad appoggiarmi alla nostra macchina.

«Sì», bofonchiò. «È abbastanza intransigente sul fatto di non fare sesso con gli sconosciuti e... anch'io».

Kane sostenne lo sguardo di Aideen e disse: «Peccato».

«Uh-huh». Aideen concordò con un triste sospiro.

Keela le diede una gomitata e disse: «Ti compro le batterie per il vibratore, così potrai superare la notte. Starai alla grande».

«Keela!».

Ridemmo.

Keela guardò noi, poi Aideen e disse: «Forse potrebbero fare domanda alla Perverts 'R Us. Con quegli sguardi sono perfetti».

Aideen rise.

«Come?», chiesi non capendo.

Aideen rispose con un sorriso: «Il vicino di Keela, il signor Doyle, è un tipo che sta sempre a fissare, perciò l'ha chiamato signor Pervert e ha supposto che lui sia l'amministratore delegato di un'azienda di nome Perverts 'R Us».

Furba.

«Ce ne andiamo. Devo tornare a casa da Storm».

Chi cazzo era Storm?

«Storm?», domandai.

«Storm è il suo...».

«Fidanzato». Keela interruppe Aideen rivolgendole un'occhiata eloquente.

«Storm è piuttosto protettivo nei suoi confronti», disse Aideen facendo su e giù con la testa. «Quasi alla follia».

Stronzate.

«Se è tanto protettivo, allora come mai ti ha lasciata venire qui da sola vestita *così*?»

«Storm ha il sonno pesante durante la notte», spiegò Aideen. «Probabilmente, non l'ha nemmeno sentita uscire, ma è comunque uno splendido… ragazzo».

«Sì, è splendido», disse Keela annuendo, «e ti farà il culo per avermi mancato di rispetto».

Mi sporsi un po' a destra per guardarla negli occhi e dissi: «Io sono un amante, non un combattente».

«Allora, meglio che la pianti perché ne ho abbastanza delle tue stronzate».

Mi morsi il labbro inferiore facendo del mio meglio per non ridere. Era come un cucciolo che pensa di essere un grosso cane spaventoso. Abbaiava più di quanto non mordesse e penso che lo sapesse anche lei. Sembrava che sapesse che mi divertiva da morire quindi mi attaccò per mostrare il suo disprezzo, cosa che fece scuotere la testa a Kane. Lo guardai e vidi nei suoi occhi che se la stava godendo.

«Possiamo tenerla?», mi stuzzicò. «Mi piace sentire qualcuno che ti rimette al tuo posto. Il fatto che sia una donna è meglio ancora. Non hai fatto colpo. Stai perdendo il tuo tocco magico».

«È ancora presto», dissi tra me e me. «Non smontarmi subito».

«È stato… interessante», disse Aideen smorzando la tensione improvvisa. «Tuttavia, Keela ha ragione. Sarà meglio andare».

Keela ringraziò Dio facendosi sentire.

Kane piegò la testa e guardò Aideen. «Credo che ci vedremo in giro, Ado».

«Devi essere della famiglia o un amico per chiamarla così».

Kane posò gli occhi su di lei e dopo averla esaminata per qualche secondo disse: «Mi piaci».

Lo guardai sorpreso. A mio fratello non piaceva nessuno. Accettare Bronagh e Branna era stato un grande passo per lui quindi sentirgli dire che gli piaceva Keela mi indicò che lo aveva colpito il suo tenerci testa quando era chiaramente seccata con noi. E la cosa colpì me.

«Be', tu non mi piaci e nemmeno quel pervertito del tuo amico…».

«Fratello», la interruppi. «Sono quel pervertito di suo *fratello*».

«Tu non mi piaci e nemmeno quel pervertito di tuo *fratello*». Continuò a rivolgersi a Kane come se non l'avessi interrotta. «È evidente che portate solo guai se le persone che frequentate aggrediscono le ragazze senza motivo. Siete anche dei gran maleducati. Buona notte».

Si girò, prese Aideen per mano e si diresse alla macchina.

«Come? Neanche un bacio d'addio?», le urlai dietro guardandole le gambe mentre camminava. «*Ora* chi è il maleducato?»

«Ho detto buona notte!».

«Posso renderti il resto della nottata molto buona, gattina, se me lo permetti».

Aideen rise e lei e Keela salirono in macchina. Guardai la macchina uscire dal parcheggio e andare via con il cuore che mi batteva a mille. L'incontro non era durato a sufficienza per riempirmi gli occhi del corpo di Keela. Sapevo che sarebbe stato meraviglioso e avevo bisogno di lei come non avevo bisogno di qualcuno da... sempre.

«Cazzo quanto la voglio».

Kane fece una risatina e mi diede una pacca sulla spalla. «Lo dici di tutti quelli che te lo fanno tirare».

«Nah». Scossi la testa. «Lei è diversa. Lo so».

«Non mi sembra che tu le piaccia molto, Alec».

Guardai mio fratello minore sorridendo.

«Esatto. Il suo rifiuto rende la caccia ancora più interessante».

Kane rise scuotendo la testa mentre andavamo alla macchina. Lo seguii camminando tre metri da terra e con un sorrisone stampato in faccia, tutto per via di una focosa irlandese dai capelli rossi. Sapevo che l'avrei rincontrata e non ero mai stato così ansioso di vedere una persona che mi disprezzava tanto. Avevamo dato inizio a un gioco, che lei lo sapesse o meno, e non immaginava nemmeno che quando io giocavo, lo facevo sempre per vincere.

Capitolo cinque

Ventotto anni

«Cos'è quella faccia?».

Alzai lo sguardo dalla mia colazione e quando mi resi conto che Dominic parlava con me alzai le sopracciglia. «Che faccia?»

«Quella faccia». Ridacchiò. «Sembra che tu abbia mangiato qualcosa di aspro».

Feci spallucce ma non risposi.

«Si sente ancora in colpa perché hanno colpito l'amica di Branna ieri sera».

Mi girai e lanciai un'occhiataccia a Kane che fece una scrollatina di spalle per niente turbato.

«Non devi sentirti in colpa», disse Ryder dal frigorifero in cui cercava qualcosa da mangiare. «Non puoi controllare cosa fanno gli altri».

«Immagino di no», sospirai. «Spero che stia bene. Deve farle male oggi».

«Branna l'ha chiamata stamattina e dice che sta bene. Un po' sbatacchiata ma bene».

Questo non mi fece sentire meglio.

«Come stai tu stamattina?», chiese Kane con un sorrisetto. «Anche tu le hai prese ieri sera».

Dominic e Ryder mi guardarono immediatamente.

«Chi è stato?», chiese Dominic. «Dimmelo».

Prima che potessi dire una parola, Kane rispose: «Una rossa di nome Keela».

I miei fratelli si scambiarono un'occhiata, si calmarono e risero.

«Non mi ha picchiato». Alzai gli occhi al cielo. «Mi ha spinto perché era arrabbiata per via della sua amica. Mi ha incolpato perché pensava che fosse colpa della mia ragazza».

«Non mi sembra che l'abbia picchiato». Dominic sorrise a Kane. «Che altro è successo?».

Scossi la testa e continuai a mangiare i cereali.

«Quando lo ha spinto gli ha fatto battere il culo per terra», ridacchiò Kane. «E se lo è mangiato vivo peggio di Bronagh».

«Non ci credo», disse Dominic spalancando la bocca.

«Sì», annuì Kane. «Lo ha insultato e rifiutato diverse volte quando lui ci ha provato».

«Voglio conoscerla, cazzo», rise Ryder.

Ah, ah, ah.

«Siete tutti molto divertenti oggi».

Risero e continuarono a prendermi in giro anche quando suonò il campanello. Ryder andò ad aprire lasciandomi con gli altri due che sparavano stronzate. Annuii a tutto quello che mi dicevano ma smisi quando Ryder all'improvviso urlò: «Alec, c'è una donna che vuole vederti!».

Guardai i miei fratelli e spalancai gli occhi. Fecero spallucce e io mi alzai, uscii dalla cucina e percorsi il corridoio furtivamente. Rimasi nascosto e sussurrai a mio fratello: «Se ha i capelli biondi, un neo sulla guancia sinistra e tette enormi, chiudi immediatamente quella cazzo di porta».

Qualche settimana prima mi ero fatto una che corrispondeva alla descrizione e dovevo averla scopata un po' troppo bene perché aveva giurato di trovarmi e farsi mettere incinta. Me la stavo facendo sotto e avevo una paura matta che fosse la ragazza che parlava con mio fratello.

«Non ho i capelli biondi, né il neo sulla guancia né grandi tette, puoi uscire!».

Alzai le sopracciglia per lo stupore. Conoscevo quella voce, quella voce era stata la causa di sei erezioni da quando l'avevo sentita la notte prima. Mi ersi in tutta la mia altezza e raggiunsi mio fratello sulla porta. Guardai prima Aideen e lei mi salutò agitando la mano. Era molto più in forma, e, tranne per l'occhio nero e il piccolo livido sulla mandibola, sembrava non fosse successo nulla. Le sorrisi e poi spostai lo sguardo sul bocconcino accanto a lei.

L'uccello mi si rizzò alla sola vista.

Vidi che i suoi occhi passarono in rassegna il mio corpo. Guardai giù sapendo che indossavo solo dei pantaloncini portati a vita bassa. Riportai lo sguardo su Keela e la vidi deglutire. Nella mia testa ballai il cha-cha perché avevo visto che era attratta da me – o almeno dal mio corpo – e sapevo di essermi già aperto una breccia.

«*Keela?*», chiesi con tono palesemente stupito.

«La stessa Keela che ti ha sbattuto a terra ieri notte?», mormorò Ryder. «*Quella* Keela?»

«Sì, *quella* Keela», disse Aideen tutta allegra. «Non vi preoccupate, è tranquilla e non colpirà di nuovo Alec, promesso».

Keela si irritò e le lanciò un'occhiataccia ma l'amica non le prestò attenzione. Allora si rivolse a me, fece un respiro profondo e disse: «Posso parlarti?».

Guardai come era vestita. Si era messa un vestitino blu che le arrivava proprio sopra il ginocchio. Le avvolgeva il seno magnificamente e anche se non era grande, le vista del gonfiore contro il tessuto mi fece comunque sbavare. Per poco non caddi sulle ginocchia quando scesi con lo sguardo fino alle gambe. Erano bellissime e mi ritrovai a desiderare di leccarle.

«Guardami in faccia, bello, in *faccia*».

Ops.

La guardai in faccia e feci un sorrisino. «E che bel viso».

«Era patetico».

Ryder guardò prima lei e poi me e disse: «Kane aveva ragione. Non hai fatto colpo su di lei».

«Ogni cosa a suo tempo».

«Vi sento. Ve ne rendete conto, vero?».

Annuì ma mi importava poco.

«Avete intenzione di lasciare due adorabili signorine fuori sul vostro portico o volete invitarci a entrare?».

Ryder annuì subito. «Certo, scusate, entrate. Branna non

dovrebbe metterci troppo, quindi tu puoi restare con me e i miei fratelli mentre Alec e Keela parlano».

Aideen era soddisfatta ed entrò in casa seguita da Ryder. Sembrava che Keela volesse seguire l'amica ma ci ripensò e rimase davanti a me. Era nervosa e la cosa mi piaceva.

«Sei l'ultima persona che mi aspettavo di vedere oggi, gattina», ammisi. «Come facevi a sapere dove abito?»

«Branna l'ha detto a Aideen e Aideen l'ha detto a me».

Ora che Aideen non era più accanto a lei mi parlava senza guardarmi. Non guardava proprio nella mia direzione a dire il vero. Non mi piacque, quindi mi allungai, le misi un dito sotto al mento e le sollevai la testa fino a che non mi guardò.

«Perché non mi guardi?»

«Perché».

Sorrisi e abbassai la mano. «Perché cosa?».

Deglutì. Due volte.

«Perché e basta».

«Va bene, non insisto», dissi e incrociai le braccia. «A cosa devo questo piacere inaspettato, signorina...?».

Si schiarì la gola e rispose: «Daley».

Keela Daley.

«Signorina Daley». Feci un inchino con la testa per prenderla un po' in giro.

Quando mi tirai su sbottò senza perdere tempo: «Devo chiederti una cosa».

«Ok, ma guardami».

Spostò il peso da un piede all'altro.

«Senti, è piuttosto difficile mettere da parte l'orgoglio e chiedere questa cosa a uno sconosciuto, uno sconosciuto con cui ho discusso meno di dodici ore fa».

Era tesa come una corda di violino e decisi di fare una battuta per metterla a suo agio.

La osservai: «Tu mi hai aggredito fisicamente meno di dodici ore fa».

Scattò infastidita. «Stai provando a farmi incazzare?».

Mi grattai il mento. «È chiaro che non sei per niente timida quando ti arrabbi. Ti sto aiutando a rilassarti».

Arretrò. «Non sono per niente timida».
«Allora chiedimi quello per cui sei venuta fin qui».
Si guardò intorno e chiese: «Non possiamo farlo dentro?».
Non c'era bisogno che lo chiedesse due volte. Ero più che felice di farla entrare. Ma non volevo renderle le cose semplici quindi mi girai di lato e le feci cenno di entrare con la mano. Esitò un momento e poi si girò anche lei per passarmi accanto. Mentre mi scivolava accanto vidi che mi fissava i pettorali. Erano all'altezza della sua bocca e sentivo il suo respiro sulla mia pelle. Alzò gli occhioni da cerbiatta su di me.
«Ciao». Sorrisi.
Per un momento mi guardò la bocca, o meglio le guance, e capii che si era accorta che avevo le fossette. Era decisamente presa da me. Il suo comportamento era da manuale anche se non ero sicuro che lei avesse idea di essere così prevedibile.
Si inumidì il labbro di sotto e disse: «Ciao».
Mi piaceva da morire. Un attimo prima era una stronza prepotente e quello dopo era una gattina timida che non riusciva a guardarmi negli occhi. Però non si faceva problemi a studiarmi il corpo. Una volta chiusa la porta mi osservò e non la interruppi.
«Possiamo parlare qui o in camera mia», dissi dopo un silenzio prolungato. « Che preferisci?»
«Qui», disse in un soffio. «Qui va bene, grazie».
Era nervosa davvero. O più nervosa di prima.
«Mi serve una mano», disse disinvolta. «Aideen mi ha detto che tu sei più che qualificato per aiutarmi».
Rimasi un attimo interdetto ma cercai di non mostrare nessuna reazione.
«Spiegami».
Arrossì e cercò di nasconderlo con le mani ma fu inutile.
«Dio, quanto è imbarazzante».
Aspettai pazientemente che trovasse il coraggio di dirmi quello che era venuta a dire.
«Mi ha detto che sei un escort».
Ah. Wow.

«Mi sono ritirato», risposi dopo qualche secondo. «Mi dispiace».

Keela tolse la mani dal viso e si leccò il labbro inferiore.

«Oh, allora non puoi aiutarmi?».

Volevo aiutarla. Volevo farle un sacco di cose ma l'escort era fuori questione.

«No. Non faccio più quel lavoro. Dovrai trovarti un altro ragazzo».

Ci rimase malissimo e mi dispiacque per lei in quel momento.

«Ma io non voglio i tuoi, uhm, *soliti* servizi. Non devi fare sesso o cose del genere, te lo giuro».

Mi irrigidii.

«Sesso? Ero un escort, non mi prostituivo».

Mi guardò confusa. «Non è la stessa cosa?».

Mi sentii pervadere dalla rabbia che però svanì appena vidi che negli occhi di Keela c'era smarrimento, non giudizio.

«Scu... scusa», balbettò. «Non volevo offenderti. È solo che non conosco la differenza. Pensavo che gli escort...».

«Pensavi che gli escort fossero pagati per scopare, giusto?».

Non volevo sembrare così scocciato ma lo ero.

«Uhm, be', sì».

Scossi la testa. «Gli escort forniscono compagnia a una persona, il sesso è facoltativo, ma *non* il principio di base. Chi si prostituisce viene pagato per il sesso e solo per il sesso, che *è* il principio di base».

Arrossì ancora una volta.

«Ti chiedo scusa per la mia ingenuità».

Scrollai le spalle, incurante. «È tutto a posto, ma non posso aiutarti. Non mi occupo più di quell'attività».

La mia risposta la intristì. Glielo lessi negli occhi.

«Capisco», disse alzando il mento.

Annuii e abbassai lo sguardo sulle mie dita.

«Scusami ancora per averti offeso. Non volevo giudicarti. So che probabilmente ieri notte ti sono sembrata una stronza, ma sono una brava persona e non proverei a ferire i tuoi sentimenti di proposito. Non sono fatta in quel modo. Mi dispiace tanto».

Ed ecco che mi spezzò il cuore.

«Maledetta gattina, non te la prendere». Si tirò in dentro il labbro inferiore e questo mi fece arrapare. «Fai sparire quel labbro imbronciato. Altrimenti, lo mordo».

Lo lasciò andare trattenendo il respiro. Mi strofinai la faccia con le mani. Ero irritato perché stavo prendendo in considerazione l'idea di aiutarla anche se avevo giurato a Dio e a me stesso che i giorni da escort erano finiti. C'era qualcosa in lei che mi faceva venire voglia di aiutarla e non solo perché era bellissima. Leggevo vulnerabilità nei suoi occhi e mi fece salire l'istinto di protezione.

«Vado a chiamare Aideen, così ce ne andiamo…».

«Solo per curiosità», la fermai, «a che ti serviva un escort?».

Sussultò. «Preferirei non parlarne, è imbarazzante».

Un pensiero mi attraversò la mente e mi fece fermare il cuore. «Non volevi mica che ti aiutassi a perdere la verginità, vero?».

Spalancò gli occhi scandalizzata e capii di aver toppato in pieno.

«*Cosa?* No, *non* sono venuta per quello!», affermò con la faccia paonazza.

«Prima, tuo fratello pensa che sia incinta di te, e ora, tu pensi che io sia vergine? *Non* sono incinta e *non* sono vergine!».

A Ryder sembrava incinta?

Senza aspettare la mia risposta, urlò: «Aideen! Muoviti, ce ne andiamo!».

Si girò per dirigersi alla porta. Non so quando mi mossi ma mi ritrovai dietro di lei in un secondo. Le feci scivolare le braccia intorno alla vita e la fermai. «Aspetta un attimo, gattina. Sono saltato alle conclusioni, ma l'hai fatto anche tu. Dammi una possibilità, non sto facendo lo stronzo, sto solo provando a capire a cosa ti serve un escort».

Sentii che si rilassava ma si irrigidì di nuovo quando sentii dei suoni e delle voci soffocate provenire dalla palestra. Senza dire una parola si liberò della mia presa, andò alla porta a doppia anta e l'aprì. In un battito di ciglia Keela era passata dallo stare in piedi e ritrovarsi schiacciata da tre dei miei fratelli.

«Non respiro», ansimò.

Mi venne quasi un colpo al pensiero che si potesse fare davvero male.

«Toglietevi!», sbottai spingendoli. «Subito!».

Le si tolsero di dosso chiedendole scusa. Io l'aiutai a rimettersi in piedi e le passai in rassegna il corpo in cerca di qualche ferita. Quando vidi che stava bene mi tranquillizzai.

«Che male», mugugnò passandosi la mano sul petto. «Cristo».

«Credi ci sia qualcosa di rotto?», le chiesi appoggiandole le mani sulle spalle. «Va tutto bene?»

«No, sto bene. È solo che non riuscivo a respirare e bruciava».

Senza toglierle gli occhi di dosso dissi: «Per poco, non avete schiacciato una donna».

«Scusa», risposero all'unisono.

Li guardai in cagnesco. Mentre parlavamo sulla porta quei tre bastardi dovevano essersi intrufolati in palestra per sentire quello che dicevamo.

«Tu quale fratello sei?», chiese lei a Dominic.

«Nico», rispose nello stesso momento in cui noi dicemmo: «Dominic».

«Come devo chiamarti: Nico o Dominic?».

Sorrise. «Puoi chiamarmi come vuoi, bellezza».

Alzai gli occhi al cielo mentre Keela sorrideva al mio presto defunto fratellino.

«Ti chiamerò Nico».

Dominic era contento. Preferiva essere chiamato Nico; odiava il suo nome per via di nostro padre, ma io e i miei fratelli gli ricordavamo sempre che quell'uomo non aveva influenza su di lui e che il suo nome era solo suo. Ecco perché lo chiamavamo Dominic e non usavamo mai il diminutivo.

«E tu sei?», chiese lui guardandola fisso.

«Keela», gli rispose arrossendo.

Mi faceva imbestialire il modo in cui la guardava e non mi spiegavo perché.

«*Kee-la*», mormorò. «Un bellissimo nome per una bellissima ragazza».

Digrignai i denti mentre portavo la ragazza dietro di me e guardavo mio fratello negli occhi.

«Finiscila con queste cazzate o ti prendo a calci nel culo», dissi con tono minaccioso.

Non guardai gli altri ma quando vidi Dominic spalancare la bocca sorpreso, immaginai che anche Ryder e Kane avessero reagito allo stesso modo. Guardai Keela che si guardò intorno e chiese ai miei fratelli: «State bene?»

«Stiamo bene», assicurò Ryder.

Tornò accanto a me e fece un breve cenno a Ryder, cosa che mi fece imbronciare.

«Sono *davvero* dispiaciuto per quello che ti ho detto prima, Keela. È stato un comportamento da idiota perché avevo dato per scontato una cosa del genere. Mi perdoni?».

Immaginai che si stesse scusando per averle chiesto se era incinta – non riuscivo ancora a capire come avesse potuto pensarlo, figuriamoci dirlo – e lei gli rivolse un sorriso caloroso e lo perdonò.

«Tutti voi avete ascoltato la conversazione tra me e Alec?».

Uno a uno quegli impiccioni abbassarono la testa per la vergogna e annuirono. Trovai questa immagine divertentissima, ma non risi... l'avrei fatto dopo, però.

«Perfetto», bofonchiò. «Ora mi vergogno anche di più».

«A che ti serve un escort?», chiese Kane. «Non hai un ragazzo?».

Sorrisi al ricordo del famigerato Storm di cui aveva parlato la sera prima.

«Sì», dissi incrociando le braccia al petto. «Com'è che si chiamava? Thunder?»

«Storm», rispose. «Si chiama Storm».

«Ah, sì, Storm. Perché *Storm* non può accompagnarti lui?»

«Perché non ho un ragazzo. Ieri notte ho detto che Storm era il mio ragazzo solo per farti smettere di provarci con me perché non volevo venire a letto con te. *Continuo* a non voler venire a letto con te. Mi serve solo il tuo aiuto, ma dal momento che hai detto di non potermi dare una mano, ora me ne vado. Aideen!».

Aideen uscì dalla cucina. «Che c'è?»

«Ce ne andiamo. Alec non mi darà una mano».

Aideen si imbronciò e afflosciò le spalle.

«Maledizione, chi diavolo ti accompagnerà al matrimonio ora?»

«Il matrimonio di chi?», chiese Dominic a Aideen.

Keela rivolse all'amica quella che immaginavo dovesse essere un'occhiataccia ma lei la ignorò e rispose.

«La settimana prossima, la cugina di Keela, Micah», e qui fece un verso di disgusto, «sposerà quel bastardo del suo fidanzato. Jason, il fidanzato di Micah, ha fregato Keela qualche mese fa. Visto che deve partecipare al matrimonio, volevamo qualcuno che andasse con lei e che mostrasse a Jason che può trovare di meglio. Pensavo che Alec fosse perfetto per questo lavoro ma, a quanto pare, mi sbagliavo».

Keela era in imbarazzo – mi bastò un'occhiata per capirlo – e diventava sempre più difficile non aiutarla.

«Aspetta», le chiese Dominic, «tu sei imparentata con Micah Daley?»

«Già, Micah è mia cugina. La conosci?»

«Purtroppo, sì. L'ultimo anno di liceo eravamo nella stessa aula dell'appello».

Mio fratello si avvicinò alla faccia di Keela per guardarla meglio. «A scuola era mora, ma l'ho vista in giro e adesso ha i capelli rossi. Le somigli».

«I suoi capelli sono tinti, il mio è un rosso naturale. Lei non mi piace per niente, è una stronza di proporzioni epiche».

Dominic sorrise. «Non devi convincermi che è una troia, ti credo».

Keela fece un sorrisetto.

«Che ha fatto Jason per fregarti?», domandò Ryder.

Si massaggiò il collo imbarazzata.

«Ha fatto finta che gli piacessi, è uscito con me e ha fatto di tutto per farmi credere che stessimo insieme, ma a dire il vero mi stava solo usando per far pagare a Micah il fatto che l'avesse tradito. È tutto un casino. Hanno risolto tra loro e si sposano e siccome siamo parenti, devo andare al loro matrimonio».

«Perché non dici loro di mettersi il matrimonio su per il culo?».

Era Kane che aveva parlato.

«Perché mia madre mi tormenterebbe. È meglio andare al matrimonio e stare in disparte piuttosto che avere a che fare con lei se non vado. È il Diavolo».

«Amen», disse Aideen facendo il segno della croce.

Riuscivo a vedere che Keela ci era rimasta male per come era andata a finire, ma continuava a sfoggiare il suo sorriso bellissimo per mascherarlo.

Sospirai mantenendo un sorriso smagliante. «Già... Be', è stato bello rivedervi, Kane e Alec, e un vero piacere conoscere voi», fece rivolta a Dominic e Ryder. «Buona giornata».

Mi mossi prima che finisse di parlare. Si girò per andare alla porta ma mi parai davanti a lei. Avevo preso la decisione di aiutarla in un nanosecondo. Non sapevo nemmeno perché avessi preso in considerazione la cosa ma avevo letto nei suoi occhi che le serviva il mio aiuto e volevo darglielo.

«Girati e vieni in cucina».

«Cosa? Perché?». Era confusa.

«Perché», brontolai, «dobbiamo definire i dettagli, se devo accompagnarti al matrimonio di tua cugina».

Keela mi fissò con gli occhioni da cerbiatta. Le ci volle qualche secondo prima che ritrovasse la voce.

«Ma mi hai detto che non sei più nel giro e che ti sei ritirato...».

«Vuoi che ti aiuti sì o no?».

Si tirò il labbro inferiore in dentro e annuì.

«Allora, girati e vieni in cucina. Voglio parlarti in privato. Solo io e te».

Non disse una parola, si girò e superò gli altri per andare in cucina. La seguii tenendo gli occhi sul suo corpo. La vidi sussultare quando chiusi la porta della cucina. Si voltò verso di me e fu chiaro che non capiva cosa stesse succedendo. Volevo farla calmare.

«Vuoi una tazza di tè?».

Mi guardò senza sbattere le palpebre.

«Perché sembra che ti abbia appena chiesto di mostrarmi le tette?».

Si mise a ridere.

«Perché mi aspetterei una richiesta del genere da te, non una tazza di tè».

Feci spallucce. «Bronagh e Branna mi dicono sempre di "mettere su il bollitore" quando devono affrontare una discussione seria, ho immaginato che ne volessi una prima di iniziare a parlare».

«Uhm, certo. Vorrei una tazza di tè del muratore, grazie».

«Che diavolo è?»

«Be', sai, una tazza di tè con un sacco di zucchero».

Con un sacco di zucchero faceva schifo, ma se le piaceva in quel modo allora glielo avrei fatto. Presi una tazza, ci misi una bustina e accesi il bollitore. Mi girai e mi appoggiai al piano della cucina con le braccia incrociate. Guardai Keela che non sapeva bene cosa fare.

Cambiò posizione diverse volte e anche se mi guardava, aveva gli occhi su tutto il corpo tranne che nei miei. Sapevo che la innervosivo ed era proprio per quello che le preparavo una tazza di tè. Vidi che i suoi occhi si posarono sulla mia bocca che si curvò in un sorrisetto quando lei si morse il labbro inferiore.

«Mi siedo».

Andò al tavolo e si guardò intorno per non guardare me.

«Allora», disse battendo le mani, «di quali dettagli dobbiamo discutere perché tu possa accompagnarmi al matrimonio di mia cugina?».

Lo disse mentre guardava il giardino sul retro e questo mi diede un momento per osservarla. Era un enigma. La sera prima era stata dura come una roccia e in quel momento era fragile come un fiorellino. Non sapevo come approcciarmi a lei ed era una novità perché di solito non avevo alcun problema di approccio, con nessuna.

«Affinché io possa farti da accompagnatore al matrimonio di tua cugina, devo redigere un contratto…».

«Aspetta. Un contratto? Questa chiacchierata sta per trasformarsi in *Cinquanta sfumature di grigio*?».

Aggrottai le sopracciglia. «Quel libro perverso e porno che le donne amano?».

Quando annuì, risi. Avevo sentito parlare del libro, come tutti del resto, e il fatto che lo paragonasse alla nostra situazione mi faceva ridere. Mi girai verso il bollitore che aveva emesso il *beep* che avvisava che l'acqua bolliva e le preparai il tè.

«No, non sta per diventare cinquanta sfumature di niente, Keela. I contratti con le mie clienti sono la prassi».

«Alec, io non sono una cliente. Quello che ti sto chiedendo è un favore, *non* una transazione commerciale».

Vero.

«Perché non mi dici in che consiste questo favore, così ho un quadro più chiaro?».

Si schiarì la voce. «Be', non devi fare granché. Voglio solo che tu finga di essere il mio ragazzo… Tutto qui».

Fatto il tè, andai verso il tavolo. Misi la tazza sul sottobicchiere davanti a Keela e mi sedetti davanti a lei. Mi guardò gli avambracci e poi si fissò sui tatuaggi. Avere i suoi occhi addosso mi faceva venire i brividi come se potessi quasi sentirne il tocco .

«Puoi metterti qualcosa addosso?».

E negarle il piacere di scoparmi con gli occhi? Mai.

«Ti mette a disagio il fatto che io sia a petto nudo?»

«Sì».

«Cazzo. Fuori è caldissimo, perciò per oggi gioco all'irlandese».

Aggrottò le sopracciglia. «Non ho capito che vuoi dire».

Feci schioccare la lingua. «A pelle».

«*Americani!*».

«Allora, vuoi soltanto che io sia il tuo ragazzo?». Sbuffai.

Contorse le dita. «Sì, devi solo far sì che tutti credano che siamo una coppia vera».

Mi misi a sedere più comodo. «Come vorresti renderlo *credibile*?».

Si mosse sulla sedia. «Finiscila di cercare di mettermi in imbarazzo».

«La mia è una domanda legittima».

«Comportati soltanto come un fidanzato amorevole: tienimi per mano, baciami sulla guancia…».

«Ti apro la porta e poi ti do una pacca sul sedere quando mi passi davanti?».

Alzò gli occhi al cielo. «Sono seria».

«Anch'io».

«Voglio solamente che la mia famiglia pensi che siamo una coppia vera e felice. Tutto *qui*».

E io che pensavo che questo lavoro sarebbe stato difficile.

Ridacchiai. «Credimi, gattina, sarà il lavoro più facile che io abbia mai fatto».

«Davvero?».

Annuii. «Sì».

«Questo significa che mi accompagnerai al matrimonio di mia cugina?».

Sembrava sul punto di gridare di felicità se avessi detto di sì.

«Se ti attieni alle mie condizioni, sì».

Fece un'espressione incerta.

Sollevai l'indice. «Numero uno: *non* devi, nella maniera più assoluta, innamorarti di me».

La sua risata mi stupì. Non capivo cosa ci trovasse di divertente. Se avesse saputo quanta gente si era affezionata a me in passato, non l'avrebbe fatto.

«Sono serio, Keela. Non innamorarti di me».

Rise ancora più forte. «Lo so. È per questo motivo… che sto ridendo… Oddio. La tua faccia!».

Non la trovavo divertente.

«Ok», disse calmandosi. «Non devo innamorarmi di te. Ho capito. Qual è la seconda?».

Sbuffai. «Numero due: devi trattarmi come una persona, non come uno alle tue dipendenze».

Tutta l'ilarità le sparì dal volto. «Sarai sempre trattato come una persona… anche se volessi, non potrei trattarti come uno alle mie dipendenze perché non ti pago».

Alzai le sopracciglia. «Potresti pagarmi in natura».

Piegò la testa. «Verrai pagato con le *buone maniere*».

Ahi.

«Allora, le altre condizioni potrebbero metterti un po' a disagio».

Si mise dritta. «Quali sono?».

Alzai un braccio e mi sfregai dietro il collo. «Sei sicura che vuoi che ti risponda sinceramente alla domanda, gattina?». Quando annuì, dissi: «Voglio scoparti».

Mi guardò come se si aspettasse che mi mettessi a ridere e le dicessi che era uno scherzo, ma quando non lo feci, vidi gli occhi prenderle fuoco.

«Perché non stai ridendo?»

«Perché non sto scherzando».

«*Spero* per te che sia uno scherzo!».

Alzai le mani. «Io non scherzo sulle condizioni di un contratto».

Batté le mani sul tavolo. «Questo *non* è un contratto, è un *favore*. L'unica cosa che ti darò in cambio sarà un cazzo di grazie *a voce*».

Feci schioccare la lingua. «Quindi devo essere il tuo fidanzato *senza* godere dei privilegi o dei benefici dell'avere una ragazza?»

«Sì!», rispose scuotendo la testa. «È solo per *finta*!».

«No, così non va. Mettiamoci d'accordo adesso. Se vuoi che sia il tuo ragazzo, allora voglio almeno dei vantaggi. Sono un uomo, ho le mie esigenze».

Mi stavo approfittando della situazione ma volevo farmela così tanto che ero disposto a rischiare un braccio per vedere se avrebbe accettato il sesso come condizione per farsi aiutare. Forse pensava che lo volessi a richiesta ma non si immaginava che sarebbe stata lei a desiderare di essere scopata da me prima che potessi farlo io.

Aveva un'espressione demoralizzata. «Cosa vuoi di preciso da me, Alec».

«Mi piace l'intimità fisica. Niente cazzate sentimentali o emotive, solo roba fisica. Mi piace stare mano nella mano, baciare, farsi le coccole, abbracciarsi e scopare. Se devo fingere di essere il tuo ragazzo, è questo che voglio. Non chiedo molto».

Sembrava che stesse per prendermi a calci da un momento all'altro.

«Scopare non *è* un punto in discussione, quindi puoi levartelo dalla testa».

Il mio uccello accettò la sfida con un fremito.

«Vedremo».

«Che vuoi dire con "vedremo"?»

«Voglio dire che vedremo».

«Non vedremo proprio niente! Ho cambiato idea, non mi serve il tuo aiuto». Fumava di rabbia.

Aveva raggiunto la porta quando la presi tra le mie braccia. Il suo verso di sorpresa mi fece capire che non mi aveva sentito muovere. «Sei venuta da me perché ti dessi una mano, e non viceversa, gattina», le sussurrai nell'orecchio. «Non c'è nessun altro che possa aiutarti o non saresti qui... Che ti piaccia o no, ti *serve* il mio aiuto».

Si liberò della mia presa e si girò.

«Io *non* ti scopo. Se per te questo va a rompere l'accordo, allora va bene. Non verrò a letto con te perché mi accompagni al matrimonio di mia cugina come mio fidanzato. Non importa quanto tu sia attraente. Io *non* sono quel tipo di ragazza!».

Sentire che mi trovava attraente mi fece gonfiare l'ego.

«Pensi che io sia attraente?».

Mi guardò in cagnesco e sicuramente era convinta di avere un'aria minacciosa ma non ce l'aveva per niente. Mi piaceva che fosse salda nel suo proposito di non voler fare sesso con me però, e questo mi suggerì un'idea.

«Voglio scoparti, senza alcun dubbio, gattina, ma non deve essere una condizione dal momento che sei tanto contraria. Anzi, visto che sei *fortemente* contraria, facciamo una scommessa».

Mi guardò. «Che tipo di scommessa?»

«Una scommessa di tipo sessuale».

«Che cosa?».

Mi allungai e mi avvolsi un riccio di quella chioma rossa e morbida intorno al dito.

«Scommetto che prima che qualcuno dica "lo voglio", tu sarai distesa con le gambe aperte mentre io ti martello tra le cosce».

Spalancò la bocca.

«E *tu* supplicherai *me* di succhiarti e di scoparti».

Spalancò esageratamente gli occhi. «Dici sul serio?».

Quando annuii, rise.

«Ci sto!».

La sua convinzione mi fece sorridere, ma quello che trovavo davvero divertente era quanto credesse sul serio di non potere essere sedotta da me.

«Le mie nuove condizioni sono che dormiamo nello stesso letto e che posso baciarti, toccarti e coccolarti ogni volta che ne ho voglia».

Restò un attimo in silenzio. «Credi che facendo tutto questo farò sesso volentieri con te?».

Feci spallucce con un sorrisetto.

«Va bene», sbuffò. «Dormiamo nello stesso letto, ma tu devi indossare i pantaloni del pigiama».

Che aveva detto?

«Io dormo nudo, l'ho sempre fatto e continuerò a farlo».

«Tu ti metterai il pigiama. Su questo non cedo, playboy».

«"Playboy", dici sul serio, gattina?»

«Smettila di chiamarmi "gattina"!».

«No, mi piace. Sei piccola e indifesa proprio come una graziosa gattina».

«Se non la smetti con "gattina", allora io continuo con "playboy"».

Potevo sopportarlo. «Mi hanno chiamato in modi peggiori, *gattina*».

Sbuffò. «Non mi piaci per niente».

Lo pensava solo perché non mi ero piegato al suo volere.

«Abbi pazienza, e ti piacerò tantissimo».

Mi ignorò e disse: «*Devi* metterti il pigiama quando siamo nello stesso letto. Hai capito?».

Mi passai la lingua sul labbro di sotto. «Adoro quando mi dai degli ordini».

«Significa che li rispetterai?».

Risi. «Non essere precipitosa, gattina».

Affossò le spalle. «Su questo non mollo. Una delle *mie* clausole è che tu indossi il pigiama».

La fissai. «Veramente?»

«Sì, *veramente*».

Alzò il mento e mi piacque in quel momento il suo accanimento.

«D'accordo, a letto con i pantaloni del pigiama».

Fece un sorriso trionfante. «E per quanto riguarda il fatto di baciarsi e toccarsi, dobbiamo fare in modo che succeda liberamente. Non ti conosco, e mi rifiuto di avere un'intimità di qualsiasi tipo con uno che non conosco, anche se *è* per finta».

Potevo farlo. «Ok, mi sembra giusto».

«Allora, farai finta di essere il mio fidanzato e mi accompagnerai al matrimonio di Micah e Jason?».

Risi per la sua contentezza. «Sì, gattina. Sarò il tuo finto ragazzo».

Batté le mani. «Non vedo l'ora di guardare la faccia di Jason. Sarà fantastico!».

Tornò a sedere, si portò la tazza alle labbra, soffiò, poi bevve un sorso e ingoiò il liquido caldo con un mugugno. Chiuse gli occhi e questo bastò a farmi avere un'erezione.

«Oh, mio Dio. Hai preparato una tazza di tè *perfetta*».

«Con tutto quello zucchero ti si carieranno i denti».

«Mi serve, è grazie a questo che non do i numeri».

Mi rimisi a sedere e mi sistemai l'uccello con discrezione ma fui allertato da un rumore dietro la porta. Anche Kella lo sentì, si alzò, si diresse alla porta e l'aprì senza dire una parola. Fece un balzo all'indietro quando Dominic cadde in avanti e batté per terra. Scoppiai a ridere quando atterrò con un sonoro tonfo.

Che deficiente.

«Te l'avevo *detto* che ha un udito super!», strillò Aideen da un'altra stanza.

Dominic imprecò mentre si tirava su.

«Tutto ok?», gli chiese. «Hai preso una bella botta».

«Sta bene, non preoccuparti troppo. Così impara a origliare».

Dominic mi guardò. «Io *non* stavo origliando. Stavo venendo a prendere un po' d'acqua...».

«Allora, spiegami perché eri attaccato alla porta e sei caduto quando l'ha spalancata».

Aprì la bocca per parlare ma la richiuse un secondo dopo e mi guardò.

«Prendi l'acqua e vattene, fratellino. Devo discutere di alcune cose con la mia *fidanzata*».

Dominic sollevò talmente le sopracciglia che diventarono tutt'uno con i capelli.

«Fidanzata?», biascicò.

Keela mi lanciò un'occhiataccia. «Vuole dire *finta* fidanzata».

Le mandai un bacio. «Sto entrando nel personaggio, cucciola».

«Non chiamarmi così».

«Va bene, allora "gattina" e basta».

Si mise le mani sui fianchi. «Perché non mi chiami Keela, visto che mi chiamo così?».

Dominic sghignazzò e disse: «Chiamala solo Keela. Chi la sente Bronagh se non la chiamo per nome?»

«Come la chiami altrimenti?», chiese Keela.

Le diede un colpetto delicato sul mento con le nocche. «La chiamo "piccola mia"».

Keela sembrò sul punto di sciogliersi.

«Non ho *mai* sentito niente di più dolce».

«Oltre a Bronagh e a sua sorella, non ho *mai* visto una donna più dolce di te».

Strinsi i denti e mi sgranchii le dita prima di chiudere le mani a pugno. Mi alzai, attraversai la stanza e mi misi davanti a Keela. Dominic mi guardò divertito.

«Ti do cinque secondi per allontanarti o te la vedrai con me, fratellino».

«Fratello, che diavolo ti prende, da quando *tu mi* minacci? Da quando tu minacci *qualcuno*?»

«Smettila di provarci con lei. Mi dà fastidio», mormorai.

«Cristo, Alec, calmati. Mi stava solo prendendo in giro, dannato imbecille».

Dominic rise di cuore e disse: «Mi piace».

«Ogni volta che lo insulta, mi piace sempre di più», disse

all'improvviso Kane con voce profonda entrando in cucina e dirigendosi al frigo.

«Maledizione... Un déjà-vu», farfugliò Dominic.

Stavo per cacciare entrambi a calci nel sedere quando sentii delle unghie che mi percorrevano delicatamente la spina dorsale. Un brivido mi percorso e sentii una scarica all'uccello. L'erezione che si era afflosciata quando Dominic era entrato era tornata e pulsava. Mi girai verso Keela, la trassi a me e mi piegai e le sussurrai all'orecchio: «Se mi tocchi di nuovo la schiena, preparati a una bella scopata, *gattina*».

Rimase senza fiato ma le sue pupille dilatate mi indicavano che le era piaciuto quello che avevo detto.

«Se mi dici di nuovo una cosa del genere, io... io...».

«Tu cosa, gattina?».

Non rispose. Si limitò a guardarmi in cagnesco.

«Ti prenderà a calci nel culo, a occhio e croce», disse Kane ridacchiando, subito dopo lasciò la stanza con il cibo preso dal frigo.

Deglutii e la guardai. Era bellissima. Occhi grandi, labbra rosa, il labbro di sotto carnoso e pelle chiara come la neve con una spruzzata di lentiggini marrone chiaro. Aveva i capelli del colore di un tramonto estivo e il contrasto con la pelle chiara era meraviglioso.

«Sei proprio un vero uomo, lo sai?»

«Sono un uomo *in tutto e per tutto*, cucciola».

«No», disse scuotendo la testa. «Voglio dire che sei un *uomo*, uomo. Tipo un cavernicolo».

Nessuno mi aveva mai chiamato così.

«È una cosa negativa?»

«Sì e no».

«Non capisco quello che mi stai dicendo. È una cosa positiva o negativa? Sii sincera con me».

Dominic rise e disse: «È sbagliato chiedere una cosa del genere a una donna».

Gli lanciai un'occhiataccia. «Che accidenti ne sai tu delle donne?»

«Più di te».

Sulla mia testata del letto avevo più del doppio delle tacche rispetto a quella mezza calzetta.

Sorrisi. «Sii serio, Dominic».

«Tra i due sono quello che ha una vera ragazza. Da quando avevi quindici anni non hai fatto altro che scoparti una dietro l'altra. Non hai mai avuto a che fare con una donna fuori dall'ambito sessuale… a meno che non stessi lavorando».

Be', non aveva torto.

Lo osservai. «Bene. Siccome sei così esperto, illuminami, Yoda».

Dominic si strofinò le mani. «Sto per farti un corso accelerato su quella che chiamo la "Bibbia dell'Uomo": contiene tutti i significati segreti di quello che le donne vogliono davvero dire quando parlano. Quindi ascoltami attentamente. È quasi impossibile da capire per gli uomini, ma un gruppetto fortunato di noi conosce il vero significato delle parole che le donne usano come armi, e sto per trasmetterti tale sapere, fratello».

Aveva la mia completa attenzione.

«La prima parola è "Bene". Quando una donna la dice durante una discussione, sa che ha ragione e che tu hai torto. Per lei *non* va bene, per te *non* va bene, *niente* va bene».

Aggrottai le sopracciglia. «E se lei avesse torto…».

«No», mi interruppe. «*Non* replicare quando una donna dice che qualcosa va bene; aspetta finché non si calma per alludere al fatto che forse si sbaglia. Io, di solito, aspetto una settimana prima di accennare cose riguardanti i litigi passati».

«Ok, va bene non significa davvero va bene, ho capito». Gli feci cenno con la mano di passare oltre. «Cos'altro, dottor Stranamore?»

«La seconda parola è "Niente". Per l'amor di Dio, Alec, quando una donna dice che non c'è niente che non vada, sicuramente c'è *qualcosa* che non va».

Guardai Keela. «A *questa* comincio a crederci».

«La terza è un'espressione: "Come vuoi". Si tratta di un altro modo per le donne di mandarti affanculo».

Keela sogghignò facendo sorridere mio fratello mentre alzava un altro dito. «La quarta è una frase. Quando una donna dice:

"È tutto ok, non ti preoccupare", tu *preoccupati.* Preoccupati tantissimo perché sta pensando a un modo per fartela pagare, qualunque cosa tu abbia sbagliato a fare».

Ero perplesso. «Perché direbbero così se poi vogliono dire un'altra cosa?».

Dominic alzò la spalle. «Io conosco il vero significato di alcune cose che le donne dicono, ma non capisco *perché* le donne diano loro un doppio significato. Questo va oltre la mia area di competenza».

Guardai Keela storto. «Non mi piace».

Fece una faccia innocente, ma non avevo dubbi che se avesse voluto intortarmi il cervello l'avrebbe fatto.

«Ok, ascolta attentamente questa frase di due parole. Dico sul serio, Alec, se hai intenzione di ricordare *qualcosa* di quello che ti ho detto, ricorda questo, potrebbe salvarti la vita».

Mi portai in avanti perché volevo disperatamente saperlo.

«Quando una donna ti dice: "Fa' pure", tu, in nessun caso, *non* fare niente. Indietreggia, mettendo una certa distanza di sicurezza, e osserva la situazione *molto* attentamente. Ti sta sfidando a fare qualcosa, *non* ti sta dando il permesso».

Keela scoppiò a ridere, quindi ridacchiai e le chiesi: «Immagino tu stia ridendo perché sono tutte cazzate?»

«No, al contrario», si asciugò le lacrime agli occhi. «È assolutamente esatto, per questo è così divertente».

La fissai e in quel momento realizzai che fuori dal letto non avevo alcuna esperienza con le donne. Dominic aveva ragione; escluso il sesso non avevo mai avuto una relazione con una donna. Ora che avevo una ragazza finta dovevo mettercela tutta. Non volevo rovinare la festa a Keela quando si sarebbe messa in mostra con quel Jason. Volevo essere il miglior finto fidanzato di sempre. Con quell'obiettivo in mente, guardai Dominic e dissi: «Dobbiamo fare un discorso *serio*».

Capitolo sei

Ventotto anni

Scoprire che Brandy Daley era lo zio di Keela era il più grosso colpo che avessi ricevuto da molto tempo. Quell'uomo era spietato, vendicativo ed era meglio non fregarlo. Ryder aveva lavorato molte volte per lui quando gestiva gli affari in quella parte del mondo e ogni volta aveva pregato che fosse l'ultima. Brandy sapeva che eravamo i burattini di Marco e sapeva esattamente cosa facevamo per lui… cosa facevo io. Ecco perché non mi sorpresi quando volle parlarmi senza Keela. Mi avrebbe detto di starle alla larga. Avrebbe usato le maniere forti per allontanarmi dalla donna di cui mi ero innamorato.

Lo sapevo.

Se c'era un Dio, mi odiava. Avevo attraversato parecchia oscurità che mi aveva distrutto e non avevo mai pensato che avrei trovato qualcuno da amare così profondamente. Era un crudele scherzo del destino. Mi ero innamorato di una donna bellissima e pura di cuore e ora me la portavano via perché qualcun altro aveva deciso così.

«Sai quello che sto per dirti, vero?».

Alzai il mento. «Ho un'idea abbastanza precisa, sì».

«Non è niente di personale, ragazzo», disse Brandy appoggiandosi allo schienale. «Tu capisci quanto è importante la famiglia, ecco perché mia nipote non può legarsi a gente come voi».

Gente come voi? Avevamo fatto un patto perché eravamo stati costretti. Brandy aveva fatto quello che aveva fatto per scelta. Era esattamente come Marco, forse pure peggio e pensava che fossimo noi quelli che non dovevano far parte della vita di Keela? Che ipocrita del cazzo.

«Mi ama», dissi con un calore al petto. «E io amo lei».

«Immaginavo che fosse così», sospirò. «L'ho osservata e ho visto come ti guarda».

«Non possiamo fare una specie di accordo…».

«Ho già deciso cosa succederà, Alec».

Il cuore mi sprofondò nello stomaco.

«Se te ne vai e basta non funzionerà. So che due dei tuoi fratelli sono fidanzati con le sorelle Murphy che vivono a Old Isle Green. La sorella maggiore è amica di Aideen Collins che è la migliore amica di mia nipote. Se ora te ne vai e basta vi rincontrerete e non posso rischiare una riconciliazione».

Sentivo il panico scorrermi nelle vene.

«Allora cosa vuole che faccia?»

«Devi distruggerla».

Sentii una scarica di paura lungo la schiena. «Cosa?»

«Il mio futuro genero ha una strana relazione con mia figlia ma lei ama quel piccolo bastardo, quindi mi sono fatto da parte e li ho lasciati vivere la loro vita. Tuttavia, non sapevo che Jason fosse stato coinvolto anche con Keela e l'avesse usata. Anche se lui è stato punito per questo e non lo farà di nuovo, so che lei non si è ancora ripresa dalla ferita».

Credetti di stare per vomitare.

«Keela si fida di te anche se conosce il tuo passato e sa che potresti farle più male di Jason ed è esattamente quello che farai».

Schiusi le labbra ma non uscì nessuna parola.

«Sa che Everly ti ha usato come escort e che ti sei scopato Dante quando ti ha stuzzicato la fantasia. Sono stati entrambi informati che avete un appuntamento tutti insieme».

Mi alzai. «No!».

«Rimettiti a sedere», disse con tono minaccioso. «Subito».

Volevo andare da lui e piantargli il pugno nella mandibola, ma non lo feci. Ero tesissimo quando mi abbassai e mi misi a sedere. Guardai i due uomini appoggiati alla parete dall'altra parte della stanza e quando vidi che avevano delle pistole mi si accelerò il battito.

«Non posso fare quello che mi chiede, Brandy», dissi guardando lui. «Non posso».

«Sì che puoi». Piegò la testa di lato.

Strinsi i denti. «E se non lo faccio?»

«Quanto ci tieni ai tuoi fratelli?».

Rimasi immobile. «I miei fratelli?»

«I tuoi fratelli». Annuì. «Quanto ci tieni?»

«Più che alla mia stessa vita».

«Mi fa piacere sentirlo», disse con un sorriso inquietante. «Mi dispiacerebbe se... gli succedesse qualcosa nel caso tu non segua il mio ordine».

Era una minaccia bella e buona e mi fece contorcere le budella. Se non avessi ferito in modo orribile Keela, la donna che amavo, allora i miei fratelli avrebbero pagato con la vita. Volevo urlare fino a consumarmi la gola. Non avevo scelta; era una sentenza di morte. Qualsiasi decisione avessi preso mi avrebbe spezzato il cuore e Brandy lo sapeva. Pensai a Keela e a quanto aveva imparato a fidarsi di me e sentii una vampata di speranza.

«Capirà che non lo avrei mai fatto di proposito», gli assicurai. «Se ci penserà bene capirà che non glielo avrei mai fatto».

«Oh, lo so, Alec», ammise Brandy. «Ma il danno ormai sarà fatto. Che sappia o meno che sei stato costretto, ormai avrà quell'immagine in mente. Per sempre».

Volevo piangere per la prima volta da molto tempo.

«La prego, non me la faccia ferire», lo implorai. «Uscirò dalla sua vita, lo prometto».

«No. In questo modo il vostro rapporto e la sua fiducia saranno rovinati».

Cominciai a tremare.

«Non voglio che ti senta stuprato, Alec», dichiarò. «Marco si vantava di come la gente avesse abusato di te negli anni quindi non devi fare vero sesso. Mi accontento di un rapporto orale con Dante, puoi darlo o riceverlo, e questo ferirà comunque mia nipote».

Sentii la bile risalirmi fino in gola.

«Perché non Everly? Perché Dante?»

«Perché si chiederà come tu possa essere attratto da lei quando lo sei da un uomo bello come Dante. Conosco mia nipote, Alec. È bellissima ma non ha autostima».

Fu come se i muri della stanza si stessero stringendo.

«Fa parte della famiglia», insistetti. «Perché vuole ferirla?»

«Per risparmiarle un dolore in futuro», rispose con voce dura. «Tu... la tua famiglia. Siete stati contaminati da Marco, lo sarete sempre. Mia nipote merita di meglio e l'avrà».

«La prego, non me lo faccia fare. La scongiuro».

Brandy si alzò e mi congedò.

«Stai sprecando tempo, ragazzo». Si girò e andò verso l'uscita. «Fa' come ti ho detto o tornerai in Irlanda da questo viaggio alle Bahamas per seppellire quattro persone. La decisione è tua, Alec. Prendi quella giusta».

Sapevo già che decisione avrei preso e fu per quello che quando le porte si chiusero dietro a Brandy e ai suoi uomini, abbassai la testa e piansi non solo per il dolore che avrei causato a Keela, ma per l'agonia che avrei provocato a me stesso per averla ferita e lasciata andare. In lei avevo trovato il mio per sempre e stava finendo troppo presto... tutto perché un uomo malvagio mi aveva tolto la possibilità di scegliere.

Capitolo sette

Presente

«La cena è in tavo... a che stai pensando così intensamente?».

Alzai lo sguardo su mia moglie che entrava in camera e si metteva sul letto accanto a me.

«Un sacco di cose», risposi. «Quelle belle, quelle brutte e quelle terribili».

Si mise a sedere a gambe incrociate e mi prese la mano. Vedevo una punta di preoccupazione nei suoi occhi, ma anche comprensione e compassione.

«Vuoi parlarne?».

Scossi la testa. «No, perché ne abbiamo già parlato quando c'è stato bisogno».

Si accigliò. «È per l'incubo di prima?»

«Forse». Scrollai le spalle. «Ripensavo alla merda che ho dovuto affrontare quando ero giovane, poi a quando ti ho incontrato ed è successo tutto quello schifo».

«Ehi». Mi strinse la mano. «Non si può cambiare il passato e se lo facessimo, probabilmente non avremmo il presente. Non avremmo i nostri figli e la vita insieme. Miseria, probabilmente non saresti nemmeno venuto in Irlanda».

Mi allungai e la tirai in modo da averla sopra di me. Appoggiò la guancia al mio petto e io chiusi gli occhi beandomi del suo profumo e delle sua presenza.

«Hai ragione, ovviamente», riflettei. «A volte quando ci ripenso non riesco a credere a tutto quello che ci siamo trovati davanti e abbiamo superato. Sembra impossibile che abbiamo vissuto quelle cose».

«Siamo sopravvissuti però». Alzò la testa. «Tu, io e gli altri abbiamo superato tutte le brutte cose e vuoi sapere perché?».

Annuii.

«Perché siamo forti e niente si può mettere tra noi».

Il nodo che mi si era formato in petto a ripensare al passato si sciolse e rimasero solo calore e amore.

«Come ho fatto a essere così fortunato da farmi sposare da una perfetta come te?».

Le scappò un sorrisetto. «Alannah dice che ho battuto la testa da piccola e quindi non sapevo quello che facevo».

Risi, poi mi coprii subito la bocca e spalancai gli occhi.

«Non dirle che l'ho trovato divertente», la pregai. «Oppure penserà di essere immortale».

Ridacchiò. «Lo porterò con me nella tomba, playboy».

Canticchiando le feci scorrere una mano lungo il corpo fino ad approdare al sedere.

«Che ne dici di finire quello che abbiamo cominciato stamattina in cucina e…».

Fui interrotto da un mostro grande e peloso che si buttò sul letto e si mise a rotolare pensando che fosse ora di giocare.

«Junior», lo rimproverai. «Scendi».

Quel cane viziato non si mosse. Si rotolò su un fianco e mi leccò la faccia facendo ridere Keela.

«È proprio come suo padre».

Sorrisi asciugandomi la faccia. «Storm aveva imparato che c'erano dei limiti, però; Junior li supera tutti senza ritegno».

Keela sogghignò e si allungò per accarezzargli la pancia. «Mi manca il tuo papà, cucciolotto».

Le misi una mano sulla coscia quando si mise a cavalcioni su di me per raggiungere meglio Junior. La guardai sorridere al nostro cane. C'era sempre una punta di dolore quando lo guardava, ma si affievoliva con il tempo che passava. Due anni prima il primo membro della nostra famiglia ci aveva lasciati. Storm aveva vissuto per diciassette anni e aveva avuto una buona vita. Era sopravvissuto quando gli avevano sparato… e ai numerosi tentativi di omicidio di Aideen Collins.

Poco prima che morisse avevamo provato a vedere se riuscivamo a farlo accoppiare. Era il nostro unico animale domestico e non avevamo mai avuto intenzione di prenderne altri visto che avevamo tanti bambini. Avevamo sempre detto di castrarlo ma non l'avevamo mai fatto essendo sempre impegnati con i bambini, con il lavoro o con entrambi.

Ci eravamo riusciti al primo tentativo con una cagna che avevamo trovato. Storm era diventato padre di una cucciolata di quattro pastori tedeschi purosangue come lui e noi avevamo scelto l'unico maschio. Lo avevamo chiamato Junior perché era la copia del padre. Erano talmente identici che Aideen Collins credeva che Storm si fosse reincarnato e che la sua progenie fosse maledetta. Aveva due anni ed era già grande come Storm quando era adulto.

«Junior!».

Il cucciolo alzò la testa quando sentì la voce di Murphy che lo chiamava da sotto. Dopo un secondo scese dal letto, uscì e corse giù per le scale. Sentii mio figlio urlare e poi ridere di gusto.

«Murph gli vuole un bene dell'anima», disse Keela girandosi a guardarmi. «Gli manca ancora Storm».

Tutti i nostri figli avevano amato Storm, ma Murphy aveva creato un legame molto stretto con lui e aveva sviluppato una sorta di connessione fraterna con Junior poco dopo che era nato.

«Gli mancherà sempre, mancherà a tutti, ma ci abbiamo passato molto tempo insieme. Abbiamo un sacco di ricordi a cui pensare».

«Già». Keela sorrise affettuosa. «Era un grande».

La trassi a me fino a che le nostre facce si trovarono molto vicine.

«Se ti togli i vestiti ti ci faccio sentire io alla grande».

Ridacchiò. «Hai promesso ai ragazzi di portarli a giocare a lasertag oggi».

«Ah sì?»

«Sì, me l'ha ricordato Enzo quando sono tornati dalla partita».

Con un tempismo impeccabile, Enzo urlò: «Papà, muoviti! Il prossimo turno comincia tra mezz'ora».

Keela rise quando chiusi gli occhi e feci un respiro profondo. Si sollevò da me e mi tirò via dal letto con lei. Trovo divertente che le stessi vicino mentre scendevamo le scale. Guardammo Miller che ci aspettava in fondo.

«Non voglio venire a giocare a lasertag».

Mi accigliai. «Perché no?»

«Voglio stare con mamma».

«Perché?»

«Perché ha detto che mi dava un biscottone dopo cena».

Lo rimproverai. «Mi dai buca per un biscotto?».

Mio figlio disse imperturbabile: «Sempre, papà».

Keela scoppiò a ridere a prese Miller in braccio. La ressi quando ebbe difficoltà a tirarlo su e sbuffò.

«Prima che tu possa rendertene conto sarai un ometto».

Miller appoggiò la fronte su quella della madre e disse: «No, non lo sarò».

«Che dolce», dissi. «Se le nostre cognate fossero state qui avrebbero implorato i miei fratelli di fare altri figli».

Keela sbuffò dopo aver baciato il figlio sulla guancia.

«Non penso proprio. Abbiamo concordato che cinque è il nostro numero. Siamo troppo vecchi per fare altri figli».

Alzai un sopracciglio. «Tu hai quarantuno anni e io ne ho appena compiuti quarantasei. Non credo che siamo vecchi».

«Non lo siamo. Ma il mio corpo non può sopportare altri bambini. Mi distruggerebbe la schiena».

Le misi una mano sulla zona lombare e la massaggiai facendo sciogliere mia moglie. Poi Keela andò in salotto con Miller mentre io mi avviai in cucina in cerca degli altri figli. Misi un braccio intorno alla vita di Ares mentre si allungava verso il frigo e lo feci ridere.

«Sei sempre a mangiare», dissi lasciandolo andare.

«Perché ho sempre fame».

Sbuffai e guardai Murphy, Enzo e Ares seduti al tavolo a

cenare. Junior era disteso ai piedi di Murphy e si riposava. Scaldai il cibo e mi unii a loro.

«Mangia alla svelta», mi disse Enzo. «Non facciamo tardi questa volta».

Alzai gli occhi al cielo. «L'altra volta è stato un errore».

«Hai confuso l'orario di quattro ore, papà».

«Sarebbe potuto succedere a chiunque».

«No, non è vero». Ares ridacchiò. «Succede sempre e solo a te».

Piccolo bastardo.

«Be', questa volta non faremo tardi, quindi mangiate».

Avevo cominciato a mangiare quando sentii Ace ansimare e sbuffare dall'altra parte della stanza cercando di aprire un barattolo di carote. Keela entrò e vedendolo lottare cercò di aiutarlo, ma non riuscì ad aprirlo nemmeno lei. Mi alzai e intervenni.

«Ci penso io».

Mia moglie mi passò il barattolo e quando vide che ero in difficoltà sorrise ma non disse niente... Ares sì, però.

«Papà, calmati. Ti scoppierà un embolo».

Non mi arresi.

«Non capisci, figliolo», ansimai e sbuffai. «Uno dei vantaggi dell'avere me come marito è che apro i barattoli. Come uomo, non posso lasciare questo bastardo chiuso. Potrei non avere mai più un'erezione con questo pensiero».

«Oh. Mio. Dio». Murphy rise dalla tavola. «Zia Alannah ha ragione; se fuori di testa».

Il mio ego si rilassò quando alla fine il coperchiò si allentò ma, non so come, quando tolsi la mano, la carta del barattolo mi tagliò aggiungendo altra umiliazione.

«Ahi!».

Bruciava. Bruciava cazzo.

«Fammi vedere», disse Keela in tono premuroso mentre il sangue usciva dal taglio sul pollice.

Ares mi prese il barattolo di carote di mano e io spostai l'attenzione su mia moglie. Prese della carta e tamponò il pollice pulendo il sangue che però continuava a uscire.

«Ahi, donna». Sibilai quando mi strinse il dito. «Fai attenzione».

Increspò le labbra mentre mi tamponava piano la ferita.

«Ma certo», dissi. «Fai con comodo, non è che mi sto dissanguando, quindi prego, non affrettarti».

Keela alzò gli occhi al cielo.

«Sto facendo il passivo-aggressivo?», chiesi. «Scusami, dev'essere un effetto collaterale quando stai, insomma, morendo».

«Alec, ti sei tagliato con la carta!».

«Non azzardarti a sminuire il mio dolore! Potrebbe essere il foro di un proiettile per quanto brucia».

Rise. «Non fare la femminuccia».

«La femminuccia?», dissi con tono di rimprovero. «Femminuccia? Pensi davvero che il dolore che provoca un taglio con la carta sia qualcosa su cui scherzare? Se è così, ho sposato un mostro».

Keela rise mentre prendeva un cerotto, me lo metteva intorno al pollice e lo chiudeva con un bacio. «Sopravvivrai».

«Sei una saputella».

Uscì con un sorriso.

A tempo di record io e i ragazzi cenammo, uscimmo e andammo a Leisure Plex. Una volta arrivati e parcheggiata la macchina, entrammo, pagammo e ci vestimmo pronti a divertirci. Il lasertag era l'ultima attrazione della sala giochi e pure io dovevo ammettere che era una figata. A ogni giocatore veniva dato un giubbotto che vibrava quando si veniva colpiti ed eliminati. Le armi erano tutte nere e di diversi tipi. La stanza in cui si giocava era un labirinto, le luci erano molto basse e durante una battaglia c'era silenzio così che i giocatori potessero rendersi meglio conto di cosa succedeva intorno a loro mentre si davano la caccia.

I miei figli e i miei nipoti lo adoravano.

«È finita per voi, mocciosi», dissi accarezzando la canna della pistola. «Sono il re di lasertag».

«Lo vedremo, vecchietto».

Guardai Enzo negli occhi. «Sei nella mia lista».

«Non è la prima volta che lo sento. Le ragazze me lo dicono in continuazione e non nel modo che pensi tu».

Ares e Ace si scambiarono un'occhiata, alzarono gli occhi al cielo e poi presero direzioni opposte e si persero nel labirinto. Mostrai a Enzo il dito medio e lui ricambiò, poi ci separammo e aspettammo il suono d'inizio. Nel labirinto c'erano dei massi dietro cui nascondersi e anche dei tubi di plastica che un adulto riusciva ad attraversare per passare da una parte all'altra della stanza. Decisi di nascondermi dietro a un masso fino a che uno dei miei figli apparve sulla mia visuale. Sparai ad Ace ma lui si rotolò a terra e schivò il colpo.

«Papà è appostato!».

«No, sono solo sdraiato lì».

«Quello è appostarsi!». La voce di Enzo provenne da qualche parte alla mia destra. «Muoviti, non stare lì ad aspettare che ti troviamo».

Per l'amor di Dio.

«Va bene!».

Girai e camminai a zigzag più piano che potevo e quando mi ritrovai dietro a Enzo che si muoveva accovacciato, un sorrisetto compiaciuto mi comparve in viso. Senza dire una parola puntai la pistola e sparai a mio figlio alle spalle come un cecchino. Grugnì mentre il suo giubbotto diventava rosso e vibrava. Poi tornò blu ma Enzo sapeva che gli rimanevano solo due vite.

«Chi è il tuo papà?».

Si rimise in piedi con lentezza e si girò a guardarmi.

«Wow». Scosse la testa. «Non posso credere che tu mi abbia sparato, papà».

Mi svanì il sorriso. «È lo scopo…».

«Sei mio padre», mi interruppe. «Mi fidavo di te. Pensavo che mi avresti amato e protetto e invece mi spari alle spalle appena mi giro».

Mi sentii invadere dalla vergogna.

«Mi dispiace», dissi afflosciando le spalle. «Mi avete detto di non appostarmi».

«Non mi sono mai sentito così tradito in vita mia», proseguì con un sospiro. «Fa male, papà. Fa davvero male».

«Enzo». Feci un passo avanti. «Non volevo...».

Feci un salto quando sentii il mio giubbotto vibrare e passare da blu a rosso indicando che ero fuori dal gioco. Gli adulti avevano una vita sola quindi dovevo aspettare che uno dei miei figli vincesse per rientrare nel gioco. Guardai Enzo e lo vidi sorridere.

«Bel lavoro, Ace!».

Ace rise in maniera sguaiata da dietro e poi corse in cerca dalla vittima successiva. Fissai il mio primogenito che mi assomigliava molto ma aveva il cuore di un mostro infernale.

«Mi hai ingannato».

«Tu hai ingannato te stesso pensando che non avremmo fatto gruppo contro di te».

«Piccolo bastardo».

Enzo ammiccò. «Chi è il tuo papà?».

Si girò e corse via e io rimasi a fissarlo meditando di mettere dei sassi in un calzino e picchiarlo quando meno se lo aspettava. Come sotto la doccia o mentre dormiva.

«Stronzetto», dissi scuotendo la testa e ridendo.

Squillò il telefono, era Damien. Risposi.

«Che si dice, Damien?».

Fece un lungo sospiro profondo. «Sono in un bar con Dominic».

«Okay, vi state divertendo?».

Non capivo cosa voleva che gli dicessi.

«No», sbuffò. «Dominic vuole affogare i suoi dispiacere nell'alcol e vuole che lo aiutiamo».

Rimasi un attimo in silenzio. «Che gli è successo?»

«Sei seduto?».

Mi guardai intorno e mentii. «Sì».

«Georgie ha un ragazzo», grugnì. «E quello stronzo è il figlio di Gavin Collins».

Caddi. Le ginocchia cedettero e finii a terra come un sacco di patate. Riuscii a tenere il telefono in mano, me lo riportai all'orecchio e borbottai: «Ucciderlo. Dobbiamo uccidere il ragazzo».

Damien rise. «Non possiamo. Bronagh l'ha proibito».

Inspirai con rabbia. «Perché l'avrebbe fatto?»

«Non lo so. Non è la mia persona preferita in questo momento».

Nemmeno la mia.

«Che facciamo?», incalzai. «Georgie è il nostro fiorellino. Non possono piacerle i ragazzi. Ha dieci anni!».

«Ne ha quindici».

Sentii un dolore al petto.

«Mi rifiuto di crederlo. Ha dieci anni e li avrà per sempre!».

Mio fratello rise. «Vieni al Crough's o no? Devo ancora chiamare Kane e Ryder e dargli la bella notizia».

«Vengo tra poco», dissi rimanendo sdraiato a terra. «A breve finisco la partita di lasertag con i ragazzi. Vengo con piacere».

Chiusi in faccia a mio fratello che rideva e guardai il soffitto buio sopra di me.

«Stai avendo un ictus, papà?»

«No», risposi a Enzo. «O almeno non credo».

La sua faccia entrò nel mio campo visivo. «Sei ancora arrabbiato perché Ace ti ha sparato?».

Avevo questioni più importanti per cui preoccuparmi.

«No», sospirai. «Sono arrabbiato perché Georgie ha un ragazzo».

Vidi Enzo trasformarsi in una furia.

«Ha cosa?»

«Un ragazzo», ripetei. «Un essere maligno da cui non siamo stati in grado di proteggerla».

Enzo mi guardò, poi senza dire una parola si sdraiò con me.

«Mi fa male il petto», disse.

Annuii. «È il tuo cuore che si sta spezzando».

«Ora mi sente», avvertì d'un tratto. «Non mi ha mai detto di avere un ragazzo».

«Dubito che volesse far sapere a voi Slater che sta uscendo con un Collins».

«Un Collins?», ripeté in un sussurro. «Si vede con uno dei cugini di Jax?»

«Uhm-uhm», risposi. «Il figlio di Gavin, il maggiore suppongo. Come si chiama?»

«Indie», ringhiò. «Si chiama Indie».

«Indie», gli feci eco. «Quello schifoso si è infiltrato nella nostra famiglia».

«Me ne occupo io, stai tranquillo».

Sbuffai. «Bronagh ha detto che nessuno può fargli male, quindi mi sa che vuol dire che non possiamo nemmeno farli lasciare».

«Quindi che succede? Le permettono di avere un ragazzo?»

«A quanto pare».

Enzo rimase in silenzio per un attimo e poi disse: «Vai ad assicurarti che zio Nico non lo vada a picchiare?»

«Sì», dissi ridendo. «È in un bar. Raggiungo lui e gli altri dopo avervi riportati a casa».

Mio figlio non rispose. Tuttavia rimase sdraiato con me mentre intorno a noi sentivamo le risate e le grida dei suoi fratelli che si sparavano a vicenda e continuavano a giocare, beatamente ignari che la nostra famiglia era stata appena sconvolta. Girai la testa e guardai Enzo. Aveva gli occhi chiusi e sembrava arrabbiato e demoralizzato allo stesso tempo e mi venne da ridere.

Tornai a guardare il soffitto con un sorriso.

Sapevo che il mio fratellino era distrutto perché la sua bambina si stava trasformando in una giovane donna – lo ero anch'io – ma sapere che tutti i nostri figli erano felici e in salute mi permise di non crucciarmi troppo. Avevo i miei figli, mia moglie, le mie cognate e i nipoti. La vita era bella e sapevo che avremmo affrontato anche questa storia come avevamo affrontato tutto il resto.

Come una famiglia… e se tutti i tentativi fossero andati male, avrei spaventato il ragazzo fino a farlo smettere di guardare ancora nella direzione di mia nipote. In ogni caso a me stava bene.

Parte terza
Kane

Capitolo uno

Presente

Non c'è niente di peggio di trovare un estraneo in casa.

Con un gesto intimai a mia moglie di stare zitta e la spinsi dietro di me. Eravamo appena tornati dal supermercato. Era una delle rare volte in cui non ci eravamo portati i figli. Erano rimasti a casa dello zio un paio di piani sotto al nostro e questo ci aveva permesso di sbrigare in fretta delle commissioni. Quando uscimmo dall'ascensore ed entrammo nell'attico, sentii dei bisbigli provenire dalla camera di uno dei ragazzi.

Discussi piano con Aideen se ritornare nell'atrio e contattare la sicurezza, ma ovviamente non stette a sentirmi. Posammo le buste per terra facendo il meno rumore possibile. Mia moglie rimase attaccata a me e con le mani mi stringeva in vita mentre cercavamo di identificare il rumore. Dall'armadio in corridoio presi una mazza da baseball di acciaio che tenevo proprio per queste situazioni. L'afferrai saldamente.

«Come sono saliti fino a quassù?», bisbigliò con una punta di paura nella voce. «Senza il codice dell'ascensore è impossibile».

Non avevo idea di come rispondere alla domanda perché nessuno avrebbe dovuto essere in grado di accedere al nostro appartamento senza il codice. Molti anni prima, dopo che Aideen mi aveva implorato di non comprare casa perché amava quella che avevamo, avevo deciso di convertire i cinque appartamenti dell'ultimo piano del nostro condominio in un attico. L'ascensore si apriva in salotto e solo i membri della famiglia avevano il codice per salire fino a quel piano. Le scale antincendio erano state progettate come uscita, non come entrata. In più c'erano la password per entrare nell'atrio, le guardie della sicurezza e le telecamere che riprendevano ogni uscita ed entrata.

Nessuno sarebbe potuto entrare in casa nostra... a meno che non conoscesse il codice.

«Fai piano», le dissi mentre ci avvicinavamo alla camera di Jax. «Sono lì dentro».

«Oh, Dio».

Strinse la presa su di me. Io feci un respiro, alzai la mano e battei sulla porta.

«Avete due secondi per portare i vostri culi qui fuori così posso metterci un piede dentro!».

Sentii una ragazza gridare e un ragazzo imprecare.

«Aspetta!».

Rimasi immobile e poi dissi con voce soffocata: «Jax?».

Aideen mi superò e spalancò la porta una volta capito che l'intruso era nostro figlio maggiore.

Mi ci vollero due secondi per rendermi conto di quanto era precipitata velocemente la situazione. Mia moglie urlò, poi la ragazzina che nascondeva le sue nudità con la coperta di mio figliò urlò, Jax sbiancò e io ruggii: «State scherzando?».

Mio figlio era nudo come un verme e l'unica cosa che impedì alla madre di avere un colpo era che si copriva il pacco con le mani. Con scarsi risultati però, considerato che aveva un'erezione, certamente frutto delle attività che io e Aideen avevamo interrotto.

«Mami, scusa!».

Aideen non rispose. Afferrò la maniglia e chiuse la porta.

«La chiami *mami*?», chiese la ragazza nel panico.

«Mio padre e i miei zii sono americani», disse Jax tutto d'un fiato. «Ho mutuato certe parole ma raramente la chiamo *mami*... perché tu lo sappia. Di solito la chiamo solo mamma».

Io e Aideen ci scambiammo un'occhiata perché erano un mucchio di stronzate. Tutti i miei figli e quelli dei miei fratelli chiamavano le madri *mami* quando volevano qualcosa o quando erano nei guai. Lo facevamo anche noi da piccoli.

«Dieci secondi, Jax», lo avvertii. «Dieci maledetti secondi».

Sbatacchiai la porta arrabbiato.

La ragazza strillò. «Dove sono le mie mutande?!».

Aideen si portò una mano sulla fronte. «Oddio».

Dovetti resistere all'impulso di aprire la porta a calci.

«Andrà tutto bene», dissi a mia moglie.

«È senza mutande», mi rimbrottò. «Cosa c'è che va bene?».

Un cazzo andava bene.

«Stava facendo sesso», bisbigliò. «E se lo stava facendo senza protezione?».

Il cuore mi sprofondò mentre i ragazzi si vestivano velocemente dall'altro lato della porta.

«Daisy», disse Jax. «Mi dispiace molto».

Aideen e io alzammo lo sguardo quando la porta si aprì e apparve la ragazza con i capelli neri, ora vestita, ma con la faccia rossa cremisi. Guardò Aideen e poi me e per un secondo non sembrò sconvolta per quello che era successo. Mi guardò come se mi stesse apprezzando e non sapevo se ridere o urlarle contro, ma non me ne diede il tempo. Corse via senza dire una parola. Tornammo da Jax che era ancora pallido e sedeva sul bordo del letto. Si era messo i jeans ma era sempre senza maglietta e aveva i capelli spettinati.

«Cos'hai da dire, Jax Daniel Slater?», tuonò Aideen. «Allora?».

Jax si accigliò. «Cosa vuoi che ti dica, mamma?»

«Voglio che tu faccia l'uomo e mi dica se devo chiamare i genitori di quella ragazza per dirgli di portarla a prendere la pillola del giorno dopo».

«No, ti prego», disse con voce soffocata. «I suoi fratelli mi uccideranno. Hanno più di vent'anni».

Intervenni. «Non se ti uccido prima io».

Jax abbassò la testa per cercare di evitare quella che sapeva essere la mia occhiata assassina.

«Ascoltate». Deglutì. «Siete arrivati prima che potessi… insomma».

«Grazie a Dio». Aideen tirò un sospiro di sollievo mettendosi una mano sul petto. «Oh, grazie, Gesù».

Sentii subito un peso in meno sulle spalle.

«Bene». Tagliai corto. «Non ti meriti di sapere cosa si prova, piccolo bast...».

«Kane». Aideen scosse la testa.

«Lasciami cinque minuti con lui. Glielo spiego così non succede più».

Jax saltò in piedi e corse a nascondersi dietro la madre.

«Mamma!».

Aideen si girò e alzò un sopracciglio. Guardò Jax che a sedici anni era già dieci centimetri più alto di lei.

«Sono molto delusa da te», disse con la voce rotta dall'emozione. «Avevi promesso di dirmi quando avresti cominciato a interessarti alle ragazze dal punto di vista fisico. Avevi promesso».

In quel momento Jax non era un più un sedicenne. Era un bambino che si era reso conto di aver fatto arrabbiare la mamma.

«Mami», disse piano. «Mi... mi dispiace, l'ho fatto senza pensarci».

Aideen scosse la testa e distolse lo sguardo con le lacrime agli occhi. «Vado a mettere a posto prima che i ragazzi tornino da casa di Harley».

Mi accigliai mentre se ne andava.

«Ado?», la chiamai.

I singhiozzi erano udibili e distrussero me e, per quel che potevo vedere, anche mio figlio.

«Dovrei prenderti a calci, razza di idiota!», sbraitai piano quando Aideen non fu più a portata di orecchio. «L'hai fatta piangere».

Jax non batté ciglio. «Mi odio anch'io».

«Io non ti odio e nemmeno tua madre», lo rimproverai. «Siamo solo arrabbiati. A che cavolo stavi pensando?»

«Pensavo a perdere la verginità con la ragazza più bella della scuola. Il pensiero di te e la mamma non mi ha nemmeno attraversato la mente».

Volevo strozzarlo. «Sei mio figlio ma non sei capace di tenertelo nei pantaloni proprio come i tuoi zii alla tua età».

Jax mi guardò interrogativo. «Quali?»

«I gemelli», bofonchiai. «Ovviamente».

Jax sembrò fiero di sé ma solo per un secondo perché poi guardò il corridoio vuoto in cui era sparita Aideen.

«L'ho davvero ferita».

«Sì, l'hai fatto».

«E tu?». Mi guardò. «Ho ferito anche te?».

È stato come un pugno nello stomaco.

Annuii. «Sì, anche me».

Jax era sconvolto. «Mi dispiace, papà».

«Lo so, ma capisci perché siamo arrabbiati, vero? Prima di tutto sei il nostro bambino e stai facendo cose che non dovresti fare alla tua età. Secondo, ti abbiamo raccontato come è rimasta incinta tua madre. Sei una delle cinque cose migliori che ci siano mai successe ma non eri stato pianificato e abbiamo faticato ad accettare di diventare un *noi* e una *famiglia* e avevamo ventisei anni! Pensi che riusciresti a gestire un bambino inaspettato a sedici anni?».

Jax sembrò visibilmente sconcertato. «Gesù. No».

«Allora usa la testa», dissi brusco, poi mi addolcii. «Ascolta, so com'è, fidati. Sono stato nella tua posizione ma devi farti furbo. Non puoi prendere e fare sesso con ragazze diverse, non importa quanto sono belle. Una gravidanza non è l'unica cosa di cui preoccuparsi. Si possono anche prendere brutte malattie».

«Cavolo», mugugnò. «Mi dispiace tanto. Le so queste cose... ma è... dura. Letteralmente. Tutto il tempo».

In un altro contesto avrei riso e lo avrei preso in giro, ma non in quel momento, non in una situazione così delicata.

«Sei in punizione per un mese», dichiarai. «Farai qualche lavoro in più in casa e baderai ai tuoi fratelli e cugini più sere di quanto già faccia. Niente telefono, computer, iPad, Xbox o PlayStation. Niente partite o allenamenti. Ci parlo io con l'allenatore. Non lasci questa casa se non per andare a scuola, ci siamo capiti?».

Era una bella botta ma Jax reagì da uomo. «Sì».

«E niente sesso in questa casa. Mai». Alzai un sopracciglio. «D'ora in poi terrò una scatola di preservativi nell'ultimo cassetto del bagno. Mettine uno nel portafoglio e riprendine un altro ogni volta che lo usi. Questo non ti dà il permesso di andare e far sesso con qualsiasi ragazza. È una precauzione, una rete di sicurezza così, nel caso ti trovassi in una situazione in cui stai facendo qualcosa per cui sai che ti serve, sei sicuro di averlo. Fatti furbo. Stai attento. E per l'amore di Dio, prendi le giuste decisioni. Ti prego. Se scopro che giochi con le ragazze e vai in giro a spezzare cuori, tiro fuori le vecchie maniere e ti meno. Non rispetto un uomo che non rispetta le donne. Intesi?»

«Sì». Si raddrizzò. «Intesi».

«Bene». Gli feci cenno di avvicinarsi. «Ora abbracciarmi e poi vai a consolare tua madre. Si agita sempre per te e i tuoi fratelli».

Jax si avvicinò e mi diede un abbraccio veloce prima di battere il cinque e il pugno.

«La ragazza più bella della scuola, eh?».

Increspò le labbra. «L'hai vista. Che ne pensi?»

«Penso che si sia dimenticata di te nel momento in cui è uscita dalla stanza. Non hai visto come ha guardato il tuo vecchio?»

«Sono più bello io». Mi fulminò. «Sono un misto tra te, gli zii Slater, gli zii Collins e la mamma. Sono una meraviglia della genetica».

Risi e scossi la testa.

«Dio non voleva proprio che facessi sesso oggi», disse con un sospiro. «Prima quando ci stavamo baciando mi ha chiamato zio Nico, poi tu e la mamma fate irruzione come una squadra d'assalto».

Sbuffai ma non dissi niente.

«Posso andare da zio Nico? Devo parlare con Georgie. È importante».

Ci riflettei un attimo e poi dissi: «Vai, parlale e poi riporta il culo a casa. Ero serio quando ho detto che sei in punizione».

Annuì. «Capito».

«Vestiti».

Sparì nella stanza, finì in fretta di vestirsi e andò a cercare la madre. Mi appoggiai allo stipite e guardai la stanza, il letto disfatto, e scossi la testa prima di passarmi una mano sul viso. Quando i bambini andavano all'asilo pensavo che fosse stancante, ma quello era solo un assaggio dello stress che avrebbe causato l'adolescenza.

Dopo essere andato in bagno, trovai Aideen in cucina. Stava pulendo le superfici anche se erano già pulite. Mi appoggiai al muro e incrociai le braccia al petto. Solo a guardarla sapevo che stava male. Sentivo sempre tutto quello che la riguardava. Lo avevo sempre fatto.

«Bambolina».

Scoppiò a piangere, si girò e corse tra le mie braccia. L'abbracciai e aspettai che si sfogasse prima di abbassarmi e baciarla. Mi si aggrappò come se avesse bisogno di me per affrontare quel momento.

«Se non li avessimo interrotti avrebbe perso la verginità. Gliel'ho sentito dire». Tirò su col naso. «È troppo giovane, Kane».

«Lo so», dissi togliendole i capelli dalla faccia. «Lo sa che ha combinato un casino».

«Non sono nemmeno riuscita a guardarlo quando è venuto e scusarsi. Sono così arrabbiata con lui. Non si rende conto di quanto sia facile prendersi una malattia? O mettere incinta una ragazza? Non voglio che la sua vita sia…».

«Piccola, rilassati», dissi stringendola forte. «Sa che ha sbagliato e ora è in punizione. Più tardi possiamo sederci con lui e parlarne ma ti prego, non preoccuparti. Lo abbiamo fermato in tempo prima che succedesse qualcosa».

Aideen affossò le spalle. «Mi aveva promesso che me l'avrebbe detto quando avrebbe cominciato a interessarsi alle ragazze. Mi ero già fatta tutto il programma. Tu gli avresti parlato da uomo a uomo. Non l'infarinatura generale che gli hai fatto qualche anno fa ma una vera chiacchierata sulle responsabilità che derivano dal sesso».

Sospirai. «Ora conosce i rischi del sesso, fidati».

Si asciugò le lacrime con le mani. Quel movimento mi fece posare lo sguardo sulle sue braccia. Vedere la cicatrice da bruciatura che aveva sull'avambraccio mi provocava sempre una fitta al cuore. Era un promemoria costante della volta in cui avevo quasi perso lei e Jax che all'epoca portava in grembo, quando fu aggredita da Big Phil, un incubo del mio passato. Alla fine mi ero vendicato ammazzandolo.

«I ragazzi sono ancora da Harley», disse richiamando la mia attenzione. «Vado a prenderli. È quasi ora di cena. Probabilmente avranno sciolto la testa di mio fratello».

Mio cognato era stato con i miei figli per quasi due ore, quindi non avevo dubbi che gli servisse una pausa. Ci aveva fatto un grande favore però a tenerli quando aveva già i suoi due. I giorni in cui c'erano le partite erano sempre un po' caotici perché avevamo solo due figli nella stessa squadra ma in qualche modo ce la facevamo. Jax era nella squadra under sedici con Locke che ne aveva quindici. Beckett aveva undici anni e giocava nell'under dodici, Jagger aveva nove anni ed era nell'under dieci ed Eli, che aveva sette anni, giocava con quelli sotto gli otto anni.

Dalle sette della mattina erano stati un'orda di elefanti e questo mi aveva lasciato un po' sconcertato perché la prima partita, quella di Eli, non cominciava prima delle dieci. Una volta che si erano messi le divise e avevano preparato le sacche, ci eravamo diretti ai campi da calcio per incontrarci con in miei fratelli e i miei nipoti. Come al solito Alec non c'era perché era stato diffidato per due anni dal presenziare alle partite sia in casa che in trasferta.

Damien e Ryder ci avevano raccontato della sceneggiata che aveva fatto quella mattina con Alannah e avevamo cominciato la giornata con una risata. Un'ora più tardi i ragazzi più grandi vincevano la partita e i più piccoli la perdevano e questo aveva portato molti musi lunghi e a grandi discussioni su chi fosse la colpa. Dopodiché ci eravamo separato e dopo la doccia Dominic aveva portato i suoi figli a vedere un film e a mangiare.

Dopo che i figli di Damien si erano lavati di dosso lo sporco e il sudore, erano andati tutti a prendere Alannah che stava finendo la lezione di arte al centro sociale. Ryder, quel povero diavolo, non aveva avuto il tempo di controllare se i suoi figli e quelli di Alec si erano lavati e vestiti. Li aveva spinti sul furgono e li aveva portati a casa desideroso senza ombra di dubbio di un po' di pace. I miei tre figli minori si erano rifiutati di farsi la doccia perché Jax e Locke li avevano convinti che l'acqua era contaminata del sudore di giocatori morti che vagavano per il centro sportivo a perseguitare chi perdeva.

Puzzavano così tanto che sulla via del ritorno avevo aperto tutti i finestrini. Una volta a casa e lavati, erano scesi da Harley. Era l'ultimo dei fratelli Collins che viveva ancora nel mio palazzo. Poco dopo che i ragazzi erano scesi, Aideen gli aveva detto di rimandarli su perché dovevamo andare a fare la spesa ma ad Harley stava bene tenerli, quindi eravamo andati a fare la spesa da soli.

Jax ovviamente aveva approfittato dell'occasione per darsi da fare con la sua amica.

«Ehi?».

Aideen mi guardò.

«Andrà tutto bene».

Annuì. «Lo so, credo di essere ancora un po' scioccata per quello che abbiamo visto se devo essere sincera».

«Passerà. Lo prenderemo in giro tra qualche anno».

«Tra molti anni».

Ridacchiai e le diedi una pacca sul sedere che la fece sussultare e poi ridere mentre usciva per andare a prendere la ciurma. Quando rimasi solo, preriscaldai il forno e tirai fuori dal freezer tutto quello che volevo cucinare. Nell'attesa passeggiai per il salotto fermandomi a guardare le numerose foto appese al muro. Guardai una foto del matrimonio; me lo ricordavo come se fosse stato il giorno prima. Ci eravamo sposati in comune, io con un completo nero e Aideen con un bellissimo e semplice vestito bianco.

Era stupenda; mi mozzava ancora il fiato. Scorsi con gli occhi le foto dei ragazzi e poi quelle in cui io e i miei fratelli ridevano. Indugiai sui miei fratelli per un attimo e sentii che mi si apriva un sorriso. Non ero sicuro che lo sapessero, ma erano l'unico motivo per cui avevo una moglie e dei figli che amavo e adoravo. Crescere con dei genitori anaffettivi mi avrebbe completamente rovinato se non fosse stato per loro quattro. Eravamo passati per gli abissi, ognuno di noi era rimasto ferito a modo suo, ma eravamo riusciti a risalire.

Niente poteva abbatterci troppo a lungo.

Niente.

Capitolo due

Sedici anni

«Papà, non voglio andare con lui».

Mio padre si allungò e mi tirò uno scapaccione sulla testa appena finii di dirlo. Sibilai e alzai le mani per massaggiarmi il punto dolorante. Dopo un attimo le abbassai ma rimasi rigido. Ero arrabbiato, fottutamente arrabbiato, ma sapevo che se avessi espresso un'altra volta il mio scontento per la situazione, papà avrebbe fatto di peggio che tirarmi una manata.

Mi ricordavo come aveva ridotto Alec a quindici anni per aver fatto sesso con un ragazzo, quindi sapevo che non si sarebbe fatto problemi a picchiarmi se lo avessi contrariato. Non ci trattava come un padre tratta i figli. Ci trattava come bestiame da disciplinare a furia di frustrate.

«Farai quello che dico, Kane», mi avvertì. «Sono stato chiaro?».

Non risposi perciò mi lanciò un'occhiata maligna. Serrai la mandibola e lo fissai. Odiavo, odiavo da morire che gli occhi che mi guardavano fossero gli stessi che avevo ereditato. Somigliavo a mio padre, come gli altri, anche se nessuno gli somigliava più di Ryder. Era la sua copia ma il suo cuore era ben lontano dal blocco di ghiaccio che stava nel petto del nostro vecchio.

«Ho detto», disse con un ghigno. «Sono stato chiaro?».

Vai a farti fottere.

Annuii riluttante. Mio padre fece una risatina inquietante

e si girò per continuare a parlare con l'uomo con cui voleva lavorassi quel giorno. Mentre stavo lì e ascoltavo mio padre parlare di me come se non fossi stato accanto a lui, mi sentivo una nullità, meno di niente. Big Phil, una feccia spietata che lavorava per mio padre e il suo socio Marco Miles, ascoltava annoiato mio padre che gli dava istruzioni, ma doveva fare attenzione perché sapeva cosa comportava mancargli di rispetto.

«Signor Slater», fece Big Phil. «Mi assicurerò che oggi con me si faccia un'idea completa. Capirà il suo ruolo futuro nella famiglia».

Papà sbuffò. «Non andarci piano. Se fosse per lui starebbe sempre con i fratelli e non parlerebbe con nessuno».

Repressi l'impulso di ribattere. Mio padre mi stava sempre addosso perché non mi piaceva stare con persone che non conoscevo e a lui non piaceva che stessi sempre in casa invece che uscire con i nipoti di Marco. Non è che avessi paura. Ritrovarmi in mezzo a troppa gente mi mandava in confusione. Non sapevo spiegarlo ma non mi piaceva stare con persone di cui non mi importava. Non tolleravo nemmeno la presenza dei miei genitori, solo quella dei miei fratelli. Chiunque altro mi irritava.

«Come ho detto». Sorrise Big Phil. «Vivrà l'esperienza completa. Alla fine della giornata sarà un ragazzo diverso».

Papà rise, gli diede una pacca sulla spalla e lasciò il cortile senza una parola o un'occhiata nella mia direzione. Lo guardai andare via prima di portare l'attenzione su Big Phil che mi stava guardando. Sembrava contento della mia presenza e non volevo sapere perché.

«Quanti anni hai, Kane?»

«Sedici».

Sbuffò. «Sei grande abbastanza per conoscere il tuo ruolo negli affari».

«Che ruolo? Di che stai parlando?»

«Sto parlando di quello che dovrai fare una volta compiuti diciotto anni. Tutti hanno un lavoro qui, anche se si chiamano Slater».

Serrai i denti. «Pensavo di poterlo scegliere io il lavoro».

«Con la tua stazza, Marco e tuo padre pensano che saresti perfetto nel mio campo».

Rimasi paralizzato. «Non… non voglio fare quello che fai tu».

Sapevo di cosa si occupava Big Phil ed era per quello che lo trovavo rivoltante. Feriva le persone, rovinava vite e distruggeva famiglie perché lo dicevano Marco e mio padre. Non volevo farlo. Non volevo far male a nessuno per nessuno.

«Peccato». Rise. «È già stato deciso. Hai sedici anni, pesi già ottanta chili e sei quasi un metro e ottanta. Marco e tuo padre hanno notato che hai messo su massa. Sei un ragazzo che incute timore quindi immagina quanto sarai grande una volta cresciuto».

Cominciò a salirmi la nausea. Avevo notato che negli ultimi mesi mio padre si era interessato al mio allenamento e alla dieta. Mi piaceva allenarmi – non facevo molto altro – quindi avevo messo su muscoli senza problemi. Se avessi saputo che il mio aspetto mi avrebbe fatto cadere in quella trappola sarei rimasto mingherlino.

«E oggi?», chiesi spostando il peso da un piede all'altro. «Che succede oggi?»

«Mi accompagni a ritirare. Prendilo come un giro di perlustrazione. Vedrai come operiamo e tramite me imparerai quello che dovrai fare».

Sentivo che stavo per vomitare. «Dove andiamo?».

Big Phil non mi rispose. Uscì dal cortile e non ebbi scelta che seguirlo come un cane. Quando lasciammo il ghetto, mi guardai intorno e vidi come eravamo soli dentro le alte mura. Marco e mio padre erano proprietari della terra su cui sorgeva il ghetto e per miglia in tutte le direzioni c'erano campi vuoti. Vivevamo a North County, New York. La città era a qualche ora andando a sud, ma sembrava dall'altra parte del mondo.

«Kane», vociò Big Phil. «Puoi stare davanti».

Mi girai verso di lui e guardai la Cadillac nera su cui saliva. Inghiottii bile, andai alla macchina e salii dal lato del passeggero. Con una veloce occhiata dietro capii che ero solo con lui e non mi piacque. Viaggiammo in silenzio per quella che mi sembrò un'ora e quando arrivammo in una città, Big Phil si infilò in una strada e si fermò davanti a una casina.

«Seguimi», disse. «E non parlare se non te lo dico io».

Mi stava bene. In ogni caso non volevo parlare.

«Forza».

Lasciammo la macchina, percorremmo il vialetto fino alla casa e invece di bussare, Big Phil provò a tirare la maniglia. Quando la porta si aprì, entro e urlò: «Kade!».

Ci fu un movimento al piano di sopra e in cima alle scale apparve un uomo in boxer. Sentii un bambino piangere e poi vidi una donna correre dietro all'uomo, entrare in camera da letto e chiudere la porta. Avrei giurato di aver sentito scattare la serratura, ma non ero sicuro.

«Big», disse Kade più che sorpreso. «Non ti aspettavo prima della fine della settimana».

«Lo so». Annuì. «Però le cose sono cambiate e a Marco serve il pagamento. Ora».

Kade sbiancò. «Non mi pagano fino alla fine della settimana, Marco lo sa».

«Come ho detto, le cose sono cambiate».

Kade scese le scale e disse: «Non so cosa dirti, Big. Ho cinquanta dollari fino a che non mi pagano».

«E la tua ragazza?».

L'uomo rimase di ghiaccio. «Non lavora. Sta a casa e si occupa del bambino».

Big Phil si passò una mano sul viso e disse: «Questa è una situazione triste. Sai che a Marco non piace aspettare».

«Ma ha detto la fine della settimana», insistette Kade. «L'ha promesso».

Big Phil rifletté un attimo, poi mi guardò e mi chiese: «Kane, cosa pensi che dovrei fare?».

Lo chiedeva a me?

Lo guardai. «Perché lo chiedi a me?»

«Perché voglio la tua opinione».

Guardai Kade e poi di nuovo Big Phil.

«Se Marco gli ha dato una scadenza allora dovrebbe rispettarla. Credo che dovresti lasciarlo in pace».

Big Phil sorrise. «Tu dici?».

Annuii.

Guardò Kade e disse: «Torniamo alla scadenza pattuita. Ci vediamo venerdì».

Sembrò che Kade si fosse appena liberato di tutto il peso del mondo. Ringraziò Big Phil, mi salutò e poi chiuse la porta a chiave una volta che ce ne fummo andati. Seguii Big Phil in macchina e dopo aver allacciato la cintura mi girai a guardarlo. Feci un respiro strozzato quando mi colpì con qualcosa in faccia.

Mi prese la testa e me la mise in mezzo alle ginocchia con una mano, mentre con l'altra mi teneva il collo. Mi ci volle un secondo per registrare il dolore e per capire che Big Phil mi aveva appena lacerato la faccia e fatto un taglio sulla nuca. Mi premetti le mani sulle ferite, poi le guardai e vidi che erano ricoperte di sangue. Mi tolsi la maglietta e la tenni ben premuta sulla guancia mentre mi tenevo il palmo della mano sulla nuca.

«Perché?», chiesi senza fiato. «Che ho fatto?»

«Ti sei messo contro di me e non avresti dovuto. Era una lezione e l'hai imparata nel modo più duro. Dovevo ricordarti a chi appartieni, ragazzo».

Il suo tono e il suo atteggiamento erano calmi. Non si comportava come se mi avesse appena tagliato; in effetti sembrava che facesse parte della sua routine quotidiana. Conoscendolo probabilmente era così.

Tremavo. «Non smette di sanguinare».

«Ti facciamo sistemare una volta tornati al ghetto».

Il viaggio verso casa si svolse in completo silenzio come quello verso casa di Kade. Le lacrime mi facevano bruciare gli occhi ma mi rifiutavo di farle scendere. Quando sentivo che stava per uscirmi un singhiozzo trattenevo il respiro e alla fine la voglia di piangere passò, ma il dolore rimase e faceva un male cane. Quando arrivammo al ghetto scesi dalla macchina e, senza dire una parola a Big Phil, corsi verso la nostra ala. Ignorai i suoi richiami ma mi girai a guardarlo una volta entrato in casa.

«Cosa?», chiesi buttandogli ai piedi la maglietta intrisa di sangue quando si fermò davanti a me. «Che cazzo vuoi da me?»

«Un giorno Marco ti darà a me». Fece un ghigno. «Sarai il mio burattino e quando ti dirò di saltare tu mi chiederai quanto in alto. Ti farò sanguinare peggio di quanto stai sanguinando ora prima che tu mi manchi ancora di rispetto».

Lo guardai in cagnesco e afferrai la maniglia.

«Forse sì», dissi furioso. «Ma fino ad allora puoi andare a farti fottere».

Gli sbattei la portai in faccia e sentirlo calciare e imprecare mi fece sorridere. Sapevo di essermelo appena inimicato e che me l'avrebbe sicuramente fatta pagare, ma in quel momento avevo avuto la meglio su di lui e mi sentivo felice come un gallo in un pollaio.

«Che accidenti succede?».

Mi girai a guardare Ryder che saltellava giù per le scale. In fondo alla rampa si fermò per un secondo prima di spalancare gli occhi e correre verso di me. Mi prese il mento e mentre mi esaminava il viso e la ferita, gli si scurirono gli occhi. Mi girò intorno per vedere il collo e sentii che tratteneva bruscamente il respiro.

«Chi te l'ha fatto?».

Big Phil era già andato via ed ero contento perché non volevo che aggredisse mio fratello.

«Che c'è che non va?», chiesi ignorando la domanda. «Sono solo tagli».

«C'è… c'è un nome».

Mi si fermò il cuore. «Che nome?»

«Marco».

«Dovevo ricordarti a chi appartieni, ragazzo».

Sentii invadermi dall'odio. Odio per Marco. Odio per Big Phil. Odio per mio padre che non mi proteggeva da loro come avrebbe dovuto.

«Non importa», dissi allontanandomi da lui. «Non ci possiamo fare niente quindi non serve parlarne».

Ryder mi seguì in uno dei bagni al piano di sotto e mi guardò prendere il kit di pronto soccorso. Non mi ero accorto fino a quel momento che mi tremavano un po' le mani. Mio fratello si fece avanti e allungò la mano in silenzio per prendere la cassetta. Sospirai, gliela diedi, saltai sul ripiano e mi sedetti accanto al lavandino. Ryder mi pulì il sangue dalla faccia scuotendo la testa e questo mi fece deglutire.

«È molto brutto?».

Non ci fu bisogno che rispondesse alla domanda. I suoi occhi mi dicevano tutto quello che dovevo sapere.

«Cazzo», dissi sforzandomi di sorridere. «Alec sarà sicuramente il più bello ora».

Non sorrise e smisi anch'io.

«È solo un taglio, Ry».

«Solo un taglio?», ripeté brusco. «È lungo dieci centimetri ed è così profondo che non riuscirai a nascondere la cicatrice che ti lascerà. È la tua faccia, Kane. Dimmi chi te l'ha fatto».

Sentivo la rabbia di Ryder verso la persona che mi aveva ferito, ma niente poteva adombrare la preoccupazione e l'ansia che sapevo che provava. Aveva solo tre anni più di Alec, cinque più di me e dieci più dei gemelli e sosteneva il peso del mondo per noi. Si prendeva cura di noi, lo faceva da sempre, e non potevo nemmeno immaginare quanto fosse dura per lui. Aveva solo ventuno anni e aveva le responsabilità di un adulto con quattro figli in un mondo in cui il crimine era il pane quotidiano.

«Ryder, non puoi fargli niente».

«A chi?»

«Big Phil».

Ryder aprì la bocca per la sorpresa. «Perché ti ha sfregiato il viso e ti ha inciso il nome di Marco sul collo? Perché eri con lui?»

«Papà mi ha fatto andare con lui. Big Phil ha detto che dovrò diventare come lui». Abbassai lo sguardo. «Non voglio fare quello che fa lui, Ryder. Ferisce le persone».

«Oggi ti ha fatto fare qualcosa che non volevi?».

Scossi la testa. «Questo tipo, Kade, deve dei soldi a Marco. Non li aveva ancora perché Marco gli aveva dato tempo fino alla fine della settimana. Big Phil mi ha chiesto cosa ne pensavo e gli ho detto che Marco avrebbe dovuto rispettare la scadenza che gli aveva dato. Mi ha colpito perché mi sono messo contro di lui. Ha detto che era una lezione che dovevo imparare con le cattive. Mi ha inciso il nome di Marco addosso per ricordarmi a chi appartengo».

Ryder rimase impassibile.

«Big Phil ha detto che un giorno sarò il suo burattino. Che Marco mi darà a lui e che mi farà di nuovo male prima che possa mancargli un'altra volta di rispetto».

Ryder sembrava sul punto di esplodere.

«Lo uccido».

Non reagii alla minaccia di Ryder perché sapevo che era frutto della rabbia. Sapeva che non poteva toccare Big Phil. Quell'uomo era invischiato troppo con nostro padre e Marco; era il loro braccio destro, quindi era praticamente intoccabile. Rimasi in silenzio mentre mio fratello mi puliva la faccia. Sussultai un paio di volte ma dopo che ebbe applicato qualche cerotto mi rilassai. Mi pulì il collo e poi mise una grossa benda che fermò con il nastro adesivo di carta.

«Questi potrebbero staccarsi quando la ferità comincerà a gonfiarsi», disse indicando i cerotti mentre puliva dal sangue gli strumenti che aveva usato. «Se succede dobbiamo chiamare il dottore o ti verrà un'infezione».

Annuii e Ryder mi osservò per un momento.

«Farò quello che posso per tenere Big Phil lontano da te, okay?», disse. «Non gli permetterò di farti ancora male».

Sapevo che diceva sul serio e sapevo che avrebbe fatto di tutto per tenermi al sicuro, ma non ero stupido. Avevo visto l'espressione di Big Phil quando mi aveva minacciato. Aveva detto che un giorno sarei stato il suo burattino e sapevo che prima o poi quel giorno sarebbe arrivato. Il male superava il bene nel nostro ghetto e quando qualcuno di spietato come Big Phil ti marchiava in quel modo, allora eri suo in un modo o in un altro.

«Lo so, Ry». Sorrisi. «È per questo che sono tranquillo».

Se dovevo sorridere e mentire per far contento mio fratello e risparmiargli una preoccupazione, l'avrei fatto. Big Phil aveva detto che per la fine della giornata sarei stato un ragazzo diverso e aveva ragione. Avevo avuto un incontro personale e ravvicinato con il male e sapevo che mi avrebbe trovato un giorno. Non potevo ignorarlo e pensare che stare lontano dalle persone con cui mio padre faceva affari mi avrebbe tenuto al sicuro. Dovevo essere razionale e prepararmi al giorno in cui la vita di Big Phil sarebbe diventata la mia.

Una volta toccato il fondo dell'inferno non c'era via d'uscita. Nessuno poteva venire in aiuto e in compenso c'erano molte mani a cercare di tenerti giù.

Capitolo tre

Venti anni

«Kane!».

Mi sveglia di soprassalto, mi misi a sedere sul letto e guardai la figura sulla porta di camera mia. D'un tratto si accese la luce e alzai una mano per proteggermi dal fascio.

«Alzati», mi ordinò una voce dura. «Abbiamo del lavoro da fare».

Una volta che mi fui abituato alla luce, abbassai il braccio e guardai l'intruso con gli occhi socchiusi. Senza dire niente scostai le coperte e mi vestii in fretta. Sentivo i suoi occhi su di me mentre mi allacciavo gli stivali. Mi misi in piedi, alzai la testa e guardai Big Phil negli occhi.

«Dove andiamo?»

«A pareggiare un conto».

Mi si fermò il cuore. Negli ultimi mesi, da quando ero diventato il suo burattino, Big Phil si era presentato senza preavviso di giorno e di notte per farmi partecipare a delle azioni. Non avevo dovuto fare nulla, solo seguirlo per nessun'altra ragione se non perché me lo imponeva lui, ma quella sera… era la prima volta in cui dovevo fare effettivamente qualcosa da quando avevo cominciato a lavorare per Marco.

Quattro mesi prima i miei genitori l'avevano fregato nel tentativo di fare più soldi e avevano pagato con la vita. Non mi era importato della loro morte quando lo avevo saputo e non mi importava nemmeno in quel momento. L'unica cosa che mi importava, l'unica cosa che tratteneva me e i miei fratelli dal fuggire da quella maledetta vita, era la minaccia che pendeva su Damien. Avendo ucciso il nipote di Marco durante una lite che si era rivelata fatale, doveva ripagare il debito ed eravamo io e i miei fratelli a farlo.

«Chi viene?»

«Siamo solo noi stanotte».

Cazzo.

Lo seguii fuori dalla stanza, fuori dalla casa e poi nel seminterrato del ghetto. Non ero mai sceso lì, non ero nemmeno mai andato alle feste nelle stanze del piacere. A parte le risate e le battute delle guardie notturne, c'era un silenzio totale. Ebbi una brutta sensazione ma non potevo farci niente. Big Phil entrò nella stanza senza dire niente e io lo seguii. Mi fermai di scatto quando mi arrivò una zaffata di sangue. Piantai gli occhi sulla persona al centro della stanza in penombra e il cuore cominciò a martellare.

«Gesù Cristo».

L'uomo aveva le mani legate con una corda e tirate su sopra la testa. Dal soffitto penzolava una grossa catena a cui era legata la corda. Alla mia sinistra c'era un tavolo con coltelli e altri attrezzi ricoperti di sangue. Lottai contro l'impulso di vomitare. L'uomo aveva delle lacerazioni profonde su tutto il corpo nudo, sotto di lui c'era una pozza di sangue ed era così pallido che sapevo che gli rimanevano pochi minuti di vita.

«Che cazzo è tutto questo?»

«Lui», disse Big Phil, «è Hector Gomez. Hector lavora come agente antidroga per i federali e sai qual è la punizione per quello».

Volevo scappare.

«Sì, la morte, quindi che cazzo è tutto questo?»

«Marco mi ha solo detto di ucciderlo. Non mi ha mai detto come».

Big Phil fece un sorriso subdolo che mi disgustò.

«Sei malato».

Rise incurante.

«Forse, ma dobbiamo comunque completare il lavoro».

Quando guardò Hector mi impietrii. «Quindi completalo».

Mi sentivo incredibilmente dispiaciuto per quell'uomo ma nella situazione in cui si trovava sapevo che la morte sarebbe stata una benedizione per lui. Era ferito mortalmente e, anche se era incosciente, sapevo che sentiva molto male. Big Phil lo aveva ferito per il suo perverso divertimento. Pensavo di non poter avere un'opinione peggiore di lui di quanto già non l'avessi, ma mi dimostrò il contrario.

«Sei qui per finire il lavoro».

Feci un passo indietro e spalancai gli occhi fino a farmi male.

«Non uccido nessuno», dichiarai. «Non dovrei…».

«Dovresti fare quello che dico», mi interruppe. «E dico che lo devi uccidere».

«No». Scossi la testa. «Non posso. Non voglio».

«La sai la differenza tra soffocare e strangolare?».

Lo fissai. «Cosa?»

«Hai capito».

Esitai e Big Phil fece un ghigno.

«Soffocare è quando ti si incastra qualcosa in gola e strangolare è quando impedisci con la forza a qualcuno di respirare avvolgendogli qualcosa intorno al collo».

Non mi mossi.

«La morte per strangolamento dev'essere tremenda, immagino, e sarà quella che proverà tuo fratello se non stai agli ordini e non fai quello che ti dico».

Mi irrigidii. «Non minacciare mio fratello».

«Non minacciarlo?», ripeté incredulo. «Figliolo, lo ucciderò davanti ai tuoi occhi se rifiuti di nuovo i tuoi compiti».

Sentii la rabbia scorrermi nelle vene, seguita da frustrazione e impotenza perché non potevo fare niente a Big Phil senza ferire mio fratello.

«È chiaro?»

«Sì», bofonchiai. «È chiaro».

«Uccidi Hector… a mani nude».

Sentii le lacrime sgorgare ma mi girai così che Big Phil non potesse vedermi. Sapevo che se avessi chiesto una pistola, avrebbe pensato a un modo più brutale di uccidere Hector. Mi avvicinai all'uomo che riacquistava conoscenza. Aprì gli occhi gonfi e mi guardò. Bofonchiò qualcosa in spagnolo che non capii.

«Ti sta implorando di ucciderlo».

Le lacrime mi solcarono le guance. Hector le vide e si rilassò, per quanto il suo stato lo permettesse. Mi sorrise, o almeno così mi sembrò. Sentii che accettava quello che stava per succedere e credo che vide nei miei occhi che non volevo fargli male. Chiuse gli occhi feriti e tirò un lungo sospiro.

«Mi dispiace», sussurrai. «Lo faccio per mio fratello. La prego, mi perdoni».

Chiusi gli occhi e cominciai a picchiarlo. Forzai la mia mente a ritirarsi in un posto sicuro per non sentire le ossa che si spezzavano e le grida di agonia. Un posto in cui non ero quello malvagio che stava mettendo fine alla vita di qualcuno. Un posto in cui fare finta di essere un brav'uomo con una bella vita. Quando le grida si interruppero, mi girai e vomitai sul pavimento. Big Phil rise.

«Sei un uomo ora Kane, ragazzo mio».

«Non sono il tuo ragazzo», ringhiai mentre mi strofinavo con frenesia le mani sui vestiti per togliere il sangue di Hector. «Non sono niente per te».

«È qui che ti sbagli. Tu mi appartieni».

Non risposi.

«Un altro compito e puoi tornare a letto».

Chiusi gli occhi quando si aprirono le porte e sentii le grida di una donna. Si fecero più forti quanto entrò nella stanza. Erano grida intrise di pena e lo sentii nelle ossa. Sentii un brivido lungo la schiena quando la donna urlò: «Hector!».

Parlò velocemente in spagnolo e quando Hector non le rispose pianse fino a non emettere più alcun suono.

«Questa è la moglie di Hector, lavora anche lei per i federali».

Abbassai la testa.

«Sai quello che sto per dirti, Kane».

Lo sapevo. Stava per chiedermi di ucciderla.

«Non posso ferire una donna», dissi con un filo di voce. «Non posso. Non voglio».

«Kane...».

«No!», scattai. «Non le farò del male!».

Ci fu un momento di silenzio, poi Big Phil sospirò e mi chiese: «Ti ricordi cos'è successo l'ultima volta in cui mi hai disubbidito?».

Mi aveva tagliato la faccia e inciso il nome di Marco nella carne.

«Non mi importa», dissi scuotendo la testa. «Non mi importa. Non le farò del male».

Big Phil era l'immagine della rabbia mentre faceva un cenno ai suoi uomini. Trascinarono la moglie di Hector, le presero i polsi e la legarono accanto a lui. Quando presero me e mi riservarono lo stesso trattamento non mi opposi nemmeno. Mi scoppiava il cuore nel petto mentre mi strappavano il maglione e la maglietta lasciandomi a torso nudo. Lottai per liberarmi delle corde e mi bruciai i polsi. Chiusi gli occhi. Non volevo guardare Big Phil o i suoi uomini che si muovevano per la stanza. Mi irrigidii quando si misero dietro di me e non li vidi più.

«Imparerai a non mancarmi di rispetto, ragazzo», sibilò Big Phil. «Giuro sulla mia vita che imparerai».

Sentii uno schiocco inquietante e poi qualcosa che scottava che mi toccava la schiena. Inspirai senza fiato ma non ebbi il tempo di concentrarmi sul dolore perché mi colpirono ripetutamente con qualsiasi cosa stessero usando. Quando le tolsero i vestiti e ci fu il solito schiocco, la donna inarcò il corpo e urlò così forte che le parole di conforto mi morirono in gola. Le dettero una frustata dopo l'altra. E così a me. Alla fine le nostre grida si mescolarono al punto che non sapevo più dove finivano le sue e cominciavano le mie, fino a che le sue furono ridotte a niente mentre la vita le si staccava dal corpo e le mie echeggiavano nel ghetto silenzioso.

Mentre il mio corpo si rompeva, la mia mente si fortificava. Big Phil aveva dimostrato che quando gli disubbidivo poteva fare di me quello che voleva. Aveva dimostrato che ero il suo burattino, che mi possedeva… Era vero, ma non avrebbe mai posseduto il mio spirito. Poteva farmi il corpo a pezzi ma non mi avrebbe mai distrutto. Giurai su tutto quello che amavo che non ci sarebbe mai riuscito ed era una promessa che intendevo mantenere.

Capitolo quattro

Venticinque anni

«Slater, mi stai ascoltando?».

Mi girai a destra e rivolsi un'occhiata inespressiva a Joe Riley.

«Lo prendo per un no», ridacchiò. «Questo pezzo di merda dice che non era al molo stasera. Ci credi?».

Guardai Kevin Marshal, un membro cretino di una gang che aveva provato a fregare il suo capo. Se non fosse stato per lui avrei potuto essere ancora con i miei fratelli a cazzeggiare, bere birra e raccontarci stronzate.

«Le telecamere ti hanno ripreso, Kevin».

Sbiancò. «Davvero?».

Joe sbuffò. «Sì, davvero».

Kevin guardò me e poi di nuovo Joe.

«Vi prego, non mi uccidete».

Joe scoppiò in una risata da psicopatico che faceva parte dello show. Kevin era il figlio del migliore amico di Brandy Daley e a Joe, uno dei burattini di Brandy, era stato detto di spaventarlo a morte per essersi appropriato dei soldi di Brandy. Non facevo più male alla gente, ma se qualcuno mi pagava per spaventare qualcuno che aveva fatto qualcosa di male, lo facevo volentieri. Spaventavo la gente gratuitamente ogni giorno quando mi guardava, quindi almeno in questo modo ci guadagnavo.

Non che mi servissero soldi, ma qualcosina per arrotondare faceva comodo.

Incrociai le braccia al petto e guardai con gli occhi socchiusi Kevin che in tutta onestà sembrava si stesse per cagare addosso. Era legato alla sedia con le mani dietro la schiena e sudava copiosamente. Aveva il viso un po' malandato grazie agli uomini di Joe che erano andati a prelevarlo per la nostra chiacchierata. Giustamente l'avevano picchiato e, dall'espressione di paura e rimorso negli occhi, dubitavo che avrebbe rubato di nuovo all'amico di suo padre.

Senza dire una parola, Joe fece cenno ai suoi uomini di portarlo via e proprio mentre stavo per andarmene, altri due uomini trascinarono dentro un uomo malmenato e lo misero a sedere sulla sedia che Kevin aveva appena liberato. Gli legarono le mani e gli sfilarono il sacco nero che gli copriva la testa.

Joe gli sorrise. «Shane, come stai?».

Shane, un uomo che non avevo mai visto, aveva un occhio così gonfio che non stava aperto. Gli colava il sangue dalle narici e aveva il labbro gonfio e spaccato. Qualcuno lo aveva picchiato per bene.

«Fottiti, Joe».

Alzai un sopracciglio e guardai Joe che non era scalfito dalle parole di Shane.

«L'amico di Kevin», disse con una scrollatina di spalle. «Lo ha aiutato a rubare i soldi ed è coinvolto in un carico che è andato perso stanotte».

Feci un passo indietro. Quell'uomo non avrebbe solo ricevuto un avvertimento come Kevin. Sarebbe quasi certamente morto per quello che aveva fatto. Nessuno rubava da Brandy Daley e la faceva franca. Kevin era stato fortunato perché il padre era amico di Brandy, altrimenti avrebbe fatto la stessa fine di Shane. Joe gli fece delle domande su dove si trovasse la merce persa e lui non rispose a nessuna.

«Restare in silenzio ti porterà solo ulteriori guai, Shane. Fatti un favore e dimmi dov'è il mio carico. So che hai provato a rubarlo, ho occhi dappertutto al molo».

Shane rise e gli sputò in faccia. «Se hai occhi dappertutto al molo, perché nessuno ha visto che fine ha fatto il carico?».

Joe tirò fuori un fazzoletto e si pulì. «Non ho tempo per

questi giochetti, dimmi ciò che voglio sapere o i miei amici ti spezzeranno le gambe. A te la scelta».

Rimase in silenzio. Uno di quelli che lo aveva portato venne avanti e, senza aspettare l'ordine di Joe, tirò un pugno a Shane che non si poteva difendere. Nei venti secondi successivi ci furono grida, imprecazioni e urli e io distolsi lo sguardo proprio quando l'altro uomo aprì la porta e sentii qualcuno che tratteneva il respiro.

«Ho sbagliato strada, mi scusi».

Mi si fermò il cuore perché sapevo di chi era quella voce. Prima che l'uomo potesse rincorrere Aideen Collins, mi mossi e mi misi davanti a lui.

«Ci penso io».

Quello scrollò le spalle e si rigirò verso Shane che veniva massacrato. Guardai Joe, gli feci un cenno e lascia la stanza sapendo che non avrei mai più accettato un lavoro da lui. Non volevo essere coinvolto nel ferimento di qualcuno. Quella parte della mia vita era finita e non l'avrei riaperta per nessuno. Corsi fuori e seguii il ticchettio dei tacchi e il respiro affannoso. Svoltai e camminai dietro Aideen che si girò e mi venne a sbattere addosso.

«Ahi!».

Si portò una mano alla fronte per massaggiarsi.

«Dovresti guardare dove metti i piedi».

Vidi che aveva riconosciuto la mia voce e mi venne da ridere quando dal suo viso sparì la paura e prese posto il fastidio, ma poi mi ricordai dove si trovava e di quanto fosse stata in pericolo se non fossi stato io a correrle dietro.

«Che diavolo ci fai *tu* qui?».

Deglutì e si guardò intorno. «Potrei chiederti la stessa cosa», ribatté con una sicurezza che sapevo che non aveva.

Assunsi un'aria severa. «No, non puoi. Questo non è un posto per una come te».

«Per una come me?», chiese offesa.

Andavo verso di lei e lei arretrava. «Sì, una come te».

Quando toccò il muro, sbottò: «Che cosa vuoi dire?».

Trattenne il fiato quando mi portai in avanti e le presi le braccia.

Mi chinai sul suo viso. «Vuol dire, che le brave ragazze non devono stare qui. Mi hai capito, bambolina?».

Spalancò gli occhi e schiuse le labbra carnose. Era spaventata ma cercava in tutti i modi di farsi coraggio e l'ammiravo per quello.

«Cosa ti fa credere che io sia una brava ragazza?».

Rimasi a guardarla e sorrisi. «Non credo che tu sia una brava ragazza, bambolina, lo so».

«Questo vuol dire che non mi conosci affatto, perché io *sto* qui. Vengo qui molto spesso. Anzi, venivo al Darkness anche *prima* che tu ti trasferissi qui. Sono praticamente una veterana in questo posto».

Mi venne da ridere.

«Ah, davvero? E allora dimmi una cosa, veterana, come mai sembri esserti persa in questi corridoi?».

Aprì la bocca ma la richiuse subito perché non sapeva cosa rispondermi visto che si era persa. Però era troppo testarda per ammetterlo e disse: «Non devo giustificarmi con te, Slater».

A quel punto mi misi a ridere. «E allora non farlo, bambolina».

Cercò di liberarsi ma strinsi la presa.

«Lasciami andare!», ordinò. «E che diavolo è questa storia della bambolina?».

Non mi ero reso conto di averla chiamata bambolina ma la guardai da capo a piedi e scrollai le spalle. «Hai bisogno di essere accudita e sembri una bambola, quindi… bambolina».

«Stai dicendo che sono finta come una bambola?».

Piegai la testa. «Ehm, no, piccola pazza».

«Ora mi stai dicendo che sono bassa? Sei un vero…».

Rimase di stucco quando mi misi a ridere. Non disse una parola e immaginai che fosse perché non mi aveva mai sentito ridere.

«Devi calmarti. Non ti sto insultando. Per prima cosa, ho detto solo che hai bisogno di essere controllata. Il fatto che tu sia qui prova che hai davvero bisogno di essere accudita. Poi, sei bellissima, quasi irreale, ed è quello che intendevo quando ho detto che sembri una bambola. Per questo ti chiamo *bambolina*».

«E piccola?», chiese con una vocina.

Sorrisi. «Be', che posso dire, sei piccina piccina».

Arrossì e non riuscì a guardarmi negli occhi. Quello che avevo detto le aveva fatto piacere ma era troppo orgogliosa per ammetterlo.

«Le tue osservazioni e le parole dolci non ti porteranno da nessuna parte con me, quindi lasciami le braccia».

Mi piaceva il suo tono di sfida. «Costringimi».

Mi fulminò.

«Non ho tempo per questo. Ho appena visto qualcosa che non dovevo vedere e devo andarmene prima che mi trovino...».

«Ti ho già trovata», la interruppi.

Rimase a bocca aperta. «*Tu* eri nella stanza?».

Feci spallucce in tutta risposta.

Mi mise le mani morbide sul petto e cercò di spingermi. «Allontanati da me».

Sembrava spaventata e mi sentii malissimo.

«Non è come pensi. Ero più un osservatore che un partecipante attivo in quella stanza».

Spalancò gli occhi. «Quindi hai *osservato* mentre un pover'uomo impotente veniva aggredito? Che gesto nobile da parte tua».

«Aideen, ti fai ingannare troppo spesso dalle apparenze».

Mi fissò. «È chiaramente così, perché non pensavo che ti occupassi di cose losche. Mi sbagliavo».

Mi girò intorno e poi andò a destra, cercando di trovare la via d'uscita. La seguii.

«Non sono una brutta persona, Aideen».

Brontolò. «Che ci facevi allora lì dentro?»

«Lavoravo».

Smise di camminare e si voltò verso di me. «Che tipo di lavoro?»

«Non sono cose che ti riguardano, tesoro, fidati».

«Baciami il culo, Slater».

Feci un passo in avanti. «Dimmi dove e sarò lieto di farlo».

Le si dilatarono le pupille e mentre mi avvicinavo il respiro le si fece più pesante. Mi guardò con gli occhioni dolci e disse: «Kane?».

Abbassai la testa. «Aideen?».

Schiuse leggermente le labbra e posò gli occhi sulle mie. «Che stai facendo?».

Volevo baciarla così tanto che faceva male.

«Chiamalo impulso».

Tremò. «Tu... tu faresti meglio a non pensare a ciò che penso tu stia pensando».

«Scommetto che stiamo pensando la stessa cosa adesso, bambolina».

«Allontanati», disse senza convinzione. «E smettila con quello stupido soprannome».

Non voleva che facessi niente di tutto ciò. Aveva le guance rosse, appoggiava il corpo contro il mio e ansimava.

«Neanche per sogno, *bambolina*».

Prima che potesse gridarmi contro, premetti le mie labbra sulle sue. Aspettai un segnale che mi indicasse che davvero non mi voleva. Me l'ero già preparato in testa, le avrei permesso di prendermi a schiaffi e poi mi sarei scusato profusamente se non avesse voluto avere a che fare con me. Ma questa possibilità svanì nel momento in cui aprì la bocca e mi toccò le labbra con la lingua. Mugugnò quando ricambiai e fece scorrere le mani sulle mie braccia fino alle spalle dove appoggiò saldamente le dita.

La premetti contro il muro e incastrai il mio corpo con il suo. Le feci passare le mani sui fianchi e poi sul sedere che palpai senza troppi complimenti strappandole un gemito. La tirai su in modo da poterla baciare senza dover piegare la testa. La tenni ferma con le anche e la sostenni con la mano destra sotto il sedere, mentre con la sinistra le presi il viso e la bacia. Muoveva la gambe intorno ai miei fianchi e stringeva. Mi sfuggì un gemito quando il suo pube toccò il mio e sentii un brivido per tutto il corpo. Il mio uccello già dolorante pulsò.

Interruppi il bacio senza una parola, la rimisi giù, le presi la mano e la trascinai dietro di me.

«Dove andiamo?».

Non le risposi. La voglia di sbatterla al muro e fotterla era fortissima. Mi rifiutavo di prenderla in un posto così corrotto. Valeva troppo per essere sminuita dal Darkness. Aideen dovette praticamente correre per stare al passo e lo apprezzai perché se avesse rallentato sarei stato tentato di buttarmela sulla spalla e cominciare a correre.

«Dove andiamo?».

Stava perdendo la pazienza.

«A casa mia».

«Perché?», domandò. «Ci sono un sacco di stanze che potremmo usare qui».

Non mi fermai, né mi girai a guardarla.

«Odio questo posto, l'ultima cosa che voglio è scoparti qui dentro».

Quando arrivammo alla porta che dava sul retro, presi la maniglia e aprii. Aideen sussultò per il volume assordante della musica che invase il corridoio silenzioso.

«Cazzo!».

Il rumore non mi dava noia; l'unica cosa che mi infastidiva era il mio uccello. Afferrai il braccio di Aideen e la guidai nel club. Alcuni ci fecero passare e spinsi quelli che non lo fecero, fregandomene di chi erano. Gridai con un paio di persone che, una volta guardato il mio viso, si dileguarono come insetti. Proprio quando avevo preso il via Aideen mi fermò. Mi girai per guardarla e lei urlò sopra la musica: «Skull crede che lo stia aspettando in una stanza sul retro».

Mi irrigidii. «Non credo proprio».

Mi piegai, me la issai sulla spalla, mi tirai su, mi girai e continuai a camminare verso l'uscita. La sentivo sbellicarsi dalla risata ma non riuscivo a ridere. La volevo troppo per considerare l'idea. Mentre salivo le scale di corsa esclamò: «Tra un po' mi verranno fuori le tette!».

A quel punto risi, le diedi una pacca sul sedere e corsi più rapidamente.

«Bastardo!».

Non smise di ridere mentre mi facevo spazio tra i buttafuori e la gente che stava cercando di entrare nel club anche se era quasi orario di chiusura. Quando arrivammo alla macchina, misi giù Aideen e le misi le mani sulle spalle per tenerla in equilibrio. Guardava per terra quindi le tirai su il mento con le dita fino a che i suoi occhi non incrociarono i miei.

«Sembri nervosa».

Deglutì. «*Sono* nervosa».

«Perché sto per possederti o perché sei preoccupata che Skull lo venga a sapere?».

Non mi importava di Skull e non volevo che importasse nemmeno a lei e mi sconcertava il fatto di sentirmi così.

«Skull e io non stiamo insieme, Kane. Lo abbiamo deciso una volta per tutte stasera. Mi ha portata in quella stanza sul retro perché volevo andare a casa, ma non poteva accompagnarmi».

«Scommetto che ti avrebbe scopata lo stesso una volta tornato lì», dissi impassibile.

Scosse la testa. «Lui mi rispetta. Non si approfitterebbe di me se sapesse che non *voglio* fare sesso con lui».

Premette il suo corpo contro la macchina.

«*Vuoi* fare sesso con lui?».

Mi mise una mano sul petto. «Non so cosa voglio».

«Io sì. Vuoi me».

La baciai di nuovo e lei si sciolse tra le mie braccia. Era troppo da sopportare.

«Sali in macchina», grugnii contro le sue labbra. «Adesso».

Una volta che si fu seduta dal lato del passeggero, sbattei la portiera e mi affrettai dal lato del guidatore. Nel giro di pochi secondi salii, allacciai la cintura, misi in moto e feci retromarcia.

«Oh, mio Dio», urlò quando cambiai marcia e uscii dal parcheggio. «Voglio continuare a vivere dopo questo giro in macchina, rallenta».

«L'unica cosa su cui farai un giro stasera, bambolina, sono io. Ora, siediti, stai zitta e lasciami guidare».

Con la coda dell'occhio vidi che Aideen aveva la bocca aperta ma non ne usciva nessuna parola. Mi osservò a lungo e riuscii quasi a sentire le rotelline del suo cervello. Di solito mi avrebbe aggredito o preteso una scusa… ma non quella sera.

«Sai che non faccio mai ciò che mi viene detto, Kane».
Svoltai bruscamente a sinistra. «Lo farai quanto ti scoperò».
«Sembra fastidioso».
Mi voltai verso di lei e seguii il suo sguardo tra le mie gambe.
«Lo è, ma potrai farmi sentire meglio tra meno di cinque minuti, quindi chiudi il becco e lasciami fare».
Non rispose, però si chinò e mosse la bocca sul mio uccello.
«Aideen!».
Sentivo il calore della sua bocca attraverso i jeans e l'impulso di spingere i fianchi in su mi uccise quasi.
«Abbassa la zip», la implorai. «Cazzo, Aideen, abbassa la zip dei jeans e prendimelo in bocca».
Prese la zip con i denti e l'abbassò. Con la mano, la tirò giù fino alla fine del rigonfiamento. «Chiedimelo per favore», sussurrò, baciando sui boxer la punta della mia erezione.
«Per favore!».
Afferrò l'elastico dei boxer ma le sfuggì e quello rimbalzò sulle mie palle. Emisi un sibilo più per lo spavento che per il dolore.
«Scusa».
Avevo appena emesso un mugolio quando sentii il suo respiro caldo sull'uccello.
«Fammi un pompino, per favore».
Baciò delicatamente la punta dell'erezione e si bagnò le labbra con il liquido chiaro che fuoriuscì dalla cappella. Non perse tempo a prendermelo in bocca e a fare su e giù con la testa. Mentre me lo succhiava rischiai di rovesciare gli occhi all'indietro.
«Dio, *sì!*».
Proprio quando aveva preso il ritmo, si tirò indietro, si rimise a sedere dritta e si pulì la bocca con il dorso della mano.
«C… cosa?», balbettò. «Perché ti sei fermata?».
Fece spallucce. «Credo che potrei fare di meglio a letto. È un po' scomodo fare un pompino in un'auto che si muove veloce, con il timore di morire da un momento all'altro. Inoltre, la cintura mi stava infilzando il fianco».
Premetti a manetta sull'acceleratore.
«Kane!».

La ignorai per il resto del tragitto e quando parcheggiai nel vialetto, la guardai e sbraitai: «Fuori, adesso».

Mi sistemai i pantaloni e uscii dalla macchina sbattendo la portiera. In un batter d'occhio fui dalla parte di Aideen che si muoveva troppo lentamente per i miei gusti. Aprii la portiera, mi infilai, le slacciai la cintura di sicurezza e le misi il braccio sinistro sotto le gambe e il destro dietro la schiena. La sollevai senza dire una parola, mi girai e chiusi la portiera con un calcio. Aideen rise e mi mise le braccia intorno al collo. Si appoggiò a me e mi stampò una serie di baci sul collo fino a che non posò le labbra su un punto che mi fece tremare.

«Maledizione, Aideen».

Rise mentre l'adagiavo a terra davanti alla porta d'ingresso.

«Di tutte le volte che sono stata qui», rifletté, «non avrei mai pensato di venire a notte fonda per fare sesso con te».

«Con chi altro vorresti fare sesso qui se non con me?», le domandai, cercando le chiavi in tasca.

Fece un sorrisetto. «Damien potrebbe tornare in qualsiasi momento».

Col cazzo.

La fulminai con lo sguardo. «Non andrai a letto con mio fratello minore».

«Perché no?».

Mi prendeva in giro ma io avvicinai la bocca al suo orecchio e sussurrai: «Perché dopo stanotte, sarai mia, solo mia».

Scoppiò a ridere e mi dovetti mordere il labbro per non ridere anch'io.

«Sta' buona. Gli altri stanno dormendo».

Questo la mise a tacere.

«Branna e Ryder sono in casa?».

Sorrisi quando vidi che era preoccupata. «Se ti metti a correre, ti vengo ad acchiappare, bambolina».

Mi rispose divertita: «Ti prendo a schiaffi».

«Ci conto».

Mi sorrise e mi si liberarono nello stomaco quelle stupide farfalle che i miei fratelli dicevano di sentire quando guardavano le loro ragazze.

«Ry e Bran sono al secondo piano, io sono all'ultimo, nella vecchia camera di Dominic. Non ci sentiranno».

Esitò. «Non… non chiamarmi per nome».

Sentii un dolore al petto ma mi rifiutai di darlo a vedere.

«Ti vergogni?».

Non l'avrei biasimata in tal caso. Ero disgustoso e lei probabilmente non voleva che la gente sapesse che voleva scoparmi.

«No, ma non voglio essere presa in giro. Sai che ci succederebbe se… be', lo sai».

Aprii la porta ed entrai in casa. Mi girai e aspettai che Aideen mi seguisse e quando anche lei entrò liberai un sospiro che non mi ero accorto di aver trattenuto. Chiusi la porta e feci un passo verso di lei.

Lei non si mosse. «Non mi permetterai di andarmene, vero?».

Le feci scivolare le mani sulla vita. «Per ora? No».

«E poi?».

Le mordicchiai il collo e la spinsi a camminare. «Chiedimelo più tardi».

Camminava troppo lenta, quindi me la issai di nuovo in spalla.

«So camminare, sai com'è».

Le strinsi il sedere. «Non abbastanza velocemente».

Salii i gradini a due a due e non mi fermai fino a che non fui in camera mia con la porta chiusa a chiave. Feci cadere Aideen sul letto e lei trattenne il fiato quando atterrò. Alzò la testa e mi guardò toglierle i tacchi e farli cadere con un tonfo. Senza smettere di guardarla le feci risalire le mani lungo gambe fino ad arrivare ai fianchi. Afferrai l'elastico delle mutande e gliele sfilai. Le lancia alle mie spalle e Aideen spalancò gli occhi. Si mise in ginocchio davanti a me.

«Kane».

Mi abbassai e la baciai. Quando provò ad approfondire il bacio mi tirai indietro e feci schioccare la lingua.

«Prima le braccia».

«Cosa…?»

«Prima le braccia, tutte e due. Puoi baciarmi mentre lo fai».

Alzò le braccia sulla mia testa e rimase immobile quando le afferrai l'orlo del vestito e glielo sfilai. Riabbassò piano le braccia e mi fissò. Lanciai il vestito alle mie spalle, mi allungai dietro la sua schiena e le slacciai il reggiseno. Gli spallini le scesero lungo le braccia e, prima che Aideen avesse il tempo di battere ciglio, anche il reggiseno finì per terra.

«Sai, potevi chiedermi di spogliarmi».

Mi beai della vista di lei nuda. La stanza era illuminata solo dalla luce della luna ma poiché batteva sulla pelle chiara di Aideen e le sue curve morbide, mi sentivo l'uomo più fortunato del mondo. Presi la maglietta e me la sfilai.

«Avrei potuto, ma poi che divertimento c'era?».

Aideen mi guardò il petto e mi ricordai di avere le cicatrici. Non sapevo come avevo fatto a dimenticarmele ma era successo e sapere che lei le vedeva mi faceva male. Mi venne un nodo alla gola mentre la fissavo in attesa di vedere una traccia di disgusto che non apparve. Il cuore mi batteva a mille e per la prima volta desiderai che non mi vedesse perché mi vergognavo del mio aspetto.

«Vuoi che rimetta la maglietta?».

Se avesse detto sì, sapevo che il dolore che già provavo sarebbe aumentato.

«No», disse guardandomi negli occhi. «Perché dovrei volerlo? Io sono nuda, voglio che lo sia anche tu».

Faceva la gentile con me e non voleva ferire i miei sentimenti. Questo me la fece desiderare di più.

«Il mio corpo… è deturpato, bambolina. Non è bello da guardare o da sentire. Non mi offendo se mi chiedi di restare vestito».

Non mi sarei offeso ma più tardi, una volta solo, avrei sofferto perché chiunque mi guardava vedeva un mostro.

«Il tuo corpo non è deturpato, è unico».

Trattenni il respiro quando si allungò per toccare una cicatrice sporgente che andava dal collo al petto. Tenni gli occhi su di lei in attesa che tradisse un senso di repulsione ma tutto quello che vidi fu accettazione, ammirazione… e desiderio.

«Sei l'uomo più sexy su cui abbia mai messo gli occhi».

Sorrise e mi si appoggiò sopra. «Negherò di averlo detto domani mattina».

La mia risata colse entrambi di sorpresa.

«Lo stai dicendo per scoparmi?».

Sorrise. «Potrei dire molto meno per scoparti, quindi no, sono sincera. Sei perfetto così. Le tue cicatrici non mi danno fastidio, tesoro».

Non capivo se stesse mentendo o no, ma volevo crederle disperatamente. Fece passare lo sguardo sul mio corpo e si morse il labbro inferiore. Mi voleva, non si poteva fingere quel genere di attrazione. Glielo leggevo negli occhi che mi voleva… con le cicatrici e tutto il resto. Emisi un ringhio e lei trasalì.

«Mi *piace* quando emetti quel suono».

Le feci passare le mani sulla schiena nuda e la strinsi.

«Ti scoperò così forte che vedrai le stelle».

«Sì», disse sottovoce. «Sì, ti prego».

«Girati».

«Ok», rispose e si girò.

Le misi una mano sul collo e la feci scivolare giù fino al sedere.

«Piegati».

Non si mosse.

«Aideen», grugnii. «Piegati».

Tremò mentre si piegava in avanti e appoggiava i palmi sul materasso. Mi leccai le labbra alla vista della curva della schiena e del sedere tondo. Feci un passo indietro e le guardai la figa. Mi venne l'acquolina in bocca e l'uccello si rizzò.

«Ti scoperò proprio qui». Feci dei cerchi molto lenti con il dito intorno all'entrata.

«E se riesci a prendermi qui», ringhiai spostando il dito sul suo ano, «ti scoperò anche qui».

Si irrigidì e mi spuntò un sorriso. Non ero sicuro, ma qualcosa mi diceva che non aveva mai fatto sesso anale. Volevo essere il primo.

«Aideen?», dissi infilandole un dito nella figa calda, bagnata e stretta.

Gemette a voce alta quando ne infilai un altro e ridacchiai.

«Ah, allora *sei* sveglia».

Si scosse.

«Pensavi mi fossi addormentata in questa posizione e mentre fai *quello*?».

Continuai a spingere piano dentro e fuori. «Sono accadute cose ben più strane».

Sentii i suoi muscoli stringersi intorno alle dita.

«Ti prego».

Mi leccai le labbra. «Ti prego, cosa?».

Gemette. «Ti prego, scopami».

Dovetti usare ogni briciola di autocontrollo per rimanere fermo.

«Non lo so… Non sembra che tu voglia davvero che ti scopi».

«Kane», ringhiò. «Sono *davvero* pronta a essere scopata».

«Non sembra», borbottai.

Indietreggiò verso la mia mano, per far entrare le dita più a fondo. Sorrisi e la sculaccia.

«Questo dimostra il tuo entusiasmo, ma non basta a farmi tirar fuori il cazzo».

«Ti mostro io l'entusiasmo», borbottò tra sé e sé.

Alzò le sopracciglia e rotolò di lato, scese dal letto e si avvicinò a me.

«Che stai… *ouff!*».

Corse e si buttò su di me. La presi ma caddi sul letto. Mi spinse e mi ordinò: «Vai più su».

Il mio uccello pulsò, dannazione quanto ero eccitato. Scivolai sul letto, mi misi le mani dietro la testa e rimasi in attesa.

«E ora?».

Non rispose. Si mosse sulle mie cosce e mi prese i jeans. Li sbottonò e li tirò giù con forza insieme ai boxer per liberare l'erezione. Non chiese il permesso, né mi disse quello che stava facendo. Si mosse semplicemente sul mio corpo, prese l'uccello pulsante in mano, se lo portò all'entrata e si abbassò. Era una sensazione paradisiaca.

«Cazzo!».

Portai subito le mani sui suoi fianchi mentre le sue finirono sul mio petto quando il suo pube toccò il mio. Ero sepolto dentro di lei in un ambiente caldo, bagnato e stretto. Ero circondato da lei e non volevo andarmene più.

«Non fermarti».

Non si muoveva e avevo bisogno che si muovesse.

«Dammi un secondo», mi supplicò. «Sei... grosso, ok? Fammi... sistemare».

Per poco non rovesciai gli occhi all'indietro. «Io sono grosso? Tu sei strettissima. Quella cosa che hai fatto, centimetro dopo centimetro, non va bene. Cristo, ti scopo fino alla prossima settimana se continui a torturarmi così».

«Ok», espirò e mi guardò. «Sei pronto?».

Le diedi uno schiaffo sul sedere. «Montami, bambolina».

E così fece. Usò il mio petto come appoggio per sollevarsi e abbassarsi. Non sapevo dove guardare mentre mi scopava. Spostavo lo sguardo dalla sua faccia espressiva, alle tette che rimbalzavano, alla figa dove potevo vedere il mio uccello che entrava e usciva dal suo corpo perfetto. Buttai la testa all'indietro e gemetti quando fui pervaso dalle sensazioni.

«Continua *così*, bambolina».

Ci guardammo negli occhi e anche se aveva la faccia trasfigurata dal piacere, mi resi conto che Aideen mi vedeva. Vedeva tutto di me.

«Sembri un angelo, un vero angelo».

Il cuore mi fece un balzo quando le misi le mani in vita e sollevai i fianchi. «Lo sei tu, tesoro».

All'improvviso urlò. «Lì!», esclamò abbassandosi sul mio uccello. Non dovevo guardarla in faccia per capire che stava venendo. Sentii i suoi muscoli contrarsi e il suo corpo spingere selvaggiamente contro il mio in cerca di sfogo. Spinsi i fianchi più forte e velocemente che potevo dalla posizione in cui ero e quando mi sentii impedito, feci rotolare il suo corpo contro il mio e la martellai senza freni. Sentii il momento in cui il primo spasmo la raggiunse perché strinse la pareti vaginali intorno a me. La guardai e mi imposi di non sbattere le palpebre in modo da poter ricordare ogni dettaglio del suo viso. Gli occhi chiusi, le labbra sexy e bagnate aperte, le guance rosse e i denti che mordevano la lingua quando fu sopraffatta dall'orgasmo.

Mi mise le mani sulla schiena. Le sue dita ballarono sulle mie cicatrici, le toccarono, le amarono.

«Kane».

Mi abbassai sul suo viso. «Voglio guardarti venire di nuovo. Sei perfetta quando vieni sul mio cazzo. Perfetta, maledizione».

«Per favore, non smettere», mi implorò.

Non potevo. Non volevo solo scoparla, dovevo. Il suo corpo stava diventando il mio posto preferito e questo mi spaventava. Mentre continuavo a scoparla Aideen inarcò la schiena e mi offrì il collo. Passai le labbra sulla sua pelle e la mordicchiai fino a che non ansimò. Quando improvvisamente mi affondò le unghie nella schiena, il dolore riportò alla luce vecchi ricordi.

«Quando ti dico ti colpire una donna, ragazzo, lo fai!», tuonava Big Phil mentre infilava ed estraeva dalla mia schiena un ago non più spesso di un capello e non più lungo di una puntina, senza smettere fino a che non urlavo.

«Che c'è?».

Sbattei la palpebre e scacciai i ricordi così da potermi concentrare solo su di lei.

«Niente… so… solo, stai attenta con la schiena. Non mi fai male, ma quando affondi le unghie mi ricordi qualcosa di poco piacevole».

Spalancò gli occhi. «Mi dispiace».

«Non scusarti, bambolina».

La baciai e rallentai. Volevo venire ma non volevo smettere. Non avevo mai vissuto un momento così perfetto e dubitavo che sarebbe successo di nuovo. Volevo farlo durare il più possibile.

«Kane», ansimò.

Le misi la bocca vicino all'orecchio. «Ci sei quasi, di nuovo. Sento la tua figa che si stringe attorno a me».

«Continua a parlare», ansimò e sollevò i fianchi. «Oh!».

«Ti piace quando ti parlo?», mormorai. «Ti piace quando scopo la tua bella figa e ti faccio mia?»

«Kannneeeeee».

Pronunciò il mio nome con un sibilo.

«Dimmi cosa vuoi», domandai succhiandole il lobo.

«Più veloce, più forte. Te. *Ti prego!*».

L'accontentai subito e proprio mentre Aideen raggiungeva la vetta, la raggiunsi anch'io. Le palle si gonfiarono e la pressione allentò mentre usciva il primo getto di sperma. Gemetti così forte che non mi sarei stupito se i vicini si fossero svegliati. Non avevo mai goduto così tanto prima e per un attimo persi il contatto con la realtà. Quando riaprii gli occhi stavo schiacciando Aideen. Rotolai via e mi distesi accanto a lei.

«Scusa».

«Tranquillo».

Mi allungai e le misi una mano sullo stomaco.

«Dammi qualche minuto».

Mi lanciò un'occhiata. «Eh? Per cosa?».

Mi voltai verso di lei. «Per il secondo round».

«Il secondo round?», chiese, spalancando gli occhi. «Sono distrutta».

Risi di gusto. «Non conosci ancora il significato di quella parola, ma lo saprai quando avrò finito».

Aideen rise quando mi rimisi su di lei e mi feci strada di nuovo tra le sue cosce.

«Dovresti essere malato», mi ricordò. «Non puoi fare troppo sesso… potresti morire».

La mia cattiva salute degli ultimi tempi era l'ultima cosa a cui pensavo.

«Non mi sento male quando sono con te. Forse sei la droga di cui ho bisogno per stare meglio».

«Non sono una droga».

Portai le anche in avanti e feci scivolare il membro duro sulle labbra bagnate di Aideen.

«Non ne sono sicuro, bambolina», mormorai piegandomi e rimmergendomi dentro di lei.

Aideen mugolò e si allungò verso di me mentre io abbassavo la testa su di lei. «Sentirti intorno a me, averti così vicina, respirare il tuo profumo inebriante, desiderare di assaporarti finché vivo, direi che ormai sono dipendente. Tu sei la *mia* droga».

«Kane».

«Aideen». Le mordicchiai il lobo dell'orecchio. «Sei *mia*».

Non l'avevo mai detto a nessuna donna in tutta la mia vita e sapevo con certezza che volevo Aideen per molto più a lungo di una notte aggrovigliati tra le lenzuola del mio letto. Avrebbe reso le cose difficili, non mi aspettavo altro dalla sua testardaggine, ma ero pronto ad affrontare tutto quello che mi metteva davanti per averla.

Avevo bisogno di lei e avrei fatto qualsiasi cosa per farla mia.

Capitolo cinque

Venticinque anni

È sempre brutto svegliarsi in un posto che non si conosce. Svegliarsi in ospedale senza sapere come ci si è finiti? Ancora più brutto. Siccome non mi sentivo bene da un po' di tempo, mi dissi che ero nel posto migliore per essere curato. Non avevo idea di cosa avessi e dall'espressione che aveva il dottore quando entrò, capii che non era qualcosa che si poteva ignorare.

«Sia diretto, dottore», dissi. «Che problema ho?».

Il dottore sfogliò le pagine della mia cartella e mi guardò. «Ho chiesto alle infermiere di domandare informazioni ai membri della sua famiglia, mentre dormiva stanotte. Mi hanno aggiornato sul suo stato di salute nell'ultimo anno. In base ai sintomi che presentava, le ho fatto prelevare un campione di sangue per farlo analizzare in laboratorio».

Prima che potessi dire qualcosa intervenne Aideen: «Che tipo di esami avete fatto?».

Il dottore la guardò. «Glucosio ed emoglobina A1c».

Lei spalancò gli occhi. «Diabete?», domandò. «Gli avete fatto dei test per il diabete?».

Il dottore rimase sorpreso. «Studia medicina?».

Aideen scosse la testa. «No, no. Sono un'insegnante di scuola elementare. Ho appena letto un libro sul diabete e parlava dei diversi esami a cui bisogna sottoporsi per avere un riscontro certo. Due di questi sono quelli che ha menzionato».

Il dottore fece di sì con la testa.

«Be', sì, ha ragione. Volevo controllare se il signor Slater avesse il diabete».

«E?», incalzò Dominic.

«La mia ipotesi era corretta», rispose il medico, poi si voltò verso di me. «Ha davvero il diabete, signor Slater. Di tipo 1, per essere precisi».

«Davvero? Voglio dire, il mio sangue potrebbe essere stato contaminato in laboratorio, no?», chiesi.

Il dottore confermò con il capo. «Esiste questa possibilità, ma ho fatto ripetere gli esami tre volte per sicurezza e la situazione non è mutata. Il risultato è stato sempre lo stesso, tutte e tre le volte. È diabetico, signor Slater».

Che cazzo.

«Sono diabetico?», mormorai tra me e me.

Cadde di nuovo il silenzio ma non per molto perché Aideen aveva delle domande.

«Il diabete di tipo 1 è quello che richiede iniezioni di insulina, giusto?».

Lui la guardò e annuì. «Sì, proprio quello».

Piegò la testa di lato. «Non è una malattia infantile?»

«Solitamente», rispose. «Lo chiamano diabete giovanile perché viene comunemente diagnosticato nei bambini, negli adolescenti e nei giovani adulti. Tuttavia, può insorgere a qualsiasi età».

«Ah».

«Io non capisco», interruppi. «Non avrei dovuto sapere di essere diabetico? Voglio dire, non avrei dovuto avere qualche sintomo?».

Nessuno sviluppa il diabete all'improvviso.

«Ieri sera, i suoi fratelli hanno detto alle infermiere che negli ultimi dodici mesi ha riscontrato stanchezza continua, perdita di peso e vomito. È facile associare questi tipi di malessere all'influenza, a un virus intestinale o anche a un raffreddore. Il diabete di tipo 1 ha diversi sintomi: in alcuni si manifestano tutti, mentre altri non hanno alcun segnale. Varia da persona a persona».

Questo mi zittì.

«Il suo è un caso speciale, Kane. In molte persone, i sintomi compaiono improvvisamente e progrediscono con una certa rapidità. Poi ci sono casi come il suo, in cui si può essere malati per molto tempo, ma senza aver bisogno di cure. Il suo corpo è riuscito a funzionare con quella piccola quantità di insulina che ha prodotto nell'ultimo anno, ma comincia a mostrare segni di debolezza. Il suo collasso ne è la prova. Il suo corpo necessita di più insulina per sopravvivere rispetto a quella che viene prodotta al momento».

Mi salì la nausea e comincia a pensare in fretta.

«La brutta notizia è che non c'è una cura per il diabete di tipo 1. Lo avrà per il resto della sua vita. Tuttavia, la notizia buona è che è gestibile. Dovrà fare delle iniezioni di insulina ogni giorno, a partire da oggi. Avrà una dose standard quotidiana, che potrà essere modificata in base al livello degli zuccheri. Mentre dormiva, abbiamo esaminato la quantità di zuccheri nel sangue e per oggi le somministreremo una dose inferiore, dato che non si muoverà o consumerà molte calorie. L'aspetto fondamentale delle iniezioni è proprio questo: la dose di insulina sarà proporzionale alle calorie che brucerà. Non se ne preoccupi adesso, comunque, le prepareremo noi un programma».

Il dottore continuò a parlare mentre un'infermiera aprì la porta ed entrò con un carrello su cui c'era un secchio giallo e un vassoio grande con delle attrezzature mediche.

«Faremo dei controlli settimanali finché non sarà in grado di calcolare da solo le dosi. Diventerà un'abitudine e sono certo che comprenderà subito cosa fare. Sembra una persona attenta alla dieta e all'attività fisica. Dovrà soltanto seguire una nuova routine per equilibrare i livelli di glucosio nel sangue. È tutto chiaro?».

Era chiaro, ma allo stesso tempo non capivo cosa stesse succedendo. Guardai il vassoio e mi irrigidii quando vidi quello che sembrava un ago.

«Cos'è quello?»

«La sua prima dose di insulina», rispose il dottore. «Le prescriverò una penna insulinica, perché è più facile da usare rispetto all'ago e alla bottiglia».

Mi sentii invadere dalla paura e mi tirai su.

«*Non* mi infilerete un ago nella pelle».

Il dottore sobbalzò sorpreso dalla mia reazione e guardò per un attimo i miei fratelli prima di tornare su di me. «L'insulina deve essere iniettata sottopelle, signor Slater. Non può essere presa oralmente, perché gli acidi dello stomaco la distruggerebbero».

No. No. No.

Scossi la testa con decisione. «Non m'importa, non mi infilerete un ago nella pelle. Non me ne frega niente».

«Maledizione», mormorò Ryder. «Kane, hai bisogno di questa medicina per stare meglio. Punto. Devi prenderla».

Guardai mio fratello e quando incrociammo gli occhi vidi che si accigliò perché aveva visto il terrore nei miei.

«Non un ago, Ryder. *Per favore.* Tutto tranne l'ago».

Mi sentivo gli occhi di tutti addosso, specialmente quelli di Aideen ma non riuscivo a guardarla.

Dominic si avvicinò al dottore. «Ha avuto… brutte esperienze con gli aghi in passato».

Il dottore corrugò la fronte. «Deve essere iniettata ogni giorno. Mi dispiace, deve prendere questa medicina o… morirà».

Le ragazze trattennero il respiro ma non mi importava. Non avrei permesso a nessuno di infilarmi un ago… mi rifiutavo.

«Lo faccio io», dichiarò all'improvviso Aideen.

Girai la testa e la guardai mentre lei guardava il dottore.

Lui la fissò. «Mi dispiace, ma non è il protocollo…».

Non aveva intenzione di cedere sul fatto di infilarmi un ago e io stavo per scappare. Mi mossi per scendere dal letto e uscire da quel maledetto ospedale quando Aideen mi venne vicino e mi prese la mano. Non le importava che fosse fradicia di sudore. La tenne stretta e mi guardò dritta negli occhi. Non riuscii a sostenere il suo sguardo; in testa avevo solo il pensiero di essere infilzato ripetutamente.

«Ehi», disse stringendomi la mano. «Guardami, Kane».

Riuscii a guardarla. «Non l'ago, ti prego», implorai.

Le si riempirono gli occhi di lacrime.

«Ti fidi che non ti farò male, vero?», disse con le lacrime che le sgorgavano. «Vero?».

Esitai. «Aideen… Non posso…».

«Ti fidi che non ti farò male, vero?», ripeté. «Vero?».

Volevo urlare.

«Sì, so che non mi farai male».

Mi posò una mano sulla guancia. «Allora lascia che ti aiuti. Permettimi di farlo, così non dovrai più pensarci. Sarà finita prima che tu possa rendertene conto. Non ti farò male, Kane, te lo prometto».

La guardai negli occhi e non ci vidi inganno o malignità. Vidi solo compassione per me. Non eravamo amici, neanche lontanamente. Litigavamo e ci davamo sui nervi ma voleva aiutarmi ed era l'unica persona che volevo che lo facesse.

Col respiro tremante dissi: «Ok».

«Bene», disse con un breve sorriso. «Ce la possiamo fare, ok? Io e te?»

«Io e te».

Tenni gli occhi incollati ai suoi così da non dover guardare cosa faceva con le mani.

«Le dia quel maledetto ago. Accetterà solo se sarà lei a farlo, quindi *glielo dia*», sibilò Dominic.

Mi isolai da tutti tranne che da Aideen. Sarei andato fuori di testa se avessi ascoltato quello che dicevano. Mi si fermò il cuore quando lei disse: «Chiudi gli occhi».

«Aideen, ti prego», dissi con un filo di voce. «Non mi trafiggere con quel coso».

Sembrò che mi volesse abbracciare ma non si mosse.

«Sentirai solo un pizzicotto nell'interno coscia, tutto qui».

Un pizzicotto. Potevo sopportalo. Speravo.

«Lo prometti?»

«Lo prometto, tesoro».

La guardai per un altro momento e poi senza dire niente riposi tutta la mia fiducia in lei e chiusi gli occhi. Passarono i secondi. Sentii le mani di Aideen sulla coscia dopo che mi scostarono la coperta. Mi concentrai sul suo tocco e sulla notte in cui c'era stato più di un semplice tocco. Ripensai a com'era nuda davanti a me, come il viso le si era trasfigurato dal piacere mentre mi muovevo dentro di lei e come si era accoccolata contro di me mentre dormiva. Ripensai a quella volta e mi chiesi se lo facesse anche lei.

«Fatto».

Aprii gli occhi quando Aideen parlò e rimasi a bocca aperta.

«Non ho sentito niente».

Sorrise. «Te l'avevo detto».

Mi sentivo pieno di gratitudine e prima di rendermene conto la stavo stritolando in un abbraccio.

«Tornerò più tardi per prendere un appuntamento per la prossima settimana. Vorrei parlare con lui e con tutti voi di ciò che c'è da aspettarsi con il diabete. Lo terremo qui stanotte e, se reagisce bene alle iniezioni, potrà tornare a casa domani».

I miei fratelli risposero al dottore ma li ignorai e mi dedicai ad Aideen.

«Stai bene?».

La strinsi. «Sì».

«Che diavolo è successo? Non l'ho mai visto così», disse Bronagh a Dominic.

Mio fratello guardò la ragazza e capii che sapeva che sarebbero finiti a litigare perché sospirò. «Non tocca a me spiegarlo, Bronagh. Se vuole, sarà Kane a dirtelo».

Non ci pensavo proprio.

«Non voglio dire niente perché non ne dobbiamo più parlare», dichiarai con durezza. «E non discuteremo più di iniezioni. Non lo rifarò, assolutamente».

La paura che mi aveva consumato al pensiero di farla era troppo da sopportare. Non potevo affrontarlo ogni giorno. Non ero abbastanza forte.

«Non è una cosa su cui discutere, Kane», iniziò Branna. «Devi fare le iniezioni. Le farò io per te...».

«No!», la interruppi. «*No*».

Ryder fermò Branna. «Smettila di insistere».

Lei lo guardò storto: «*Uno* di noi dovrà farlo. Altrimenti starà di nuovo male. È ciò che volete?».

Ryder non rispose; distolse semplicemente lo sguardo.

«Ha ragione lei, Ryder», commentò Bronagh. «Deve farle, non puoi trattarlo come un bambino».

Alec assunse un'espressione dura.

«Non lo stiamo trattando come un bambino, Bronagh! Vogliamo essere riguardosi. Non gli piacciono gli aghi, fine della storia».

«Ehi!», scattò Alannah verso di lui. «Non parlarle in quel modo!».

«Non gridare, Lana», sospirò Keela.

Alannah guardò storto anche lei. «Digli di lasciare in pace Bronagh, allora».

Mi venne voglia di battere i pugni contro il muro.

«Sarebbe di grande aiuto se smetteste di parlare di me come se fossi un invalido. *Riesco* a sentire ciò che state dicendo e sono ancora in grado di prendere decisioni che riguardano il mio corpo».

Branna andò dall'altra parte del letto e mi fissò. «Vuoi morire?», chiese bruscamente. «Perché è quello che accadrà se non prendi l'insulina tutti i giorni».

«Branna, cazzo, *smettila!*», urlò Ryder.

Aideen saltò dallo spavento e questo mi infastidì perché voleva dire che Ryder l'aveva spaventata e non volevo che avesse paura dei miei fratelli.

«No!», sbraitò Branna. «Io gli voglio bene, maledizione! Non voglio che stia di nuovo male!».

Ricominciarono tutti a parlare uno sopra all'altro, le coppie litigavano, le amiche si attaccavano.

«Kane?».

Guardai Aideen e mi irrigidii. «So che stai per dire».

«Cosa?»

«Kane, devi prendere l'insulina. Ti ammalerai se non lo fai», dissi imitandola.

Quando sorrise il cuore mi fece una capriola in petto.

«Sì, più o meno».

Deglutii. «Non uso gli aghi, Aideen».

Ryder passò davanti a Branna e si avvicinò. «Come possiamo farti fare le iniezioni di insulina?»

«Io. Non. Uso. Gli. Aghi», ripetei.
«Tu no, ma io sì», intervenne Aideen.
Silenzio.
«C... cosa?», balbettai. «Che vuoi dire?».
Si avvicinò e disse: «Ti farò io le iniezioni, ogni giorno. Me lo hai permesso una volta, me lo lascerai fare tutti i giorni?».
La fissarono tutti, poi sentii i loro sguardi spostarsi su di me in attesa di una risposta.
«Perché vuoi aiutarmi?».
Mi odiava.
Aideen fece un sorrisetto. «Mi piace litigare con te e ho bisogno che tu sia vivo per farlo, quindi credo che sia per puro egoismo. Fammi causa».
Qualcuno rise e la tensione nella stanza si allentò. Sorrisi.
«Aideen, grazie, ma io non...».
«Ehi», mi interruppe sorridendo. «Io e te?».
Mi chiedevo se sapesse quanto fossero ben radicate quelle parole nel mio cuore.
Feci un respiro profondo e dissi: «Io e te».
«È deciso».
La fissai a lungo. Ogni cellula della mia mente urlava che in qualsiasi modo si guardasse la situazione, mi avrebbero comunque infilzato con degli aghi e questo mi terrorizzava. Provai a rincuorarmi pensando che quando Aideen mi aveva fatto l'iniezione dieci minuti prima non avevo sentito niente una volta che mi ero concentrato solo su di lei. Mi dissi che, pensando solo a lei, magari sarei sopravvissuto alle iniezioni giornaliere. Se era lei a maneggiare l'ago, sapevo di essere in buone mani. Avevo quella paura radicata per via di Big Phil e mi vergognavo del fatto che avesse potere su di me anche se anni prima avevo giurato che non glielo avrei più permesso. Mi concentrai su Aideen e decisi che grazie a lei avrei vinto la paura e mi sarei liberato del controllo di Big Phil una volta per tutte.
«Be'», insistette. «Che ne dici?».
Non sapeva di aver appena intrecciato la sua vita con la mia e io intendevo fare in modo che durasse.
«Va bene, *bambolina*».

Capitolo sei

Ventisei anni

«Kane».

Guardai Ryder che guidava. Stavamo tornando a casa da un lavoro che nessuno dei due voleva fare. Mio fratello sembrava un uomo distrutto. Sapevo che mentire a Branna gli spezzava il cuore ma non aveva scelta. Mi dispiaceva per lui. Eravamo usciti dal giro da anni ormai, ma sfortunatamente il passato con Marco era tornato a perseguitare Ryder e lo aveva fatto mettere nei guai con i federali.

Gli avevano dato due opzioni: aiutarli a spiare Brandy Daley o essere processato per omicidio e, se fosse stato condannato, andare in prigione senza possibilità di appello. Avevano contattato solo lui, probabilmente per via dell'accordo che aveva fatto per tenerci al sicuro. Ci proteggeva sempre, proteggeva Branna e non proteggeva mai sé stesso.

«Sì?»

«Grazie per avermi aiutato oggi», disse con gli occhi fissi sulla strada. «È stata la prima e ultima volta che ho avuto bisogno del tuo aiuto con questa merda, te lo prometto».

«Non ti preoccupare. Ti aiuto».

«No», disse severo. «Questa è l'ultima volta. Stai per diventare padre e non permetteremo a quella parte della nostra vita di tornare».

Non gli risposi. Sembrava che si sentisse in colpa già abbastanza per aver chiesto il mio aiuto. Quando mi aveva chiamato quella mattina per dirmi che Brandy voleva che portasse a termine un affare a Wexford, sapevo che aveva bisogno di una spalla. Nessuno andava agli incontri per Brandy senza la protezione di qualcuno muscoloso. Ryder non si fidava degli uomini di Brandy e siccome in passato avevo picchiato gente, ero stata una scelta obbligata.

«È finita ora», dissi. «Con l'accordo hai fatto guadagnare a Brandy una barca di soldi. Non ci pensare più».

Era più facile a dirsi che a farsi ma mio fratello annuì. Guardai il telefono per la milionesima volta e con enorme fastidio vidi che era ancora morto. Anche quello di Ryder era scarico. Una volta parcheggiato nello spazio condominiale, uscimmo e salimmo da me. L'ascensore si aprì proprio nel momento in cui sentii la mia ragazza urlare. Ebbi un tuffo al cuore, corsi e feci irruzione nel mio appartamento sbattendo la porta contro il muro.

«Aideen!».

Branna urlò: «In camera da letto!».

Io e Ryder ci precipitammo nella stanza. Osservai la scena davanti a me. I miei tre fratelli erano bianchi come stracci, Aideen era immersa nella vasca per il parto nuda dalla vita in giù e Branna le stava accanto tenendole la mano. Mi concentrai su Aideen e ci misi un attimo a registrare quello che stava succedendo. Era in travaglio… e me lo stavo perdendo.

«Spogliati ed entra nella piscina con lei», mi ordinò Branna. «Ha bisogno di te».

Aideen urlò. «Dove cazzo sei stato?».

Non le risposi e lei prese due palle colorate e le strinse. Mentre si concentrava su quello, guardai i miei fratelli e chiesi: «Da quant'è che è in travaglio?»

«Da stamattina», rispose Dominic. «Abbiamo provato a chiamarvi».

Le sue parole ebbero l'effetto di un pugnale che mi veniva rigirato nel cuore. Mi spoglia in tutta fretta fino a rimanere in boxer e andai alla vasca. Entrai e mi misi a sedere. Aprii le gambe e mi sistemai dietro ad Aideen. L'afferrai per la vita e le stampai dei baci sul collo e sulla schiena.

«Sono qui, bambolina».

Cominciò a piangere e mi si spezzò il cuore. Sentii che era sollevata ora che ero arrivato e non potevo nemmeno immaginare quanto doveva essere stato spaventoso affrontare il travaglio da sola a chiedersi dove fossi e se sarei arrivato in tempo per veder nascere il nostro bambino.

«Mi dispiace», sussurrai e la baciai sulla testa. «Mi dispiace tanto».

Si girò e premette il viso contro il suo. «Non ce la faccio».

Sorrisi. «Di cosa parli? Ce la stai facendo, e ci stai riuscendo maledettamente bene».

«Diamine, è proprio vero», aggiunse Branna.

Intrecciai le dita con quelle di Aideen e non dissi nulla quando mi stritolò al punto che persi la sensibilità. Era un piccolo prezzo da pagare per la donna che stava patendo per mettere al mondo mio figlio. Era davvero coraggiosa. Non potevo nemmeno pensare di possedere un briciolo della sua forza.

«Dio, fa male!».

Si portò le nostre mani intrecciate sulla pancia e gridò dal dolore.

«Divarica le gambe più che puoi, tesoro, e appena sentirai un'altra contrazione spingi forte, va bene?».

Aideen mi strinse ancora di più la mano mentre ascoltava quello che le diceva Branna e faceva come le veniva detto. La contrazione successiva non ci mise molto ad arrivare e quando successe, Aideen fece esattamente come era stata istruita e spinse con tutte le sue forze. Quando urlò mi si gelò il sangue nelle vene. Non l'avevo mai sentita urlare in quel modo e mi spaventai. Lanciai un'occhiata ai miei fratelli. Dominic, Ryder e Damien osservavano con la bocca spalancata e Alec si copriva gli occhi con le mani e recitava il *Padre Nostro*.

Aideen non si accorse di nulla di tutto ciò.

«Branna», si lamentò. «Brucia».

Si appoggiò alla mia spalla in una pausa tra una contrazione e l'altra e io la baciai subito e le dissi quanto ero fiero di lei. Ansimava, sudava ed era consumata dal dolore.

«Spingi alla prossima contrazione, mi hai sentita? Spingi con tutta la forza che hai», disse Branna.

Per quasi trenta minuti fu esattamente quello che fece. Spinse come una forsennata. Mi ritrovai a desiderare di provare il suo dolore per darle un attimo di tregua.

«Vedo la testa, questo vuol dire che sta per nascere, Kane», sussurrò Branna. «Stai per avere la tua bambina».

Mi attanagliò la paura.

«Branna, aiutalo», la implorò probabilmente temendo che potessi far cadere la piccola per sbaglio.

«Sono pronto», dissi baciandole la spalla. «Ce la faccio, bambolina, fidati di me. Spingi più forte che puoi ancora una volta».

Aideen si sistemò in posizione accovacciata e io mi misi dietro di lei con le mani tra le sue cosce. Le premetti contro la sua vagina e sentii la testa. Sentii i capelli, tanti capelli e avvertii un groppo in gola. Era il mio bambino e la donna che amavo più della mia stessa vita lo stava mettendo al mondo. Mi sentii invadere da un'abbondanza di amore, adorazione e felicità e mi sentii fortunato come non mai.

I miei fratelli si misero ai lati di Branna e si allungarono verso Aideen che afferrò il braccio di Ryder e Alec per bilanciarsi. Il loro occhi guardavano solo il suo viso e il mio cuore era colmo di gioia sapendo che erano lì per un momento così speciale. Non avevo mai pensato che li avrei voluti lì quando la mia ragazza era mezza nuda, ma non c'era niente di sessuale in un parto.

Era una cosa bellissima, spaventosa e incredibile a cui assistere.

«Forza, Ado». Alec sorrise.

Annuì, fece un bel respiro e con tutta la forza che aveva spinse come se la sua vita fosse dipesa da quello. Spalancai di più gli occhi via via che il bambino usciva. Sentii le orecchie minuscole e poi le guance piene.

«Brava, bambolina», la incoraggiai. «Continua a spingere… continua a spingere».

«La testa è uscita completamente», urlò Branna pochi secondi dopo.

Aideen urlò e continuò a spingere. Dominic si spostò di lato per avere una visuale migliore. «Capelli scuri, un vero Slater». Tentò di dare il cinque a Damien, che però indicò i suoi capelli quasi bianchi, facendolo ridere e dire: «Colpa mia, fratello».

Aideen gridava forte mentre il bambino usciva dal suo corpo.

Sorrisi: «Le spalle sono uscite… il petto… il busto… il sedere… le gambe… e i piedi. Ce l'hai *fatta*, piccola».

Si chinò in avanti contro i miei fratelli che la sostenevano. Mi sistemai il bambino in braccio e con il cuore a mille guardai in mezzo alle cosce grassocce. Sbattei le palpebre tre volte prima di capire cosa stavo guardando.

«È un… *maschietto*!», annunciai. «È *decisamente* un maschietto».

Aideen trattenne il fiato e cercò di guardare ma non riuscì a girarsi perché ero dietro di lei e il cordone ombelicale era ancora attaccato.

«Sei sicuro?».

Branna aiutò con cautela Aideen a sedersi, si chinò sulla vasca e le alzò la gamba così da poter far passare sotto il cordone ombelicale in modo che lei o il bambino non si facessero male. Aideen girò la testa, guardò nostro figlio e scoppiò in lacrime. Sorrise ma solo per un momento.

«Branna. Perché non piange?»

«È normale, dagli un secondo», disse lei, per poi avvicinarsi e prendere il bambino dalle mie braccia senza chiedermi niente.

La felicità mi abbandonò e fui preso da una paura travolgente mentre guardavo mio figlio e desideravo che piangesse.

«Oh, ti prego», urlò Aideen in preda al panico. «Per favore, fallo piangere».

Cercò di tirarsi su quindi le afferrai la spalla per tenerla ferma. Mi spinse via le mani e cercò di avvicinarsi a Branna ma non glielo permisi. Branna aveva bisogno di concentrazione e Aideen si sarebbe potuta fare male quindi la abbracciai e la tenni stretta a me.

«Andiamo, piccolo», disse con voce dolce al bambino mentre lo puliva con uno dei nostri asciugamani. «Facci sentire come piangi».

Il tempo rallentò e ogni secondo sembrò un'ora finché... magia. Il vagito più forte che possiate immaginare riempì il mio appartamento e fu il suono più bello che avessi mai sentito in tutta la mia vita. Aideen pianse sollevata e anch'io. Premetti il viso contro i capelli di Aideen e ringraziai Dio in silenzio di aver aiutato mio figlio.

«Piccolo marmocchio», disse Branna ridendo con le lacrime agli occhi mentre finiva di pulirgli il viso. «Hai fatto spaventare mamma e papà».

«E anche i tuoi fottuti zii», affermò Alec prima di chinarsi in avanti, mettersi le mani sulle ginocchia e respirare con affanno, come se avesse corso una maratona.

Branna si avvicinò a noi e si chinò. Adagiò, delicatamente, il bambino tra le braccia di Aideen. Le ragazze sistemarono la maglietta fino a che il bambino si ritrovò sotto e si appoggiò sul petto della madre. Aideen lo mosse per guardargli in mezzo alle gambe.

«È un maschietto», disse piangendo di felicità. «Abbiamo un figlio».

Li abbracciai e le baciai una guancia. «Grazie, piccola».

«Per cosa?», disse tirando su col naso e girandosi a guardarmi.

«Per avermi dato lui», risposi e la baciai sulle labbra.

Aideen appoggiò la fronte sulla mia e poi guardammo entrambi il bambino che cominciò a piangere.

«Shhh», disse piano mentre lo cullava. «C'è mamma qui».

Il cuore mi scoppiava dalla felicità in quel momento. Ero un padre e la mia ragazza era una madre.

«È identico a te, Kane», commentò Branna commossa.

«Per niente», mormorai con gli occhi fissi su nostro figlio. «È bellissimo, è uguale a Aideen».

Gli guardai il viso. Aveva un bellissimo naso a patata, guance paffute, una testa piena di capelli castano scuro e labbra rosee. Era bellissimo ed era nostro.

«Ti amo», sussurrò Aideen. «Ti amo *così* tanto, piccolo».

Mi rimisi dietro di lei. Le misi le mani intorno ai fianchi e trassi lei e il nostro bambino a me. Appoggiai la testa sulla spalla di Aideen e continuammo e guardare il nostro piccolo angelo. Avevamo aspettato così tanto per conoscerlo che una grossa parte di me ancora non ci credeva.

«Non posso crederci che l'abbiamo fatto noi», mormorò Aideen. «È perfetto».

«Sì».

Aideen si appoggiò a me mentre Branna prendeva la borsa medica. La vidi avvicinarsi alla vasca ma non dissi niente. In silenzio mise delle pinze sul cordone ombelicale e poi un secondo paio a cinque centimetri dalla pancia di mio figlio. Guardò il cordone e mi sorpresi a guardarlo anch'io. Controllò fino a che non si vedeva più il battito e una volta che l'ebbe appurato e confermato, prese un paio di forbici e me le porse con un sorriso.

«Taglia tra le pinze e le mie dita».

Indicò il punto esatto. Era più difficile di quanto credessi ma era un'esperienza che mi sarei ricordato per sempre.

«Probabilmente vorresti cavarmi gli occhi, ma posso prenderlo per qualche minuto? Lo asciugherò e lo vestirò per farlo stare al caldo».

Aideen la guardò e domandò: «Perché?».

Lei ridacchiò. «Devo aiutarti a espellere la placenta, piccola, e poi voglio pesarlo».

«Va bene», rispose con un sorriso e mise con cautela il bambino tra le braccia di Branna.

«Tornerà tra le tue braccia prima di quanto pensi».

Branna mise il piccolo sulla bilancia, pesava quattro chili e mezzo ed era lungo cinquantuno centimetri. Dopo averlo pesato lo pulì, gli mise un cappellino blu, lo avvolse in una coperta calda e lo mise nella culla. I miei fratelli si congratularono ed uscirono per lasciarci un po' di privacy. Nei dieci minuti successivi Aideen espulse la placenta.

«Fatto», annunciò Branna raccogliendo un ammasso di placenta e sangue che mise in una busta di plastica e sigillò. Si tolse i guanti, prese il bambino e lo restituì alla madre. Aideen tenne le braccia solevate per fare in modo che la coperta in cui era avvolto non toccasse l'acqua. Quanto sentii un piccolo scatto alzai la testa. Notai che Branna era uscita ed eravamo rimasti Aideen, nostro figlio e io.

«Per un attimo mi ero davvero spaventata».

«Anch'io, tesoro». Le baciai la spalla. «Il mio cuore si era fermato».

Il bambino si mise a piangere e Aideen rise quando dissi: «Amo il tuo pianto».

Lo guardò e chiese: «Non credi che il fumo inalato quella sera gli abbia fatto male, vero?»

«No. Guardalo; è sano come un pesce. Grande e tutto rosa».

Aveva il visino schiacciato contro il petto della madre e poi seguì l'istinto. Cercò di succhiare la sua pelle, perciò lei lo posizionò un po' nervosa sul seno. Mi avvicinai e sistemai il seno e il capezzolo vicino alla bocca del bambino. Cercammo la posizione per circa un minuto e dovemmo strofinare il capezzolo sulle labbra del bambino ma alla fine lui si attaccò e cominciò a succhiare.

«Ahi».

Mi preoccupai. «Tutto bene?».

Annuì ma continuò a sussultare. «Fa un po' male, ma va bene. Branna ha detto che è normale sentire un po' di dolore».

Appoggiai il viso accanto al suo e guardammo mio figlio che poppava per la prima volta. Sentii un leggero clic, ma non mi voltai. Avvertii dei movimenti, poi il suono di una cerniera catturò la mia attenzione. Alzai lo sguardo e vidi Branna che sorrideva con aria colpevole mentre metteva il telefono nella tasca della borsa.

«Scusate, era un momento troppo perfetto per non immortalarlo».

Sorrisi e abbassai di nuovo lo sguardo su mio figlio.

«Come vanno le cose?», sussurrò lei.

«Benissimo».

«Branna», mormorai. «Si è attaccato al seno».

«Fantastico», commentò sorridendo e avvicinandosi. «Ti senti bene, Aideen?».

Aideen annuì. Guardai il bambino e vidi che si era staccato e faceva schioccare le labbra un paio di volte prima di addormentarsi stordito tra le braccia di sua madre.

«Il sapore del tuo colostro deve essere buono», ridacchiai. «Guardalo».

Gli accarezzò il nasino con un dito. «Lo amo così tanto».

«Anch'io, bambolina».

«Mettilo nella culla», gli disse Branna, «così la tiriamo fuori dalla piscina. Voglio che sia asciutta e che indossi abiti caldi il prima possibile. Non voglio che si raffreddi; in questo momento è molto vulnerabile».

Mi misi subito in azione e uscii dalla vasca. Misi con estrema delicatezza nostro figlio nella culla che Aideen aveva sistemato accanto al letto. Tornai alla vasca e, con l'aiuto di Branna, facemmo alzare Aideen. Riusciva a camminare ma le faceva male, quindi sostenni gran parte del peso per alleviare un po' di fastidio. Branna andò a prendere una bacinella d'acqua calda e lavammo Aideen con una spugna. Fu una lavata veloce ma Aideen si sentì già meglio. L'avvolsi in un telo grande e lei si appoggiò a me mentre le accarezzavo gentilmente la schiena per asciugarla.

Mi asciugai in fretta, poi tirai fuori un paio di boxer puliti e dei pantaloni delle tuta. Aideen si distese sul letto così che Branna potesse controllare se c'erano segni di lacerazioni vaginali che, fui lieto di sentire, non c'erano. Aideen bofonchiò e si infilò una paio di impietosi mutandoni della nonna con tanto di maxi assorbente che mi fecero ridacchiare. Poi l'aiutai a mettersi un pigiama largo. Le porsi un elastico per capelli e la tenni per i fianchi mentre si faceva uno chignon. Erano azioni semplici e ordinarie ma le trovavo incredibilmente sexy e non avevo idea del perché.

Doveva essere per via della sua forza. Aveva appena spinto un essere umano fuori dal suo corpo e anche se era esausta, sembrava che potesse caricarsi tutto il mondo sulle spalle. Ero sconvolto. Voleva riposare un po' quindi l'aiutai a salire sul letto e le rimboccai le coperte. Sentii delle voci fuori, aprii la porta e vidi che ad aspettare in corridoio c'erano i miei fratelli, le loro ragazze e il padre e i fratelli di Aideen. Risi e scossi la testa.

Guardai la mia ragazza.

«Ti va di ricevere ospiti?».

Spalancò gli occhi. «Chi c'è?».

Sbuffò. «Tuo padre, tutti i tuoi fratelli, tutti i miei fratelli e tutte le ragazze».

Sorrise e annuì. «Certo che possono entrare. Hanno aspettato tanto quanto noi per vederlo».

Uscii e andai in salotto dove si erano spostati tutti. Gli uomini erano seduti o appoggiati al muro. Le ragazze avevano fatto mucchietto e parlavano alla velocità della luce con dei grossi sorrisi stampati in faccia.

«Kane!», squittì Bronagh quando mi vide. «Congratulazioni!».

Corse e si buttò su di me. L'afferrai proprio quando il suo petto sbatté contro il mio e la rimisi a terra facendo attenzione al pancione. La strinsi calorosamente e quando vidi che non mi lasciava andare mi accorsi che stava piangendo. Piangeva sempre la mia piccola balenottera. Gli ormoni la facevano impazzire.

«Le chiudi mai le cascate?»

«No», rispose con un sospiro.

Io e i miei fratelli ridemmo. Dominic era estremamente divertito. Lo osservai e vidi che guardava la sua ragazza con così tanto calore e amore che mi ritrovai ad abbracciarla di nuovo perché ero grato che fosse la persona che rendeva felice mio fratello.

«Sei padre!».

«Sono padre».

Quando mi lasciò andare, si mise sulle punte dei piedi e mi diede un bacione bagnato sulla guancia.

«Sono davvero felice per te e Aideen».

Si unirono tutti alle congratulazioni di Bronagh, i miei fratelli mi abbracciarono, quelli di Aideen fecero lo stesso e mi diedero delle pacche sulla spalla. Il padre di Aideen mi abbracciò più a lungo di tutti e mi ringraziò per rendere la figlia felice anche se io gli assicurai che era il contrario.

«Volete conoscere mio figlio?».

Mi risposero con degli urletti e dei sorrisi. Ridacchiai e condussi tutti in camera. Branna era china sul letto a vestire mio figlio mentre Aideen studiava attentamente ogni mossa per ricordarla in futuro.

«Oh, mio Dio», sussurrò Keela alla mia destra.

Guardammo in silenzio Branna che gli metteva una camiciola, poi una tutina blu, dei guantini e un maglioncino bianco. Gli sistemò il cappello e sorrise quando lui sbadigliò ed emise un versetto acuto. Guardai Ryder e vidi che non aveva occhi che per la sua ragazza. Osservava ogni sua mossa con tale intensità che mi stupii che la pelle di Branna non prendesse fuoco.

Ryder si portava molti demoni dentro per via di Brandy e i federali, ma quello che lo consumava di più era mentire alla sua ragazza. Sapevo di non poterle dire niente perché se le cose fossero andate male un suo coinvolgimento avrebbe avuto delle conseguenze spiacevoli. Lo sapeva e lo sapevo anch'io ma Branna non poteva saperlo. Mio fratello mi aveva confessato che la loro relazione era in crisi. Da quando era stato contattato dai federali non riusciva più a guardare la ragazza negli occhi, baciarla, abbracciarla o fare l'amore con lei perché si sentiva sporco a causa sei segreti. Aveva paura che lei lo avrebbe lasciato… e onestamente anch'io.

Mi girai verso Branna che sollevò mio figlio, lo baciò sulla guancia e lo mise tra le braccia trepidanti della madre. Aideen alzò lo sguardo sulla famiglia e, nonostante la stanchezza e il dolore, fece un gran sorriso. Mi mozzò il fiato e dovetti sforzarmi di rimanere fermo per non attraversare la stanza, prenderle il viso tra le mani e baciarla con passione.

«Aideen», mormorò Keela avvicinandosi al letto della sua migliore amica. «Ben fatto, tesoro».

Guardai Alec che fissava la ragazza che osservava mio figlio con così tanto amore da irradiarlo. Nello sguardo di mio fratello vidi amore e desiderio. Desiderio di avere un figlio tutto loro.

«È perfetto», sussurrò Keela con le lacrime che le solcavano le guance. «Davvero perfetto».

Aideen sorrise e disse a tutti che era d'accordo.

«Cara».

Aideen alzò lo sguardo sul padre che aveva parlato e gli fece un gran sorriso. «Ehi, nonno».

Keela si spostò davanti ad Alec che l'abbracciò, si chinò su di lei e le appoggiò il viso sulla spalla. Guardai il viso risoluto di mio suocero sciogliersi in lacrime. Si sedette sul letto vicino alla figlia e l'abbracciò.

«Ti somiglia davvero molto», mormorò. «È così bello. Sono orgoglioso di te. Anche la mamma lo sarebbe».

Le si riempirono gli occhi di lacrime mentre diceva: «Vuoi tenerlo?».

Il padre annuì e si alzò. Si chinò e prese piano il nipote portandoselo al petto con fare protettivo. Aideen si asciugò gli occhi con le dita mentre guardava il nonno e il nipote fare conoscenza. Per un momento pensai a mio padre e al fatto che si stesse perdendo quel momento ma poi mi ricordai che era un uomo crudele che non avrebbe amato mio figlio o nessuno dei nipoti.

Ero contento che il signor Collins fosse l'unico nonno che i miei figli avrebbero conosciuto.

«Ehi, amico», sussurrò con gli occhi umidi. «Sono tuo nonno».

Bastò questo per far scoppiare a piangere le ragazze, cosa che noi maschi trovammo divertente.

«Ben fatto, sorellina».

Aideen guardò il fratello maggiore, JJ, e gli fece cenno di avvicinarsi. Quando fu da lei, si abbassò e l'abbracciò così forte che ebbi paura che la rompesse. Gli altri fratelli lo seguirono. Gavin fu quello che la strinse più a lungo e le sussurrò qualcosa nell'orecchio facendola ridere.

«Come si chiama?», chiese Bronagh.

Aideen mi guardò e io scrollai le spalle. Avevamo parlato dei nomi sia da maschio che da femmina ma non ci eravamo trovati d'accordo su nessuno, quindi avevamo deciso di aspettare la nascita.

«Ancora nessuna idea».

Si misero tutti a ridere.

Poi Aideen abbracciò i miei fratelli; ringraziò e si scusò con

Dominic, Alec e Damien per il male che gli aveva fatto durante il travaglio. Loro le sorrisero e con un gesto le fecero capire che non c'era problema. Sapevo che erano felici di aver preso parte a un momento speciale.

Quando fu il loro turno, le ragazze piansero in maniera incontenibile, anche Alannah che di solito era la più brava a non far trapelare le emozioni. Ero divertito ma anche commosso perché sentivo che ogni persona in quella stanza amava mio figlio, Aideen e me. Li vidi innamorarsi di lui, e questo mi fece provare ancora più amore nei *loro* confronti.

Non so quanto ciascuno si intrattenne, ma nel momento in cui andarono tutti via, compresa Branna, dopo aver controllato madre e figlio ancora una volta, Aideen si addormentò quasi seduta. Aveva appena finito di allattare ed era tornata a letto quando all'improvviso fu colta da un pensiero. Mi guardò negli occhi mentre piegavo la vasca che avevo svuotato prima e mi paralizzai.

«Kane?»

«Mhmm?».

Sbatteva le palpebre per la stanchezza. «Dove sei stato tutto il giorno?».

Non mi mossi e non respirai.

«Kane?».

Sentii ogni muscolo contrarsi e fui pervaso dalla preoccupazione.

«Cosa c'è?», chiesi come se non avessi capito.

«Alec ti ha chiamato per ore, ha chiamato anche Ryder, ma nessuno di voi due ha risposto. Dove eravate?»

«Io sono stato in palestra per due ore».

«E per il resto del tempo?», chiese piano.

Rimisi la vasca nella scatola per fare qualcosa prima di girarmi a guardarla. L'immagine che avevo davanti era quella che avevo desiderato dopo che mi ero innamorato di Aideen e avevo aspettato che mio figlio le crescesse in grembo. Era la definizione di perfezione e sedeva sotto le coperte col bambino rannicchiato al seno.

«Ho aiutato Ryder a spostare… della roba».

Le si riempirono gli occhi di lacrime.

«Kane».

Feci un passo verso di lei. «Giuro che se avessi saputo che stavi per avere il bambino oggi non ti avrei mai lasciata da sola».

Alzò una mano. «Resta dove sei».

Volevo disobbedire ma non lo feci. Rimasi fermo.

Disse piano: «Stavate spostando droga o armi... non è vero?».

Aprii la bocca per dirle una bugia ma non uscì niente. Le lacrime le solcarono le guance e dovetti stringere i pugni per non andare da lei.

«Per favore, lasciami avvicinare».

Scosse il capo. «Sono stata tutto il giorno in travaglio... e tu stavi aiutando Ryder con quella robaccia».

Deglutii. «Io...».

«I tuoi *fratelli* mi hanno tenuta per mano, mi hanno sentita urlare e imprecare contro di loro, e hanno fatto di tutto per aiutarmi. Non si sono mai allontanati da me, per tutto il tempo. Erano spaventati a morte, ma ci sono stati per me».

«Aideen», sussurrai con le lacrime gli occhi.

Mi vergognavo e avevo bisogno che mi perdonasse per non esserci stato quando aveva bisogno di me.

«Ti sei quasi perso la sua nascita».

Non riuscivo più a sostenere il suo sguardo quindi abbassai la testa.

«Provo disgusto per me stesso per non essere stato qui tutto il tempo».

Anche lei. Lo sapevo.

«Cosa ti avevo detto?».

Alzai lo sguardo confuso.

«Ti avevo detto che non sarei rimasta con te se avessi continuato ad avere a che fare con quella vita».

Andai nel panico e mi sentii svenire.

«Ti prego», la implorai. «Ti prego, perdonami. Non lo farò più. Non aiuterò mai più Ryder. Giuro sulla mia vita».

Il viso di Aideen era inespressivo e mi fece paura.

«Credo che faresti bene ad andartene», disse con espressione severa.

Stava rompendo con me.

«Aideen», dissi annaspando e barcollando in avanti fino a posare un ginocchio sul letto. «Ti prego, ti scongiuro, *non* farlo».

Ti prego, non farmi questo, bambolina.

«Io non ho fatto niente, *tu* sì. Ti avevo chiesto, no, ti avevo *pregato*, diverse volte, di dirmi cosa stavate combinando tu e Ryder, e ti avevo scongiurato di non farti coinvolgere... ma tu mi hai completamente ignorata. Avevi detto che i suoi traffici non ti avrebbero allontanato da me, invece è stato proprio così. Ti sei quasi perso la nascita di tuo figlio per questo... ne è valsa la pena?».

No.

«Mi dispiace tanto», dissi piangendo. «Mi dispiace tanto, tesoro».

Aideen rimase impassibile e mi venne voglia di urlare.

«No, dispiace a *me*, Kane», disse scuotendo il capo. «Mi dispiace che siamo arrivati fino a questo punto. Credevo davvero che il tuo amore e il tuo rispetto per me sarebbero bastati per spingerti a fare la cosa giusta, ma a quanto pare non ne valgo la pena. Hai scelto qualcosa di pericoloso, illegale, e di non *apprezzarmi* abbastanza».

Abbassò lo sguardo sulla mano sinistra, si sfilò l'anello e lo buttò ai piedi del letto davanti a me. Guardai incredulo l'anello e poi Aideen con il cuore in gola. Mi stava lasciando. Mi stava lasciando sul serio.

«Ti prego, non lasciarmi», la implorai. Non mi importava che mi vedesse supplicare. «Morirei senza di te».

Guardò il bambino e deglutì.

«Se non mi metti al primo posto, perché non ci metti almeno tuo figlio?».

In preda al panico presi l'anello e salii sul letto fino a che i nostri visi non furono vicini.

«Ti prego, non farmi questo. Tu e quel bambino siete tutto quello che ho, te lo giuro».

Si accigliò ma vidi scattare qualcosa in lei. «Non so se è abbastanza per far funzionare le cose».

«Bambolina», dissi con affanno, prendendole il viso tra le mani. «Farò di tutto affinché le cose tra noi funzionino. Non voglio perdere tutto ciò per cui vivo. Te e nostro figlio. Non pensavo che fosse possibile amare due persone così come amo voi. Vi amo tanto da farmi male. Ti prego, non togliermi le mie ragioni di vita».

Si avvicinò con gli occhi pieni di lacrime.

«Giuri sulla *sua* vita che non avrai più a che fare con la tua vita passata?»

«Lo giuro». Annuii freneticamente. «Giuro su Dio».

Mi guardò a lungo prima di rispondere: «Va bene».

Riuscii a stento a credere a quello che aveva detto. Mi stava dando una seconda occasione quando entrambi sapevamo che non la meritavo. Crollai e appoggiai la fronte sulla sua. La baciai e quando sentii che ricambiava con passione, sentii una vampata di sollievo.

«Ti amo così tanto, cazzo».

Mi passò le braccia intorno al collo. «Ti amo anch'io, tesoro… adesso ridammi il mio anello».

Mi asciugai le lacrime prima di rimetterle l'anello al dito e baciarlo.

«Hai il mio cuore», mi disse guardandomi negli occhi. «Non dimenticarlo *mai*».

«Non lo dimenticherò. Mai e poi mai», le assicurai.

Mi baciò e la ricambiai con trasporto. Mi misi in fretta sotto le coperte e mi avvicinai il più possibile.

«Distenditi», dissi ansioso. «Devo abbracciarti».

L'aiutai a sistemarsi prima di sdraiarmi accanto al suo corpo esausto.

«Bambolina?».

Si rannicchiò contro di me e mormorò: «Sì?»

«Te lo dico sempre, ma davvero ti amo con tutto il cuore. Lo sai, vero?»

«Lo so, piccolo», disse piano. «Mi dispiace di averti detto quelle brutte cose, non avrei mai voluto ferirti o farti piangere».

«Avevi tutte le ragioni per essere arrabbiata con me. Mi sono quasi perso la nascita di nostro figlio per Ryder e le sue stupide commissioni».

Mise la mano sulla mia. «Non parliamone più. Adesso è finita e hai preso la tua decisione. Sei riuscito a tornare per vederlo nascere, ed è tutto quello che conta».

L'abbracciai e portai la mano sulla pancia più piccola ma ancora bella tonda.

«È tutta flaccida».

Ridacchiai.

«È una strana sensazione non trovare la tua pancia enorme e dura. Sento ancora una sporgenza, più piccola, ma Branna ha detto che andrà via tra pochi giorni, quando l'utero inizierà il processo di rimpicciolimento e tornerà alle dimensioni normali».

Mi guardò da sopra la spalla. «Hai parlato con lei di cose del genere?»

«Sempre», annuii. «Voglio sapere cosa ti sta succedendo».

Sorrise e tornò a guardare nostro figlio nella culla.

«Come lo chiamiamo?».

Sospirai. «Non lo so, che nome ti piace?»

«Mi prometti di non ridere?». Le risposi con una strizzatina. «Jax».

Infransi la promessa silenziosa e scoppiai a ridere.

«Ehi».

«Scusa».

Sospirò. «Non ti piace».

«In realtà sì. Stavo solo pensando a come Jax Teller abbia finito per farci mettere insieme quel giorno a casa di Branna e Ryder».

Ridacchiò. «Con Jax Teller tutto è possibile».

Sorrisi.

Kane ridacchiò. «Jax Slater… suona bene».

«Jax Slater», ripeté. «Mi piace moltissimo».

«Allora abbiamo deciso per Jax?»

«Sì», annuì. E poi chiese: «Ma quale potrebbe essere il suo secondo nome?»

«Pensavo che il suo secondo nome potrebbe essere quello di tuo padre».

Rimase senza fiato. «Davvero?»

«Certo. Tuo padre è fantastico, e lo sguardo carico di ammirazione che rivolge a te e a Jax mi riempie il cuore. È un brav'uomo, e sarà un bravissimo nonnino».

«Nonnino. Che bello, mi piace».

Ero euforico. «Quindi, il suo nome è Jax Daniel Slater?»

«Sì! Aspetta, Jax Daniel... suona come il Jack Daniel's».

Lo ripetei sottovoce accorgendomi che suonava uguale e risi.

«Ormai non possiamo cambiarlo, ci siamo già messi d'accordo».

Aideen rise silenziosamente. «Mio padre sarà davvero entusiasta».

Mi issai sul gomito e mi allungai per guardare la culla.

«Ti amo, Jax».

Abbassai lo sguardo su Aideen che si era girata a pancia in su e mi guardava.

«Io e te?»

«Io e te».

Sorridermi fu l'ultima cosa che fece prima di addormentarsi tra le mie braccia. La tenni stretta a me per molto tempo. La guardai travolto dall'amore che provavo per lei e stupito dalla forza e la pazienza con cui aveva messo al modo nostro figlio. Guardai il piccolo e sorrisi quando fece una faccina buffa nel sonno. Mi sdraiai accanto ad Aideen, l'abbracciai e sospirai felice sapendo che avevo la mia famiglia e loro avevano me. Mi addormentai consapevole che la mia ragazza e mio figlio erano tutto quello che mi serviva e che ero l'uomo più fortunato della terra.

Capitolo sette

Presente

«Zio?».

Guardai da sopra la spalla e vidi Georgie entrare in cucina.

«Tesoro». Sorrisi e aprii le braccia mentre si avvicinava a me. «Non sapevo che venissi».

Mi circondò la vita e mi diede una stretta forte che ricambiai prima che si staccasse.

«Sono venuta per parlare con Jax», disse abbassando la testa. «Abbiamo litigato prima e ho detto una cosa che non volevo dire, perciò sono venuta a scusarmi».

Ecco perché Jax era di cattivo umore. Dopo che era tornato da casa di mio fratello avevo capito che era successo qualcosa perché quando gli avevo chiesto se stesse bene non ne aveva voluto parlare. Sapevo che era ancora in imbarazzo per essere quasi stato beccato a fare sesso e probabilmente era scocciato per essere in punizione senza telefono e cellulare, ma mi era sembrato davvero triste e ora sapevo perché.

«È in camera sua, George».

Esitò. «E se non mi perdona?».

Misi su il bollitore, sapendo per esperienza che per quella conversazione ci sarebbe voluta una tazza di tè. Mia nipote era preoccupata per quello che doveva dire a mio figlio e volevo fare il possibile per allentare la tensione; altrimenti non ci sarebbe stata quantità di tè che potesse tenere.

«Perdonare cosa di preciso?».

Georgie si guardò i piedi. «Si è intromesso e ha raccontato ai miei genitori cose mie che non avrebbe dovuto dire e mi sono arrabbiata con lui. Si comporta sempre come se fosse molto più grande di me. Sono la seconda cugina, abbiamo solo pochi mesi di differenza ma mi tratta come se fossi la più piccola e oggi sono sbottata. Gli ho detto… gli ho detto che lo odiavo e quando mi ha chiesto di ritirarlo non l'ho fatto. Ora mi sento uno schifo perché non lo odio. Gli voglio un bene dell'anima ma non so se mi perdonerà. Sono stata cattiva con lui quindi non lo biasimerei se non volesse più parlarmi. L'espressione che ha fatto… l'ho ferito».

Wow, cavolo.

«Ascolta», dissi preparandole velocemente il tè con l'acqua che bolliva. «Vedo nei tuoi begli occhi verdi e sento nella tua voce che ti dispiace. La gente commette degli errori e quando si arrabbia dice cose che non pensa, soprattutto a quelli a cui vuole più bene. Jax ti adora, Georgie. Sei la sua ragazza numero uno. Ti perdonerà».

Conoscevo mio figlio e sapevo che non c'era niente che non avrebbe fatto per i suoi cugini, specialmente per Georgie. L'avrebbe perdonata per averlo ferito. Magari gliel'avrebbe fatta sudare un po' – per insegnarle la lezione – ma alla fine avrebbe accettato le sue scuse e ci sarebbe passato sopra.

«Grazie, zio». Sospirò e affondò nelle spalle mentre si sedeva al tavolo della cucina. «Oggi è stata una giornata terribile».

Annuii pienamente d'accordo.

«Ti garantisco che oggi finirà, quindi sta a te decidere se ti vuoi portare questa sensazione fino a domani o lasciarla qui e cominciare un nuovo giorno».

Alzò lo sguardo e sorrise. Era la copia della madre ma nel sorriso rividi mio fratello e quelle fossette sulle guance erano tutte di Dominic Slater.

«Sembri Alec quando fa il filosofo».

Sorrisi. «È vero però. Quando comincia a divagare sembra Yoda che sta passando una brutta giornata».

Rise, sollevò la tazza di tè, ci soffiò sopra, fece un sorso ed emise un mugolio.

«Mi piace che tu sappia quanto zucchero metterci».

«Ho imparato come tu e le tue zie prendete il tè molti anni fa. Ho capito in fretta come una buona tazza di tè può risolvere le situazioni più intricate».

Ridacchiò. «Ti ci vedo a preparare ad Aideen una tazza di tè per addolcirla».

«Beccato», dissi sedendomi davanti a lei. «Quindi hai intenzione di rimanere con me e tergiversare o vai a parlare con Jax?».

Mi lanciò un'occhiataccia. «Odio che tu sappia cosa sto facendo».

«Ragazzina», risi. «Sei la figlia di tua madre».

Si appoggiò allo schienale e sospirò prima di annuire; poi fece un altro sorso di tè e si alzò.

«Augurami buona fortuna», disse. «E se ci senti urlare, lasciaci litigare. Dobbiamo azzuffarci prima di fare pace. È un rito che faccio con tutti i cugini. Se senti troppo silenzio invece dovresti correre perché probabilmente ci stiamo strangolando a vicenda».

Sbuffai mentre lasciava la stanza con la schiena dritta e il mento sollevato.

«Buona fortuna», dissi. Ma non lo dicevo a lei, bensì a mio figlio.

Versai nel lavandino il tè rimasto, poi lavai la tazza e la misi ad asciugare sullo scolapiatti.

«Era Georgie?»

«Sì», risposi a mia moglie senza girarmi. «Lei e Jax hanno litigato ed è venuta a scusarsi».

«Mi domandavo perché avesse quel muso. Lo sapevo che quello che è successo stamattina non poteva averlo intristito così tanto».

Mi girai e appoggiai il sedere al ripiano. Guardai Aideen tirare fuori il latte di mandorla dal frigo e rimettere su il bollitore. Feci passare gli occhi su di lei, soffermandomi sul seno procace e il sedere tondo. Sorrisi quando fece schioccare la lingua. La guardai in viso e le dissi: «Sei attraente».

Ridacchiò. «Ma stai zitto».

Mi staccai dal piano, le andai dietro e le misi le mani sui fianchi.

«Costringimi».

Rise. «In altre parole, fingiamo di litigare fino a che non facciamo sesso».

«Praticamente».

Scosse la testa divertita. «I bambini sono a casa».

«Facciamo piano», le assicurai mordicchiandole il collo.

Mi guardò da sopra la spalla. «Quando mai facciamo sesso silenzioso?».

Mi interruppi e sorrisi. «Mai».

«Appunto. I ragazzi verrebbero e ti darebbero contro. Ti ricordi quando stavamo facendo sesso il mese scorso e Locke ha urlato da camera sua che avrebbe chiamato i servizi sociali per trauma emotivo?».

Sollevai la testa e risi. Il mio secondogenito disapprovava fortemente quando toccavo sua madre. Era il più mammone di tutti e portava il titolo con orgoglio.

«Mi accontenterò delle coccole, allora».

Aideen si girò e mi guardò.

«Che succede?».

Sorrisi. «Deve esserci un motivo per abbracciarti?»

«No, però è tutto il giorno che non tieni le mani a posto. Mi tocchi appena entro in una stanza… perché?».

Non mi ero reso conto di farlo.

«Non lo so», scrollai le spalle. «Prima ho ripensato al passato. Ho rivissuto le cose belle, quelle brutte e quelle tremende e immagino che nel subconscio volessi il tuo conforto».

Mi cinse la vita e mi guardò accigliata.

«Vuoi parlarmi di qualcosa?».

Scossi la testa. «Sono cose di cui abbiamo già parlato. È solo che non mi aspettavo di ripensare al passato».

Portò le mani sulle mie spalle e poi sul viso avvolgendomi le guance.

«Sei ancora l'uomo più coraggioso, forte e incredibile che abbia mai conosciuto», disse con l'amore e l'adorazione per me che le brillavano negli occhi. «Ogni mattina mi sveglio e ancora non ci credo che tu sia mio marito. Ti amo più di quanto possa esprimere. Ricordatelo sempre. D'accordo?».

Le risposi con un bacio, un bacio da far arricciare le dita dei piedi e mandare in confusione e che le provocò un piccolo gemito. L'abbracciai forte e feci scivolare le mani sulle curve che conoscevo molto bene. Amavo e proteggevo quella donna da anni e sapere che avevamo ancora tanti anni davanti a noi mi faceva amare ancora di più la mia vita. Aideen era la mia roccia, la madre dei miei figli e il motivo per cui il mio cuore batteva. Era il motivo di tutto ciò che di buono avevo nella vita e l'amavo.

«Ha due secondi per allontanarsi da mia madre, brav'uomo».

D'un tratto Aideen ridacchiò contro le mie labbra mentre io sospiravo e mi allontanavo da mia moglie per girarmi e lanciare un'occhiataccia a Locke.

«Abbiamo parlato dei palpeggiamenti in pubblico. Devono finire».

«Non siamo in pubblico. Siamo nella privacy della nostra casa».

«Una casa che condividete con cinque giovani affascinanti e molto impressionabili».

Aideen disse. «Ti ha fregato».

Locke sorrise perché lei gli aveva dato ragione; attraversò la stanza e le mise un braccio intorno alla spalla. A quindici anni era cinque centimetri più alto di lei e questo faceva sorridere me e innervosire mia moglie. Aideen gli passò un braccio intorno alla vita e l'abbracciò. Non facevamo favoritismi tra i ragazzi ma Locke era l'unico che permetteva alla madre di riempirlo di coccole e attenzioni quando voleva. Persino il più piccolo aveva messo un limite, ma Locke no. Adorava la sue attenzioni.

«Com'è andata la partita?»

«Abbiamo vinto. Ho fatto gol. Due volte».

Gli diedi il pugno perché i suoi gol erano belli.

Ci girammo verso la porta quando d'un tratto Beckett e Eli si precipitarono in cucina con le braccia aggrovigliate e i pugni in aria. Beckett aveva undici anni e Eli sette, e anche se stava cercando di trattenere il fratellino, il maggiore stava incontrando delle difficoltà. Eli era il piccoletto e, proprio per questo, cercava sempre di dimostrare che era forte e che non era, appunto, piccolo.

«Basta!», strillò Aideen. «Basta!».

Non si fermarono.

«Vostra madre ha detto "basta", quindi fermatevi!».

Mi ascoltarono all'istante. Si staccarono e si rimisero in piedi mentre Aideen correva da loro a coccolarli. Cercarono di allontanare le sue mani, ma quella volta non glielo permise. Locke scosse la testa perché quella sceneggiata era stata infantile ed ero d'accordo.

«Perché litigavate stavolta?».

I bambini si scambiarono un'occhiata, poi guardarono Aideen e dissero in coro: «Ha cominciato lui».

«Non è vero!», sibilò Eli. «Sei stato tu».

«Io?», protestò Beckett. «Sei venuto tu in camera mia a prenderlo».

«Perché è mio e me l'avevi preso tu».

«Preso cosa?», chiese Locke scocciato. «Di che state blaterando, idioti?»

«Bada a come parli», lo ammonii. Poi mi rivolsi agli altri due: «Rispondete».

«Stavo giocando a *Call of Duty* quando Eli è entrato e mi ha preso il controller di mano e si è arrabbiato quando l'ho rincorso. Mi prende sempre la roba e sono stufo».

Eli aprì la bocca pronto a replicare ma Aideen alzò una mano zittendolo prima che cominciasse a parlare.

«Quale controller?», chiese a Beckett. «Sii preciso».

«Quello blu che mi hai comprato l'altra settimana».

Eli spalancò gli occhi. «Gliene hai comprato uno blu?»

«Sì», rispose Aideen. «Quello nero si era rotto».

Eli arrossì e all'improvviso sembrò a disagio. «Non lo sapevo. Pensavo che avesse il mio blu».

«Non mi hai dato la possibilità di dirtelo. L'hai preso e sei corso via». Beckett lo guardò in cagnesco. «Come sempre. Non stai mai a sentire. Fai quello che ti pare e non ti succede niente perché sei il piccolo».

«Non sono piccolo!».

Gesù Cristo.

«Ora basta!», intervenni. «Eli, restituisci il controller a Beckett e la prossima volta parla prima di agire. E Beckett? Smetti di insinuare che lo trattiamo diversamente perché è il più piccolo. Sai che non è vero».

Beckett non mi guardò perché non era d'accordo con me.

«Va bene», disse.

«Okay». Eli sospirò. «Scusa, Beck».

«Non fa niente», borbottò, prese il controller e tornò in camera sua. Eli andò in cerca del suo controller con l'aiuto di Locke e io e mia moglie rimanemmo soli.

«Ce l'ha sempre con qualcuno».

Alzai un sopracciglio. «Chi?»

«Beckett. È sempre di malumore».

«Ha undici anni, è il figlio di mezzo. Probabilmente sente di essere svantaggiato».

Aideen annuì. «Forse hai ragione».

«Forse?».

Mi guardò. «Solo perché hai ragione la maggior parte del tempo non significa che tu abbia ragione ora. Non esagerare».

Mi portai le braccia al petto e sorrisi. «Keela passa stasera?»

«Probabilmente si fermerà mentre porta fuori quel bastardo ciccione».

Sbuffai. «Junior è un bravo...».

«Non osare fargli i complimenti. È maledetto, guarda chi era suo padre!».

«Quando Storm è morto hai pianto più di Keela, Alec e i bambini messi insieme», le ricordai. «Non hai pianto così tanto nemmeno quando qualche anno prima sono morti Tyson e Barbara. Ammettilo, volevi bene a Storm».

Con gli occhi ridotti a fessure mi avvertì: «Se lo dici a Keela o Alec ti uccido nel sonno».

Mi morsi l'interno della guancia per non ridere.

«Non ci penso nemmeno, bambolina».

«Comunque», sbuffò, «non importa come mi sento perché quella maledizione pende su di me».

Eccola che ricominciava.

«Non sono pazza, non guardarmi come se lo fossi. Storm mi odiava e ora suo figlio mi odia. Si spezzerà mai il cerchio?»

«Probabilmente no. La maledizione rimarrà a meno che qualcosa non la neutralizzi».

«Qualcosa tipo un sacrificio di sangue?». Alzò la testa. «Propongo Junior».

Risi. «La famiglia di Alec ti starebbe addosso come un'invasione di cavallette se ferissi il loro piccolo».

«Lo so», sospirò. «Dovrò convivere con la maledizione e odiare Junior quanto lui odia me».

«Sono dispiaciuto che tu debba soffrire», la presi in giro.

«Non esserlo», sorrise. «Mi piace litigare con lui e, sì, prima che tu lo dica, so che non litighiamo sul serio ma quando abbaia, nella mia testa so che mi sta insultando, quindi lo insulto anch'io così capisce che non può parlarmi in quel modo».

«Sei pazza». Risi e me la strinsi al petto. «Ma ti amo lo stesso».

«Ti amo anch'io, germinatore».

Sorrisi e la bacia sulla testa. Ne approfittai per tirare giù la spalla del maglione e vedere il tatuaggio che mi faceva ancora sorridere dopo tutti quegli anni.

«Ancora non riesco a credere che ti sia fatta tatuare il mio nome».

Si tirò indietro e disse: «Ami e godi del mio corpo, quindi è mio quanto tuo».

La baciai e ci separammo quando suonò il telefono in soggiorno. Gli squilli si interruppero e uno dei ragazzi urlò.

«Papà», urlò Jagger, il figlio numero quattro. «C'è zio Damien al telefono».

Sospirai. «Dio non vuole che resti solo con te».

«Quando andremo a letto avrai tutto il tempo che vuoi».

Sentii caldo e i jeans che si stringevano. «Non vedo l'ora».

Aideen rise e lasciò la stanza proprio mentre Georgie entrava come una furia.

«Georgie», la chiamò ma non si fermò.

«Lasciala stare», gridò Jax da camera sua. «È incazzata.

Abbiamo fatto pace ma poi si è arrabbiata un'altra volta. Non capirò mai le donne. Mai!».

«Tuo zio ha scritto *La Bibbia dell'Uomo* proprio per questo».

Guardai mia moglie. «Cosa ne sai della nostra Bibbia?».

Distolse lo sguardo. «Niente».

Sapeva qualcosa ma prima che glielo riuscissi a estorcere, Jagger urlò e mi ricordò che mio fratello era ancora in attesa al telefono. Mentre lasciavo la stanza diedi una pacca sul sedere a mia moglie facendola ridere. Entrai in salotto e trovai Jagger, di nove anni, disteso sul divano con il mio telefono all'orecchio a parlare con mio fratello. Jagger assomigliava molto a mia madre, ma aveva un cuore d'oro. I suoi capelli normalmente bianchi – Damien era orgoglioso che alcuni nipoti avessero i suoi capelli – quella settimana erano verde pisello. Da quando aveva scoperto che poteva tingersi i capelli di colori strambi e lavarli via con pochi shampoo, li aveva provati tutti. Non gli si vedeva il bianco naturale da mesi e, a essere sinceri, mi mancava.

«Ecco papà», disse al telefono. «Ci sentiamo dopo, zio. Ti voglio bene anch'io».

Sorrisi e presi il telefono che mi allungava mio figlio e mi sedetti sul divano. Jagger si spostò in modo da potersi appoggiare su di me mentre guardava una puntata dei *Pokémon*. Mi portai il telefono all'orecchio e dissi: «Che succede, fratellino?»

«Mi serve il tuo aiuto».

Mi irrigidii. «Che succede? Dove sei?»

«Sto bene», mi rassicurò. «È per via di Dominic. Jax ha spifferato che Georgie ha un ragazzo e che avevano in mente di fare sesso».

Ringraziai Dio in silenzio per essermi seduto perché d'un tratto mi sentii debole. Gli occhi puntarono all'ascensore in cui era sparita Georgie qualche minuto prima.

«Perché ci fa questo?», chiesi. «Era a casa mia e abbiamo parlato e non mi ha detto niente».

Damien sospirò. «Pensa di essere grande… Dominic è distrutto. Penso che potrebbe piangere e, se devo essere sincero, non è nemmeno la parte peggiore».

C'era una parte peggiore nella storia che un piccolo bastardo andava dietro a mia nipote? Per me era quella la parte peggiore.

«Cazzo, non dirmi che è incinta», lo avvisai con il cuore che mi martellava. «Potrei perdere la testa, Damien».

«Cazzo, no», rispose piano. «Il suo ragazzo è un Collins».

Maledizione. Questa era brutta.

«Dove siete?»

«Al Crough's. Dominic vuole sbronzarsi».

«Arrivo appena posso», dissi alzandomi. «Chiamo anche Alec e Ryder. Veniamo tutti».

«Ho già chiamato Alec. Tu pensa a Ryder e venite in fretta. Alec ci farà ubriacare più in fretta».

Riattaccai proprio mentre Aideen entrava. Dissi a Jagger di andare a giocare con i suoi fratelli per darci un momento di privacy.

«Che succede?».

Cominciai a fare avanti e indietro per la stanza.

«Georgie ha un ragazzo ed è tuo nipote! Ci credi? Quella piccola diavola veniva qui e non diceva nulla».

Aideen spalancò gli occhi e mi interruppi un attimo prima di spalancare i miei una volta capito.

«Lo sapevi!».

«Non ti arrabbiare».

«Non mi devo arrabbiare?», ripetei. «Sapevi che mia nipote ha un ragazzo e non me l'hai detto?»

«Nostra nipote», mi corresse. «E non te l'ho detto perché mi ha fatto promettere di non farlo fino a che non avesse trovato il coraggio di dirlo ai suoi genitori».

«Tu lo sapevi e Bronagh no? Buona fortuna ad affrontare l'argomento».

Aideen rabbrividì. «Ci penso io a Bronagh… chi ha fatto la spia?»

«Jax».

«Ho partorito quello spione», brontolò.

«Aideen».

«Che?»

«Quale nipote? Dame ha solo detto che era un Collins».
Sospirò. «Indie».
Il figlio maggiore di Gavin.
«Lo uccido», bofonchiai.
«Non lo farai».
Era vero. Non lo avrei ucciso ma dirlo mi faceva sentire meglio.
Mia moglie sbuffò. «Quanto è brutta? Sii sincero».
«Molto».
«Nico non l'ha presa molto bene, eh?»
«Dominic è in un bar e Dame dice che sarà bello che andato prima di un'ora».
Aideen fece una smorfia. «Vai a controllare che non si sbronzi perché se lo fa poi si metterà in testa di dare la caccia a mio nipote e ucciderlo».
«Ci penso io».
La baciai sulla guancia, urlai ai miei figli di comportarsi bene mentre non c'ero, presi chiavi e portafoglio e corsi fuori di casa con un solo pensiero in mente. Dovevo aiutare Dominic e trovare un modo per farli lasciare… in un modo che non avrebbe portato mia moglie a strapparmi le palle.
Dovevamo elaborare un piano.

Parte quarta
Ryder

Capitolo uno

Presente

L'urlo di Branna. Ecco quale fu la prima cosa che sentii mentre tornavo a casa dalla partita di calcio di mio figlio. Quel suono mi penetrò come una scarica di vetri rotti. I miei tre figli più piccoli erano con me: Alfie, di tredici anni, Creed di dieci e Israel di sette. Fecero un salto quando sentirono l'urlo e prima che potessi decidere coscientemente di correre, le mie gambe stavano già risalendo con impeto il vialetto di casa. Spalancai la porta e fui accolto dalle urla di Branna accompagnate dalle grida dei miei figli maggiori, i gemelli di quattordici anni Nixon e Jules.

Avevano lasciato il centro sportivo prima di noi perché la loro partita era già finita e non volevano venire ad accompagnare i figli di Alec a casa in macchina. Corsi in cucina e li trovai a lottare aggrovigliati sul pavimento. Nel tentativo di separarli Branna gli tirava dei bicchieri di acqua addosso come se fossero stati cani e gli gridava di fermarsi. Spostai lo sguardo da mia moglie ai mie figli e urlai: «Basta!».

Smisero di litigare quasi all'istante e si rimisero in piedi spingendosi a vicenda. Jules aveva un sopracciglio sanguinante e Nixon un labbro gonfio che era già diventato nero. Erano entrambi bagnati fradici ma sembravano non notarlo mentre si fulminavano a vicenda fino a che la madre non richiamò la loro attenzione.

«Siete dei violenti sciagurati!», urlò e li colpì con forza. «Come osate comportarvi da animali!».

I ragazzi alzarono le braccia ed evitarono facilmente la madre che dimenava le mani ma non era di lei che avevano paura; era di me. Mi avvicinai con loro che mi fissavano con gli occhi grigi e si irrigidirono nel momento in cui li raggiunsi. Li afferrai per la maglietta, li trascinai al tavolo della cucina e li scaraventai a sedere. Si lamentarono ma non si opposero.

«Siete entrambi in punizione», continuò Branna dietro di me mentre prendeva uno straccio per asciugare le pozze di acqua in terra. «Non uscirete più da questa casa e potete dire addio al cellulare».

I gemelli non dissero niente, si limitarono a guardarsi per cui li colpii sulla nuca.

«Papà!», sibilò Jules mentre Nixon diceva: «Ci fai male!».

«Bene», disse Branna. «Lo spero proprio perché vedere voi due che fate a botte fa male a me! Siete fratelli. Gemelli. Dovreste proteggervi a vicenda, non darvi contro!».

Jules guardò in direzione della madre e anche Nixon lo fece. Li guardai stringersi nella spalle e rendersi conto di quello che avevano fatto. I miei figli detestavano ferire la madre, ma i gemelli più di tutti. Le volevano molto bene e vederla così arrabbiata li faceva stare malissimo. Lo vedevo dall'espressione cupa che avevano entrambi sul viso.

«Mi dispiace, mamma», disse Jules mentre Nixon diceva: «Scusa, mamma».

Parlavano spesso all'unisono e ormai ci avevamo fatto l'abitudine.

«Le scuse non bastano!», sbottò Branna picchiando sul tavolo. «Ci avete pensato che potevate farvi seriamente male? Bastava una pugno nel punto giusto e sareste potuti morire».

Jules e Nixon si guardarono e mentre assimilavano le parole della madre la rabbia cominciò a svanire.

«Non riesco nemmeno a guardarvi. Sono stanca di voi due. Vi comportate come bambini!».

Branna uscì rabbiosa dalla stanza mandando via gli altri tre figli che stavano origliando dalla porta. Urgeva una doccia perché puzzavano tutti come dei porci tranne Alfie, che non era andato alla partita e aveva passato la giornata da Alec. Su ordine della madre salirono le scale e lei li seguì per preparare la vasca a Israel che ancora non si lavava da solo.

Guardai i gemelli e chiesi: «Vi è piaciuto ferire vostra madre?»

«Non dire stupidaggini», si imbronciò Jules. «Lo sai che non è vero».

«Quindi esattamente cosa pensavate che sarebbe successo a prendervi a pugni davanti a lei?»

«Non sapevamo che fosse a casa», rispose Nixon. «Pensavamo che fosse fuori e quando ci siamo resi conto che era a casa stavamo già litigando».

«A proposito», dissi. «Perché facevate a botte?»

«Perché lui», rispose Jules iroso, «non è mio fratello».

Nixon non rispose. Si limitò a guardare il tavolo.

«Non è tuo fratello?», ripetei. «Quindi c'è un altro motivo per cui siete gemelli identici?».

Nessuno dei due lo trovò divertente.

«Non mi importa se siamo gemelli e siamo uguali, lui per me non è nessuno. Nessuno».

Nixon fremette e non potevo dire di non aver sentito una fitta al cuore.

«Ti dispiace spiegarmi perché stai dicendo queste cattiverie?»

«Chiedilo a lui», ripose Jules con tono tagliente. «È lui che ha rovinato tutto».

Guardi Nixon in attesa.

Lui guardò il fratello e disse: «È stato un incidente».

«Stronzate», sbottò Jules. «Come hai fatto a baciare la mia ragazza per sbaglio?»

«Accidenti», rimasi scioccato. «Nixon, hai baciato la sua ragazza? Aspetta, Jules, tu hai una ragazza?»

«Non più perché è una troia!».

«È stato un incidente», ripeté Nixon. «Non è stata colpa di Avery».

«Spiegati», dissi.

«La nostra partita è finita venti minuti prima delle altre, ecco perché siamo tornati a casa a piedi invece di aspettarvi», cominciò Nixon. «Stavo aspettando Jules fuori quando

Avery, la sua ragazza, mi è venuta incontro di corsa. Mi è saltata addosso e prima che me ne rendessi conto mi ha baciato. Non ci ho capito niente per tre o quattro secondi e l'ho baciata anch'io e poi mi sono reso conto di chi era e cosa stava succedendo. L'ho allontanata e quando le ho detto che non ero Jules è sbiancata. Pensava che fossi lui e glielo si leggeva in faccia. Non riesce ancora a distinguerci. Mi ha implorato di non dirlo a Jules perché è stato un incidente ma noi non ci nascondiamo nulla quindi gliel'ho detto una volta arrivati a casa. Mi ha dato un pugno in faccia quindi l'ho colpito anch'io e a quel punto sei arrivato a casa e ci hai fermati».

Jules guardò il fratello e disse: «Perché non l'hai detto subito che lei pensava fossi me?»

«Ho cominciato dall'inizio ma tu mi hai colpito prima che potessi arrivare alla parte del malinteso».

Jules scosse la testa. «Nixon, da come l'hai detta sembrava che fosse reciproco».

«Perché mi hai tirato un pugno prima che potessi finire la frase e dirti che era stato un incidente», ribatté il fratello. «Sei sempre esagerato».

«Quindi non volevi baciare Avery?», insistette Jules.

«No, non volevo baciarla. Sta con te, non mi interessa in quel senso e anche se mi interessasse non farei mai niente. Dici che non sono tuo fratello ma non ci proverei mai con la tua ragazza. Mai. Mi fa imbestialire il fatto che tu mi abbia picchiato per una ragazza. Non mi hai nemmeno dato la possibilità di spiegarmi, Jules».

Nixon, che aveva ragione a essere arrabbiato, si alzò e uscì dalla cucina lasciando il fratello a guardarlo. Dopo un minuto di silenzio Jules mi guardò e disse: «Ho fatto un casino».

«Sì», ho detto. «Ma puoi rimediare, vatti a scusare».

«Papà, gli ho detto che per me non era nessuno». Deglutì. «Nixon ama il fatto che siamo gemelli. L'ha sempre fatto. Mi vuole più bene che a chiunque altro, persino Georgie… magari mi vuole bene allo stesso modo. Lei è la preferita di tutti».

Increspai le labbra. «Lo sa che era la rabbia a parlare».

«Sì», concordò, «ma non avrei dovuto dire che non era mio

fratello. Ha ragione, nessuna ragazza dovrebbe mettersi fra noi. Avrei dovuto ascoltarlo prima di scattare. So che Nix non mi avrebbe mai voluto ferire ma ho perso la testa quando ho pensato a lui che baciava Avery e ho dato di matto».

«A proposito di Avery», dissi. «Chi ti ha detto che potevi avere una ragazza?».

Jules spalancò gli occhi. «Non posso avere una ragazza... sul serio?»

«Hai quattordici anni».

«E quindi?», chiese. «Non è che facciamo niente di sessuale. Dai, mi ha permesso di baciarla la prima volta solo l'altro giorno e stiamo insieme da quattro mesi».

«Quattro mesi?», lo guardai. «Perché è la prima volta che lo sento dire?»

«Ehm... ecco... immagino perché sapevo che non saresti stato contento».

Ci puoi giurare.

«Ascoltami e ascoltami molto bene», dissi seriamente. «Il sesso è fuori questione fino a che non sarai adulto. Ora, detto questo, so che quando nei prossimi anni si presenterà l'occasione ignorerai i miei avvertimenti, ma se fai sesso sarà meglio che ti metta un preservativo o nemmeno Dio sarà in grado di aiutarti. Ti prenderò a calci se metti incinta una ragazza o ti prendi una malattia. È chiaro?».

Jules avvampò e disse: «Chiaro».

«Sono serio, Jules», dissi. «Bisogna essere responsabili quando si parla di sesso».

«Papà», mugugnò. «Ho capito e fidati, a giudicare dalla velocità con cui Avery vuole fare le cose sarò vergine fino ai trent'anni. Non ti devi proprio preoccupare per me».

Qualcosa nel cuore mi disse che potevo stare tranquillo, quindi annuii.

«Vatti a sciacquare gli occhi e poi parla con Nixon», gli consigliai. «Portagli del ghiaccio per il labbro. Digli quello che hai detto a me ed entro stasera avrete già fatto pace».

Jules annuì e poi disse: «La mamma sarà un ostacolo più difficile da superare».

Grugnii. «Ci penso io a lei. Tu va' a fare pace con Nixon».

Battemmo il pugno e Jules lasciò la stanza con il ghiaccio per il fratello. Andai a cercare mia moglie e dopo aver trovato Israel che giocava da solo nella vasca andai in camera e trovai Branna distesa sul letto con gli occhi chiusi.

«Giornata dura, mamma?».

Sbuffò. «È troppo tardi per dare i gemelli in adozione? Perché ci sto seriamente pensando».

Mi arrampicai accanto a lei sul letto ridacchiando. «Mi sa che siamo un po' in ritardo, non credi?».

Branna aprì gli occhi e mi guardò mentre mi sistemavo accanto a lei.

«Mi spaventano, Ryder». Si imbronciò. «Jules mi ha quasi colpito mentre cercavo di separarli. Hanno solo quattordici anni e sono già più grandi di me. Ti immagini quando faranno a pugni a vent'anni? Proverò comunque a fermarli e probabilmente mi ritroverò con il naso rotto».

«Questo non succederà mai perché gli spezzerò le ossa prima che abbiano l'occasione di romperle a te».

«Non sto scherzando». Scosse la testa. «Oggi per la prima volta non mi hanno ascoltata mentre litigavano e ho avuto paura, Ry. Ero da sola con loro e tutto quello a cui sono riuscita a pensare era buttargli acqua addosso».

Mi resi conto che stava piangendo, perciò la strinsi tra le mie braccia e la trassi a me.

«Ho parlato con entrambi e fidati se ti dicono che si sentono una merda. Vedrai che si scuseranno entro stasera».

Branna tirò su col naso. «Sono furiosa. Si sarebbero potuti fare davvero male».

«Lo so e lo sanno anche loro. C'è stato un equivoco per via di una ragazza ma Jules si sta scusando proprio ora con Nixon. Poi verranno da te».

Avevo appena finito di dirlo quando ci fu un leggero colpetto alla porta. Io e Branna guardammo verso la porta aperta e vedemmo i gemelli l'uno accanto all'altro, lo sguardo fisso sulla madre e l'espressione imbronciata identica. Il sopracciglio di Jules era pulito e aveva smesso di sanguinare. Nixon aveva ancora il labbro gonfio ma dopo aver tenuto il ghiaccio per qualche ora sarebbe migliorato.

«Mamma». Jules deglutì. «Ci dispiace molto di aver fatto a pugni, non volevamo farti arrabbiare».

«Sì». Annuì Nixon. «Abbiamo sbagliato. Non avremmo dovuto farlo. Ci dispiace tanto».

In quel momento, se non l'avessi saputo, avrei detto che i miei figli fossero i miei due fratelli gemelli. I capelli chiari li avevano presi da Damien e il modo di fare era tutto di Dominic. Mi somigliavano molto, così come i miei fratelli del resto, quindi in un certo senso assomigliavano anche a loro. Per un attimo rimasi sconcertato.

«Accetto le scuse ma mi avete davvero sconvolta. Oggi mi avete spaventata per la prima volta e la sensazione non mi è piaciuta per niente».

Non appena mia moglie pronunciò queste parole, i ragazzi spalancarono gli occhi. Entrarono nella stanza e salirono sul letto. Mi spinsero da una parte prendendo il mio posto e abbracciando Branna.

«Scusaci», disse Jules.

Nixon annuì. «Ti vogliamo bene mamma. Non ti feriremo mai più. Ci dispiace di averti fatta spaventare».

Branna li abbracciò mentre io stavo seduto sul bordo del letto ignorato da tutti.

«Avete fatto arrabbiare anche me, se volete potete abbracciarmi».

Branna ridacchiò facendo ridere i ragazzi che la lasciarono andare, mi guardarono e senza dire una parola mi si buttarono addosso cercando di immobilizzarmi al materasso. Ce la fecero quasi. Quasi. Rigirai Jules sulla schiena, cosa che trovò esilarante fino a che non gli buttai Nixon addosso e li tenni fermi mettendomi su di loro.

«Ammucchiata!».

Alzai lo sguardo e vidi Alfie e Creed, freschi di doccia e con i vestiti puliti, precipitarsi dentro la stanza, saltare sul letto e attaccarmi. Eravamo quattro contro uno e per qualche minuto stavo anche avendo la meglio fino a che Israel nudo e bagnato si unì e mi mise il sedere scivoloso in testa facendomi capitolare all'istante. I ragazzi e Branna, che stava riprendendo la bolgia col telefono, scoppiarono a ridere e io feci lo stesso.

«Abbiamo vinto», annunciò Israel saltando sul letto incurante di essere nudo come un verme. «Abbiamo battuto papà!».

Jules e Nixon gli diedero il cinque, Creed gli fece il solletico allo stomaco e Alfie, che si era alzato dal letto, se lo caricò in spalla, gli diede una pacca sul sedere e uscì dalla stanza con Branna che li seguiva per asciugarlo e vestirlo. Mi misi a sedere, mi asciugai il sudore dalla faccia, guardai i tre figli che erano rimasti e gli dissi: «Se lo dite ai vostri zii vi faccio un culo così».

Lasciarono la stanza ridendo per cui sapevo che glielo avrebbero detto e l'avrebbero fatto con una certa soddisfazione. Mi distesi, sorrisi e chiusi gli occhi. Amavo la mia vita, amavo ogni singolo aspetto... anche tutte le cose brutte che mi avevano portato fino a lì. Dopo anni passati a preoccuparmi e ad accollarmi la responsabilità di crescere i miei fratelli al posto dei miei genitori assenti, sapevo che se avessi dovuto rifarlo non avrei cambiato nulla.

Il mio passato mi aveva portato al mio futuro e per quanto il mio passato fosse stato un casino, lo avrei rivissuto mille volte per avere il mio futuro perché era il mio lieto fine.

Capitolo due

Sei anni

Il suono acuto del pianto di un bambino mi svegliò.

Aprii gli occhi, mi girai sulla schiena e rimasi in ascolto. Il pianto continuava e diventava sempre più forte. Mi misi su un fianco con un lamento e appoggiai le mani sulle orecchie per attutire il suono ma non funzionò. Lasciai cadere le mani, mi misi a sedere sul letto e urlai: «Mamma, Kane è sveglio!». Aspettai un suono che mi facesse capire che mi aveva sentito, ma nulla. Scostai la coperta calda e confortevole un po' imbronciato e scesi dal letto. Andai verso la porta della mia camera strofinandomi gli occhi e poi li socchiusi per vedere meglio perché la mia lucina da notte non era molto forte.

Aprii la porta e mi affacciai in corridoio. Era buio e l'unica luce che vedevo era quella della luna che filtrava attraverso le finestre. Deglutii e sentii il forte impulso di chiudere la porta e tornare a letto, ma quando il mio fratellino urlò mi si strinse il petto. Percorsi il corridoio fino alla camera dei miei genitori con le labbra tremanti e camminando a tentoni. La aprii senza bussare e dissi: «Mamma? Papà? Kane si è svegliato».

Nessuna risposta. Preoccupato trovai in fretta l'interruttore e lo premetti. Il letto era vuoto, perfettamente rifatto come se non fossero ancora andati a dormire. Spensi la luce, chiusi la porta e corsi dall'altro capo del corridoio in camera dei miei fratelli. Quando aprii la porta trovai la stanza completamente al buio e la cosa non andava bene. Ad Alec piaceva avere una lucina da notte come la mia. Aveva solo tre anni, era ancora piccolo, perciò ne aveva bisogno. A me piaceva averla... non che mi servisse.

«RyRy», singhiozzò Alec quando accesi la luce. «Kane è triste».

Spalancai gli occhi quando vidi le lacrime scorrere lungo le guance di Alec. Era accanto al lettino di Kane e cercava di salirci. Il piccolo di un anno piangeva così forte che faceva venire voglia di piangere pure a me.

«Va tutto bene», dissi andando di corsa da Alec e abbracciandolo. «Va tutto bene».

Mio fratello mi strinse così forte che mi fece un po' male, ma non potevo stare dietro a lui. Kane strillava così forte che avevo paura avesse qualcosa. Mi chinai su Alec, gli misi una mano sulla spalla e gli dissi: «Prendi il tuo orsacchiotto preferito e vatti a sedere sul letto, va bene?».

Glielo dovetti ridire tre volte perché capisse cosa volevo. Annuì tirando su col naso e fece quello che gli avevo chiesto. Spostai l'attenzione su Kane che stava disteso di lato e mi guardava con le lacrime che gli scendevano lungo le guance. Mi guardava negli occhi e sapevo che mi stava dicendo qualcosa ma non sapevo cosa.

«Ehi, piccolo», gli sorrisi. «Va tutto bene, RyRy è qui».

A Kane non fregava niente che ci fossi. Continuò a piangere e gridare e di conseguenza anche Alec lo faceva.

«Alec, va tutto bene», dissi con un nodo alla gola mentre cercavo di trattenere la lacrime. «Va tutto bene».

«Mamma», piangeva Alec. «Voglio la mamma».

Sapevo che non potevo cercarla per la casa perché non potevo lasciare da soli i miei fratelli mentre piangevano. Dovevo proteggerli e assicurarmi che stessero bene anche se avevo così paura che mi tremavano le mani. Spostai lo sguardo da Alec a Kane. Provai ad abbassare il paracolpi ma non ero abbastanza forte e a quel punto mi scesero delle lacrime. Feci del mio meglio per non piangere ma avevo paura. Non sapevo come fare a calmare i miei fratelli e volevo la mamma.

La volevo davvero tanto.

Guardai Kane e mi asciugai gli occhi. Era piccolo. Non riusciva nemmeno a camminare ancora e aveva bisogno del mio aiuto. Io avevo sei anni, ero grande e dovevo occuparmi dei miei fratelli perché gli volevo bene e loro ne volevano a me. E quando si ama qualcuno bisogna prendersene cura. Era quello che diceva Barney il dinosauro, ecco perché sapevo che era vero.

«Arrivo, Kane».

Con tutta la forza che avevo presi il baule dei giochi di Alec e lo misi accanto al lettino, poi ci salii sopra. Saltai facendo leva sul paracolpi e caddi accanto a Kane. Il piccolino piangeva ancora ma quando mi sollevai e lo toccai si calmò un po'. Lo tirai su, il che fu duro perché cominciava a pesare. Lo abbracciai e lo bacia in faccia. Dargli i bacini mi fece sentire meglio. Me lo sistemai sulle gambe e gli sciugai le lacrime. Sentii l'odore del pannolino sporco e capii perché piangeva.

«Alec», chiamai mio fratello che stava seduto sul letto abbracciato all'orsacchiotto marrone e mi guardava. «Vieni ad aiutarmi. Prendi Kane quando te lo passo e tienilo fino a che non esco da qui».

Scese piano dal letto, abbassandosi fino a che non toccò per terra. Salì sul baule davanti al lettino e alzò le braccia in attesa che gli passassi Kane oltre il paracolpi. Feci fatica a sollevarlo ma seppi di esserci riuscito quando Alec sbuffò e disse: «L'ho preso».

Scavalcai velocemente e atterrai sul baule. Alec stava lottando con Kane; vedevo le sue braccine abbassarsi perché non riusciva più a tenerlo su, quindi lo presi subito e dissi ad Alec di tornare a letto. Portai Kane vicino al letto e ce lo misi sopra. Presi un pannolino pulito e delle salviette imbevute che avevo visto usare alla tata per pulire la schiena di Kane quando ancora lavorava da noi. Era qualche giorno che non veniva più. Di solito si occupava dei miei fratelli di notte ma la mamma l'aveva licenziata per aver fatto wrestling con mio padre, per cui mia madre si sarebbe dovuta prendere cura di Alec e Kane… Peccato che non ci fosse.

Tolsi a Kane il pigiama e dissi ad Alec di giocare con il fratellino così che non si muovesse mentre lo cambiavo. Alec avvicinò la faccia a quella di Kane e fece delle espressioni strane e dei suoni buffi. Alcune erano così buffe che Kane si mise a ridere. Risi anch'io... fino a che non gli tolsi il pannolino. L'odore era così cattivo che volevo rimettermi a piangere. Alec si lamentò per la puzza così presi di corsa due manciate di salviette e pulii il sedere e il pisellino di mio fratello.

C'era cacca ovunque... perfino nel solco tra le natiche. Dopo aver pulito per bene, presi una busta al profumo di frutta e ci misi le salviette e il pannolino sporco e poi la chiusi. La misi nel cestino apposito e tornai da Kane. Mettergli il pannolino pulito fu dura. Davvero dura. Mi ci vollero cinque tentativi e vari pannolini prima di capire come metterlo. Poi gli rimisi il pigiama perché era rimasto pulito. Sarebbe dovuto stare bene ma ricominciò a piangere e a quel punto andai nel panico perché non sapevo cosa fare.

«Ho fame». Sospirò Alec.

Cibo.

«Ecco», dissi guardando Alec. «Credo che abbia fame».

«Sono io che ho fame», ripeté.

Gli diedi l'orsacchiotto. «Tienilo e io vado a prendervi da mangiare, va bene?».

Spalancò gli occhi. «No, prendi Kane».

Lo guardai storto. «Alec...».

«No», sbottò e si nascose sotto le coperte.

Mi asciugai le lacrime che mi riempivano gli occhi. Ad Alec non piaceva rimanere da solo quando il fratellino piangeva. Lo spaventava e lo sapevo. Spaventava anche me ma non c'era nessuno ad aiutarmi quindi non potevo fare niente. Dovevo portarmelo dietro.

«Lo prendo io», dissi ad Alec. «Tu resta qui, va bene? Ti porto qualcosa da mangiare».

«Babbene».

Alec rimase sotto le coperte con l'orsacchiotto mentre sollevavo Kane dal letto e lo portavo fuori dalla stanza. Il piccolo piangeva con la testa appoggiata alla mia spalla e io tenevo le braccia ben salde intorno a lui. Il cuore mi batteva all'impazzata al pensiero che mi potesse scivolare. Ero terrorizzato di fargli male, ma avevo ancora più paura che mio padre lo scoprisse perché mi avrebbe di nuovo preso a calci. Lo faceva sempre quando era arrabbiato con me.

Sentii male allo stomaco al solo pensiero. Percorsi il corridoio al buio, scesi le scale e arrivai in cucina. Accesi la luce e a quel punto stavo piangendo con Kane. Volevo i miei genitori disperatamente ma non sapevo dove cercarli. C'era silenzio ovunque tranne per il pianto di Kane. Non erano a casa; lo sapevo.

Dovetti appoggiare mio fratello sul pavimento freddo per correre a prendere latte e yogurt dal frigo. Presi uno dei biberon vuoti, lo riempii di latte e lo misi nel microonde per qualche secondo. Ricordavo che una volta la tata lo scaldò troppo e ci volle un sacco per farlo freddare, per cui aprii lo sportello ogni cinque secondi per controllare la temperatura. Quando fu tiepido al punto giusto, tirai fuori il biberon e ci avvitati stretta la tettarella. Presi Kane e me lo strinsi al petto. Quando tornai in camera Alec era sempre sotto le coperte ma tirò fuori la testa quando sentì Kane piangere.

Misi velocemente Kane sul letto e poi ci salii anch'io. Me lo sistemai sulla gambe e gli misi il biberon sulle labbra. Strinse la mani intorno al biberon mentre beveva. Il sollievo che provai a non sentirlo più piangere mi fece singhiozzare e usai la mano libera per asciugarmi. Guardai Alec che staccava un vasetto di yogurt, lo apriva e usava il dito per mangiarlo perché mi ero scordato di portare un cucchiaio. Mangiò due vasetti prima di sedersi di nuovo e guardare Kane che beveva con l'occhio a mezz'asta.

«Kane è triste».

«Aveva fame e c'era da cambiargli il pannolino. Ora sta bene».

Almeno speravo.

Alec si imbronciò. «Tu sei triste».

Mi guardava le guance dove ero sicuro ci fossero tracce di lacrime.

«Sto bene». Feci un sorrisone per dimostrarglielo.

Alec mi fissò. «Ho paura. Voglio la mamma».

Deglutii. «Quando ti sveglierai la mamma sarà qui, d'accordo?».

Annuì senza aggiungere altro. Spostai lo sguardo da lui, a Kane, alla stanza. Non sarei riuscito a dormire sapendo che erano soli, quindi guardai di nuovo mio fratello e dissi: «Prendi gli altri yogurt e vieni con me. Stanotte dormiamo in camera mia».

Siccome Alec era piccolo, di solito dovevo ripetergli le cose più volte prima che capisse, ma questa volta non ce ne fu bisogno. Con Kane in braccio cercando di ignorare la fatica e Alec che si teneva stretto ai pantaloni del pigiama, percorsi il corridoio buio fino in camera mia. Alec corse sul letto e si rintanò sotto le coperte. Chiusi la porta sorridendo e lo raggiunsi con Kane. Dopo che aveva finito il biberon gli diedi dello yogurt fino a che gli occhi gli si riempirono di sonno. Gli asciugai la faccia con la manica del pigiama, lo sistemai sotto le coperte tra me e Alec che dormiva già e li guardai a lungo.

Girai la testa e guardai la porta della camera quando all'improvviso sentii delle voci. I suoni erano deboli ma si fecero più forti quando i passi superarono la mia porta. Sapevo che le risate appartenevano ai miei genitori e aspettai che andassero in camera a controllare i miei fratelli, invece sentii la porta della loro camera aprirsi e chiudersi e provai un dolore al petto. Sarebbero dovuti andare a controllare i miei fratelli, accorgersi che non c'erano e poi correre in camera mia a vedere se fossero con me… ma non lo fecero.

Guardai i miei fratelli con le lacrime che mi sgorgavano di nuovo. Mamma e papà erano cattivissimi con me e a volte anche con loro, ma avrebbero dovuto prendersi cura di noi. Eppure non lo facevano, quindi quella sera fui io che mi dovetti occupare dei miei fratelli e a loro non importava tanto da non controllare nemmeno se stavano bene. Avevano riso ed erano andati a letto come se niente fosse. A me importava però. Tenevo ai miei fratelli più che a chiunque altro… persino più che a mia madre. Erano piccoli e avevano bisogno di amore e protezione, e se non gliel'avessero dati i miei genitori, l'avrei fatto io.

«Mi prenderò sempre cura di voi», giurai mentre guardavo le loro faccine addormentate. «Ve lo prometto».

Capitolo tre

Diciotto anni

Sobbalzai quando sentii una botta fragorosa alla porta della camera. Damien, il mio fratellino di otto anni, continuò a dormire pacificamente accanto a me indisturbato dal rumore. Russava con la bocca aperta e aveva un rivolo di bava sul mento. Sollevai la coperta per vedere se si fosse fatto la pipì addosso e sentii la faccia aprirsi in un sorriso quando notai che era asciutto. Era la quarta notte di fila e appena si fosse svegliato mi sarei congratulato con lui.

Il suo gemello Dominic, al contrario, non soffriva di incubi notturni che lo portavano a non avere il controllo sulla vescica. Ma non era colpa di Damien; lui era molto sensibile in confronto a Dominic o ai nostri fratelli. Si spaventava facilmente e quando succedeva cercava attenzioni. Non mi dispiaceva che si infilasse nel mio letto durante la notte perché sapevo che aveva bisogno di consolazione. Siccome non ne riceveva mai dai miei genitori, nonostante ci provasse, alla fine veniva sempre da me. Non voleva fare la figura del bambino davanti agli altri fratelli per cui la storia della pipì a letto era il nostro segreto.

Quando sentii un altro colpo spostai lo sguardo sulla porta. Scostai le coperte, uscii dal letto e mi avvicinai alla porta grattandomi il sedere. Aprii e quando vidi mio padre in piedi dall'altra parte rimasi a occhi spalancati.

«Cos'è successo?»

«Niente», rispose. «Ho un lavoro per te».

«Un lavoro?», ripetei.

Papà annuì ma prima di parlare guardò oltre la mia spalla e vide Damien nel mio letto. Socchiuse gli occhi, poi li riportò su di me e chiese: «Che ci fa nel tuo letto?»

«Sta male», mentii. «Stanotte ha vomitato quindi l'ho portato qui per tenerlo sotto controllo».

Se mio padre avesse saputo che Damien faceva la pipì a letto lo avrebbe picchiato fino a farlo urlare. L'avrebbe considerata una debolezza e avrebbe cercato di fargliela passare a suon di botte. L'avrebbe fatto anche se avesse saputo che Damien dormiva con me solo per starmi vicino. L'avrebbe picchiato anche per quello.

«Avrà l'influenza». Sorrise papà. «Alcuni di quelli a cui dà fastidio mentre sono di pattuglia ce l'hanno».

«Sì», lo assecondai. «Probabilmente. Starà meglio dopo un po' di riposo. Dominic russa quindi Damien non riesce a dormire; qui da me c'è silenzio».

Papà bofonchiò: «Cosa sei, Madre Teresa del cazzo?».

Mi irrigidii. «È mio fratello, non mi pesa prendermi cura di lui».

Sbuffò. «Vestiti e troviamoci in cortile tra cinque minuti».

Detto questo si girò e si allontanò nel corridoio. Non chiese se Damien stesse bene né andò a controllare di persona. Non mi sorprese visto che quell'uomo non aveva un briciolo di istinto paterno. Chiusi la porta, andai nel mio bagno privato e feci una doccia veloce. Una volta finito mi asciugai e mi vestii pesante. Era inverno e negli ultimi giorni aveva nevicato, quindi era meglio vestirsi a strati. Damien si svegliò mentre mi allacciavo gli stivali, si tirò su a sedere sul letto stropicciandosi gli occhi. Lo guardai e gli sorrisi; era troppo carino. Doveva tagliarsi i capelli, aveva dei ciuffi lunghi che gli andavano da tutte le parti dandogli l'aspetto di un pazzo.

«Buongiorno dormiglione».

Sbadigliò. «Buongiorno».

Fece schioccare un paio di volte le labbra prima di aprire del tutto gli occhi e poi andò di corsa a toccarsi i pantaloni. Mi guardò con un sorriso a trentadue denti. «Non ho bagnato il letto».

Feci un urletto, mi alzai in piedi e gli saltai addosso. Stava ridendo così forte che aveva smesso di fare rumore e questo mi faceva divertire un sacco.

«Stai andando bene», dissi arruffandogli i capelli già spettinati.

Damien si appoggiò al mio cuscino con un sorriso. «Perché sei vestito?».

Guardai i vestiti e poi di nuovo mio fratello e risposi: «Papà ha un lavoro per me».

Damien corrugò la fronte. «Che tipo di lavoro?»

«Non lo so», risposi. «Devo raggiungerlo in cortile e lo scoprirò».

Mio fratello sbadigliò di nuovo. «Torno in camera mia allora. Dominic starà ancora dormendo e giocherò alla PlayStation fino a che non si sveglia».

Battemmo il pugno. «Ci vediamo dopo, va bene?».

Mentre lasciavamo la stanza Damien disse: «Grazie per avermi fatto dormire di nuovo con te».

Mi accovacciai davanti a lui e dissi: «Piccolo, mi piace accoccolarmi con te quindi non mi scoccia che tu voglia dormire con me quando hai paura. Non fartene un problema, d'accordo?».

Damien sorrise e le fossette gli increspardno le guance piene. «D'accordo. Ti voglio bene, Ry».

«Ti voglio bene anch'io».

Lo guardai girare e correre lungo il corridoio. Mi tirai su quando entrò in camera e chiuse la porta dietro di sé. Mi voltai, scesi giù e uscii in cortile prendendo il cappotto dall'appendiabiti mentre passavo. Lo chiusi e misi le mani in tasca perché si gelava. Vedevo il respiro condensarsi davanti alla bocca. Seguii le voci e trovai mio padre che parlava con un paio di sconosciuti. Tossii per annunciare la mia presenza.

L'ultima cosa che mi serviva era ascoltare qualcosa che non avrei dovuto.

Mio padre si voltò, mi vide e fece cenno di avvicinarmi. Quando li raggiunsi mi buttò un braccio intorno alla spalla e disse agli uomini che non avevo mai visto prima: «Questo è mio figlio maggiore Ryder».

«Non serve certo il test del DNA», rise l'uomo con i capelli grigi alla mia destra. «È la tua fotocopia».

Lo stomaco mi si torse. Sapevo di assomigliargli e lo detestavo.

«Vediamo se ha lo stesso fiuto per gli affari».

Lo guardai e dissi: «Che significa?».

Sbuffò. «Voglio vedere quali sono le tua abilità così so dove assegnarti. Sei bravo con i numeri quindi sto pensando che le *run* facciano al caso tuo».

Soffocai l'istinto di chiudere gli occhi e sospirare. Una *run* era quando qualcuno portava avanti un affare di droga o armi. Negli anni avevo notato che mio padre mi stava addosso mettendomi davanti dei casi matematici per farmi indovinare l'introito ma non pensavo che avrebbe voluto che me ne occupassi di persona. Marco e mio padre pensavano solo ai soldi. Se pagavano per della merce volevano rivenderla per un buon profitto. Guadagnare di meno non era un'opzione e conoscevo uomini che negli anni erano scomparsi dopo affari andati male o a cui era stato sequestrato il carico dalla polizia.

«Posso parlarti?».

Mio padre annuì prima che ci allontanassimo dagli sconosciuti.

«Che c'è?».

Mi schiarii la gola. «Cosa farò esattamente? Non… non voglio sbagliare quindi parla chiaro».

Non volevo gestire un affare o parteciparvi in alcun modo, ma se dovevo farlo volevo tutte le informazioni possibili per farlo bene. Sapevo che deludere mio padre non avrebbe giovato a me o ai miei fratelli. Dovevo colpirlo per non farlo arrabbiare e quindi dovevo fare bene il mio lavoro.

«Ecco il mio ragazzo». Papà sorrise e mi batté la mano sulla spalla. «È un affare piccolo visto che è la tua prima volta. Ho una decina di chili di eroina che voglio che tu venda». Mi porse un foglietto piegato. «Qui c'è scritto il peso, quanto l'ho pagata e a quanto voglio che tu la smerci. Meno di quello che c'è scritto sul foglio non è un buon lavoro. Capito?».

Deglutii ma annuii mentre leggevo il foglietto. Poi lo ripiegai e me lo misi in tasca. Aveva detto che era un affare piccolo ma dieci chili di eroina potevano fruttare più di un milione di dollari.

«Mi occuperà tutto il giorno?»

«No», ripose. «Starai via una settimana. Ci vuole tempo, lo sai».

Rimasi di stucco. «Ma... ma Damien è malato. Mi devo occupare di lui».

Non era malato ma gli incubi e la pipì a letto avrebbero potuto manifestarsi e se fosse successo avrebbe avuto bisogno di me.

«Devi occuparti di lui?», sbuffò papà. «Ryder, non è tuo».

Feci un passo indietro e guardai mio padre.

«È tanto mio quanto tuo, se non di più».

Papà rise. «Davvero? E perché dici così?»

«Perché mi occupo sempre di lui. E anche degli altri. L'ho sempre fatto».

«Stronzate, c'è stata la tata per la maggior pare della tua vita».

«La maggior parte della mia vita?», ripetei con una risata. «La mamma l'ha licenziata quando Kane aveva un anno perché te la scopavi e la mamma non ti aveva detto che potevi. Non abbiamo più avuto una tata da allora».

Papà mi agitò una mano davanti ignorando la verità.

«Ryder, Damien starà bene. Non ti preoccupare di quel marmocchio».

Preoccuparmi di Damien e dei miei fratelli era tutto quello che facevo.

«Non hai idea di cosa significhi preoccuparsi per loro», dissi con la mascella in tensione. «Non hai una cazzo di idea».

Papà sospirò e guardò l'orologio stanco di questa conversazione, ma io non avevo finito... nemmeno lontanamente.

«Ho cinque anni più di Kane ma mi sono sempre preso cura di lui. Mi ricordo che a sei anni dovetti andare in camera sua e di Alec perché piangeva e tu e la mamma non eravate a casa a badare a lui. Ero spaventato. Dovetti arrampicarmi nel suo lettino e poi riscendere perché non avevo abbastanza forza per abbassare il paracolpi». Gli occhi mi si riempirono di lacrime non versate. «Non sapevo come cambiare il pannolino quindi lo spogliai e lo pulii alla meno peggio con le salviette imbevute. Lo portai giù in cucina e lo appoggiai sul pavimento freddo mentre prendevo il latte e lo scaldavo nel microonde. Piansi tutto il tempo e anche Kane. Misi il latte nel biberon, presi Kane e lo portai in camera mia. Lo tenni in braccio fino a che non ebbe più fame, poi misi lui e Alec nel mio letto e rimasi con loro fino alla mattina. L'ho fatto un sacco di volte e anche con i gemelli. L'ho fatto io, tu mai».

Mio padre scosse la testa. «C'è un motivo per cui me lo stai dicendo?»

«Sono figli miei!», sibilai a bassa voce. «Te lo sto dicendo perché tu capisca una cosa. Sono stanco di te che li ignori come se non fossero niente. Valgono moltissimo e non partirò per fare il lavoro fino a che non sarò sicuro che qualcuno si prenderà cura di loro quando non ci sarò io a farlo di persona».

«Ryder», papà mi guardava fisso. «Sono i miei figli…».

«Sono miei!».

Mio padre alzò entrambe le sopracciglia. Non gli importava che stessi rivendicando i suoi figli come miei; era sorpreso che alzassi la voce con lui e questo mi fece imbestialire. Avrebbe dovuto lottare per i miei fratelli perché ne valeva la pena.

«Sono stato tutto quello che tu non sei mai stato per loro. Per me. Sono i miei fratelli ma sono io che li ho cresciuti. Se sono i figli di qualcuno sono i miei e se la pensi diversamente, vaffanculo. Mi sono stancato di comportarmi come il tuo cazzo di burattino. Se sono grande abbastanza da lavorare per te, allora sarà bene che cominci a trattarmi da uomo e rispettarmi o puoi andare a 'fanculo».

Calò il silenzio per qualche istante e poi mio padre parlò.

«Ryder». Tirò un sospiro lungo e profondo. «Se li vuoi puoi averli. Onestamente non me ne frega un cazzo. Quello che mi interessa è che contribuiate agli affari. È l'unica ragione per cui ho permesso a vostra madre di avervi. Volevo solo maschi per rafforzare il nostro impero. C'è un motivo per cui ha abortito la femmina di cui era rimasta incinta qualche anno dopo la nascita dei gemelli. Riesco a stento a sopportare tua madre, figuriamoci un'altra troia».

Sentii come se l'aria intorno a me fosse d'improvviso sparita. Non l'avevo mai saputo e ora volevo urlare e chiedere se fosse la verità. Avrei potuto avere una sorellina... ma me l'avevano negato, così come mi avevano negato di avere dei genitori decenti.

«Tu... tu hai controllato il sesso prima di decidere se saremmo nati o meno?»

«Sì», disse senza imbarazzo. «Come ho detto, volevo solo maschi. Le ragazze non mi servono a niente a meno che non lavorino».

Strinsi i pugni perché sapevamo entrambi che tipo di lavoro facevano le ragazze coinvolte negli affari di Marco e mio padre.

«Ascolta», dissi aspro. «Farò il lavoro e lo farò bene a patto che quando non ci sono qualcuno baderà ai miei fratelli».

Mio padre mi guardò per un lungo instante e poi disse: «Va bene».

Mi rilassai.

«Ora che questo è risolto, andiamo. Basta stronzate sui tuoi fratelli. Da ora in poi parleremo solo di affari».

Mi superò e tornò dagli sconosciuti che conversavano piano fino a che non li raggiunse. Sentivo il cuore che mi batteva a mille e avevo i palmi sudati, ma non mi importava perché avevo fatto una cosa che non avevo mai fatto prima... Avevo tenuto testa a mio padre. Avevo messo in chiaro che per me e i miei fratelli lui non era nessuno e che io ero il genitore che avrebbero dovuto avere.

Non gli interessava... ero certo che sarebbe stato così, ma ora sapeva che se mi voleva negli affari e se voleva che li portassi a termine si sarebbe dovuto assicurare che i miei fratelli stessero bene quando non c'ero. Per mio padre non significava nulla ma per me significava tutto. Una volta svolto bene questo lavoro i miei fratelli sarebbero stati più al sicuro. La loro sicurezza era tutto quello che contava per me e se significava dover trafficare in droga e armi... allora l'avrei fatto.

Capitolo quattro

Venticinque anni

«Ryder, che facciamo?».

Distolsi lo sguardo dal vetro ghiacciato e guardai Kane dicendo: «Quello che dobbiamo per tenere Damien al sicuro».

Kane deglutì ma annuì, concordando che la sicurezza di nostro fratello era la cosa più importante a discapito di tutto. Spostai lo sguardo su Alec e Dominic che, come noi, erano seduti su una sedia davanti a una grande scrivania di proprietà di Marco Miles. Quel pezzo di merda... aveva la mia famiglia proprio dove voleva. Da che ho memoria, Marco e quello stronzo di mio padre avevano istruito me e i miei fratelli per i loro affari. Lavoravo per loro da anni occupandomi di traffico di pistole, droga e, qualche volta, persone... quando il prezzo era giusto. Mi agitai sulla sedia sentendo lo stomaco che mi si contorceva dalla paura.

Un'ora prima Damien aveva fatto a pugni con Trent, il nipote di Marco. Damien era l'unico a piangere la morte dei nostri genitori e quando Trent lo aveva provocato a riguardo, nostro fratello era esploso dalla rabbia e lo aveva aggredito. La rissa era degenerata e in qualche modo Damien aveva messo le mani su una pistola e aveva sparato a Trent. Il medico lo aveva dichiarato morto poco dopo e io e i miei fratelli eravamo prigionieri.

«Ucciderà Damien», disse Dominic con le mani tremanti. «So che lo farà».

Anch'io avevo il terrore che succedesse ma mi sforzavo di fare un ragionamento logico.

«Uccidere Damien non gli servirà a niente», dissi con convinzione. «Marco è simile a papà sotto molti punti di vista. Non gli importa della famiglia, gli importa solo dei soldi. Se può trarre profitto dalla morte di Trent lo farà».

«Che intendi?», chiese Kane perplesso. «Come può farci dei soldi?».

Guardai avanti. «Lavoriamo per lui. Ripaghiamo il debito che dovrebbe pagare Damien per rimanere in vita».

«Tu però lavori già per Marco», fece notare Alec.

«Sì, ma penso che sapesse che non ero interessato a continuare dopo che mamma e papà sono morti. Le cose si sono messe bene per Marco; se accetta la nostra offerta siamo suoi fino a che non ripaghiamo il debito».

«Che cosa gli offriamo?», domandò Dominic. «E come sai che accetterà?».

Guardai il mio fratellino e gli diedi una pacca sulla spalla. «Gli offriremo di lavorare per lui e lui accetterà perché è un coglione avaro che ama i soldi».

I miei fratelli grugnirono in accordo.

«Gli faremo l'offerta solo se siete d'accordo», dissi guardandoli uno ad uno. «Non posso prendere questa decisione per voi».

«Ryder». Alec mi guardò. «Certo che siamo d'accordo. Se vuol dire che Damien sarà al sicuro lo facciamo. Fine».

Kane e Dominic annuirono al piano e mi guardarono come se fossi pazzo a suggerire altrimenti.

«Non posso credere che stia succedendo», dissi strofinandomi gli occhi. «Ce ne saremmo dovuti andare tra qualche settimana. Avevo organizzato tutto».

Ci avevo pensato in ogni momento da quanto erano morti i miei. L'unica cosa che tratteneva me, Alec e Kane sotto il giogo di mio padre erano i gemelli. Erano ancora minorenni e se li avessi portati via sapevo che papà ci avrebbe dato la caccia. Aspettavo che raggiungessero la maggiore età per potercene andare liberamente, ma le cose avevano subito un'accelerazione quando Marco aveva fatto uccidere i nostri genitori per aver provato a fregarlo. Avevo messo soldi da parte e stavamo per trasferirci in Canada. Li avrei portati fuori dagli Stati Uniti e lontano da Marco… poi era finito tutto nel cesso quando Damien aveva ucciso Trent.

«I piani sono cambiati». Kane mi richiamò alla realtà. «Ne faremo di nuovi».

Annuii e guardai verso la porta che si apriva. Marco entrò da solo e se la chiuse alle spalle. Sembrava piuttosto gioviale per uno a cui avevano appena ucciso il nipote e questo mi fece ribollire il sangue.

«Credo che dobbiamo parlare, ragazzi».

Si sedette dietro la scrivania, batté le mani e fece scorrere lo sguardo su ognuno dei miei fratelli fino a che arrivò a me. Per un lungo istante non disse nulla e mi ritrovai a giocherellare con l'anello che portavo al dito medio e che mio padre mi aveva dato quando avevo concluso il mio primo affare. Lo odiavo ma dovevo portarlo fino a che non mi fossi liberato di questa vita.

«Dov'è Damien?»

«A casa», risposi. «Non serve che ci sia».

Marco alzò un sopracciglio e si appoggiò allo schienale. «Ah no?»

«Ascolta». Mi portai in avanti. «Possiamo lasciar perdere le stronzate e passare agli affari. Nessuno di noi ha tempo per questo».

Marco, che sembrava estremamente interessato a quello che avevo da dire, mi diede il permesso di parlare con un cenno della mano.

«Sappiamo che quello che Damien ha fatto comporta un debito a vita ma invece di far pagare lui, io e i miei fratelli abbiamo deciso che lo pagheremo noi lavorando per te… se sei d'accordo, certo».

Trattenni il fiato mentre Marco elaborava quello che avevo detto.

«Fatemi capire bene». Marco inclinò la testa. «Voi quattro lavorate per me per ripagare il debito di Damien e in cambio lui non viene toccato?»

«Sì», dicemmo all'unisono.

«Perfetto», disse Marco quasi all'istante.

Sapevo che la mia proposta gli sarebbe piaciuta e che alla fine l'avrebbe accettata ma non pensavo che sarebbe stato così... facile da convincere.

«Per quanto tempo?», chiese Alec.

Marco lo guardò. «Per quanto tempo cosa?»

«Per quanto tempo lavoreremo per te?»

«Ecco», cominciò Marco, «Trent aveva un futuro promettente negli affari, ma ora che è morto perderò il profitto che mi avrebbe portato. Diciamo che quando raggiungerete almeno dieci milioni potremo discutere della conclusione dell'accordo».

Cazzo.

Facevo dei buoni profitti per Marco ma mi ci sarebbero voluti anni a tirare su dieci milioni. Trent non glieli avrebbe mai fatti guadagnare e Marco lo sapeva. Aveva sparato un numero a caso ma io non potevo controbattere e lo sapeva. Non quando c'era in gioco la vita di Damien.

«Insegnerò ai ragazzi come gestire i traffici e...».

«Non ce ne sarà bisogno», mi interruppe Marco. «Quello è il tuo campo, Ryder. Loro possono fare altri lavori per me».

Guardai i miei fratelli e poi Marco e dissi: «Tipo?»

«Lo scoprirete presto», rispose. «Ora devo occuparmi di altre scocciature grazie al tuo fratellino, quindi, prima di andarmene, voglio che sia chiaro che abbiamo un accordo. Voi quattro lavorate per me e Damien è salvo».

«Salvo e fuori da qualsiasi nuova operazione», incalzai. «Lavoriamo noi per te, non lui».

Marco annuì. «Bene, per me è un patto».

Lasciò il suo ufficio senza dire una parola e per un lungo istante rimanemmo seduti senza dire una parola mentre il silenzio ci avvolgeva. Ero sollevato che la vita di Damien non fosse più in pericolo ma sapevo fin troppo bene che lo sarebbe stata di nuovo se io o i miei fratelli non avessimo fatto un buon lavoro per Marco. Le preoccupazioni si accumulavano sulle mie spalle ma mi rifiutavo di mostrarlo. Dovevo essere forte per i miei fratelli; dovevo.

«Andiamo», dissi alzandomi. «Andiamo a casa a mangiare. Parleremo quando saremo soli con Damien».

Si alzarono e Dominic mi guardò e disse: «Andrà tutto bene, vero Ry?»

«Sì». Mi sforzai di sorridere. «Tutto bene, lo prometto».

Avrei fatto tutto quello che era in mio potere per mantenere la promessa perché se non l'avessi fatto avrebbe significato la fine della mia famiglia… e non l'avrei permesso. Non sarebbe successo.

Capitolo cinque

Ventotto anni

«C'è parecchia gente stasera», urlai a Damien mentre si lasciava cadere accanto a me.

Mio fratello annuì e appoggiò la testa allo schienale. «Kane vuole già andare a casa».

Sospirai. «Non siamo qui da tanto».

«Voleva andarsene ancora prima di arrivare». Damien scrollò le spalle. «Lo sai che non va d'accordo con i luoghi affollati».

Non avrebbe potuto dire una cosa più vera.

«Dov'è Dominic?»

«Si sta preparando per l'incontro», rispose mio fratello. «Alec e Kane sono con lui».

Feci cenno che avevo capito e poi alzai le sopracciglia quando Damien si rialzò. «Ora dove vai?»

«Sono inquieto per via di Dominic», rispose. «Devo trovare una ragazza e baciarla. Ci vediamo sotto al ring quando comincia».

Detto questo si allontanò facendomi ridere e lo persi di vista nella folla. Non mi alzai per andare a cercare Dominic. Se c'erano Alec e Kane sapevo che qualcuno si prendeva cura di lui. Guardai il telefono e lessi i messaggi. Sentii degli sguardi su di me, alzai gli occhi e notai due ragazze estremamente attraenti in piedi davanti al mio tavolo che mi guardavano fisso, quindi mi misi il telefono in tasca e gli rivolse attenzione completa. Quella con il seno stupendo si fece avanti e mi sorrise mentre la sua amica si mise dietro nascondendosi alla mia vista.

«Ehilà», urlò la ragazza sopra la musica assordante. «Sono Aideen e lei è Branna, pensavano che ti sarebbe piaciuto avere compagnia. Sembri un po' perso seduto lì tutto solo».

Alzai un sopracciglio e guardai Branna oltre la spalla di Aideen e fu chiaro a me e a Aideen che Branna non voleva farsi vedere da me. Aideen si girò imbronciata verso l'amica e la strattonò per farla uscire dal suo nascondiglio. Questa inciampò nella sua amica e cozzò il ginocchio contro il suo facendo una smorfia. Stava per chinarsi e massaggiare il ginocchio nudo ma quando si accorse che la stavo guardando si immobilizzò. I nostri sguardi si incrociarono e la vidi deglutire.

«Ciao», dissi proprio mentre la musica si abbassava un momento prima che attaccasse il pezzo successivo.

Mi salutò con la mano e disse: «Ehi».

Contrassi le labbra a quel gesto. Per quel che potevo vedere Branna era una da dieci, più che sexy, ma aggiungendo quel saluto dolce con la mano e il fatto di nascondersi dietro la sua amica, diventava la donna più attraente che avessi mai visto. Era nervosa ed era ovvio che mi avesse avvicinato solo perché la sua amica glielo aveva fatto fare e non era abituata. Le donne che ci provavano con me di solito trasudavano sicurezza e sex appeal mentre Branna, pur avendo decisamente sex appeal, non sembrava esserne consapevole.

«Ti va di sederti con me?».

Non disse niente; mi guardò e basta. Per un momento mi chiesi se avessi parlato a voce abbastanza alta da farmi sentire, ma Aideen all'improvviso diede una gomitata all'amica e rispose per lei. «Le piacerebbe tantissimo», disse entusiasta.

Mise una mano sulla schiena di Branna e la spinse dal lato del divanetto su cui ero seduto e non so perché ma oppose resistenza. Con gli occhi da cerbiatta e le labbra socchiuse, girò la testa verso Aideen e le disse qualcosa a fior di labbra che non riuscii a sentire. L'altra non le rispose. A dire il vero la ignorò completamente. La spinse ancora sul divanetto e Branna, per non cadere, dovette girarsi e mettersi seduta accanto a me. Non mi guardò, guardò solo l'amica e vidi il suo corpo irrigidirsi quando Aideen indietreggiò.

«Vado a prendere da bere per noi», annunciò. «Voi due fate conoscenza, non ci metterò molto».

Branna trattenne il fiato e si sedette dritta mentre cercava l'amica nella folla. Quando non riuscì a trovarla disse: «Oh mio Dio».

Sorrisi. Ero molto divertito, ma più che altro interessato. Era evidente che non voleva fare colpo su di me quindi non capivo perché non si alzasse e andasse via. Ma trovò il coraggio di guardarmi e si rilassò vedendo che sorridevo. Non sembrava spaventata, solo molto nervosa.

«Stai bene?».

Scosse la testa e disse: «Non sapevo che mi avrebbe abbandonata così. Mi dispiace tanto, venire qui è stata un'idea sua, non mia».

Me l'ero immaginato. «Sono contento che ci abbia pensato».

Branna sbarrò gli occhi. «Davvero?»

«Certo», risposi. «Altrimenti è probabile che non ti avrei mai vista. Nelle ultime settimane ho scoperto che questo club è sempre pieno zeppo da scoppiare. Sei una cosina minuscola; sarebbe stato facile mancarti nel mare di corpi. E quella sì che sarebbe stata una tragedia».

Il locale era illuminato a malapena ma vidi Branna diventare scarlatta.

«Tesoro, a vederti si direbbe che sto per mangiarti». Ridacchiai. «Non ti morderò. Promesso. Non ancora, almeno».

Dischiuse le labbra. Si schiarì la gola due volte e disse: «Scusa».

«Per cosa?».

Si grattò il collo. «Per quanto sono goffa».

«Non è goffaggine», dissi. «È inquietudine ed è ciò che non capisco».

Si spostò. «Cos'è che non capisci?».

Alzai un braccio e lo allungai sullo schienale dietro la sua testa prima di chinarmi su di lei. Aveva un odore buonissimo. Non so che profumo fosse ma mi faceva venire voglia di mangiarmela.

«Non capisco perché una donna dall'aria commestibile come te sia così timida».

Si avvicinò a me in maniera così impercettibile che ero sicuro che lei non se ne fosse nemmeno accorta.

«Di solito non mi comporto così». Deglutì. «Abbordare gli uomini e mettermici a parlare non è da me, per questo la mia amica mi ha trascinata da te a forza».

La guardai per un secondo. «Di solito la riterrei una cazzata, ma ti credo, penso».

Rimase in silenzio.

«Come ti chiami?», chiesi. «Non ho sentito molto bene quando la tua amica vi ha presentate».

Avevo sentito Aideen perfettamente ma volevo che fosse lei a dirmi il suo nome. Volevo che me lo dicesse per sua scelta.

«Branna».

Avvicinai la testa, ero così vicino che riuscivo a sentire il suo respiro affannoso sulla mia faccia.

«Un'altra volta, bellissima, non ho sentito».

«Branna», disse alzando la voce e leccandosi le labbra. «Mi chiamo Branna».

Il modo in cui la lingua le si mosse in bocca mentre diceva il suo nome me lo fece venire duro.

«Branna», ripetei.

«Sì», rispose con il petto che le faceva in su e in giù.

La guardavo negli occhi ma con la coda dell'occhio vidi che serrava le cosce e la mia mente urlò che la mia vicinanza aveva un certo effetto su di lei.

«Sono Ryder», dissi e le tesi la mano.

Mise la sua manina nella mia, strinse e disse: «Felice di conoscerti, Ryder».

Le strinsi forte la mano e la tirai verso di me fino a che i nostri petti si toccarono. «Il piacere è tutto mio, Branna».

«Se ridice il mio nome con quel tono basso, roco e seducente gli salto addosso davanti a tutti».

Mi sarei scopato quella ragazza quella sera. In pratica la sentivo già stretta intorno a me.

«Sentiti pure libera di aggredirmi quando vuoi, Branna», dissi passandomi la lingua sul labbro inferiore. «Sono più che pronto».

Spalancò gli occhi. «Chiedo scusa?».

Sorrisi. «Hai detto che mi saresti saltata addosso se avessi detto il tuo…».

«Ohmiodio». Trattenne il respiro e si coprì la faccia con la mano libera. «Mi dispiace tanto», cominciò. «Non volevo… non ad alta voce… è terribile».

Era imbarazzata e non avevo idea del motivo ma mi stava uccidendo. La sua agitazione, l'imbarazzo, il desiderio per me… volevo scoparmela fino allo sfinimento ma sapevo di dover rispettare i suoi tempi. Come aveva detto, non abbordava i ragazzi tanto spesso quindi contavo sulla mia buona stella che lei mi volesse. Le misi la mano sulla coscia morbida, nuda e bianca come il latte e lei fece cadere le mani e mi guardò.

«Ciao». Sorrisi. «Branna, giusto?».

Esitò. «Ciao a te… Ryder, giusto?»

«Già». Feci una risatina. «Sono Ryder».

«Ryder».

Avvicinai il viso al suo e dissi: «Sei bellissima».

Senza pensare replicò: «Tu sei bellerrimo».

Risi mentre spalancava gli occhi e dissi: «Adesso chi è che usa parole dolci?».

Branna ebbe un brivido. «Accomodati pure, io sto zitta».

«Non saprei», riflettei. «Mi piace. Te che dici quello che vuoi dire e poi ti senti in imbarazzo per questo. È molto carino».

Fremette e lo notai.

«Ho detto qualcosa che non va?», chiese lui perplesso.

«No, è solo che dico sempre a mia sorella che è carina e siccome ci somigliamo, per un attimo mi sono sentita strana».

"Carina" è qualcosa da dire a una sorella minore.

«Quanti anni ha tua sorella?»

«Compie diciotto anni il mese prossimo», disse e poi si incupì leggermente. «Mi cresce tra le mani molto in fretta».

Alzai un sopracciglio. «Tra le mani?».

Annuì. «Già, i nostri genitori sono morti quando aveva nove anni. All'epoca io ne avevo diciannove e mi sono rifiutata di lasciare che la crescesse qualcun altro quindi ho messo tutto in pausa e l'ho tirata su da sola. Ed è una brava bambina. Penso di aver fatto un buon lavoro con lei».

Rimasi a bocca aperta e, anche se la musica nel locale era assordante, avrei potuto sentir cadere uno spillo. Non avevo mai conosciuto nessuno che si era ritrovato come me nella posizione di dover essere la sorella o il fratello maggiore e anche il genitore. È vero che io ero molto più piccolo di Branna quando assunsi il ruolo ma non importava. Avevamo qualcosa in comune, una generosità che mi diceva molto di lei come persona.

«Mi di… dispiace», balbettò. «Non era mia intenzione passare a un argomento così diverso».

Scossi la testa. «No, non scusarti, mi hai solo colto un po' alla sprovvista. Quindi, hai cresciuto tua sorella?».

Annuì in silenzio.

«Hai fatto tutto da sola?», domandai. «Niente fidanzato?»

«Nessuno di serio», rispose. «Una volta ho portato un uomo a cena ma a mia sorella non è piaciuto – undici anni all'epoca aveva – perché non pronunciava bene il suo nome. Veniva dalla Spagna e il suo inglese non era eccelso. L'ha fatto scappare mentre stavo cucinando e non l'abbiamo più rivisto. Dopodiché ho smesso di uscire con chiunque».

Aveva a malapena finito di parlare che buttai la testa indietro dalle risate.

«Tua sorella sembra incredibile».

Branna sorrise. «Sì, è il mio mondo».

Spostai il braccio che era appoggiato allo schienale sulla spalla di Branna. Trattenne il respiro quando l'avvicinai a me e lo rilasciò quando il suo corpo combaciò con il mio. Le avvicinai la bocca all'orecchio e dissi: «Dov'è stasera?».

Tremava.

«A casa. Probabilmente adesso dorme, ha avuto una settimana lunga a scuola».

Mugugnai. «Allora dovrò portarti da me, non vorrei svegliarla. Potrebbe fare ben peggio che cacciarmi fuori a calci».

Si irrigidì e io mi fermai.

«Branna?».

Girò la testa e mi disse guardandomi negli occhi: «Senti, sei magnifico, e credimi quando dico che vorrei davvero, davvero venire con te a casa tua…».

Mi stava rifiutando. Cazzo.

«Ma?»

«Ma…». Deglutì. «Non ho mai avuto una sveltina di una notte, e a essere sincera questa prospettiva mi spaventa».

La osservai. «Mi crederesti se ti dicessi che non dobbiamo per forza fare sesso?».

Aggrottò la fronte. «Per quale altro motivo mi vorresti portare da te?».

Ottima domanda.

Risi. «Sembrerà una cazzata, ma mi piace parlare con te e sentirti parlare. Da quel che ho sentito sembri un'amica e sorella fantastica. Sei indipendente e sei sexy, ma sai qual è la parte affascinante da morire?», chiesi e lei scosse la testa. «La tua timidezza e la tua incertezza. Mi fa sentire male all'uccello. Sei bellissima e hai il senso dell'umorismo. Non ho mai trovato tante cose buone in una donna da… sempre».

Distolse lo sguardo imbarazzata e questo mi fece ridere.

«Già». Sorrisi. «La tua timidezza mi fa decisamente male all'uccello».

Branna si morse il labbro inferiore e strofinò le cosce piene. Le guardai e sorrisi.

«Mi sembra giusto», sussurrai riportando lo sguardo su di lei. «Se a me fa male l'uccello, voglio che a te pulsi la figa».

«Ryder», ansimò. «Non parlare così».

Mi voleva. Che cazzo, sentivo l'odore della sua figa. Mi voleva e anch'io volevo lei. Da morire.

Portai la bocca vicino al suo orecchio e le mordicchiai il lobo.

«Perché no?», domandai. «In questo momento il clitoride ti fa un male cane, vero? Supplica di essere sfregato, leccato, e succhiato».

All'improvviso Branna mi mise la mano sulla coscia e strinse fino a farmi male.

«Dico sul serio», ansimò. «Se non la smetti farò qualcosa di folle».

Morivo dalla voglia di scoprire cosa.
«Sì?», la sfidai. «Per esempio?».
Premette il corpo contro mio e disse: «Per esempio fotterti lì dove sei».
Trattenni il respiro di colpo e cercai di concentrarmi su tutto tranne che sul dolore che sentivo all'uccello. «Come mi fotteresti, dolcezza?», sussurrai dopo averle passato la lingua sulla sua pelle. «Mi cavalcheresti lentamente e fino in fondo? O mi scoperesti in fretta e con forza?»
«Scopriamolo», ringhiò quasi Branna.
Mi staccai da lei che si mosse decisa. Si girò, piegò le ginocchia e si arrampicò sul divanetto. Si mise a cavalcioni su di me e si posizionò sul mio inguine, e sembrò che non potesse fare a meno di dondolarsi. Le afferrai subito il sedere. Gemette mentre strusciava la sua figa sul rigonfiamento nei miei pantaloni e la sua espressione di godimento non l'avrei mai scordata. Abbassò la bocca sulla mia e rimase a pochissima distanza.
«Tu vieni a casa con me», ringhiai mentre le mani si muovevano alla cieca per premere il bottone che abbassava le luci. «Non scopo in pubblico, ma, tesoro, mi stai facendo cambiare idea».
Branna gemette e continuò a dondolarsi su di me.
«Penso che potrei venire solo facendo questo», disse passandomi la lingua sulle labbra. «Penso proprio di sì».
Le mie anche ebbero un sussulto.
«Dimostramelo».
Mi baciò e nel momento in cui l'assaggiai gemetti. Affondò la lingua calda e bagnata nella mia bocca e io grugnii mentre strofinava scompostamente il pube sul mio. Continuò a dondolarsi su di me ansimando per l'attrito che facevano i vestiti. Interruppe il bacio per prendere fiato ma non glielo permisi. Ora che l'avevo assaggiata volevo tutto. Le tolsi una mano da sopra il sedere, gliela misi tra i capelli e la riavvicinai brutalmente a me coprendole di nuovo la bocca con la mia. Le morsi il labbro inferiore prima di risucchiarlo.
Cazzo.

Branna gemette mentre portavo le anche su e spingevo la mia erezione contro la sua figa. Emise un sibilo e mosse anche lei il bacino avanti e indietro fino a che il suo respiro non si fece affannoso. Stava per raggiungere l'orgasmo, sentivo il suo corpo irrigidirsi e contorcerci mentre la sensazione aumentava. Agitò le anche ancora più in fretta e spinse di più contro la mia erezione. Schiuse le labbra, alzò gli occhi al cielo e venne trattenendo il fiato. Era la cosa più bella che avessi mai visto e mi fece pulsare il cazzo ancora di più.

Le lascia una scia di baci lungo il profilo e quando le morsi gentilmente il collo lei gemette forte. Diede una spinta o due e poi cominciò piano a scivolare a destra con gli occhi chiusi. Le misi le mani in vita e la riportai sul mio petto. La abbracciai fino a che si riprese e tornò in sé.

«Cristo santo», ansimò. «Gesù».

«Avevi ragione», mormorai. «Potevi effettivamente venire solo sfregandoti contro di me».

Mi guardò con gli occhi annebbiati ancora stordita dall'orgasmo e poi venne colpita dalla realtà.

«Ohmiodio», tirò un acuto e nascose la faccia nel mio collo. «Che ho fatto? Oh, Dio, devi pensare che sono una piccola...».

«Non finire quella frase», la interruppi portando la bocca vicino al suo orecchio. «Hai usato il mio corpo per dare piacere al tuo, è la cosa più sexy che abbia mai visto in vita mia. Era solo per me, nessun altro ci ha visti. Ho abbassato le luci sul nostro divanetto. Solo tu e io sappiamo che sei appena andata in mille pezzi».

Branna si tirò indietro e mi guardò con gli occhi spalancati, poi si guardò intorno nel locale dove la gente ballava, beveva e si sorrideva ignara di quello che facevamo. I suoi occhi tornarono su di me.

«Mi sono appena trasformata nella ragazza che i miei genitori mi avevano avvertita di non frequentare quando ero più piccola».

Risi. «Mi diverti, dolcezza».

Alzò un sopracciglio. «Dolcezza?»

«Mmh-mmh. La tua bocca ha un sapore dolcissimo».

«Tu sei bellissimo», disse in un soffio. «Davvero, davvero bellissimo».

«Adulatrice».

Le labbra di Branna si aprirono in un sorriso e stava per rispondere quando d'un tratto arrivarono dei fischi di apprezzamento nella nostra direzione.

«Il fratellone sta facendo man bassa», urlò una voce familiare mentre le luci sul divanetto si riaccendevano. «Cazzo, davanti è bellina come dietro?».

Branna si allontanò da me e guardò dietro la spalla dove i miei quattro fratelli cazzoni stavano in piedi a fissarla senza pudore. Se li studiò per bene e io mi stupii quando sentii che ero geloso che i suoi occhi non fossero più su di me e andai un po' fuori di testa.

«Cazzo», disse Alec mentre esaminava il corpo di Branna. «Decisamente bellina come dietro. Sei sexy, piccola».

«Non pensarci nemmeno, Alec», sbottai.

Mio fratello corrugò le sopracciglia quando dissi: «È mia».

Sentii sul serio quelle parole mentre le pronunciavo.

Alec gemette forte. «Non sei divertente».

Kane guardò nostro fratello e disse: «Ti sei scopato quella mora con le tette grosse in bagno, di che ti lamenti?».

Alec alzò un sopracciglio. «È stato un'ora fa. Adesso che Dominic non combatte mi annoio».

Dominic rise. «L'ho sentita gridare "Elec" da fuori il bagno. Non l'hai corretta?».

Alec rimase impassibile. «Ero dentro fino alle palle. Avrebbe potuto chiamarmi Barney il dinosauro e avrei risposto».

Branna rise e catturò l'attenzione di Damien.

«Come ti chiami?»

«Branna».

I miei fratelli si avvicinarono perché non avevano sentito, quindi dissi: «Branna».

Quando Damien le sorrise strinsi le mani sui suoi fianchi. Non mi piaceva il modo in cui la guardava, proprio per il cazzo.

«Lieto di conoscerti, Branna». Fece un inchino con la testa.

«Io sono Damien». Puntò il dito a sinistra. «Questo è Dominic, il pervertito è Alec e il tizio che ti guarda storto è Kane».

«La sto guardando storto?», chiese Kane ad Alec con la faccia imbronciata.

Alec annuì. «Solo un pochino».

Kane sospirò e guardò di nuovo Branna. «Non mi piace la folla». Lei non gli rispose e lui sospirò. «Se ti guardo storto, ti fisso o sembra che ce l'abbia con te, non è così, ce l'ho con tutti gli altri. Non mi piace la folla».

«Tutto ok», disse lei. «Non te ne vorrò».

Kane non lo diede a vedere, ma aveva uno sguardo divertito.

«Grazie», disse e guardò Alec cha sorrideva a Branna.

«Potete togliervi di mezzo tutti e quattro?», domandai. «Tipo ora».

«No», Kane quasi ringhiò. «Avevi detto che dopo il match di Dominic potevamo andarcene. Ha combattuto e ha vinto, quindi possiamo andare via, adesso?».

Guardai Dominic. «Ti sei battuto?»

«E ho vinto». Annuì.

Ero confuso. «Non ho sentito i campanelli, né il tifo. In realtà non ho sentito un cazzo».

Questo era grave. Non mi ero mai perso un suo incontro. Nemmeno uno.

Damien sbuffò. «Nemmeno io sentirei altro che il battito del mio uccello se avessi Branna sulle ginocchia».

Branna trattenne il fiato. «Sporco piccolo bastardo».

Io e i miei fratelli scoppiammo a ridere e questo lasciò di stuccò Branna che ci guardò con tanto d'occhi.

«Chiedo scusa», disse Damien continuando a sogghignare.

Lei lo guardò. «Non dovresti dire cose del genere in presenza di una donna… o di una ragazza. Quanti anni hai?»

«Diciotto».

«La stessa età di mia sorella».

Dominic le sorrise. «È sexy quanto te?».

Lei lo guardò. «Lei è bellissima».

A Dominic si illuminarono gli occhi. «Forse la incontrerò se Ry ti permette di restare».

Alzai gli occhi al cielo.

«Non se la incontro prima io», disse Damien dando una spintarella al gemello con la spalla. «Prenotata».

Dominic lo guardò. «Non sai nemmeno che aspetto abbia, non puoi prenotarti se non la vediamo nello stesso momento. È questo il patto».

Damien indicò Branna col pollice. «Se assomiglia a lei, mi prenoto in anticipo».

Dominic socchiuse gli occhi. «Ok, come vuoi. Probabilmente non è nemmeno così sexy».

Branna fulminò i due idioti e disse: «È bellissima, e sexy e tutto ciò che sta nel mezzo, merdine. Non parlate di mia sorella così se non volete farvi qualche round con me. Vi metterò al tappeto prima che possiate battere ciglio».

Dominic rimase a bocca aperta mentre Alec e Damien scoppiarono a ridere. Branna mi guardò e arrossì ma rimase a testa alta.

«Non chiederò scusa», si difese. «Non dovrebbero parlare delle ragazze in quella maniera».

«Hai ragione, non dovrebbero», dissi e spostai lo sguardo sui miei fratelli. «Scusatevi».

Lo fecero subito ma Dominic aveva un sorrisetto che mi diceva che non gli dispiaceva per niente.

«È un peccato che abbiate detto quelle cose», disse Branna scuotendo la testa. «Pensavo foste carini anche voi».

Strinsi le mani sul suo sedere.

«Io sono ancora qui».

Branna guardò in basso i nostri corpi e sembrò rendersi conto che era ancora a cavalcioni su di me. Vidi che la sorpresa le riempì i begli occhi ma quando provò a scendere non glielo lasciai fare.

«Devo levarmi di dosso».

La strinsi forte. «Perché?».

Guardò i mie fratelli e poi le altre persone che ballavano e si aggiravano per il locale.

«Perché adesso ho io il controllo», disse. «Non la mia vagina».

Sorrisi. «Dammi la tua bocca e scambio di nuovo i ruoli».
Rise.
Kane imprecò e poi disse: «Cinque minuti, Ryder».
Mi concentrai su Branna. «Me ne basterà uno».
Quando i miei fratelli si furono allontanati, Branna mi passò le dita tra i capelli e disse: «Siete tutti fighissimi, soprattutto Damien. Sembra la versione nella vita reale di Jack Frost del cartone animato e ho una cotta colossale per quel personaggio».
Questo mi divertì. «Pensi che il mio fratellino e gli altri siano sexy? Il mio ego ne morirebbe se non fossi seduta in braccio a me».
Ridacchiò. «Tu mi piaci più di tutti».
«Dimostramelo».
Gli occhi le si riempirono di desiderio. «Penso di averlo fatto prima che saltassero fuori loro».
Le accarezzai il sedere. «Credo che tu debba rinfrescarmi la memoria».
Abbassò il viso sul mio. «Rinfrescartela, eh?»
«Poco poco».
Premette le labbra sulle mie ma trattenne il respiro quando le tolsi la mano dal sedere e la passai sulle cosce nude sotto il vestitino sexy. Le scostai le mutande e feci scivolare le dita sulla sua fessura bagnata fino a che non trovai il clitoride pulsante.
«Bagnatissima, Branna», grugnii. «Cazzo, piccola, sei prontissima».
Giochicchiai col clitoride disegnando dei cerchi intorno al bottoncino turgido prima di togliere la mano, portarla alla bocca e avvolgere le dita con la lingua. Branna mi guardò con le labbra schiuse e gli occhi a mezz'asta.
«Sei decisamente il mio genere di dolcezza preferito», dissi riportando la mano sulla sua coscia. «Hai un buon sapore, piccola».
«Ryder», disse con voce roca.
La guardai dritta negli occhi e vidi che in pratica mi implorava di prenderla, di leccarla e di scoparla fino allo sfinimento.
«Dillo», le ordinai. «Dillo ed è fatto».
Un secondo dopo Branna ansimò: «Scopami».

Poi le cose cominciarono a farsi poco chiare. Un attimo prima lei era sopra di me e quello dopo le stringevo la mano mentre la portavo via. Mi feci largo tra i vari corpi e la trascinai su per le scale fino a fuori il locale.

«Branna?»

«Aideen?».

Guardai l'amica di Branna che rideva e ci salutava con la mano.

«Divertiti, piccola!», urlò. «Prenditi cura di lei, Ryder».

Senza voltarmi o fermarmi, gridai: «È ciò che intendo fare!».

Quando arrivai alla macchina, tirai fuori le chiavi dalla tasca, premetti un bottone per aprire le portiere e poi le lanciai ad Alec che stava venendo verso di me con i miei fratelli al seguito.

«Guida tu».

Mi sedetti dietro e mi misi Branna sulle gambe.

«Oh, Gesù», sentii Dominic brontolare. «Ti do cento euro se ti scambi di posto con me».

«Nemmeno per sogno, ragazzino», rispose Kane.

Dominic imprecò sottovoce mentre saliva in macchina e si sedeva accanto a noi. Kane si sedette accanto a lui e sbatté la portiera di dietro mentre si chiudevano anche quelle davanti. Branna si girò così si mise a cavalcioni su di me invece di strusciare le gambe su Dominic. La baciai nell'istante in cui la sua bocca fu abbastanza vicina.

«Non cazzeggiare, Alec», lo avvertì Dominic. «Sta per strapparle i vestiti qua dietro. Schiaccia quel pedale».

Branna si staccò dal bacio respirando affannosamente.

«I tuoi fratelli». Deglutì allontanandosi quando provai a riavvicinarmi. «Ci vedono e ci sentono».

Avevo bisogno di sentire le sue labbra sulle mie quindi provai a rubarle un altro bacio ma lei scosse la testa e disse: «Ti permetterò di farmi quello che vuoi in privato, ma non metterò su una specie di sex show dal vivo per i tuoi fratelli minori sul sedile di dietro di una macchina, non mi importa quanto sei eccitato. Non lo farò».

«Mi piace», ridacchiò Damien.

Premetti la faccia contro la sua spalla e implorai: «Alec. Va' più veloce. Per favore».

Mi allontanai da Branna per il mio bene. Aveva un odore buonissimo e un sapore ancora migliore quindi mi rilassai sul poggiatesta e contai ad alta voce per distrarmi abbastanza a lungo da non traumatizzare i miei fratelli. Il piano andò a puttane quando sentii il respiro caldo di Branna contro il mio orecchio.

«Non vedo l'ora di scoparti con la bocca», sussurrò. «Quasi sento il tuo sapore sulla lingua».

«Oh, Cristo».

«Voglio avere le tue mani dappertutto», proseguì. «Voglio il tuo uccello o la tua lingua dentro di me quando grido il tuo nome».

Affondai le dita nei suoi fianchi.

«Branna», sibilai. «Sono a tanto così dal traumatizzare i miei fratelli, quindi per favore, chiudi quella tua boccuccia sexy. Non vogliono vedermi il cazzo più di quanto io voglia tirarlo fuori davanti a loro, ma se continui a parlare in quel modo finiremo tutti per avere un cazzo di grosso shock».

Questo portò tre dei miei fratelli a dire. «Alex, per la miseria va' più veloce!».

Branna rise chiaramente divertita.

«Pensi di essere spiritosa?», mormorai. «Pensi che riderai ancora quando ti avrò tutta per me?».

Branna smise di ridere e respirare del tutto mentre le guance le si infuocavano. Un momento prima mi stava descrivendo i dettagli di tutte le cose porche che mi voleva fare e che voleva che io facessi a lei e ora arrossiva come una verginella casta.

«Vederti arrossire fa più male che sentirti dire che vuoi che ti trombi con la lingua».

«Maledizione», bisbigliò Dominic. «Mi sarei trovato una sventola da portare a casa se avessi saputo che devo stare a sentire del porno live».

«Siamo in due», mugugnò Kane.

«Ho dei numeri di telefono», ringhiò Alec da davanti. «Chiamerò delle donne che verranno solo per fare sesso, ne sono sicuro. Sono tutte sexy e hanno delle amiche molto disponibili».

Branna spalancò gli occhi quando Alec finì di parlare.

«Forse è una cattiva idea».

Mi si fermò quasi il cuore.

«È un'idea fantastica», le assicurai. «Cazzo, l'idea migliore del mondo».

Branna arricciò le labbra. «Tuo fratello mi ha appena fatto capire che mi sto comportando come una… come una… puttana».

Alec sobbalzò. «Non intendevo te, Branna».

«Ma farò sesso con Ryder e lo conosco da meno di un'ora. Non sono meglio delle ragazze a cui farai uno squillo per un po' di sesso».

«Prima di tutto», intervenne Kane con voce aspra. «Non c'è niente di sbagliato nel sesso senza legami, che tu sia uomo o che tu sia donna. Se vuoi scoparti chiunque ti capiti a tiro sono affari tuoi e di nessun altro. Secondo, è più che evidente che non lo fai spesso, quindi non c'è bisogno di vergognarsi o sentirsi in imbarazzo. Il sesso fa parte della vita, accettalo».

Branna guardò Kane senza sbattere le palpebre e poi portò lo sguardo su Dominic quando schioccò le dita per formare una zeta e disse: «Gliele hai cantate, Oprah».

Kane diede una botta a Dominic sulla spalla facendolo ridacchiare mentre si massaggiava con la mano il punto colpito. Branna mi guardò di nuovo quindi alzai la mano e le accarezzai le labbra morbide col pollice.

«Possiamo parlare e basta», dissi sperando che la mia voce non suonasse dispiaciuta quanto lo ero. «Se non vuoi fare nient'altro, non lo faremo».

Qualcosa le balenò negli occhi mentre diceva: «Vedremo».

Un minuto dopo ci fermammo davanti a casa.

«Benvenuta a casa Slater!», annunciò Alec con orgoglio.

Aiutai Branna a scendere dalla macchina e la spinsi per il vialetto che portava a casa.

«Vivi a Upton», osservò guardandosi intorno.

«Sì», dissi. «Tu dove abiti?»

«Old Isle Green, è a soli dieci minuti da qui».
Dominic si fermò accanto a noi. «Hai detto Old Isle Green?».
Branna annuì.
«Posso chiederti come si chiama tua sorella?».
Non avevo intenzione di rimanere lì per far fare conversazione a mio fratello con la donna che volevo quindi senza una parola la tirai su e me la misi sulla spalla.
«Ohmiodio!».
Branna si aggrappò alla mia maglietta, io feci le scale salendo due gradini alla volta con lei che sobbalzava e grugniva contro la mia schiena per tutto il tragitto.
«Divertitevi!», urlò Alec seguito da Damien che vociò: «Non romperla!».
Dominic poi urlò: «Da grande voglio essere come Ryder!».
Risi e scossi la testa.
Una volta in camera e chiusa la porta appoggiai Branna con i piedi per terra. Le misi le mani sulle spalle con fermezza mentre lei ondeggiava appena.
«Scusa», dissi quando i nostri sguardi si incrociarono. «Si sarebbero messi a fare conversazione con te e non volevo».
Rise con uno sbuffo. «Me ne sono accorta».
Mi allungai verso l'interruttore della luce e lo premetti. Quando mi feci da parte Branna si guardò intorno e io ringraziai in silenzio Dio che quel giorno avevo cambiato le lenzuola e avevo dato una bella pulita.
«Wow». Annuì Branna in segno di apprezzamento. «Sembra uscita da un episodio di *Cribs*».
Mi liberai della maglietta. «Grazie, a me piace».
Quando il suo sguardo vagò sul mio petto, lo stomaco e le braccia, Branna sembrò dimenticarsi della stanza. La vidi deglutire e il mio ego si gonfiò decisamente quando lei si leccò le labbra in maniera provocante. Mi trovava attraente; era innegabile.
«Se continui a guardarmi in quel modo dovrai preoccuparti che sia io a saltarti addosso».
Si mordicchiò il labbro inferiore. «Non sarebbe male».
Feci un passo in avanti. «Sei sicura?».

Fece cenno di sì in silenzio.

«Ultima occasione per fuggire, tesoro», la misi in guarda mentre mi toglievo la cintura. «Una volta che mi avrai permesso di toccarti, non uscirai da questa stanza fino a che non ti avrò fatto perdere la timidezza a scopate».

Ovviamente le avrei permesso di andarsene se avesse cambiato idea in qualsiasi momento ma il respirò le accelerò quando rivendicai il dominio su di lei. Essere comandata da me la eccitava e questo mi piaceva.

«Ho bisogno di te», piagnucolò quasi. «Proprio qui. Proprio ora».

Annullai la distanza tra di noi appiccicando Branna alla porta della camera. «Ti farò urlare, bellezza».

Tremò. «Non vedo l'ora».

Mi abbassai e mi impossessai della sua bocca, la baciai con una brama che faceva quasi male. Mi appoggiò le mani delicate sui bicipiti e mi graffiò piano con le unghie. Al contatto sentii un brivido lungo la spina dorsale. Tirò su i fianchi e si strusciò al mio bacino e questo mi fece togliere la bocca dalla sua e appoggiargliela sull'orecchio. «Un altro urto come quello e mi dimenticherò di introdurti piano al mio modo di scopare».

«Posso sopportarlo», replicò Branna roca.

Sibilò quando le succhiai il lobo e portai la mano destra sulla sua gamba. Il respiro si fece irregolare quando le passai la mano su per la coscia tremante.

«Quanto a lungo pensi di poter sopportare il mio uccello che martella questa tua figa dolce prima che urli il mio nome?».

Accarezzai col dito il pizzo delle mutande e il suo corpo si scosse sotto il tocco.

«Rispondimi», le ordinai.

Urlò: «Ryder, ti prego».

Era stata così reattiva che mi fece ridere.

«Hai gridato il mio nome ancora prima di cominciare», la stuzzicai. «Oh, tesoro, mi divertirò tantissimo con te».

La presi per mano e la condussi a letto.

«Sei uno schianto, ma ti voglio nuda. Adesso».

Schiuse le labbra. «O… ok».

Rimasi fermo mentre si allungava, afferrava l'orlo del vestito e se lo portava su piano fino alla vita rivelando lo stomaco nudo, i fianchi e le cosce. Non era assolutamente grassa ma non era nemmeno magra. Le cosce erano piene e i fianchi sinuosi e lo stomaco sembrava morbido. Volevo disperatamente toccarlo, farci passare le dita e la lingua. Chiusi le mani a pugno per impedirmi di allungarmi e aiutarla a spogliarsi più in fretta. Quando finalmente si liberò del vestito e lo fece cadere a terra, rimase in piedi davanti a me con un completino intimo di pizzo nero e mi impressi la sua immagine nella mente.

«Ti rovinerò».

Fece un respiro profondo e disse: «Ti prego».

Con un ringhio le corsi incontro e in pratica la placcai sul letto. Branna aprì immediatamente le cosce per me e io mi sistemai nel mezzo. Mi abbassai, le coprii la bocca con la mia e spinsi le lingua tra le sue labbra. Mugolò dal piacere e ricambiò il mio bacio infuocato con la stessa passione.

«Che posso farti?», chiesi con l'adrenalina che mi scorreva nelle vene. «Voglio saperlo subito così niente ti sorprenderà».

«Voglio che tu mi faccia di tutto, Ryder», disse Branna stringendomi i bicipiti. «Ogni. Cazzo. Di cosa. Non trattenerti, ti prego».

Gesù, grazie.

«Non è nella mia natura, tesoro».

La tirai su a sedere, allungai le braccia dietro la schiena e le slaccia il reggiseno che le scivolò sulle spalle e via dal seno meraviglioso. Tirai gli spallini fino a farli scendere lungo le braccia e poi buttai il reggiseno dietro di me senza togliere gli occhi dal petto di Branna.

«Maledizione», deglutii. «I tuoi capezzoli fanno venire l'acquolina in bocca. Il rosa opaco è il mio preferito».

Branna provò a stringere le gambe ma non poteva perché c'ero io in mezzo.

«Ryder», sussurrò. «Ti prego, fa male».

Guardai in mezzo alle cosce. «Non possiamo permetterlo, vero?».

Branna scosse la testa velocemente.

«Allora che fare a riguardo?», chiesi guardandola mentre le strusciavo il dito sulle mutandine toccando il clitoride gonfio.

Gemette. «Ti prego».

«Devi dirmelo tu», la stuzzicai. «So cosa vuoi che io faccia, tesoro, ma voglio sentirtelo dire».

Le accarezzai un'altra volta il clitoride ma questa volta passi al livello successivo e le spostai le mutandine, poi premetti il pollice contro il suo bottoncino duro e disegnai piano dei cerchi. Sapevo che il movimento era abbastanza lento da dare a Branna dei brividi di piacere ma troppo lento perché potesse raggiungere l'orgasmo. A giudicare dalla sua espressione la faceva impazzire.

«Sento il tuo odore, tesoro», grugnii. «Se vuoi che ti assaggi, dimmelo».

Serrò gli occhi in chiaro segno di apprezzamento per il mio tocco.

«Branna», la incitai. «Dimmelo o mi fermo».

Aprì gli occhi e mi lanciò un'occhiata così minacciosa che mi fece arricciare le labbra.

«Scopami con la lingua», disse a denti stretti. «Leccami, succhiami, poi scopami con la bocca».

Mi aspettavo che me lo chiedesse con garbo, magari dicendo pure per favore… ma sentire un ordine provenire da quelle labbra deliziose mandò una scarica di piacere al mio membro già duro. Era sfacciata e decisa, due cose che apprezzavo nel sesso. Branna mugolò quando le sfilai le mutandine e le buttai da una parte. Le aprii le gambe più che potei, affondai la testa, trattenni il respiro con un gemito mentre appoggiavo la lingua sul clitoride. L'assaggiai con gli occhi chiusi e decisi che il sesso con Branna non sarebbe stata una cosa di una notte e via. Dovevo trovare un modo per convincerla a vedermi sempre. Mi faceva sentire libero e senza problemi, due sensazioni che non provavo da… sempre.

«Ryder!», mugolò. «Oh, Dio. La lingua!».

Tolsi le mani da sotto le cosce, le feci passare sui fianchi e gliele appoggiai sulla figa premendo per tenerla ferma sul letto.

Le succhiai il clitoride e lei sollevò i fianchi. Facevo pressione per tenerla ferma ma si dimenava così tanto che era difficile.

«Sì!», urlò. «RYDER!».

Sentii la prima spinta dell'orgasmo di Branna perché il clitoride mi pulsò in bocca. Inspirò e trattenne il respiro, inarcò la schiena e chiuse le mani a pugno. Continuai a leccarle il clitoride più piano e quando lei si allontanò da me, le stampai un bacio sul bottoncino prima di risalire su.

«Potrei mangiarti per sempre».

Spalancò gli occhi quando lo dissi. Il petto le andava veloce in su e in giù ma sembrava che il respiro le si bloccasse in gola quando il suo sguardo si appoggiò sui miei occhi. Sapevo cosa ci vedeva. Il desiderio e la voglia di lei. Il bisogno.

«È stato… wow».

Ebbi un brivido pregustando quello che mi aspettava. «Urlavi così tanto che non capivo se ti stava piacendo o no».

Branna fece un sorriso indolente. «Era solo tanta scena per il tuo ego».

Ridacchiai e mi alzai, slacciai i pantaloni e me li calai lungo le cosce. Sorrisi di nuovo quando Branna guardò il mio uccello con gli occhi sbarrati.

«Anche quegli occhi spalancati sono per il mio ego?».

Annuì muta e poi si schiarì la voce. «Ma certo, non sono per nulla impressionata. In realtà, non solo la grandezza del tuo uccello è insoddisfacente, ma devi lavorare parecchio sulle tua abilità con la lingua».

Le sorrisi mentre mi toglievo le scarpe e i jeans rimanendo nudo come il giorno in cui ero nato.

«Ti dispiacerebbe aiutarmi a fare pratica?», chiesi. «Decisamente non voglio essere una cazzo di delusione».

«E va bene». Sospirò con fare melodrammatico. «Fa' di me quello che vuoi, ma non stupirti se mi addormento a metà strada».

Sì, come no.

Le saltai addosso facendola scoppiare a ridere. La risata gioiosa fu presto sostituita dai gemiti quando mi avvicinai al collo e le posai le labbra sulla pelle sensibile.

«Cazzo», sibilò e sgroppò sotto di me.

Quando capii che voleva che cambiassimo posizione, mi alzai permettendole di farmi rotolare sotto di lei. Prima che potessi ammirarla nuda e a cavalcioni su di me, scivolò giù e si posizionò sulle mie ginocchia. Mi rivolse un sorriso malizioso. Sapevo cosa stava per succedere ed ero così eccitato che volevo urlare. Ma non lo feci.

«Tocca a me».

Alzai le mani, le battei dietro la testa e dissi: «Accomodati, dolcezza».

Si leccò il palmo della mano, mi afferrò il membro con decisione e gli fece una carezza lunga mentre stringeva e muoveva la mano con un movimento circolare. Mi morsi il labbro inferiore quando lasciò andare l'uccello solo per mettersi la mano in mezzo alle cosce. Quando lo toccò di nuovo la mano era bagnata e faceva su e giù con facilità.

«Ecco», mormorò. «Così va meglio?».

Quando mi guardò trovò il mio sguardo su di lei.

«Porca puttana», sospirai. «Cazzo se era sexy».

Non distolsi lo sguardo dalla sua mano che mi accarezzava. Mi sentivo come se ogni scossa di piacere mi apparisse in faccia e sapevo che era così perché le guance di Branna si infiammavano in maniera adorabile mentre mi guardava. Interruppe il contatto visivo e succhiò la punta del mio uccello pulsante. Il suono che mi uscì era un misto tra un grugnito e un lamento.

«Brannaaaaaaa», mi allungai e intrecciai le dita tra i suoi capelli. «Cristo. Cazzo. Sei bravissima a succhiare, piccolina».

Mugolò intorno all'uccello e le vibrazioni mandarono delle scariche di estasi alle palle.

«Non durerò», sibilai. «Ho bisogno di venire per smorzare tutto».

Branna si mise al lavoro muovendo la testa su e giù, succhiando forte ogni volta che lasciava quasi andare l'uccello per poi rificcarselo tutto in gola all'ultimo momento. Lo faceva ancora e ancora e potei resistere per un minuto o due prima che la pressione che si era accumulata nella palle urlasse per essere rilasciata.

«Cazzo!», ruggii. «Sì, dolcezza. Scopami con quella bocca sexy... oh merda!».

La presi per la nuca per darle la possibilità di scansarsi ma lei mi ignorò e succhiò ancora più forte. La pressione nelle palle venne rilasciata all'improvviso e il primo getto di sperma ricoprì la lingua di Branna. Mi accorsi a stento che continuava a spompinarmi mentre mi sentivo in paradiso e continuavo a venire nella sua bocca.

«Grazie, Dio», mugolai. «Grazie per aver dato a Branna l'abilità di succhiare i cazzi. Grazie di cuore».

Quando mi lasciò andare e si mise a sedere sui talloni, ero esausto.

«Un peccato», ansimai. «Sei un fottuto peccato da capi a piedi».

Mi sorrise. Bastò questo. Un semplice sorrise ed ero a posto. Mi sedetti, la presi e me le misi addosso prima di farla rotolare sotto di me. Aprì le gambe e io mi posizionai nel mezzo sentendo il suo calore contro il mio uccello mentre mi accoccolavo su di lei.

«Posso metterti in cassaforte adesso che so quanto sei brava a...».

«Succhiarti l'uccello?», mi interruppe con una risatina.

«Tesoro, dovresti metterlo sul curriculum perché, maledizione».

Scoppiò a ridere.

«Shh», dissi piano. «Non voglio che i miei fratelli pensino che stai ridendo per le dimensioni del mio cazzo o qualche stronzata del genere».

Si coprì la bocca con la mano per attutire il suono ma smise di ridere appena mi chinai e le stampai un bacio sul collo prima di passare la lingua sotto l'orecchio facendola sobbalzare.

«Oh, cazzo».

Feci avanti e indietro piano con le anche e il mio uccello trovò la via d'ingresso attraverso le pieghe della figa bagnata di Branna. Sentii che mi diventava duro e se ne accorse anche lei.

«Di già?»

«Che posso dire?», sorrisi. «È tutto merito tuo».

«Fortunata che sono», disse leccandosi le labbra.

Mi allungai verso il comodino e aprii il primo cassetto. Razzolai in cerca di un preservativo e quando ne tirai fuori uno, me lo portai alla bocca e aprii la confezione con i denti. Mi sedetti sui talloni e Branna mi guardò mentre me lo srotolavo sul membro pulsante. Si leccò le labbra.

«Puttana ladra», grugnii. «Hai intenzione di farmi un altro pompino, è così?».

Mi guardò e annuì.

«Sarai la mia morte, donna».

Sorrise maliziosamente. «Morire per morire, sarebbe un bel modo di andarsene».

«Non sai quanto». Dissi prima di tornare in mezzo alle sue gambe.

Le misi il braccio sinistro vicino alla testa piegando il gomito così da toglierle un po' di peso di dosso. Usai la mano destra per prendermi l'uccello e strofinarlo contro il suo clitoride.

«Ryder», bisbigliò. «Ti prego. Scopami. Ti prego».

«Non serve che mi preghi tesoro, ma mentirei se dicessi che non mi piace sentirtelo fare».

Mi leccai le labbra e guardai la punta del membro scivolare tra le sue labbra luccicanti. Mi posizionai davanti all'entrata, alzai lo sguardo su Branna e dissi: «Sei pronta?»

«Cazzo, sì».

Spinsi in avanti con un sorriso che venne spazzato quasi subito via dalla sensazione che mi avvolse. Serrai le labbra mentre spingevo centimetro dopo centimetro nella figa calda, stretta e fradicia di Branna fino a che il mio pube toccò il suo. Praticamente non mi mossi per paura di venire subito. Stare dentro Branna era… paradisiaco.

«Perché sei così silenzioso?», mi sfotté. «Niente da dire adesso?»

«Tu… io… caaaazzo».

Branna mi avvolse le braccia intorno al collo e mi trasse a sé. Quando sentii le mie labbra premute sulle sue, la baciai come non avevo mai baciato nessun'altra donna in vita mia. In quel momento non riuscivo a ricordare nessun'altra donna. L'unica che volevo ricordare era quella con me. Mi percorse con le sue mani tutto il corpo e quando arrivò al sedere e affondò le dita nella carne, grugnii contro la sua bocca.

«La tua figa sembra una morsa intorno al mio cazzo», ringhiai. «Porca puttana. Sei il paradiso, dolcezza».

Cominciai a spingere le anche piano, avevo intenzione di fare con calma, di aumentare un po' alla volta fino a scoparla come un pazzo ma era troppo bello per andarci piano. Scoparla forte era l'unica velocità accettabile per il mio corpo, quindi lo feci.

«Puttana ladra!», urlò Branna. «Ryder».

Quando disse il mio nome sentii un calore al petto.

«Così, piccola». Mugugnai. «Fatti sentire».

Non c'era bisogno che le chiedessi di fare rumore perché a ogni spinta urlava, gemeva o invocava il mio nome e mi piaceva da matti.

«Oh mio Dio».

«Dio non può aiutarti adesso, bambina», borbottai. «Nessuno può».

Alzò le testa e attaccò le labbra al mio collo, baciò e succhio la carne fino a che sibilai. Mi scostai e le misi la testa sul petto per ascoltare il cuore che le batteva all'impazzata. Alzai la testa, portai la bocca al suo orecchio e dissi: «Il tuo cuore batte fortissimo».

«Solo per te, tesoro».

Sorrisi e portai le labbra sul collo. «Che adulatrice».

«Oh, lì!», urlò qualche secondo dopo. «Proprio. Lì».

«Qui?», sussurrai e spinsi con l'angolazione di qualche secondo prima.

«Sì, sì, sì!».

Mi impegnai a mantenere la posizione mentre la scopavo, tirarle fuori quell'urlo mi aveva fatto rizzare i peli sulla nuca.

«Questa è la mia figa».

Branna mi graffiò la schiena. «Sì, tua».

Quando affondò dolorosamente le unghie nella carne, risposi mordendole il collo. Le urla di piacere di Branna mandarono all'aria tutti i propositi di andarci piano e la scopai così forte e la mordicchiai così tanto che prevedevo che le sarebbero venuti i lividi. Sapere che le avrei lasciato i segni, segni che avrebbero mostrato al mondo che era stata mia, mi provocò una scarica di piacere. Il pensiero che lei era mia mi fece impazzire e all'improvviso venni. I miei movimenti divennero convulsi e veloci mentre la pressione si allentava con l'orgasmo. Una volta esaurita l'energia, mi lascia cadere su Branna che sospirò soddisfatta.

Per un momento mi preoccupai che non fosse venuta di nuovo ma il sospiro mi indicò che era venuta.

«È. Stato. Grandioso!», ansimò. «Non era mai stato così prima d'ora».

Dopo un momento rotolai via da lei ma lascia il braccio sul suo petto con la mano sul seno. Lo strizzai delicatamente e dissi: «Non eri mai stata scopata da me prima d'ora, ecco perché».

«Possiamo farlo di nuovo?», chiese. Io avevo ancora l'affanno.

La mia risata venne smorzata dal cuscino.

«Dammi qualche minuto», bofonchiai. «Non sono una macchina».

«Ne sei sicuro?», chiese Branna. «Hai una resistenza notevole».

Risi di nuovo e le strinsi il seno.

Restammo sdraiati in silenzio per qualche istante e poi cominciammo a parlare. Non di sesso o di argomenti affini; una vera conversazione sul mondo e le nostre famiglie ed era incredibile stare accanto a una donna bellissima e vedere che come persona era altrettanto meravigliosa. La guardai sapendo che non volevo che finisse dopo una notte e quando si addormentò accanto a me, mi ritrovai sveglio per quasi tutto il tempo cercando di pensare a una scusa con cui convincerla a vedermi di nuovo.

Ora che l'avevo assaggiata non l'avrei lasciata andare… non c'era verso.

Capitolo sei

Trentadue anni

Erano passati tre mesi da quando io e Branna avevamo fatto pace e quattro mesi e una settimana da quando era successo tutto il casino. Ci andavamo ancora piano, e intendo, davvero piano. Non eravamo andati molto oltre i baci ed era la decisione migliore che avessi mai preso. La sera in cui ci eravamo conosciuti al Darkness, l'attrazione fisica tra noi era stata quasi immediata. C'era stata una forte tensione sessuale dal momento in cui avevamo incrociato gli sguardi, ma questa volta stavamo provando un approccio diverso. Ascoltavamo la testa e il cuore invece che la libido.

Dopo averle raccontato del mio coinvolgimento con l'FBI le avevo spiegato che era stato per quello che mi ero allontanato. Avevo accettato di aiutare i federali per pararmi il culo per la morte di Trent Miles e alcuni degli uomini di Marco. Per scongiurare la prigione avevo spiato Brandy Delay per loro e mi ero fatto coinvolgere nell'indagine al punto che avevo quasi perso me stesso e Branna. Con la decisione di non metterla al corrente della situazione avevo causato senza volerlo una frattura enorme nel nostro rapporto. Stavamo ancora cercando di ricucirla. Avevamo cambiato tattica però e invece di andare a ritroso, procedevamo a piccoli passi.

Questo significava che le uscite a due si risolvevano in semplici bacetti sul portico di Branna.

Passavamo il tempo insieme, un sacco di tempo, ritrovavamo le cose che amavano l'uno dell'altra e ne imparavamo di nuove lungo il cammino. Sembra noioso ma era tutt'altro. Quando sapevo che avrei visto Branna sentivo le farfalle nello stomaco, il cuore mi batteva a mille e niente al mondo riusciva a cancellarmi il sorriso dalla faccia. Eravamo di nuovo felici. Io ero io e Branna era Branna. Non eravamo i vecchi noi; eravamo una versione nuova e migliorata. Quello che avevamo passato – non solo negli ultimi due anni ma da quando ci eravamo conosciuti – ci aveva resi migliori. Più forti.

Aveva rafforzato il nostro legame e mi aveva dimostrato che potevamo davvero superare tutto.

Guardai Branna mentre entravamo in casa di Alec e Keela e mi sentii attratto da lei come un'ape dal miele. Mi avvicinai a lei, allungai la mano e gliela posai sul fianco facendola scuotere.

«Perché sorridi?».

Branna sorrise maliziosa. «Stavo solo pensando ai progetti che ho per noi, più tardi».

Ero sicuro di essere rimasto senza fiato.

«Che progetti?».

Le feci scivolare un braccio intorno alla vita quando lei mi fece un sorrisetto e non potei fare altro che spingerla contro il muro e reclamare le sue labbra.

«Un piccolo sorrisetto e ce l'ho già duro per te».

La pestifera si allungò e strofinò la mano sulla mia coscia. «Quanto duro?».

Digrignai i denti. «Smettila, o stavolta potrei riuscire a traumatizzare i miei fratelli».

Lei rise, probabilmente perché ripensò alla nostra prima notte insieme quando eravamo così vogliosi l'uno dell'altra che ci dimenticammo quasi che i miei fratelli erano accanto a noi orripilati.

«Non penso di riuscire ad aspettare».

Il mio corpo si irrigidì. Ci eravamo andati incredibilmente piano, così piano che un piccolo bacio mi mandava su di giri. Volevo fare sesso con Branna. Lo volevo di più che respirare, ma siccome lo avevamo messo da parte, ero molto nervoso a riguardo e mi sentivo un po' mancare. «Sei tu che decidi, Bran».

«Adesso». Si leccò le labbra. «Voglio sentirti. Tutto».

«Cazzo. Sì».

Mi abbassai, coprii la bocca con la sua e la bacia con foga... fino a che non sentimmo qualcuno schiarirsi la gola.

«Uhm, ragazzi?», mormorò Alec. «Sono d'accordissimo se volete correre la cavallina dopo un'astinenza così lunga, ma siamo ancora qui. E anche Jax».

A sentire il nome di Jax io e Branna ci separammo all'istante.

«Scusate».

«Per cosa, Bran?».

Branna guardò oltre la spalla e sorrise quando Bronagh entrò dondolante nella stanza. Quella ragazza era così incinta che anche il solo respirare sembrava che le arrecasse fastidio.

«Niente», rispose Branna. «Parliamo e basta».

«È così che lo chiami?», ridacchiò Keela.

Branna guardò Keela con espressione divertita mentre diceva: «Keela ha detto che Dominic è sexy!».

Keela trattenne il fiato all'uscita di Branna. «Tu eri d'accordo!».

Bronagh grugnì. «Non usate nessuna parola inerente al sesso quando ci sono io. Il sesso vi fa questo». Si indicò la grossa pancia tonda. «E le smagliature!».

«Ne hai tante?», chiese Keela con apprensione. Lei e Alec stavano cercando di avere un bambino.

«Sì!», sbuffò Bronagh. «Sulla pancia, le tette e persino sul sedere. Sul mio cazzo di *sedere*!».

Dominic aveva giusto aperto la bocca per intervenire, ma Bronagh gli puntò minacciosa un dito contro.

«Non adesso», lo ammonì. «Non voglio sentirlo. Sono grassa, ho le smagliature, non vedo i miei piedi da *settimane* e non ricordo più cosa sia il sesso regolare. Non irritarmi ancora di più».

Alec la guardò come se stesse per svenire.

«La gravidanza ti impedisce di fare sesso?», chiese con gli occhi sgranati guardando Keela e dicendo: «Noi adottiamo».

Ridemmo tutti.

«Si è interrotto solo nelle ultime settimane», bofonchiò Dominic. «Le fa un po' male, quindi evitiamo».

«Perché dovrebbe farle male?».

Tutti guardarono Branna per avere una risposta alla domanda di Kane.

«Un sacco di ragioni diverse, ma non serve che ce ne sia una in particolare». Scrollò le spalle. «Quando una donna è incinta, aumenta il flusso di sangue in tutta l'area pelvica e qualche volta quella congestione è troppo sgradevole durante il sesso. Sparisce alla nascita del bambino».

«Gesù sia lodato, almeno per questo», disse Dominic. «E per il sesso anale».

Le ragazze fecero una faccia disgustata mentre noi ridacchiammo.

«Bronagh», disse Branna. «Rilassati sul divano».

«Non posso, al momento il mio corpo sperimenta delle difficoltà tecniche».

Branna guardò la sorella. «E questo che vuol dire?»

«Che le fa male il culo e non può mettersi seduta».

«Dominic!», strillò Bronagh scandalizzata.

Alec diede il cinque a nostro fratello e disse: «Il mio uomo».

Scossi la testa divertito.

«Tanto vale che facciate tutta la roba sporca adesso», borbottò Kane. «Una volta avuta la bambina, tutte quelle cose capiteranno solo in rare occasioni… tipo quando avrete la baby-sitter».

Branna ridacchiò. «Non preoccuparti, sono certa che troveranno il modo».

«Cazzo, eccome». Dominic sorrise e fece l'occhiolino a Bronagh che stava scuotendo la testa con affetto mentre si sedeva sul divano accanto a lui, che le fece passare distrattamente un braccio intorno alla spalla.

«Cambiate argomento», disse Bronagh.

«Oh», cinguettò Keela. «Allora giochiamo a *Chiedimi qualsiasi cosa*. È un gioco per adulti in cui qualunque domanda è valida. Comincio da una cosa semplice: Alec, chi è la tua cotta VIP?».

Mi isolai dalla conversazione e guardai Branna come se ci fossimo stati solo noi nella stanza. Sentivo le risate, gli scherzi e anche qualche imprecazione ma niente distoglieva la mia attenzione dalla donna che amavo o il sorriso sul suo volto. Sapevo bene di essere innamorato perso di lei e mi faceva impazzire il pensiero di averla quasi persa a causa della mia idiozia. Non avrei mai più avuto segreti con lei. Le avrei sempre detto la verità.

Sempre.

«Ryder, tocca a te».

Guardai Damien e poi mi ricordai che stavano facendo un gioco. Pensai a cosa volevo sapere, poi guardai Dominic e dissi: «Qual è stata la prima cosa di Bronagh che ti ha attratto?».

Dominic guardò la sua ragazza e disse: «I tuoi occhi. Non avevo mai visto occhi di un verde smeraldo così, erano e sono ancora bellissimi. Il tuo culo ha catturato la mia attenzione ma gli occhi l'hanno alimentata».

Le ragazze si sciolsero e noi ridemmo.

«Saranno solo domande inerenti al sesso o agli atti sessuali?», chiese Alannah entrando e appoggiando le braccia sulla spalliera del divano dietro alla testa di Bronagh. «Perché è sovrastimato».

Portammo tutti immediatamente l'attenzione su di lei. Alzò gli occhi al cielo e disse: «È vero, solo perché *tutti* voi avete delle belle vite sessuali, non significa che sia così per chiunque».

Cioè lei?

Alec sorrise. «Conosco qualcuno che sarebbe più che felice di aggiustare la situazione per te, cara».

Quel coglione non conosceva il significato della parola "discrezione".

«Vado a prendere un po' d'acqua», disse Damien alzandosi dal divano e andando spedito in cucina.

Alannah si rivolse ad Alec. «Non credo che mi serva qualcuno quando ho qualcosa».

«Sex toys?», chiese Keela con le sopracciglia alzate. «Sei piena di soprese».

Io non ero sorpreso. Alannah era tranquilla rispetto alle altre ragazze ma c'era un scintilla in lei.

«Siamo nel 2016», le rispose. «I vibratori sono compagni di vita accettabilissimi».

Bronagh si accigliò. «Dobbiamo proprio trovarti un fidanzato».

Alannah rise. «Fidati, finché ricaricherò le mie pile AA, non avrò più bisogno di un uomo».

«In questo preciso momento, come uomo, mi sento sminuito», la stuzzicò Dominic. «Siamo più che macchine per fare sesso, abbiamo anche dei sentimenti, sai?».

Alannah fece roteare gli occhi. «*Per favore*, a scuola ti facevi strada tra le ragazze del nostro anno a scopate per puro divertimento. I loro sentimenti feriti non ti hanno mai fatto sentire sminuito, ma ti assicuro che le tue azioni hanno fatto sentire così loro».

La conversazione passò da giocosa a seria in un baleno. Calò un silenzio tale che si poteva sentire cadere uno spillo.

Dominic si accigliò. «Ero un ragazzino…».

«Questo non cambia nulla», lo interruppe Alannah, rabbiosa. «Eri abbastanza grande da sapere che le tue azioni causavano dolore, ma lo facevi lo stesso. Spezzavi dei cuori e non ti importava. Eri davvero orribile».

Dominic si scurì in volto e disse: «Non sono Damien, Alannah. Non ti ho trattata io in quel modo».

Alannah rimase con gli occhi sgranati, poi lanciò un'occhiata preoccupata oltre la spalla per assicurarsi che Damien non fosse a portata di orecchio. Lasciò cadere la spalla sollevata quando non lo vide. Anch'io mi girai e dal punto in cui mi trovavo vidi che mio fratello era appoggiato al muro fuori dal salotto. Dall'espressione sul suo viso non c'era ombra di dubbio che avesse sentito ogni parola che lei aveva detto.

«Lo so», mormorò Alannah, «è solo che a volte faccio fatica a distinguervi. Hai la sua faccia e quando la vedo sento daccapo lo stesso identico dolore».

«Lana…».

«Senti, mi dispiace», disse velocemente. «La giornata è cominciata male e mi sto sfogando su di voi e non è giusto».

«Che è successo?», chiesi preoccupato.

Anche se Alannah non stava con nessuno dei miei fratelli faceva comunque parte della famiglia e le volevamo tutti bene.

«Un coglione mi ha tamponata e devo scucire una fortuna per far aggiustare la macchina. È *l'ultima* cosa di cui avevo bisogno. In questo periodo le cose vanno di male in peggio. Non riesco a riprendere fiato», disse con una scrollata di spalle.

Bronagh sembrò colpita dalla dichiarazione di Alannah.

«Parla con me». Si alzò e girò la sedia fino a ritrovarsi di fronte all'amica. «Che succede?».

Alannah guardò Bronagh e poi scoppiò in lacrime all'improvviso. «Papà», disse piangendo. «Ha una tresca e mamma non sa niente».

«Oh cazzo», sussurrò Alec quando Bronagh avvolse Alannah in un abbraccio.

«Che devo fare, Bee?», singhiozzò. «Se lo dico a mamma le spezzerò il cuore, e se non lo faccio sarò la figlia peggiore del pianeta perché glielo nascondo».

Bronagh la strinse ancora di più.

«Sei sicura che abbia una storia?», chiese. «Forse ti sbagli, piccola».

«No, invece». Alannah tirò su col naso. «Ieri sera sono andata in città a prendere delle cartucce d'inchiostro per la stampante, e mentre passavo davanti a un ristorante, qualcosa mi ha detto di guardare la vetrata. L'ho fatto, e lui era lì, seduto con una donna che aveva la metà dei suoi anni a un tavolo lì vicino, dove chiunque poteva vederli. Potrebbe avere la mia stessa età! All'inizio non ho pensato a niente, poi lui l'ha presa per mano. Si stavano tenendo per mano e un attimo dopo lui si era chinato e si *baciavano*!».

«Doppio cazzo», bisbigliò Alec.

«Non sapevo cosa fare», disse con il labbro inferiore che le tremava. «Avevo paura che mi vedesse, quindi sono corsa in macchina e sono tornata a casa mia. Ho telefonato a mamma per vedere cosa stava facendo e lei mi ha detto che stava preparando la cena a papà, il suo piatto preferito, perché di recente lavorava fino a tardi. Non sa niente, Bronagh... Come può farle questo? Alla nostra famiglia? Lo odio».

Mi si spezzò il cuore per lei e per la madre ignara di tutto.

«Penseremo a qualcosa», disse Bronagh consolando la sua amica.

Sapevo che Bronagh diceva quello che secondo lei andava detto ma dalla sua faccia vedevo che non aveva idea di come aiutare Alannah a superalo. Però sapevo che avrebbe fatto il possibile per aiutarla. Così come tutti noi.

«Per quanto riguarda la macchina», aggiunse Aideen richiamando l'attenzione su di lei. «Faccio un colpo di telefono a mio padre e gli chiedo di trainarla nella sua officina. I miei fratelli ti adorano. Dante pensa che tu sia una dea, testuali parole, quindi sono sicura che ci lavorerà gratis».

Alannah si liberò dall'abbraccio di Bronagh e guardò Aideen.

«Pagherò, non voglio che mi aiutino gratis, ma se potesse essere rateizzato sarebbe perfetto».

Aideen disse: «Ci accorderemo, non ti preoccupare».

Alannah annuì ma era un libro aperto e vedevo che non avrebbe fatto altro se non preoccuparsi. Quando la guardavo sentivo un impulso fortissimo a proteggerla.

«Lana». Branna si allontanò da me e andò verso di lei. «Vieni con me, voglio parlarti».

Lasciarono la stanza lasciandoci in silenzio ad aspettare. Nessuno sapeva cosa dire, nemmeno Alec cercò di colmare il vuoto facendo battute. Passò qualche minuto prima che Branna tornasse corrucciata.

«È nella fase di negazione», ci riferì. «Pensa che potrà convincere il padre a chiudere la storia. Si mette sotto pressione per tenere insieme la famiglia».

Bronagh si strofinò le mani in faccia. «Cosa facciamo?»

«Tutto ciò che possiamo», le rispose Branna. «Le stiamo vicini. Dirle cosa fare porterebbe solo a un litigio, perché in questo momento ha preso l'unica decisione che ha senso per lei».

Nella stanza calò il silenzio fino a che Damien disse: «Devo sistemare il casino con lei. Ho sentito cosa ha detto a Dominic, e devo aggiustare le cose. Odio ciò che le ho fatto».

«Ti capisco meglio di chiunque altro», dissi, «e ti consiglio di procedere a passetti. Le hai chiesto scusa un milione di volte, e ogni volta che è qui le lasci il suo spazio, ma adesso devi convincerla che ci sei, che non te ne andrai, e che riguadagnerai la sua fiducia».

«E come cazzo devo fare?», chiese Damien con un lamento. «Mi guarda a malapena».

«A questo non posso rispondere, dovrai capirlo da solo, piccolo, ma è ovvio che ti piace, quindi non cedere terreno».

Damien annuì e poi si chiuse in sé per rimanere solo a pensare. Passammo le ore successive insieme e dopo il pasto abbondante di Keela ci sparpagliammo per la casa a digerire. Io andai di sopra con Kane e Alec a controllare i pesi nuovi che Alec aveva comprato e poi tornai di sotto. Speravo di convincere Branna a venire da me a fare un pisolino ma quando arrivai sulla soglia del salotto e la vidi sul divano con mio nipote al petto mi si strinse il cuore. Mi piaceva vederla con un bimbo in braccio e me la immaginai tenere un giorno il nostro di bambino.

Incrociò il mio sguardo per un lungo istante e poi disse: «Ado, ti dispiace prenderlo?».

Aideen prese il figlio e lo appoggiò con attenzione sul pancione del mio secondo nipote; poi spostò lo sguardo da me a Branna e disse: «Penso che la siccità stia per finire, ho ragione?»

«Sì, piccola», disse continuandomi a guardare mentre stavo in piedi. «Sta per esserci una cazzo di tempesta».

«Va' a prenderlo, mamma».

Mi raddrizzai mentre mi veniva incontro anche se cercavo di non far vedere che mi batteva il cuore all'impazzata. Quando mi raggiunse le presi la mano e corremmo insieme fuori dalla casa.

«Non romperlo, Branna!», udii una voce dietro di noi e poi qualcuno disse: «Voglio *ancora* essere come Ryder da grande!».

Ridemmo fino a che non arrivammo a casa mia, anzi nostra. Una volta chiusa la porta Branna si girò per guardarmi.

«Torno a vivere qui. Stasera».

«Ok».

«E non useremo il preservativo, perché voglio che facciamo un figlio».

«Ok».

«Da questo momento in poi, *basta* fare il gentiluomo. Quando siamo soli tocchi ogni parte di me. Ogni. Singola. Fottutissima. Parte».

«Ok».

«E voglio che ci sposiamo. Presto. Possiamo pensare a una data».

«Ok».

Ogni volta che parlava faceva un passo indietro e ogni volta che rispondevo facevo un passo avanti.

«Okay e basta?», chiese Branna. «Sei d'accordo con tutto quello che ho detto?»

«Ogni. Singola. Fottutissima. Parola».

Branna deglutì. «Non hai nient'altro da dire?»

«Sì». Mi feci avanti. «Ti farò urlare».

Branna gridò quando la sollevai, me la misi sulla spalla e andrai dritto su per le scale facendo due passi alla volta. In un batter d'occhio eravamo in camera nostra e tenevo Branna attaccata alla porta mentre le toglievo i vestiti e le sovrastavo le bocca con la mia. Lei aveva la stessa foga e ricambiò il bacio con passione. Mi tirò convulsamente la camicia e sentii uno strappo. Grugnii contro la sua bocca, mi afferrai la camicia e continuai quello che aveva cominciato Branna. Me la levai e me la buttai alla cieca alle spalle. Branna mi mise le mani sul petto nudo e io grugnii quando le portò sulla mia schiena.

Cristo.

«Adesso», implorò contro le mie labbra. «Niente preliminari, solo tu dentro di me. Per favore, Ryder».

«Ti amo, dolcezza».

Branna mugolò. «Lo so, e ti amo anch'io».

«Volevo solo dirtelo».

Si leccò le labbra. «Perché?»

«Perché sto per scoparti come se fosse il contrario».

Branna trattenne il respiro quando la tirai su e la buttai sul letto. La misi giù e le sfilai scarpe, calzini, jeans e mutande. La maglietta e il reggiseno finirono da qualche parte. Mi tolsi i vestiti così velocemente da far ridacchiare Branna.

«Sei così impaziente».

La guardai. «Cazzo, non ne hai idea».

Morivo dalla voglia di trovarmi in intimità con lei da tempo ed ero più che pronto a farlo e a conoscere di nuovo ogni parte del suo corpo soffice, sinuoso e perfetto. Per mostrarmi la sua voglia aprì le cosce per me mentre risalivo il suo corpo e mi abbassavo su di lei. Gemette quando mi tenni in equilibrio con il braccio sinistro e usai la mano destra per afferrare la base dell'uccello gonfio e strusciare la cappella sul suo clitoride pulsante.

«Ryder», gemette e mi fece passare le mani intorno alla vita e sulla schiena.

«Sono qui, dolcezza», dissi tremando. «E non andrò da nessuna parte. Mai».

«Ti farò mantenere la parola».

Strofinai piano la cappella sulla figa fino a che non trovai l'entrata.

«Cazzo». Tremavo. «Ho paura e non so perché».

Branna portò le mani sul mio viso.

«Sei agitato, ma non devi. Siamo solo noi».

«Solo noi».

Branna annuì. «Guardami mentre mi penetri, ti sentirai meglio. Promesso».

Con gli occhi incollati ai suoi scivolai piano nella figa stretta e bagnata. Sentivo l'impulso di rovesciare gli occhi all'indietro mentre entravo nel suo corpo centimetro dopo centimetro. I suoi occhi si rovesciarono, schiuse le labbra, arrossì e la beatitudine le trasformò i lineamenti.

«Magnifico», mormorai.

Mi abbassai e premetti la bocca sulla sua e lei gemette.

«Ci sto alla perfezione», sussurrai contro le sue labbra. «Sei così stretta, Bran... *cazzo*».

Riportò le mani sulla mia schiena e grattò piano con le unghie facendomi sibilare e spingere più forte. I gemiti di Branna erano musica per le mie orecchie ma quando si portò la mano alla figa e disegnò piano dei cerchi sul clitoride, le palle mi andarono a fuoco.

«Sì», dissi roco. «Sfregati quel tuo grazioso clitoridino, piccola. Mostrami cosa facevi quando non avevi me».

Branna mugolò e poi mi sorprese quando mi portò alle labbra le dita avvolte dai suoi umori. Aveva gli occhi carichi di desiderio mentre mi guardava leccare la crema e ciucciare le dita. Quando riportò la mano sul clitoride, tremò.

«Porca puttana!».

Spinsi dentro di lei più forte, più veloce e molto più a fondo.

«Fingevi che le tue dita fossero la mia bocca, piccola?», chiesi con tono animalesco. «Ti fottevi e desideravi che fossi io?»

«Sì!», ansimò Branna. «Solo tu».

Scosse di piacere invasero il mio corpo. «Andiamo, piccola. Ci sono quasi».

L'orgasmo mi travolse proprio come a Branna. Mi consumò e mi scorse nelle vene portando la sensazione di estasi in tutto il corpo. La spina dorsale mi si irrigidì, le anche facevano scatti involontari e un piacere caldo e intenso si diffuse in tutto il corpo e mi rilassò completamente. Non mi resi nemmeno conto che stavo cadendo in avanti sopra Branna. Lei rise e mi fece il solletico sui fianchi. Mi scossi, diedi uno strattone e rotolai da un lato togliendomi da sopra e dentro di lei con un unico movimento.

«Amore».

Branna mugolò. «Pensavo la stessa cosa».

Allungai la mano e Branna incrociò le dita con le mie.

«Possiamo rifarlo?», chiesi con il fiatone. «Subito?».

Branna rise di nuovo. «Dopo un pisolino rigenerante perché quell'orgasmo è stato… wow».

«So come ti senti». Scrollai le spalle. «Non è stato il rapporto più lungo che abbiamo mai avuto ma è stato il migliore».

«E tutti quei preliminari e lo stuzzicarsi degli ultimi tre mesi hanno trovato finalmente sfogo».

Mi girai e la afferrai. La tirai su di qualche centimetro sul letto per farle appoggiare la testa sul cuscino. La coprii e mi accoccolai accanto a lei. Ogni cosa brutta che ci era capitata negli ultimi anni aveva portato a questo e ne valeva la pena.

«Ti amo, tesoro».

Branna mi strinse. «Ti amo anch'io».

Sentirle dire quelle parole, ma meglio ancora, sentirle ogni volta che mi guardava o mi toccava significava tutto per me. Avevo una donna che mi amava come se fossi tutto il suo mondo e in cuor mio sapevo che per lei lo ero. Proprio come lei lo era per me. Avevamo passato la vita ad occuparci della famiglia e ci eravamo sempre messi in disparte. Ma ora basta. Mi sarei preso cura di Branna e in cambio lei si sarebbe presa cura di me. Era il mio futuro e io ero felice di poter dire che non mi era mai sembrato così radioso e bello.

Era il mio lieto fine e avrei fatto in modo di meritarmela.

Capitolo sette

Presente

Quando entrai in cucina e trovai mia moglie che preparava la cena, strisciai dietro di lei e avvolsi le braccia intorno al suo corpicino facendola urlare di paura. Risi e poi mi abbassai per posarle un bacio sul collo.

«Ti ho spaventata».

«Puoi dirlo forte». Ridacchiò. «Ti muovi ancora molto silenziosamente. Mi fai paura».

Sorrisi e le stampai un bacino sulla guancia. «Come ti senti per la storia di prima dei gemelli?»

«Ora che si sono scusati e hanno fatto pace tra di loro sto bene», rispose continuando a pelare le patate. «Spesso chiedo a Dio perché non ci abbia dato cinque femmine e poi penso a tutte le preoccupazioni che dà Georgie a mia sorella e Dominic e mi rendo conto che sono perfettamente felice di occuparmi di cinque ragazzotti fastidiosi».

Le accarezzai la schiena. «Se avessimo cinque Georgie avrei molti più capelli bianchi. Amo quella ragazzina alla follia ma cavolo, fa penare i suoi genitori e non lo fa nemmeno apposta».

Branna ridacchiò. «È proprio una brava ragazza però e tiene voi maschietti in pugno».

«Non farmici pensare».

Mia moglie rilassò la schiena contro di me. «Ci credi che i gemelli faranno quindici anni tra pochi mesi? Io no. Mi sembra che noi due ci siamo conosciuti ieri e ora abbiamo due figli di quasi quindici anni».

Premetti la faccia contro la sua. «Lo so, prima stavo proprio ripensando a degli eventi del passato e uno di questi era quando ci siamo incontrati».

«A cos'altro hai pensato?»

«A niente di preciso», risposi. «A come siamo arrivati qui».

Branna mormorò a bocca chiusa. «Abbiamo avuto una vita piena insieme».

«E il meglio deve ancora venire».

«Lo so», squittì Branna. «Tra una decina d'anni magari avremo dei nipoti».

«Gesù». Risi. «Non mi addossare nipoti quando abbiamo ancora un figlio sotto i dieci anni».

«Non posso farci niente. Adoro i bambini».

Il suo lavoro ne era la prova.

«Dove sono i ragazzi?»

«In camera», rispose Branna. «Arriveranno di corsa quando sarà pronto da mangiare».

«Ti va di divertirti nel frattempo?».

Mia moglie sbuffò. «Se ci divertiamo la cena non si preparerà da sola».

«Possiamo ordinare da asporto».

«Ho già messo tutto a cucinare. C'è rimasto solo da pelare le patate e metterle a bollire».

«Allora ti aiuto così abbiamo dieci minuti per noi», proposi. «So che ti piace il sesso lento e lungo… ma una sveltina fa bene all'anima».

Branna rise scrollando le spalle. «Allora aiutami».

Mi misi subito in azione e in un paio di minuti appena avevamo pelato le patate, lavate e messe in una pentola d'acqua a bollire sul fornello. Quando Branna si girò verso di me mi stavo già togliendo i vestiti in tutta fretta. Lei scoppiò a ridere e corse a chiudere la porta della cucina. Spense le luci così i vicini non mi avrebbero visto il culo nudo se avessero sbirciato.

«Sei peggio di un adolescente!».

«È colpa tua», le feci notare. «Me lo fai venire duro, donna».

«Oh». Fece schioccare la lingua. «Vuoi che ti faccia sentire meglio?»

«Sì», implorai quasi. «Sì, grazie».

Non fece in tempo ad avvicinarsi che la porta della cucina si aprì e mia moglie urlò. Presi la prima cosa che trovai sul piano per coprirmi il pube e lo feci giusto in tempo prima che le luci si accendessero.

«Non è quello che sembra», gridò Branna con le mani sulle guance.

Jules spostò lo sguardo da lei a me e disse: «State scherzando, vero?».

Branna non disse niente ma io risi attirandomi l'occhiata contrariata di mio figlio… fino a che non mi guardò le mani.

«Papà, ti prego non dirmi che non indossi i boxer dietro a quel libro di cucina. Ti prego».

«Va bene. Non lo farò».

Jules lanciò la braccia in aria e poi puntò il dito contro la madre: «Sono molto deluso da te, mamma. Fare certe cose con lui quando ci sono i tuoi figli in casa. Se fossi entrato un minuto più tardi sarei rimasto traumatizzato a vita. A vita. Vergognati, donna. Vergognati!».

Branna continuò a guardare nella sua direzione anche dopo che nostro figlio aveva fatto la sua uscita melodrammatica, poi si girò verso di me e disse: «Perché mi sento così triste per averlo deluso?»

«Perché riuscirebbe a convincere il diavolo che è Dio, ecco perché. Ora vieni qui e dammi un po' di amore».

«Sento tutto», vociò Jules dal corridoio. «Ogni parola e sto chiamando i servizi sociali».

Branna scoppiò a ridere e poi prese i miei vestiti da terra e me li passò spezzandomi il cuore.

«Ti faccio il culo a strisce, Jules», urlai. «Hai rovinato il momento privato di mamma e papà».

«Sto facendo il numero in questo momento!».

La risata di Branna fu contagiosa. Una volta vestito mi appoggiai al bancone e la guardai affaccendarsi per la stanza a controllare la cena che cuoceva. Era la donna più bella che avessi mai visto ed era mia. Aveva promesso di passare il resto della vita con me, di amarmi e starmi accanto nella buona e nella cattiva sorte e l'aveva fatto. Era rimasta con me quando sarebbe probabilmente dovuta scappare a gambe levate, mi aveva dato dei figli e si prendeva cura di tutti mentre faceva un lavoro faticoso.

Era la luce della mia vita.

«Branna, hai idea di quanto tu sia perfetta?», chiesi avvicinandomi a lei e scostandole dei ciuffi dal viso. «Non sto cercando di sedurti e farti spogliare. Sono serio. Hai la minima idea di quanto tu sia straordinaria? Non posso credere che tu sia mia moglie».

Arrossì. «Ryder, che succede?»

«Nulla», risposi. «Ti guardavo e sono rimasto colpito da quanto ti amo. Sono impressionato da te, amore. Lo sono sempre stato e lo sarò per sempre».

Le luccicarono gli occhi e prima che potessi dire una parola si avvicinò e mi stampò un bacio sulle labbra. Mi mise le braccia intorno alla vita e si appoggiò a me mentre ci baciavamo. Mi piaceva sentirmela addosso, il suo sapore, il suo odore. Amano ogni cosa di lei.

«Ti amo», dissi contro le sue labbra. «Ti amo da morire, Branna».

«Ti amo anch'io, Ryder».

Sorrisi e poi sentii un sospiro provenire dalla porta.

«Odio ammetterlo», bofonchiò Jules. «Ma era davvero romantico. Papà, me lo devi insegnare. Tutto quello che hai detto era perfetto».

Branna si girò verso nostro figlio e disse: «Non era preparato. Ha solo espresso a parole quello che sentiva. Quanti ti innamorerai dirai le stesse cose alla tua ragazza, immagino».

Jules alzò gli occhi al cielo. «Sì, vabbè. Tra quanto si mangia? Sto morendo di fame».

«Tra mezz'ora», rispose Branna. «Nel frattempo mangia una mela se hai fame».

Nostro figlio sbuffò ma prese una mela e uscì dalla stanza. Sentii litigare in salotto e capii che Jules voleva il telecomando del televisore e non so quale dei suoi fratelli non voleva darglielo. Stavo per intervenire e mettere fine alla discussione prendendolo io stesso quando suonò il telefono. Lo trovai in carica dall'altra parte della stanza.

«L'hai messo tu in carica?»
«Sì», rispose. «Era quasi morto».
La ringraziai, lo presi e risposi vedendo che Kane mi stava chiamando.
«Come va fratellino?»
«Lo sapevi che Georgie ha un fidanzato?».
Caddi quasi per terra. «Che cazzo dici?»
«Lo prendo come un no», grugnì Kane. «Ce l'ha, un ragazzo intendo. Ed è un Collins».
Ora, sapevo che Kane non aveva nessun problema con i Collins, aveva sposato una di loro, porca miseria, ma Georgie era nostra nipote ed era l'unica ragazza in un'orda di maschi... e il suo fidanzato era uno stronzetto di un Collins. Era un problema enorme, cazzo.
«Un ragazzo che è un Collins?», ripetei sperando di aver travisato tutto. «È quello che hai detto?»
«Le mie esatte parole».
«No», dissi. «Col cazzo!».
«Fidati, Ry». Sospirò Kane. «È vero. Damien mi ha chiamato per darmi la cattiva notizia».
«Dove vive? Di quale fratello è figlio?», chiesi. «Risolveremo il problema entro un'ora».
«Non possiamo». Grugnì mio fratello. «Ci è stato proibito di ferire il ragazzo dai piani alti».
Trattenni il fiato. «È stata Bronagh?»
«Già», rispose. «Dominic è al Crough's con Damien e dobbiamo assicurarci che non faccia qualcosa che spinga Bronagh a chiedere il divorzio o che lo faccia finire in galera. Alec sta già andando lì e io sono pronto per andare».
«Merda, vienimi a prendere. Sono pronto».
Guardai mia moglie e vidi che rideva in silenzio mentre controllava le patate.
«Branna, perché ridi?»
«Perché da quello che ho capito Georgie ha un ragazzo che è uno dei Collins e tu e i tuoi fratelli state andando fuori di testa. Ecco perché rido».
«Non è divertente», replicai. «È una cosa molto seria».

«Cazzo se lo è», mi fece eco Kane.

Branna scosse la testa. «Dov'è Dominic?»

«In un pub».

Rise ancora. «Vai pure, vai con i tuoi fratelli a sostenerlo. Devo chiamare mia sorella per sapere tutta la storia».

Le andai incontro, la bacia sulla guancia, poi mi girai e uscii dalla cucina.

«Kane, sei partito?»

«Sto venendo da te in questo momento».

Riattaccai, misi il telefono in tasca, presi la giacca e uscii di casa. La mia vita era fantastica; no, la mia vita era perfetta. Avevo trovato degli ostacoli sul cammino, poi delle vere e proprie montagne, ma ero riuscito a superare tutto e a diventare quello che ero, cioè felice, innamorato e molto fortunato. Me lo ricordai mentre aspettavo che mio fratello mi venisse a prendere. Mi ripetei a mente un discorso per consolare Dominic ma non ero sicuro che avrebbe funzionato. Georgie era la sua bambina, la primogenita... Mi sa che questa era una di quelle montagne sul cammino che io e i miei fratelli avremmo aiutato Dominic a superare e sapevo che alla fine ce l'avremmo fatta perché le famiglie sono fatte per questo.

Eravamo insieme nella buona, nella cattiva e nella pessima sorte. Non c'era niente che non potessimo affrontare se rimanevamo uniti come una famiglia ... e quello stronzetto di un Collins l'avrebbe capito presto.

Parte quinta
Damien

Capitolo uno

Presente

«Damien?».

Ero appena uscito dal bagno quando mia moglie mi chiamò.

«Sì, amore?»

«Vieni», urlò dalla cucina. «Occupati tu di questo maleducato pezzo di merda».

Oh-oh.

Corsi giù per le scale, percorsi il corridoio e arrivai in cucina dove il mio secondogenito, Kailen, era appoggiato al bancone e si guardava i piedi. Alannah era in piedi davanti a lui con le mani sui fianchi e batteva il piede per terra. Era diventata una scena abituale ormai. Kailen aveva dodici anni ma il suo atteggiamento era fuori controllo. Rispondeva male, non faceva quello che gli veniva chiesto e sapevo che Alannah si preoccupava da morire per lui.

«Che è successo?».

Alannah non staccò lo sguardo da nostro figlio. «Vuoi dirglielo tu o glielo dico io?».

Kailen alzò lo sguardo sulla madre, poi guardò me e riabbassò subito la testa.

«Bene», tagliò corto mia moglie e si girò verso di me. «Non mi ha aiutato con la cena quando gliel'ho chiesto perché era troppo occupato a smanettare col telefono. L'ho rimproverato e gli ho detto di aiutarmi e lui mi ha mandata a quel paese e mi ha detto di arrangiarmi».

Spalancai gli occhi sapendo che “mandare a quel paese” era un modo gentile di mandare qualcuno a ’fanculo. Kailen si irrigidì quando mi avvicinai e lo presi per il collo del maglione. Lo trascinai fuori dalla stanza lungo il corridoio fino al salotto. Non disse una parola e non si oppose. Camminò insieme a me e quando lo misi a sedere sul divano davanti a me unì le mani e le appoggiò sulle ginocchia.

«Aspetta», urlò quando vide che portavo le mani alla cintura. «Ti prego, mi dispiace».

«Ti dispiace?», ripetei. «All’improvviso ti dispiace perché non vuoi che ti picchi?».

Deglutì. «Non volevo arrabbiarmi con lei. Stavo litigando con qualcuno, la mamma mi ha parlato al momento sbagliato e me la sono presa con lei. Papà, ho visto la sua espressione quando ho detto quello che ho detto e mi sento da schifo. Mi dispiace».

Serrai la mascella. «Non tollero che nessuno manchi di rispetto a mia moglie. Solo perché sei mio figlio non significa che tu possa farlo. Abbassati i pantaloni».

Kailen esitò ma si alzò e si girò senza che glielo chiedessi. Non c’era stato bisogno di picchiarlo per mesi ma sapeva ancora come funzionava. Si abbassò i pantaloni scoprendo i boxer, strinse i pugni e aspettò. Mi tolsi la cintura e non persi tempo a punirlo. Gli colpii le natiche una volta e poi gli dissi di tirarsi su i pantaloni e di mettersi a sedere. Lo fece mentre mi rimettevo la cintura.

«Ora», dissi sedendomi di fronte a lui, «con chi stavi litigando?».

Non mi rispose.

«Posso andare a prendere il tuo telefono…».

«Non è nessuno», mi interruppe. «Solo… un amico».

Alzai un sopracciglio. «Conosco tutti i tuoi amici».

«Non questo».

Aspettai che continuasse.

«Papà, non voglio parlarti di lui».

Questo mi ferì un po’ perché era la prima volta che me lo diceva. Di solito mi parlava di qualsiasi cosa e questo mi fece pensare che fosse davvero qualcosa di brutto per volermelo tenere nascosto.

«Perché no?»

«Perché non voglio e basta».

Sbuffai. «Kailen che cosa mi stai nascondendo? Negli ultimi mesi non sei più tu, ti comporti in maniera diversa e ci manchi sempre di rispetto. Cos'è che ti fa essere sempre arrabbiato? Non posso aiutarti se non mi dici cosa c'è che non va».

Mi guardò con i suoi occhi grigi per qualche secondo e poi, dal nulla, cominciò a piangere.

«Kailen?». Mi preoccupai. «Ti ho colpito troppo forte?».

Mi sentii subito mortificato. Volevo punirlo per aver mancato di rispetto a sua madre ma non volevo provocargli davvero dolore.

«No», disse con voce soffocata strofinandosi con forza gli occhi. «Non è per quello, non mi hai nemmeno fatto male».

Mi alzai e mi sedetti accanto a lui con un braccio sulla sua spalla.

«Allora che c'è?».

Si girò verso di me e mi abbracciò spingendo la faccia contro il mio collo e singhiozzando. Il cuore cominciò a battermi all'impazzata e sentivo l'adrenalina scorrermi nelle vene. Ero preoccupato da morire e non sapevo cos'altro fare se non consolare mio figlio.

«Va tutto bene», gli dissi. «Qualsiasi cosa ti faccia stare così andrà tutto bene. Te lo prometto».

Kailen pianse ancora di più e mi strinse forte. Non aggiunsi altro; lo abbracciai e aspettai che si calmasse abbastanza per poter parlare. Ci vollero almeno cinque minuti.

«Ho paura di dirtelo».

Mi staccai e gli asciugai le lacrime con i pollici. Somigliava così tanto a mio fratello Dominic che andai in confusione. Sapevo che voleva dire che somigliava a me, ma quando guardavo Kailen mi ricordava tantissimo mio fratello… solo con i miei capelli chiari.

«Non avere paura», gli dissi. «Non avere mai paura di dirmi niente, d'accordo?».

Kailen tirò su col naso e annuì. «Riguarda... la mia relazione con una persona».

Questa era una novità. Aveva solo dodici anni.

«Hai una relazione?».

Annuì. «Sì».

«Okay», dissi piano. «Con chi? La conosco?».

Kailen si guardò le mani intrecciate. Mi chiesi perché non mi rispondesse e poi mi venne in mente che forse avevo fatto la domanda sbagliata. Gli avevo chiesto se conoscevo la ragazza che frequentava. Avevo dato per scontato che avesse una relazione con una ragazza quando non avrei dovuto.

«O lui?», aggiunsi. «Lo conosco?».

Mio figlio alzò gli occhi di scatto e aveva un'espressione così spaventata che volevo mettermi a piangere anch'io.

«Kailen, sei gay?».

Fece velocemente cenno di no con la testa.

«Ehi, ehi, non devi avere paura», lo rassicurai. «La tua sessualità non cambierà il bene che ti vogliamo io e tua madre, d'accordo? Sei ancora Kailen, sei ancora il figlio rompiscatole che amo più della mia stessa vita. Sei perfetto così come sei».

Pianse ancora e si ributtò su di me. Rimasi senza fiato e ricacciai in dentro le lacrime perché sapevo che non avrebbe aiutato nessuno. Se mi fossi messo a piangere avrei dovuto chiamare Alannah perché sarei stato spacciato.

«Non pensi che sia etero?».

Guardai Kailen che aveva ancora la faccia contro il mio petto.

«A essere sincero non ci ho mai pensato», ammisi.

Mio figlio rimase in silenzio per un attimo e poi disse: «Be'... non lo sono».

«Non sei etero?», chiesi.

Annuì. Una volta sola.

«Quindi...».

«Non sono nemmeno gay», mi interruppe.

Si staccò da me e si asciugò di nuovo la faccia. Tremava, quindi gli presi la testa e gliela tenni ferma. Questo discorso era estremamente importante per lui ed era ovvio che si fosse tenuto tutto dentro per molto tempo. Mi faceva stare male pensare che aveva paura di dirmelo o che avesse paura di essere rifiutato.

Piegai la testa. «Sei bisessuale o pansessuale? O gender queer? Mi dispiace ma alcuni non so minimamente cosa significhino e so che ci sono un sacco di altri tipi di sessualità ma li imparerò tutti se...».

«Papà», mi fermò Kailen con un accenno di risata. «Non devi imparare i significati di tutti».

«Ma voglio», dissi. «Se ti identifichi in uno di quelli voglio sapere tutto a riguardo in modo da poterti capire meglio».

Mi strinse la mano. «Sai già tutto della mia sessualità».

«Ah sì?».

Annuì. «Sono bisessuale... come zio Alec».

«Okay», dissi annuendo. «Ti becchi lo stesso discorsetto che è toccato a Leland. Non giocare con i sentimenti delle ragazze o dei ragazzi o io e te avremo dei problemi. Intesi?».

Kailen fece sì con la testa con l'accenno di un sorriso sul volto.

«Sono la prima persona a cui lo confidi?», chiesi.

Scosse la testa. «Zio Alec lo sa. Gliel'ho detto mesi fa e mi ha incoraggiato a dirtelo, ma diceva che rispettava la mia decisione di farlo quando ero pronto».

Era giusto. Non sapevo cosa significasse essere qualcosa di diverso da eterosessuale quindi aveva senso che Kailen si fosse confidato con qualcuno con cui si poteva identificare.

«Da quanto sai di esserlo?», chiesi. «Onestamente non pensavo che fossi già interessato alle ragazze o ai ragazzi».

Arrossì. «L'anno scorso ho visto una ragazza carina e volevo baciarla come tu fai con mamma... poi qualche giorno dopo ho visto un ragazzo carino e ho pensato la stessa cosa di lui. Non l'ho capito subito, però quando hanno cominciato a piacermi le ragazze mi sono piaciuti i ragazzi allo stesso modo».

«Mi dispiace che tu non ti sia sentito libero di parlarne con me o con la mamma».

«Volevo», disse Kailen, «ma continuavo a tirarmi indietro».

«Perché?»

«Non volevo… è che… avevo paura che vi sareste comportati diversamente con me».

Sentii un dolore al cuore.

«Tesoro», dissi con fermezza. «Ti voglio bene indipendentemente da chi ti attrae. La tua sessualità non c'entra niente. Non l'ha mai fatto e mai lo farà».

«Lo sapevo», affermò. «Lo sapevo, ma dentro di me avevo comunque paura che sarebbe successo».

«Mi uccide che tu lo abbia pensato e che ti sia preoccupato così a lungo».

«Non importa». Alzò una spalla.

«Invece sì», insistetti. «Non voglio che tu abbia paura di essere te stesso, soprattutto con me o la tua famiglia».

Kailen si fece piccolo piccolo. «Non volevo che i ragazzi mi trattassero in maniera diversa».

«I tuoi fratelli?»

«E i miei cugini», aggiunse. «Georgie lo sa, ma non so come visto che non gliel'ho mai detto. Un giorno mi raccontava di un ragazzo che le piace e mi ha detto che se fossi andato con lui mi avrebbe preso a calci in culo».

Sbuffai. «Quella ragazzina è sveglia».

«Sì», concordò annuendo.

«È per questo che ti sei comportato in maniera così strana negli ultimi mesi?», domandai.

«Penso di sì», disse incerto. «Mi faceva arrabbiare non essere libero di parlare di chi mi piace come fa Leland o i miei cugini perché ero preoccupato che mi deridessero o non volessero più stare con me. Credo di essermi chiuso in me stesso ed è a quel punto che ho cominciato ad avercela con tutti. Poi Rome è entrato nella mia squadra di calcio e un giorno, dopo esserci fatti la doccia, mi ha detto che gli piacevo e mi si è quasi fermato il cuore. A quanto pare era bisessuale e lo sapevano tutti. Abbiamo cominciato a scambiarci dei messaggi e poi ci siamo messi insieme di nascosto perché lui sapeva che non l'avevo ancora detto a nessuno».

«Questo Rome è il tuo ragazzo?».

Kailen arrossì di nuovo e annuì.

«Sei felice di stare con lui?»
«Sì», rispose. «Lo sono».
«Allora sono felice che tu sia felice ma hai solo dodici anni e sei davvero piccolo per avere una relazione. Ti avviso che non puoi fare niente di fisico fino a che non sarai grande abbastanza. Stando con Rome non devi preoccuparti delle gravidanze ma ci sono altre cose spiacevoli».
Kailen avvampò. «Ci siamo solo baciati qualche volta e basta. Lo giuro».
«Bene». Annuii. «Voglio conoscerlo».
Spalancò gli occhi. «Oddio, perché?»
«Perché sei mio figlio e voglio assicurarmi che questo ragazzo con cui esci vada bene per te. C'è qualche problema?».
Abbassò la testa e sorrise. «No, nessuno».
«Bene».
Kailen rilasciò un sospiro profondo e disse: «Papà, mi sento così... leggero dopo avertelo detto. Ti voglio tanto bene per volermene anche tu anche se sono diverso».
«Diverso?», ripetei. «A ognuno piace quel che gli piace, quindi in questo senso siamo tutti diversi».
«In questo momento sembravi proprio zia Branna».
Risi. «Non dirlo a zio Ryder. Mi spaccherebbe il culo se lo sapesse».
Kailen sorrise e scosse la testa.
«Rome è l'unico ragazzo che, sai, hai baciato?»
«L'unica persona», mi corresse Kailen. «Non ho mai baciato nessun altro».
«Perché no?», chiesi sentendomi offeso per lui. «Sei un bel ragazzo. Sei uguale a me e hai il sorriso di tua madre. I ragazzi e le ragazze devono essere pazzi per non avere una cotta per te».
Kailen sprofondò nella sedia brontolando.
«Smettila, per favore», disse. «È mortificante».
Risi. «Scusa».
Kailen ridacchiò. «Puoi venire in cucina così lo dico alla mamma? Vorrei che fossi con me».
«Ho sentito tutto!». Alannah si precipitò all'improvviso nella stanza cogliendoci di sorpresa, si gettò oltre di me e atter-

rò su nostro figlio. Scossi la testa e sorrisi quando lei cominciò a piangere e Kailen mi lanciò un'occhiata piena di panico da sopra la sua spalla. L'abbracciò e la consolò ma quando si rimise in piedi era comunque sconvolta.

«Il mio tesoro», pianse e baciò il viso di Kailen. «Sei così perfetto e così bello che sarai il ragazzo migliore che Rome o chiunque altro possa desiderare. Ti voglio benissimo».

Risi per l'espressione frastornata di mio figlio che mi rivolse uno sguardo scherzoso mentre Alannah lo braccava in un altro abbraccio. Non lo lasciò andare per un bel po' e quando alla fine si separarono, lui la trascinò in cucina per poterla aiutare con la cena come gli era stato chiesto di fare. Li seguii in silenzio e li guarda interagire. Kailen è cambiato in modo incredibile; era come se riuscissi a vedere il peso che si era tolto dalle spalle ora che ci aveva rivelato il suo segreto.

Ero fiero di lui, davvero tanto. Tornai in corridoio quando un altro dei miei figli corse giù per le scale.

«Leland». Sospirai mentre saltava gli ultimi tre scalini e atterrava sul pavimento con un tonfo. «Prima o poi ti spezzerai l'osso del collo. Scendi le scale come una persona normale».

«Papà», sorrise girandosi verso di me. «Proprio l'uomo che cercavo».

Aveva tredici anni ma si comportava come un sessantenne.

«Che c'è?»

«Ho una domanda».

«Spara».

«Hai mai visto una ragazza così bella da farti fermare il cuore solo guardandole il viso?».

Guardai il mio primogenito e mi chiesi quale ragazza lo avesse trasformato in poeta.

«Sì, Leland», dissi. «È la tua mamma».

«Questa ragazza è come la mamma». Sorrise. «La sposerò».

«Vacci piano», ridacchiai. «Hai solo tredici anni».

Leland mi rivolse una rapida occhiata con gli occhi grigi e disse: «Allora la sposerò quando avrò diciotto anni. Non farò il cretino e farò passare un sacco di anni come hai fatto con la mamma».

Schiusi le labbra. «Le cose tra me e tua madre erano complicate. Non era così semplice».

«L'amore è sempre semplice, papà. Quando trovi la ragazza giusta si sistema tutto».

Lo guardai andare in salotto chiedendomi se fosse davvero figlio mio o piuttosto di Alec.

«Chi è questa ragazza che ti ha fatto innamorare follemente con uno sguardo?».

Leland si buttò sul divano e disse: «Non ne ho idea, ma l'amo comunque».

Dio, dammi la pazienza.

«Comincia dal principio».

«L'ho vista oggi a bordocampo durante la partita». Sospirò Leland. «È la cugina di uno dei miei compagni di squadra. Questo lo so, però è andata via prima che potessi chiederle il nome. È giapponese e, miseria, è bellissima. Ha dei capelli scuri come la notte, la pelle color caramello ed è piccolina. La sposerò, lo so».

«Passi troppo tempo con zio Alec».

«Papà», grugnì Leland mentre si rotolava dal divano al pavimento. «Sono innamorato e non conosco nemmeno il suo nome».

Sorrisi, scossi la testa e dissi: «Scrivi al tuo amico e chiedigli come si chiama».

«L'ho già fatto», brontolò. «Akio dice che non me lo dirà perché non vuole che gironzoli intorno a sua cugina. Dice che non parla nemmeno tanto bene la nostra lingua. Quello stronzetto è in mezzo tra me e la ragazza che sposerò».

Risi. «L'amore trova sempre un modo, non ti preoccupare».

«Immagino di sì», disse proprio mentre Alannah urlò: «La cena è pronta».

«Dio, grazie», disse Leland tirandosi su. «Essere innamorato fa venire fame».

Gli diedi un colpetto scherzoso mentre si precipitava di là. Gli altri tre figli, Noble di dieci, Soren di otto e Heath di sei scesero le scale parlando tutti nello stesso momento. Mi passarono accanto senza dirmi una parola ma quando entrarono in cucina abbracciarono e baciarono la madre. Guardai i piccoli ingrati prima di seguirli e sedermi con loro al tavolo mentre mia moglie e Kailen servivano la cena. Una volta sistemati tutti e cominciato a mangiare, l'argomento di conversazione principale divennero le partite di calcio di quel pomeriggio.

«Vorrei dire qualcosa», disse Kailen in un momento di silenzio.

Noble lo guardò e disse: «E dilla».

«Lo farò, però prima mi dovete promettere che non mi vedrete in modo diverso».

Mi sentivo nervoso per lui ma anche molto fiero per essersi deciso a dire ai fratelli della propria sessualità.

«Non ti vedrei mai in modo diverso», disse Soren. «Quindi spara».

Gli altri ragazzi annuirono perciò Kailen, dopo aver guardato me e la madre per ricevere supporto, prese fiato e disse: «Sono bisessuale e ho un ragazzo. Magari lo conoscete. È Rome Forrest».

A Leland, che era seduto accanto a me, andò di traverso il pollo e mi venne spontaneo battergli sulla schiena.

«Sei gay?», chiese alla fine con il respiro affannoso.

Kailen guardò quello che non solo era suo fratello ma anche il suo migliore amico.

«No», disse con calma prima di ripetere: «Sono bisessuale».

Leland guardò Kailen e Kailen sostenne lo sguardo. Non mi ero reso conto che stavo trattenendo il fiato fino a che il petto cominciò a farmi male. Pregai che mio figlio non dicesse qualcosa di omofobo perché sapevo che avrebbe devastato Kailen. Erano i più uniti tra i miei figli ed erano sempre insieme.

«Non ho più fame», disse Leland all'improvviso e si alzò in piedi.

Gli occhi di Alannah si riempirono di lacrime.

«Leland!», gridò Kailen. Poi si alzò e impedì al fratello di lasciare la stanza. «Non fare così. Ti prego».

«Così come?»

«Non comportarti in maniera strana», lo implorò Kailen con le mani che gli tremavano. «Sei il mio migliore amico, mio fratello e non voglio che tu… mi odi».

«Mica ti odio», replicò Leland. «Sono arrabbiato».

«Perché?»

«Sai che odio Rome Forrest. È un cretino che non passa mai la palla durante le partite e dice un mucchio di sciocchezze e ora dovrei essere contento che tu annuncia a tavola che esci con lui? No, puoi andare a quel paese Kailen».

Ci fu qualche secondo di silenzio e poi risuonò forte e chiara la risata di Kailen.

«Che accidenti ridi?», chiese Leland spingendo il fratello. «Non è divertente».

«Sei arrabbiato per Rome, non perché sono bisessuale?»

«Sei stupido? Certo che è per Rome. Perché dovrei essere arrabbiato se ti piace un ragazzo?».

Alannah rise e le sparirono le lacrime dagli occhi, io mi accasciai sulla sedia e Kailen buttò le braccia intorno al fratello e lo strinse forte.

«Mi cacavo sotto all'idea di dirtelo. Pensavo che magari...».

«Non avrei più voluto avere a che fare con te?», concluse Leland ricambiando l'abbraccio.

Kailen annuì e si schiarì la voce quando lui e il fratello si staccarono.

«Rome è a posto, Leland».

«No, non lo è e io non sarò gentile con lui», affermò Leland. «Non mi importa se te lo sposi. Non sarò carino con lui. Né ora né mai».

«Però verrai al matrimonio?», chiese Kailen con un sorriso. «Se ci sposiamo, ovvio».

«Certo», disse Leland alzando gli occhi al cielo. «Ma non sarò carino con lui comunque, quindi dovrai fartene una ragione qui e ora. Accettalo perché io l'ho fatto».

Kailen rise, diede una spinta al fratello e poi tornò a tavola. Leland lo seguì e tornò al suo posto. Alannah si asciugò gli occhi e io sorrisi come uno scemo.

«È proprio strano», disse Soren imbronciato. «Perché ti piacciono i ragazzi? Le ragazze sono belle. Guarda la mamma e Georgie».

Kailen guardò il fratello e disse: «Non posso farci niente. Mi piacciono sia i ragazzi che le ragazze».

Soren guardò il resto di noi, poi chiese alla madre: «Mi devono piacere i ragazzi? Perché non voglio».

Lei rise. «Non è una scelta, tesoro. Ti piace chi ti piace… solo che non devi essere cattivo con qualcuno per i suoi gusti, va bene?»

«Va bene». Soren annuì e tornò alla sua cena.

Heath guardò Kailen e disse: «Mi piacciono i cani. Vuol dire che ne devo sposare uno, Kai? Perché sarebbe bellissimo».

Ci fu un momento di silenzio e poi scoppiammo tutti a ridere. Heath ci guardò confuso; era chiaro che la sua domanda era seria e questo la rendeva ancora più esilarante. Alzò gli occhi al cielo e si rimise a mangiare ignorandoci. Dopo che ci fummo ricomposti alcuni dei ragazzi fecero delle domande a Kailen riguardo la sua bisessualità, poi l'accettarono e passarono oltre. Dall'espressione sul viso di Kailen sapevo che era felice.

Poteva essere sé stesso e questo rendeva me felice.

«Papà», chiamò Noble quando spinsi via il piatto e mi massaggiai lo stomaco.

«Cosa?»

«Quando ti fai la barba?».

Tutti i miei figli mi guardarono. Alannah abbassò la testa ma la vidi sorridere. Mi toccai la barba che avevo lasciato crescere negli ultimi mesi e aggrottai le sopracciglia. «Non avevo intenzione di farlo».

«Dovresti», disse Noble. «È stupida».

«Ehi». Lo guardai male. «Non prendertela con la mia barba, piccolo impertinente».

Mio figlio sbuffò. «O me la prendo con la barba o con la panza».

Secondo i miei figli se uno non aveva la tartaruga era un panzone.

Ringhiai. «Non ho più la tartaruga, ammazzami».

«Zio Nico ce l'ha ancora».

«Noble», grugnii. «Stai scherzando col fuoco, principessa».

Odiava essere chiamato principessa.

«Non prendertela con me perché tra qualche anno sarai grasso e sembrerai Babbo Natale!».

Trattenni il fiato. «Rimangiatelo, merdina».

Mio figlio si alzò e lasciò la cucina a grandi passi.

«Babbo Natale vorrebbe essere scolpito come me!».

Non avevo più la tartaruga ma ero ancora tonico.

«Non inganni nessuno con quella barba, papà», gridò in risposta. «Quando diventerà davvero folta sembrerai Babbo Natale e zio Alec non te lo lascerò passare mai».

Rimasi zitto e mi resi conto che mio figlio aveva ragione. Una volta che mio fratello maggiore se ne fosse accorto mi avrebbe paragonato a Babbo Natale perché avevo i capelli chiari ... e questo mi avrebbe ucciso.

«Rasoio», grugnii alzandomi. «Mi serve il rasoio».

Risero tutti mentre uscivo dalla cucina e andavo in camera. Entrai nel bagno mio e di Alannah, presi il rasoio e osservai il mio riflesso.

«Posso rasarti io?».

Guardai Noble che era appoggiato allo stipite. «È così brutta?»

«Ma no», rispose. «Ti sto prendendo in giro, ma sai com'è zio Alec e la stroncherà sicuramente».

Aveva ragione. Lo misi a sedere sul ripiano, gli misi in mano il rasoio e gli dissi cosa fare, poi lui rimase perfettamente immobile mentre mi radeva. Quando finì dieci minuti più tardi era molto fiero di sé stesso. Si allungò e mi baciò la guancia e fu così dolce che mi dimenticai quasi di come fosse stato impertinente.

«Vuoi vedere come mi tolgo i peli rimasti?».

Annuì e passò i minuti seguenti a guardarmi radere. Gli interessava capire il processo, quindi glielo spiegai passo passo. Mi resi conto che nel giro di pochi anni avrei dovuto mostrare come radersi a Leland, poi a Kailen, poi a Noble e poi agli altri miei figli. Il tempo volava e non potevo farci niente.

«Ecco». Noble sorrise mentre mi asciugavo la faccia con un asciugamano. «Adesso sembri di nuovo mio padre».

Ridacchiai mentre lui saltava giù e correva via. Mi guardai allo specchio, poi uscii dal bagno, andai a letto e mi ci buttai sopra.

«Bel culetto».

Sorrisi contro il cuscino. «Dove sono i ragazzi?»

«Tocca a Leland rassettare stasera quindi li ha coinvolti tutti. Dice che essere il maggiore ha i suoi vantaggi».

Mi girai sulla schiena e dissi: «Porta il tuo bel sederino qui allora».

Alannah si avvicinò e disse: «Penso che mi mancherà la barba, ma Noble aveva ragione. Alec ti avrebbe dato il tormento».

«Lo so», sospirai. «È una testa di cazzo».

Mia moglie rise e si mise su di me. Si abbassò e mi accarezzò la pelle fresca di rasatura con le labbra. Le portai una mano sul sedere e strinsi. Portò le labbra sulle mie e sorrise.

«Facciamo sesso o dormiamo?».

La guardai e dissi: «Abbiamo fatto sesso stamattina, quindi ora dormiamo».

Alannah rise e si rotolò su un fianco accanto a me. Si accoccolò e disse: «Sono molto fiera di Kailen».

«Anch'io», dissi cingendola con un braccio. «Non avevo idea che stesse affrontando tutto questo però. Tu sì?»

«Per niente», rispose. «Sono contenta che lo sappiamo e che tutti siano felici per lui perché mi si spezza il cuore a pensare che aveva paura che non lo avremmo accettato».

Le bacia la testa. «Anche a me, ma ora è felice. Hai visto come sorrideva?»

«Già». Si rilassò. «Non si deve più nascondere».

Sospirai soddisfatto. «Ti amo, Lentiggini».

«Ti amo anch'io, Jack Frost».

Sorrisi. «Ci credi che sono passati venti anni da quando ci siamo conosciuti?»

«No, perché mi sembra ieri. E ora siamo sposati e abbiamo cinque bellissimi figli. Amo la nostra vita».

«Anch'io, Lentiggini. Anch'io».

Chiusi gli occhi e mi rilassai. Amavo mia moglie e i miei figli più della mia stessa vita ma mentirei se dicessi che non era stancante. Ne valeva la pena, però. Valeva la pena per loro.

Capitolo due

Quindici anni

«Damien?».

Vattene, ti prego.

«Damien, ascoltami».

Tenni gli occhi chiusi e non mossi un muscolo. Mi autoconvinsi che se fossi rimasto fermo e non avessi parlato, non mi avrebbe visto nessuno. Mi dissi che ero intrappolato in un incubo e che da un momento all'altro mi sarei svegliato e sarei tornato alla normalità. Ecco cos'era: un orribile incubo. Non era possibile che fosse reale.

«Damien, apri la porta».

Digrignai i denti e scacciai la voce di mio fratello dalla mia testa. Diedi un calcio alla porta vicino a cui ero disteso ma continuai a non parlare.

«È stato un incidente», mi rassicurò mio fratello maggiore attraverso la porta bianca di quercia. «Andrà tutto bene. Apri la...».

«L'ho ucciso!», interruppi Ryder con un grido. «Ho ucciso Trent! Gli ho sparato. È morto per colpa mia!».

Non mi ero reso conto che stavo piangendo fino a che sentii le lacrime calde che mi scendevano lungo le tempie e tra i capelli. Mi coprii la faccia con le mani e lasciai che i singhiozzi uscissero liberi dalla gola. Mi sembrava di stare disteso sul pavimento della camera da ore, ma in realtà si trattava probabilmente solo di una. Ero corso qui e mi ero chiuso a chiave quando Dominic mi aveva detto che il dottore aveva dichiarato Trent morto. Mi tolsi le mani dal viso e mi diedi un pugno in testa mentre piangevo.

Volevo scappare e non voltarmi più indietro, dimenticarmi della mia vita e ricominciare da qualche parte… ma sapevo che non sarebbe mai successo.

«Damien». Ryder fece un sospiro lungo e profondo. «Apri la porta così possiamo parlare».

Non c'era niente di cui parlare. Trent era morto perché avevo perso la testa e gli avevo sparato.

«Vai via!», urlai. «Lasciami in pace!».

Sentii dei rumori in corridoio e poi Kane sbottò: «Apri la porta o la butto giù. Sono serio».

Ci credevo ma non mi importava. Mi faceva male il petto, avevo lo stomaco sotto sopra ed ero terrorizzato. I miei fratelli erano l'ultimo dei miei problemi.

Feci un salto quando sentii un botto fragoroso accanto a me.

«Kane!», urlai. «Fermati!».

«Apri questa cazzo di porta allora. Subito!».

Mi tirai su a fatica e aprii la porta. I miei quattro fratelli erano in piedi in corridoio e mi guardavano. Dominic fu il primo a venire avanti ma io lo evitai. Il dolore gli balenò in volto ma non disse nulla. Gli altri sapevano che ero sconvolto ma Dominic sapeva che quello che era successo mi stava uccidendo. Non c'era bisogno che me lo chiedesse; doveva solo guardarmi negli occhi. Sapevamo sempre cosa aveva l'altro senza dover chiedere.

«Marco mi ucciderà», dissi asciugandomi il viso con le mani. «Me ne devo andare prima che mandi…».

«Non ti farà niente», mi interruppe Ryder. «Te l'ho detto che si sarebbe sistemato tutto ed ero serio».

Tirai su col naso. «Trent era suo nipote e io l'ho ucciso. Marco non me la farà passare liscia, Ryder».

Avevo ucciso un membro del gruppo e conoscevo la punizione. Avevo un debito da pagare, una vita per una vita. A Marco non sarebbe importato che fossi solo un ragazzino. Aveva ucciso gente più giovane di me per molto meno.

Mio fratello fece un passo avanti e mi mise una mano sulla spalla. «Ce ne siamo occupati noi. Sei al sicuro».

Spostai lo sguardo da Ryder agli altri e poi di nuovo su mio fratello maggiore. «Ragazzi, che avete fatto?»

«Ci siamo incontrati con Marco», rispose Dominic. «Gli abbiamo fatto un'offerta e lui ha accettato. Non sei in pericolo».

Non riuscivo a capire cosa dicevano ma prima che potessi chiedere Ryder mi spinse a sedere sul letto.

«Ci farai le domande tra un attimo», disse mettendosi accanto a me. «Ora dimmi cosa è successo».

Mi si seccò la bocca. «Lo sai cosa è successo».

«Lo so a spizzichi e bocconi. Dimmi di preciso com'è andata».

Mi guardi i piedi. «Mi sento male, Ryder».

«È stato un incidente», disse Alec.

Lo guardai e dissi. «Invece no».

Nessuno parlò.

«Gli ho puntato la pistola al petto e ho premuto il grilletto perché volevo ucciderlo per quello che aveva detto su mamma e papà. Volevo… volevo che la pagasse».

Tornai a guardare il pavimento. La mente continuava a ritornare alla scena ma io mi sforzavo di non fissarmici. Non volevo riviverla.

«Vorrei non averlo fatto», dissi. «Ho perso la testa e ho sentito un dolore al cuore quando ha detto che mamma e papà meritavano di morire. Non sono più riuscito a pensare».

Mi portai le mani sul viso e per un paio di minuti calò il silenzio nella stanza… fino a che non mi balenò un pensiero nauseante.

«Sono come lui».

«Chi?», chiese Dominic.

Mi afferrai le mani per farle smettere di tremare.

«Papà», risposi. «Volevo che ci volesse bene, che ne volesse a me, ma sapevo che era una brutta persona. Sapevo che aveva fatto cose terribili e ora le ho fatte anch'io. Sono come lui».

Volevo molto bene ai miei genitori nonostante il rancore

dei miei fratelli che non capivano come potessi volere bene a delle persone che non ricambiavano il mio affetto. Non lo capivo nemmeno io ma gli volevo comunque bene. Quando erano morti mi era crollato il mondo addosso e i miei fratelli lo sapevano.

«No», disse Ryder costringendomi a guardarlo. «Non lo sei. Lui faceva quello che faceva perché gli piaceva. Era contento. Anche solo a guardarti vedo quanto tu ti penti. Non sei come lui. Neanche lontanamente».

Deglutii e feci un bel respiro prima di parlare.

«Trent ha baciato Nala. Sapevo che gli piaceva e mi faceva incazzare che ci avesse provato con lei. Pensavo che fossimo amici». Scossi la testa. «Ha sorriso quando gli sono saltato addosso; era come se sapesse che volevo lottare e io ero più che felice di dargli quello che voleva. Non ero più in me dalla morte di mamma e papà quindi volevo riversare tutto il dolore su di lui».

Mi fermai per asciugarmi il naso.

«Quando ha detto che meritavano di morire perché erano traditori non ci ho capito più nulla. Non mi ricordo molto di quello che è successo dopo. So solo che avevo una pistola e che ho sparato perché lo volevo. Volevo ucciderlo ma quando è caduto a terra e ho visto il sangue me ne sono pentito subito. Sono un assassino».

«Smettila», sbottò Damien all'improvviso. «Smettila. Sei una brava persona. Non avevi pianificato di uccidere Trent; è successo perché ti ha provocato».

Non mi faceva sentire meglio ma annuii per farli contenti.

«Che intendevi quando hai detto che ti sei occupato della faccenda con Marcus?», chiesi a Ryder.

«Ci siamo offerti di ripagare il tuo debito lavorando per lui e lui ha accettato. Non ti farà del male».

Fui invaso dal panico.

«Che tipo di lavoro?»

«Roba di affari», rispose Kane. «Non lo sappiamo di preciso ma lo affronteremo insieme quindi non ti preoccupare».

Non ti preoccupare? Come cazzo facevo a non preoccuparmi? Era tutta colpa mia e volevano che non mi preoccupassi.

«Voglio lavorare...».

«No», mi interruppe Ryder. «Tu non sei coinvolto».

«Non sono coinvolto?», ripetei. «Siamo in questa situazione per colpa mia».

«Non mi interessa», continuò mio fratello. «I patti sono che lavoriamo noi per Marco, non tu».

Non sapevo che dire. In quel momento non mi sentivo loro fratello. Mi sentivo inferiore. Non mi trattavano da pari. Mi trattavano come se fossi un bambino da proteggere perché nessun altro lo faceva.

«Resto con te stanotte».

Guardi Dominic e domandai: «Perché?»

«Perché mi va», rispose.

Non ribattei perché sapevo che probabilmente avrei avuto bisogno di lui per rimanere calmo. Non ero come loro che quando avevano paura la affrontavano; quando avevo paura io correvo da uno di loro per stare meglio. Lo avevo sempre fatto e lo detestavo ma non potevo farci niente. Forse il mio bisogno di affetto era il motivo per cui i miei fratelli mi trattavano come un bambino.

Ero un bambino ma la responsabilità che mi si prospettava non era da bambini. Nala, la ragazza con cui stavo da due anni, era incinta di dieci settimane di mio figlio. Me lo aveva detto qualche giorno prima e io non ci parlavo da allora. Avevo quindici anni. Non ero pronto a diventare padre perché ero ancora un ragazzino. Non sapevo niente di bambini e nemmeno volevo. Ero terrorizzato all'idea di diventare padre ma ero ancora più terrorizzato all'idea di avere un bambino e amarlo perché da quando i miei genitori erano morti avevo paura che tutti quelli che amavo mi avrebbero lasciato.

Avevo anche fatto finta di non volere davvero bene ai miei fratelli perché temevo che uno di loro sarebbe morto e mi avrebbe lasciato. La mia mente aveva sviluppato questa paura e io non sapevo come uscirne... e la cosa peggiore era che forse non volevo. Avevo ucciso qualcuno. Avevo tolto la vita e una persona. Forse Dio mi stava punendo per questo; forse mi meritavo di vivere con il dolore e la paura.

Era tutta colpa mia.

Solo mia.

Capitolo tre

Diciotto anni

«Con chi ce l'hai?».

Kane si sedette accanto a me ma non lo guardai.

«Con nessuno».

Seguì il mio sguardo e rise.

«Alannah».

Non stavo guardando Alannah… solo le ragazze che ballavano accanto a lei. Lei rivolgeva la sua attenzione a Bronagh con cui rideva e ballava ma gli uomini intorno erano concentrati su loro due. Mi dava noia e mi dava noia il fatto che mi desse noia. Provare qualcosa per Alannah non andava bene. Era una gemma, valeva molto, ed era preziosa quanto fragile. Io incasinavo la vita delle persone, ecco cosa facevo, e non volevo farlo anche con la sua. Stare lontano da lei quando ne ero selvaggiamente attratto era una sofferenza ma dovevo sopportarlo. Come dovevo sopportare i suoi sorrisi dolci, il suono della sua risata e le occhiate languide che mi lanciava spesso.

Resistevo dal giorno in cui l'avevo conosciuta… ma cominciavo a vacillare.

«Non sto guardando lei».

Kane rise e mi batté la mano sulla spalla. «Anche un cieco si accorgerebbe che provi qualcosa per lei, fratellino».

«Provare qualcosa?», tossii. «Non provo niente per lei. Non la conosco nemmeno così bene».

Bugia. Bugia. Bugia.

Kane alzò un sopracciglio. «È più che attrazione. Non te ne fregherebbe niente dei ragazzi che ci provano con lei se la trovassi solo carina».

Serrai la mascella. «Lascia stare, Kane».

Tornò a guardare la pista da ballo e disse: «Non importa, sta baciando un altro quindi non devi preoccuparti per lei».

Spostai lo sguardo su Alannah talmente di scatto che mi feci quasi male al collo. Ero così teso che provavo una punta di dolore su tutto il corpo, ma quando vidi che Alannah stava ancora ballando con Bronagh e non degnava di uno sguardo i ragazzi intorno a lei, mi girai verso mio fratello che sorrideva e lo guardai in cagnesco.

«Sei un coglione».

«E tu sei un cretino», ribatté. «Ti piace, che problema c'è? Dominic è innamorato di Bronagh e non l'ho mai visto più felice. Lo stesso per Ryder e Branna. Potrebbe essere così anche per te e Alannah».

Alzai gli occhi al cielo. «Da quando è che ti importa delle relazioni?»

«Non mi importa», rispose Kane. «Mi importa di te e degli altri e se una relazione è ciò che vi rende felici allora la appoggio».

Non gli risposi e lui non disse altro. Guardammo le ragazze che ballavano e prima che me ne rendessi conto mi ero alzato in piedi e mi avvicinavo deciso ad Alannah accompagnato dalla risata di Kane. Un pischello le ballava un tantino vicino e stava guardando il suo corpo perfetto da un po' troppo a lungo. Intercettò il mio sguardo mentre mi avvicinavo e appena vide l'espressione sul mio viso si fece indietro e sparì tra la folla. Raggiunsi Alannah e la trassi a me quando mi accorsi che Bronagh non era più con lei.

Provò con tutte le sue forze ad allentare la mia presa mentre mi gridava contro, ma smise di lottare quasi all'istante quando si girò e mi guardò. I suoi occhi ambrati si illuminarono quando mi vide e sentii diffondersi un calore nel petto.

«Damien!».

La sua vista mi strappò un sorriso. All'improvviso sentii

l'impulso di abbracciarla, quindi le misi le mani sui fianchi e la tirai fino a che il suo corpo fu contro il mio e lei trattene il fiato. Non riuscii a sentirlo per via della musica, ma me lo immaginai e questo mi provocò una scarica ai genitali. Quando mise a fuoco la situazione mi mise una mano sulla spalla, si morse il labbro e mi si strusciò addosso. Le strinsi le mani sui fianchi.

«Ti voglio così tanto che fa male, piccola».

Alannah scosse la testa e urlò: «Non riesco a sentirti».

Le presi la mano e la trascinai via dalla pista da ballo. Quando mi girai per guardarla Alannah mi tolse il fiato perché si alzò in punta di piedi, mi prese il viso tra le mani lo avvicinò al suo e premette le sue labbra morbide sulle mie. Rimasi fermo per forse due secondi. Volevo staccarmi ma la sensazione delle sue labbra contro le mie era l'unica cosa a cui riuscivo a pensare. Avvolsi le braccia intorno al suo corpicino e la strinsi a me più che potei.

«Alannah», mormorai sempre attaccato a lei.

Si staccò dal bacio e mi guardo con gli occhi spalancati. Disse qualcosa con espressione sognante ma non riuscii a sentire col rumore della musica e della folla quindi le presi di nuovo la mano e la guidai verso due omoni che stavano fuori dalla porta che portava al retro del locale. Uno di loro era Skull, un buttafuori con cui avevo parlato qualche volta.

«Posso usare una stanza?».

Skull guardò Alannah dietro di me e annuì sorridendo. «L'ultima a sinistra».

Lo ringraziai e Alannah si nascose dietro di me mentre ci facevano passare, poi quando la porta si chiuse e ci ritrovammo in un corridoio silenzioso, mi guardò e urlò: «Mi fischiano le orecchie».

Risi e la condussi in silenzio fino alla stanza che Skull mi aveva indicato. Quando ci trovammo in un grande salotto, Alannah vide subito il letto enorme verso cui si diresse. Chiusi la porta e mi girai per seguirla ma mi fermai. Lei raggiunse il letto, si piegò in avanti e passò la mano sulle lenzuola.

«Che belle», mormorò. «Sono così morbide».

Emisi un suono pericolosamente vicino a un rantolo quando posai lo sguardo sul sedere di Alannah. Il vestito le si era alzato un po' svelando le curva delle natiche. L'uccello mi pulsava con dolore quindi me lo aggiustai e deglutii.

«Che Dio mi aiuti».

Alannah si tirò su senza sistemarsi il vestito e si girò a guardarmi. Le cosce setose e piene erano in bella vista e mi dovetti sforzare di rimanere immobile così da non andare da lei, mettermi in ginocchio e passarci la lingua.

«Hai detto qualcosa?».

Alzai la mano e me la passai tra i capelli.

«Ho detto», borbottai. «"che Dio mi aiuti"».

«Perché hai bisogno di aiuto?», chiese piegando la testa di lato. «Non sei mica nei guai».

«Al contrario». Mi leccai il labbro inferiore. «Penso di essermi appena cacciato in un *mare* di guai».

Alannah mi fissò aprendo leggermente le labbra.

«Del tipo?»

«Quel genere di guai alti circa un metro e settanta, con i capelli neri e gli occhi castani».

Spalancò gli occhi. «Allora il mare di guai *sono io*?».

Mi prende in giro?

«Piccola». Ridacchiai. «Tu ne sei l'esempio perfetto».

«Mi sa che mi confondi con qualcun'altra», disse cadendo a sedere sul letto mentre cercava di fare un passo indietro. «Non mi sono mai cacciata nei guai in tutta la mia vita».

«No, sono sicuro che sia vero», convenni con un sorrisetto. «Ma credo tu possa causarne tanti».

«Davvero?», domandò. «Tipo?»

«È pericoloso che con un solo bacio tu mi abbia fatto venir voglia di toccarti in tutti i modi in cui non sei mai stata toccata».

Deglutì visibilmente.

«C-come fai a sapere in quali modi sono stata toccata?», balbettò. «Potrei già essere stata toccata in tutti i modi possibili e immaginabili».

Era davvero carina, davvero sexy. Non riuscivo quasi a sopportarlo.

«Piccola».
Avvampò.
«Bene». Si passò la lingua sulle labbra. «Nessuno mi ha mai toccata, ma *io* mi sono toccata un mucchio di volte».
Agganciai il suo sguardo.
«Perché non fai una cosa diversa e mi tocchi tu?».
Ero a tanto così da buttarmi su di lei che lei non aveva idea.
«Sta' attenta, Lentiggini», l'avvertii. «Penso che dovremmo andarci piano e parlare…».
«Non voglio parlare», mi interruppe. «Voglio baciarti, toccarti… voglio… voglio mettermi nei guai insieme a te».
«Mio Dio». Affondai il viso nelle mani. «Tu non sei il genere di ragazza da una botta e via, Lana. Tu sei il genere di ragazza che desidera i fiori, i cioccolatini, le coccole a casa la sera e un rapporto serio. E mi piace che tu sia così, ma io non posso darti queste cose».
Si accigliò.
«Non guardarmi così», dissi agitato. «Voglio essere corretto nei tuoi confronti e sto cercando di convincermi che tu non mi vuoi in quel senso…».
«E invece sì», mi interruppe. «So come la pensi, non sono una stupida. So che vuoi solo fare sesso, ma ti desidero talmente tanto da accettarlo».
Cazzo. Cazzo. Cazzo.
Stava dicendo proprio quello che volevo sentire, eppure non mi sembrava corretto.
«È stata una cattiva idea. Non avrei dovuto portarti qui». Cominciai a fare avanti e indietro. «Volevo solo parlarti ma, maledizione, sei così appetitosa, hai un profumo e un sapore talmente buoni che devo fare uno sforzo immane per rimanere in questa parte della stanza».
«Avvicinati», mi invitò. «Non pensare al dopo, pensa al momento presente. Se in seguito dovessi prendermela con qualcuno, me la prenderò con me stessa. Forse è un'idea stupida, sì, ma non ho mai desiderato nessuno quanto te. Se sto commettendo un errore, lascia che impari sbagliando».
Cristo, non facilitava le cose.

«Hai bevuto», dissi con voce piatta. «L'ho sentito quando ci siamo baciati».

«Ma sono subito diventata sobria appena mi hai detto che per te ero pericolosa».

«Tu *sei* pericolosa».

«Dimostramelo», mi sfidò.

Feci un passo in avanti ed esitai prima di dire: «Diamoci una calmata e parliamo un po'. Solo… Solo per capire se questo è davvero ciò che vuoi».

Avevo a stento finito di dirlo che lei si girò, si arrampicò sul letto e si buttò sulla schiena.

«Cosa fai?»

«In che senso?», chiese senza muoversi. «Mi sto rilassando».

Incrociai le braccia al petto divertito.

«Di solito ti rilassi sul letto a gambe aperte?»

«Mi stendo così. È una specie di… liberazione».

Guardai in mezzo alle gambe anche se mi dicevo di non farlo. Attraversai la stanza velocemente, diedi le spalle ad Alannah e mi sedetti sul bordo del letto. Senza girarmi picchiettai accanto a me e dissi: «Vieni qui e parlami. Voglio sentire la tua voce».

Dopo un istante era al mio fianco e questo mi fece ridere.

«Cosa vuoi che dica?», chiese senza fiato.

Mi girai, la guardai negli occhi ambrati e dissi: «Di' qualunque cosa. Voglio solo sentirti parlare. Mi piace da morire la tua voce».

«Davvero?».

Scrollai le spalle. «Proprio così, sento la tua voce addirittura quando non ci sei».

«Davvero?», ripeté.

«Ti sento quando c'è silenzio», dissi abbassando lo sguardo sulle sue labbra. «Un silenzio totale».

Seguii il suo movimento e mi morsi l'interno della guancia per rimanere fermo.

«Cosa dico quando mi senti parlare?».

Smorzai una risata. «Meglio che tu non lo sappia, Lentiggini».

Fece una smorfia di disapprovazione. «Perché mi chiami così?».

Alzai una mano e passai col mignolo sulla punta del naso e sotto gli occhi.
«Hai delle lentiggini sparse proprio qui».
«Se dici che le trovi carine», bofonchiò. «ti prendo a schiaffi».
Feci un sorriso melenso. «Carina *non* è una parola che userei per definirti».
Alannah si chinò su di me.
«E quale parola useresti per definirmi?»
«Ne ho diverse», risposi. «Intelligente, divertente, gran lavoratrice… bella, elegante e sensuale da morire».
Trattenne il respiro. «Pensi che io sia divertente?».
Scoppia a ridere.
«Assolutamente sì, lo sei». Scossi le spalle per la risata. «Tra tutte le parole, ti ha colpito "divertente"?».
Arrossì. «Nessuno mi ha mai detto che sono divertente».
«Be', lo sei».
Si avvicinò ancora di più. «Mi consideri bella ed elegante?»
«E sensuale da morire», aggiunsi con voce roca. «Non dimenticarlo».
Alannah sorrise, si alzò e si tolse le scarpe prima di guardarmi di nuovo. Grugnì e si guardò i piedi mentre si sgranchiva le dita.
«Gesù, che bello togliersi quelle trappole infernali».
«Trappole infernali?»
«Fino a quando non avrai camminato sui tacchi», mi guardò divertita, «non puoi sapere quanto fanno male».
«Fortuna allora che sono alto».
Mormorò. «È *proprio* una fortuna che tu sia alto».
«Mi guardi come se avessi voglia di saltarmi addosso, Lentiggini».
«Esatto».
Mi irrigidii quando fece un passo avanti, mi aprì le cosce con le ginocchia e ci si mise in mezzo.
«Alannah cosa stai…».
Portò la bocca sulla mia e mi baciò con passione ardente. Alzò una mano, me la infilò tra i capelli e si arrotolò le ciocche intorno alle dita mentre le tirava.

«Stai facendo un gioco pericoloso con me, Lana», l'avvisai con le labbra sulle sue. «Se fossi in te, lascerei perdere».

Si irrigidì.

«Questa alle mie orecchie suona come una sfida».

«Parlare». Grugnii contro la sua bocca. «Dobbiamo parlare».

«Lo stiamo facendo», disse facendo scivolare la lingua sul labbro inferiore. «Stiamo parlando con i nostri corpi».

Voleva fare sesso con me. Interruppi il bacio e la guardai cercando di vedere nei suoi occhi se era davvero quello che voleva. Cercavo un barlume di dubbio, qualcosa che mi dicesse che era confusa ma tutto quello che vidi era la voglia e la brama di avermi.

«Ti desidero da morire», sussurrai. «Dio solo sa quanto abbia desiderato toccarti, baciarti, assaporarti».

Alannah tremò.

«Cosa mi faresti se ti permettessi di toccarmi?», mi chiese con la voce carica di desiderio. «Voglio saperlo».

«Ti bacerei. Lentamente e delicatamente, e alla fine per te esisterebbero solo le mie labbra. Poi esplorerei ogni centimetro del tuo corpo con le mani, e alla fine per te esisterebbero solo le mie carezze. Ti farei provare sensazioni così meravigliose che il mio ricordo resterebbe vivo in te per tutta la vita. Ti farei *mia*».

«Sì», mugugnò. «Ti prego, è ciò che voglio».

Anch'io.

I miei buoni propositi andarono a farsi benedire quando la trassi a me e le coprii la bocca con la mia. Le misi le mani dietro le cosce e la tirai su con un movimento fluido. Alannah unì le mani dietro al mio collo e avvolse le gambe intorno ai miei fianchi.

«Mi piace che tu sia così alto», gemette. «Mi fa sentire minuscola».

«Tu *sei* minuscola», dissi tirandole su il vestito con una mano in modo da poterle toccare il sedere.

Toccai di nuovo le sue labbra con le mie fondendole insieme mentre la mia lingua scivolava nel bacio con tale foga da far inarcare Alannah e farla arrossire. I pensieri venivano confusi a ogni colpo di lingua che leccava contro la mia. Il bacio era così intenso che non sapevo dove finivo io e dove cominciava lei.

«Sei splendido», disse contro le mie labbra. «E mi piacciono da morire i tuoi capelli. Sono così dannatamente belli e soffici. Che balsamo usi? In realtà non è poi così importante. Mi piace da impazzire il tuo viso. Mio Dio, quanto mi piace il tuo viso. Le tue fossette sono incantevoli».

Era nervosa e diceva tutto quello che le passava per la testa e questo mi faceva ridere. Spostai le labbra lungo il mento e poi giù per il collo stampando baci sulla sua pelle chiara.

«Non mi crederesti mai se ti svelassi tutto quello che ho sognato di farti e di farmi fare da te».

L'uccello scattò sull'attenti al pensiero di quello che poteva essersi immaginata. La mordicchiai e Alannah inarcò la schiena all'indietro portando il seno contro di me. Affondai le mani nel suo sedere.

«Perché non mi dici nel dettaglio quello che hai sognato?», mugolai. «Voglio che tu me lo dica».

«Usavi la b-bocca su di me», balbettò. «E quando pensavo che non sarei più riuscita a resistere, cominciavi a toccarmi anche con le dita e mi facevi impazzire».

Le morsi leggermente il collo per incoraggiarla a continuare.

«La lingua». Mugolò. «Mi leccavi, mi succhiavi, mi assaggiavi dovunque e alla fine mi scioglievo come argilla nelle tue mani».

Mi girai, me la staccai di dosso e la spinsi sul materasso facendola rimbalzare. Mi liberai della maglietta e Alannah mi guardò con gli occhi spalancati.

«Sei perfetto», disse guardandomi. «*Cazzo*, sei proprio perfetto».

Mi guardava come se fossi qualcosa da ammirare ma se avesse saputo quanto era bella, sia fuori che dentro, avrebbe saputo che se qualcuno doveva rimanere estasiato, quello ero io. Era un tesoro, qualcosa da proteggere a di cui prendersi cura.

Non hai idea di quello che mi stai facendo, Lana.

«Perfetto?», ripetei afferrandole l'orlo del vestito e tirandoglielo fino alla vita. «No, piccola, quella perfetta sei tu».

Senza aggiungere altro le afferrai il vestito, feci scivolare gli spallini lungo le braccia e lo tirai giù fino a che il seno nudo non fu libero. Non indossava il reggiseno e feci un grugnito di apprezzamento mentre i miei occhi si godevano il seno sodo e i capezzoli rosa chiaro.

«Sei meravigliosa, Lana».

Le feci scivolare le mani sulle cosce, poi passai allo stomaco e infine le appoggiai sul seno. Lo afferrai e lo strinsi con delicatezza prima di accarezzare con i pollici i capezzoli turgidi e sensibili. Questo piccolo movimento le fece scappare un gemito, il respiro le si fece affannoso e il corpo cominciò a ondulare. Guardai in mezzo alle gambe e alzai le sopracciglia quando vidi le mutande.

«Pizzo?»

«Mi piace la b-biancheria intima carina».

«Piace anche a me». La guardai, nuda davanti a me. «Cristo, non mi toglierò mai più quest'immagine dalla testa».

«Cos'hai intenzione di farmi?», sussurrò.

Di tutto.

«Quello che ho desiderato dal primo momento in cui ti ho vista».

«E sarebbe?».

Lanciò un gridolino quando le afferrai le mutande e le tirai via. Il rumore che fece il tessuto mi indicò che gliele avevo praticamente strappate di dosso. Poi le aprii le gambe e abbassai lo sguardo sulla fica. Mi leccai le labbra e inspirai.

«Damien!», gridò Alannah cercando disperatamente di chiudere le gambe, ma le mie spalle non glielo permisero. «Perché mi stai annusando? Oh, Dio! Hai forse strane manie o qualcosa del genere?».

Scossi la testa sorridendo.

«No», dissi piano. «Mi sto gustando il tuo profumo perché è dannatamente buono».

Alannah rabbrividì.

«È indecente!», sibilò. «Non puoi… Damien!».

Non volevo parlare. Volevo dimostrarle quanto potevo farla stare bene, quindi schiusi le labbra e passai la lingua sul clitoride gonfio.

«Santa Maria, madre di Dio».

«Puoi pregare chi vuoi, Lentiggini. Nessuno può salvarti da me ormai».

Leccai e succhiai le labbra, il clitoride e qualsiasi altro punto riuscissi a raggiungere. Alannah respirava rumorosamente e sapevo che godeva della mia bocca su di lei quanto me. Mi trovai i suoi fianchi in faccia quando la mia lingua seguì il calore e si arrotolò intorno al clitoride pulsante. Alannah si allungò e intrecciò le dita nei miei capelli. Parlava ma quello che diceva non aveva senso. Stava per venire. Feci più pressione mentre muovevo la lingua intorno al bottoncino sensibile e questo le fece perdere il controllo. Non riusciva a stare ferma quindi le avvolsi le braccia intorno alle cosce e feci forza per tenerla al suo posto.

«Dame, Dame, Dame, Dame», urlò. «Oh!».

Passai la lingua da una parte all'altra prima di succhiare il clitoride.

«Oh, Dio!», urlò. «Oh, Dio, oh, Dio, oh, *Dio*!».

Venne e io guardai in su per vedere la sua faccia mentre assaporava il paradiso. Le labbra erano gonfie e aperte, gli occhi serrati, le guance rosse e il corpo tremava. Continuai a leccare e succhiare il clitoride ma mi tolsi quando lei si acquietò. Stava immobile con solo il petto che faceva su e giù e sembrava che fosse stata prosciugata di ogni energia. Era perfetta, bellissima... dovevo sapere cosa si provava. Mi slacciai i jeans e me li sfilai insieme ai boxer. Presi un preservativo dalla tasca di dietro, lo aprii e me lo srotolai sull'uccello.

«Sei bellissima, Lentiggini», dissi muovendomi in avanti, afferrandomi il membro e posizionandomi davanti all'entrata. «Mi dispiace se ora proverai un po' di fastidio».

Alannah aprì gli occhi e mi afferrò le braccia mentre affondavo dentro di lei. Ebbe un lieve fremito e questo mi fece stare male. Cercai di concentrarmi su di lei e su quanto era calda, stretta e bagnata ma era... difficile.

«Passerà», sussurrai fioco. «Aspetta un attimo».

Abbassai la testa e la baciai con premura e dolcezza. Sussurrai parole di conforto contro le sua labbra morbide, le strusciai la punta del naso con il mio e poi mi appoggiai sulla sua fronte e la guardai profondamente negli occhi.

In quel momento eravamo una cosa sola.

Presto Alannah mosse il bacino provocandomi un lamento visto che stavo cercando con tutte le forze di rimanere immobile. Si mosse ancora e dall'espressione sul viso capii che non le faceva male. Quando gemette lo interpretai come un segnale di via libera. Quando uscii un po' e poi rispinsi dentro, lei strinse i muscoli. Per poco non venni.

«Rilassati, piccola», dissi con voce roca. «Mi stringi come una morsa».

«Rilassati tu!», ribatté. «A me sembra che mi abbiano infilato dentro un melone».

Ridacchia, ma quando uscii e rientrai nel suo corpo, mi sfuggì un gemito per la sensazione che mi percorse tutto il corpo. Presto presi il ritmo e speravo e pregavo Dio di durare abbastanza da far venire di nuovo Alannah, ma non ne ero sicuro. Era più bello di quanto potessi immaginare.

«Cristo». Mi abbassai e le stampai dei baci sul collo. «Sei incredibile».

Alannah era molto rumorosa quindi ogni volta che gridava la scopavo un po' più forte per farle uscire un altro gemito delizioso dalle labbra.

«Oh!».

«Già», dissi roco. «Oh!».

«Continua così», ordinò. «Oh, continua così!».

«Non mi fermerei nemmeno se mi pagassi».

Le spinte forti e veloci presero il posto di quelle lente e delicate. Alannah affondò le dita nella mia carne e io fui tentato di morderla ma mi trattenni. Alannah non ci riuscì però. Si fece in avanti, affondò i denti nel mio collo e mi morse. In tutta risposta spinsi così forte che lo schiocco rimbombò nella stanza.

«Cazzo! Uh, sì! Dopo di te non riuscirò più ad andare con un'altra».

Alannah rispose con un gemito.

«Dio, vorrei stare con te per sempre».

Premette la fronte contro la mia. «Vuoi stare con me per sempre?»

«Sì», ansimai toccandole la faccia con la mia. «Dio, sì. Sei mia».

Non riuscivo a pensare ad altro che alla sensazione mentre la scopavo e quando all'improvviso venne e i suoi muscoli si contrassero intorno al mio membro, venni con lei. Il piacere che cominciò a diffondersi nel mio corpo mandò piccoli spasmi fino agli arti e mi lasciò tremante.

«Prometti che starai con me per sempre?»

«Sì», gridai. «Te lo prometto. *Lana*!».

Chiusi gli occhi e mi morsi il labbro inferiore mentre i miei movimenti diventavano frenetici. Il bacino si mosse a scatti mentre venivo e i muscoli mi si irrigidirono mentre la tensione svaniva. Una decina di secondi più tardi mi sentii come se la tensione che si era accumulata nei muscoli si fosse sciolta e sparsa per tutto il corpo come un massaggio profondo. Caddi in avanti senza forze.

«Damien!».

La risata di Alannah mi ricordò che forse le stavo facendo male quindi usai i gomiti per tirarmi su, togliendole la maggior parte del peso di dosso. Mi concentrai sulla sua faccia sorridente sotto di me e per un secondo era tutto perfetto… fino a che mi resi conto di quello che le avevo appena promesso.

«Ciao». Mi sorrise.

«Non intendevo dire ciò che ho detto», sbottai.

«Detto cosa?»

«Quelle cose». Mi schiarii la gola. «Riguardo allo stare con te».

Cominciai a sentire un senso di nausea allo stomaco quando negli occhi di Alannah vidi il dolore.

«Damien», sussurrò. «Potresti evitare certi discorsi mentre sei ancora *dentro* di me?».

Cazzo.

Guardai i nostri corpi ancora uniti e uscii in fretta da lei. Fece una smorfia e le chiesi scusa. Buttai il preservativo usato e cominciai a rivestirmi ma la mia maglietta si era strappata non so come e non me la rimisi nemmeno. Anche Alannah si rivestì e quando eravamo di nuovo presentabili ci alzammo dal letto.

«Non capisco cosa succede», disse mentre si rinfilava i tacchi. «Stai bene?».

No, non stavo bene.

«Non avrei dovuto dire certe cazzate».

Sussultò. «Non dire così».

«Devo, altrimenti ci crederai».

«Quindi cosa vorresti dire? Che non dovevo crederti quando mi hai detto che volevi stare con me?», chiese. «Quando mi *hai promesso* che lo avresti fatto? Allora perché cazzo lo hai detto?».

Perché ero un coglione di merda.

«Alannah, mentre facevamo sesso avrei detto sì a qualunque cosa», spiegai. «Non avrei potuto fare altrimenti. Avevo la mente e il corpo concentrati su determinate sensazioni e le parole sono andate per conto loro».

Si allontanò da me di un passo.

«Stai rovinando tutto!», disse con il labbro inferiore che tremava. «Stai rovinando la mia prima volta. Perché mi stai facendo questo?».

Sostenni il suo sguardo. «Mi dispiace ma non voglio mentirti».

«E quale sarebbe la bugia?»

«La promessa che ti ho fatto di stare con te».

Le si riempirono gli occhi di lacrime e avrei voluto prendermi a calci nel culo per averla fatta intristire.

«Damien», bisbigliò.

Sapevo che non avrei dovuto fare sesso con lei, sapevo che poi se ne sarebbe pentita. Avevo provato a dirlo ma non dovevo essere stato molto chiaro quindi scelsi le parole accuratamente in modo che lei mi stesse lontana per il suo bene. Rompevo tutto quello che toccavo e avevo paura che sarebbe successo anche a lei. Dovevo tenerla lontano da me.

«Non è che *non posso* stare con te, Lana; non *voglio*».

Barcollò come se l'avessi colpita. La bugia che le avevo raccontato la ferì profondamente.

«Vado a p-pulirmi», disse con la voce spezzata.

«No». Mi incupii. «Ti prego, parliamone. Quello che volevo dire è…».

«Non puoi dire nulla per farmi stare meglio».

«Alannah…».

«È tutto a posto».

«E invece no, cazzo», ribattei. «Sapevo che era una cattiva idea. Basta vedere quanto sei sconvolta adesso! Ecco perché ho cercato di starti alla larga. Tu sei una brava ragazza e sapevo che ti saresti lasciata guidare dai sentimenti. È stato un errore!».

Le lacrime le sgorgarono dagli occhi e le solcarono le guance.

«Avevi ragione. È stato un errore, ma ormai l'ho commesso». Deglutì. «Imparerò la lezione».

Mi allungai ma lei si allontanò e andò verso il bagno.

«Non voglio parlarti mai più, Damien», disse aprendo la porta. «Ti chiedo solo… solo di andartene. Ti prego».

«Lana».

Chiuse la porta dietro di sé e quando sentii scattare la serratura tirai un pugno al materasso. Ancora una volta avevo mandato tutto a puttane. Nascosi la faccia nelle mani prima di abbassarle e guardare la porta in cui era appena entrata Alannah. L'avevo ferita, lo sapevo, ma era la cosa migliore per lei. Se le avessi dato delle false speranze su una nostra ipotetica relazione, le avrei spezzato il cuore in futuro e non avevo intenzione di farlo. Era troppo per me; non mi meritavo qualcuno così puro come lei. Sedetti sul bordo del letto e mi guardai le scarpe.

Volevo Alannah ma per il suo bene non potevo averla. Non poteva essere mia… nessuno poteva.

Capitolo quattro

Diciotto anni

Dopo che Alannah entrò in bagno rimasi seduto sul letto nauseato fino a che qualcuno bussò con decisione alla porta. Il bussare era insistente quindi mi affrettai ad andare ad aprire e quando lo feci, Bronagh cadde in avanti.

«Mi hai messo paura, bastardo».

Le sorrisi cercando di far vedere che andava tutto bene e che il mio cuore non era spezzato in due ma non se la bevve.

«Lei dov'è?».

Alzai le sopracciglia. «In bagno...».

«Avete fatto sesso?».

Strinsi le mani e la tristezza per via di Alannah si trasformò presto in rabbia grazie a Bronagh.

Socchiusi gli occhi. «Non penso che siano affari tuoi, Bee».

Sbatté le palpebre. «Cazzo, lo sono eccome se fai lo stronzo con la mia amica».

Mi spinse per entrare nella stanza ma le afferrai il braccio altrettanto velocemente e la feci fermare.

«Porca puttana, non l'ho mica stuprata!».

Bronagh spalancò gli occhi allarmata, ma solo per un momento.

«Lasciami o lo dico a Dominic».

La lasciai andare. «È così che affronti i problemi? Li fai sistemare a mio fratello?»

«Vaffanculo, Damien». Si allontanò di un passo da me. «Sai benissimo che mi risolvo i miei problemi da sola. Non mi serve Dominic per difendermi!».

Risi amaramente. «Jason Bane e Gavin Collins avrebbero qualcosa da ridire».

Mi squadrò da capo a piedi. «Davvero, fottiti».

Non replicai.

«Lei sta bene?».

Guardai la porta del bagno, poi di nuovo Bronagh e dissi: «Si è messa a piangere perché dopo che abbiamo fatto sesso ha capito che non avremo mai una relazione».

Bronagh alzò il braccio e mi spinse più forte che poté. Ci guardammo negli occhi e desiderai che mi picchiasse, mi prendesse a calci, mi ferisse fisicamente in qualche modo così da cancellare il dolore acuto che avevo nel petto, ma non lo fece. Mi guardò disgustata e questo mi fece stare male.

«Mi sbagliavo di grosso su di te. Pensavo che fossi una brava persona; non ho permesso a quello che mi ha raccontato Dominic sul tuo passato di cambiare l'opinione che avevo di te, perché non l'avevi previsto e nemmeno ci avevi pensato prima. L'hai fatto per proteggere te stesso, tuo fratello e Nala, ma questo? *Sapevi* di piacerle tanto, *sapevi* che era vergine e *sapevi* che non voleva essere il fuoco di paglia di una sveltina sola, *eppure* l'hai incalzata e sei riuscito a farti strada nelle sue mutande solo perché ti aveva rifiutato e ti piaceva la sfida di farla cedere».

Era quello che avevo fatto?

«Cazzo, non sei meglio di tutti gli altri sacchi di merda là fuori che usano le ragazze e spero che ti renda conto di quanto sia freddo e crudele, Damien Slater!». Si allontanò da me. «Vista la descrizione che mi ha fatto Dominic dei vostri genitori, sembra che la mela non sia caduta poi molto lontana dall'albero, perché pensi a una persona sola, proprio come loro. Te stesso. Scommetto che sono fottutamente orgogliosi di te».

Non riuscivo a respirare e mi sembrava che la stanza si stesse chiudendo intorno a me. Le parole di Bronagh mi risuonarono nella mente e il cuore mi batteva nel petto implorando che non fossero vere. Lasciai la stanza senza guardarmi indietro e prima di rendermene conto ero uscito dal locale ed ero all'aria aperta della notte. Mi piegai in avanti e appoggiai le mani sulle ginocchia. Le parole di Bronagh mi avevano colpito come un treno e facevano così male perché erano vere. Trattavo le donne come oggetti. Mettevo in chiaro che volevo solo sesso ma il mio comportamento era ignobile.

Me ne resi conto allora e mi venne da vomitare.

Rientrai nel locale con l'intento di parlare con Alannah e di chiarire le cose. L'avrei implorata di perdonarmi, le avrei detto che mi piaceva più di quanto mi fosse mai piaciuto nessuno e che quando la guardavo sentivo le farfalle nello stomaco. Mi stavo ripetendo il discorso che le avrei fatto quando sentii una mano sulla spalla.

Mi girai e quando vidi un sorridente Marco Miles mi irrigidii.

«Damien, ragazzo mio. È bello vederti».

Prima che potessi rispondere qualcosa mi colpì alla testa facendomi precipitare nell'oscurità. Quando mi svegliai dopo una quantità di tempo imprecisata, la testa mi scoppiava e mi sentivo il viso andare a fuoco. Grugnii e provai a mettermi a sedere ma mi sentivo pesante. Mi invase il panico mentre mi guardavo in giro per cercare di capire dove fossi. Sentii un rumore alla mia sinistra e quando girai la testa e vidi Bronagh, mi si fermò il cuore.

«Bronagh!».

Si agitò.

«Bee?», incalzai trascinando il mio corpo dolorante verso di lei. «Svegliati, per favore».

Si svegliò con un bel grugnito. Si tirò su a sedere, fece una smorfia di dolore e si portò una mano alla testa. Quando si guardò il palmo e vide che c'era del sangue si accigliò.

«Che è successo?».

Mi misi a sedere e le misi un braccio intorno alla vita. Fece un balzo e mi guardò, poi si rilassò quando si rese conto che ero io. Ma solo per un momento.

«Damien», piagnucolò. «Stai bene?».

Annuii mentre lei cominciava a piangere.

«Mi dispiace per quello che ti ho detto». Singhiozzò. «Sei comunque uno stronzo, ma quello che ho detto era sbagliato».

Ridacchiai. «Zitta, Bee, avevi ragione su tutto e ho reagito a quel modo solo perché sapevo che era vero e l'odiavo. Non voglio essere come i miei genitori, e le cazzate che ho fatto dimostrano che invece lo sono».

Mi guardò imbronciata.

«Non lo faccio apposta a spezzare il cuore alla gente. In effetti cerco di non avere niente a che fare con i cuori, ma alcune ragazze si affezionano a me. Giuro che non ho mai voluto ferire Alannah. So che sembrerò un coglione. Lo sono, ma volevo solo stare con lei nell'unico modo che conosco. Lei è diversa».

Inclinò la testa. «È il tuo modo sibillino di dire che ti piace?».

Annuii.

Bronagh sospirò e poi si guardò intorno. «Non posso crederci, mi hanno messa al tappeto».

Nemmeno io. Mi portai le mani al viso per vedere quanto ero gonfio. Chiunque mi avesse stordito mi aveva picchiato mentre non ero cosciente e non potevo difendermi.

«Dillo a me», ringhiai. «Mi hanno conciato così *dopo* avermi fatto perdere i sensi, cazzo di mammolette!».

Bronagh fece una smorfia. «Mi pulsa la nuca, sanguina anche».

Le diedi un'occhiata. «Non è un taglio profondo e sta iniziando a formarsi la crosta. Vedo tutto il sangue raggrumato».

«Grazie a Dio».

«Chi ti ha colpito? Marco?», chiesi. «Ho visto la sua faccia prima che colpissero me».

Mi guardò spalancando gli occhi. «Non è stato Marco, Damien… è stato Trent».

Mi si fermò il cuore. «Trent Miles?».

Bronagh annuì. «Non è morto. Marco ha detto che ha solo finto che lo fosse, così poteva ricattare i tuoi fratelli con la minaccia sospesa di ucciderti. Ha mentito a tutti voi, Damien».

Stavo per vomitare.

«Per tre anni e mezzo ho visto la sua faccia ogni notte quando andavo a dormire. Ero certo che mi stesse perseguitando a causa di ciò che gli avevo fatto, ma adesso capisco che era tutto nella mia testa».

Bronagh mi toccò il braccio. «Adesso puoi lasciarti tutto alle spalle».

Avevo la bocca asciutta. «È vivo sul serio?».

Dalla porta provenne una risata che ci fece girare. Per un attimo pensai di vedere un fantasma fino a che non capii che era una persona in carne e ossa.

«Sono vivo sul serio», annunciò Trent avvicinandosi a me con un sorriso malvagio. «Ti sono mancato, amico?».

Fui invaso da un misto di emozioni.

«A quanto pare devo migliorare la mira».

Trent mi diede una pacca tra la spalla e il petto. «Lieto che faccia schifo. Altrimenti le cose non sarebbero andate così bene per me».

Mi alzai in piedi ma mi fermai quando Trent tirò fuori una pistola e me la puntò contro.

«Oh, déjà vu», disse allegro. «Ti ricorda qualcosa, *fratello*?».

Bronagh si alzò e mi afferrò il braccio. «Lasciaci in pace».

Trent sorrise. «Non posso farlo, piccola. Zio Marco vuole fare due chiacchiere».

Con la pistola ci indicò di uscire dalla stanza e noi seguimmo le indicazioni senza fiatare. Quando imboccammo il corridoio del Darkness fui colto da un senso di confusione. Tenni la bocca chiusa mentre io e Bronagh entravamo nel locale. Ci fermammo al separé in cui Marco Miles si stava godendo una lap dance. Bronagh si guardò intorno e lanciò un'occhiata agli uomini di Marco ma io non riuscivo a togliergli gli occhi di dosso mentre mandava via la ragazza.

«Mi hai lasciato credere di averlo ucciso!».

Marco annuì. «Esatto».

Volevo stringergli le mani intorno al collo.

«Solo per tenere la mia famiglia in affari?».

Marco fece spallucce e si accese una sigaretta, inspirò, espirò soffiando il fumo nella nostra direzione e facendo tossire Bronagh.

«I tuoi fratelli sono nati per quest'attività, *letteralmente*», disse con un mezzo sorrisetto. «Di recente ho sentito dire che riesci a ottenere fighe solo sbattendo le palpebre. Potrei agganciarti a quello che fa Alec, se ti interessa. Fratelli a richiesta, potrebbe essere il mio, o vostro, prossimo *colpaccio*».

Marco, Trent e gli altri due uomini nella stanza ridacchiarono e io li guardai in cagnesco.

«Siete solo degli stronzi!».

Mi misi davanti a Bronagh dopo che aveva insultato Marco e questo lo fece ridere.

«Calmati, biondino», mi disse. «Non toccherò la pupa di tuo fratello».

«Ti ucciderà per questo, spero che tu lo sappia. Strike uno, trascinarmi qui; strike due,

fare svenire Bronagh; e merdissimo strike tre, usare la sua vita come asso nella manica per farlo restare in attività».

Marco credeva di conoscere i miei fratelli e di sapere di cosa fossero capaci ma non aveva una cazzo di idea di dove ci potevamo spingere per proteggerci.

«So essere *molto* convincente, Damien».

Scossi la testa. «Non riuscirai a cavartela a parole stavolta, o a inventare qualche stronzata come hai fatto con Trent. Non siamo le stesse persone di cui ti sei approfittato a New York».

Marco mosse la mascella da un lato all'altro. «Siete gli uomini che siete oggi perché vi ho fatti io così, cazzo!».

«Ed è *esattamente* per questo che ti si rivolterà contro», ribattei. «Sappiamo tutti i trucchi del mestiere. Ciascuno dei miei fratelli conosce a menadito il tuo modo di condurre gli affari; fanno loro tutto il lavoro mentre tu te ne stai lì comodo a mietere i profitti. Senza di loro non saresti nessuno!».

«Nessuno?», inveì Marco. «Chi cazzo ha costruito questo impero? Io!».

Risi. «Tu *e* mio padre, finché non vi ha dato alla testa. Adesso la sua è piena di piombo, e credimi quando ti dico che presto lo sarà anche la tua».

Marco voleva ferirmi – glielo leggevo negli occhi – ma così come si era arrabbiato velocemente, rise e si calmò.

«Immagino che sia questo il lato di lui che quella stronzetta cinese amava così tanto».

Guardai Marco e poi Trent quando disse: «Le piaceva solo per il colore dei capelli, ecco perché ho messo una parrucca bionda insieme a lei nella mia fossa. Nessuno potrà mai dire che non ho dato niente a quella puttana».

Chiusi si occhi mentre la paura mi assaliva.

«Chi hai seppellito nella tomba di Trent se lui è qui?».

Nessuno mi rispose.

«Chi hai seppellito se lui è vivo?».

Aprii gli occhio quando Marco disse: «Quella pollastra asiatica con cui uscivi e scopavi. Come si chiamava? Gala? È venuta a cercarti il giorno dopo "l'incidente" e ha beccato Trent con un dottore che lo medicava. Ovviamente, non potevo lasciarla andare viva. Vi avrebbe detto che Trent non era morto e a quel punto non avrei potuto monetizzare il talento di Dominic. Avere i tuoi fratelli che gestivano cazzate per me era un extra, ma il vero premio era portare Dominic dove lo volevo». Ridacchiò. «Dopo averlo visto sui filmati di sorveglianza che attaccava Trent, prima che tu gli sparassi, ho capito che tuo fratello era un lottatore nato. Il corpo di quella ragazzina è stato un altro bonus perché forniva il peso che mi serviva per la bara di Trent. All'epoca probabilmente pesava quanto lui».

Non ci capivo più nulla.

«Hai ucciso Nala e l'hai sepolta nella tomba di Trent?»

«Nala, ecco come si chiamava!». Marco schioccò le dita. «Una pollastrella graziosa, ha lottato un bel po'».

Scattai in avanti intenzionato a uccidere Marco ma non fui abbastanza veloce. Da sinistra un uomo mi prese alla sprovvista e mi colpì in faccia con il calcio della pistola facendomi cadere in ginocchio.

«Damien!».

Mi si annebbiò la vista mentre mi rimettevo in piedi barcollando. Mi girai e vidi che un altro uomo trascinava via Bronagh per i capelli.

«Lasciala!».

L'uomo la spinse a terra e le pianto il ginocchio nel collo per immobilizzarla.

«Matt, mi serve viva», sibilò Marco. «Sarà impossibile ragionare con Nico se è morta!».

Bronagh tossì in cerca di aria quando Matt le si tolse di dosso. Le corsi accanto e l'aiutai a rimettersi in piedi un secondo dopo. Mi guardò e le sfuggì un lamento. Sentivo che mi usciva il sangue dal naso, avevo un occhio chiuso per il gonfiore e sapevo di avere tagli e lividi su tutta la faccia. Passò le dita sull'occhio gonfio prima di appoggiarsi a me piagnucolante. Me la strinsi al petto e la feci ondeggiare.

«Andrà tutto bene, Bee». Le baciai la testa con tenerezza. «Verrà a prenderci».

Non c'era ragione per cui Dominic non dovesse venire. Mi aveva sempre protetto e ora proteggeva anche Bronagh.

«Stai trombando la ragazza di tuo fratello, D?», chiese Trent con una risatina soddisfatta. «Sarebbe roba da maestro».

Strinsi la presa su Bronagh. «Smettila».

Trent ridacchiò. «Eterno protettore delle femmine. Un aspetto che ti faceva nuotare nella figa quando eravamo ragazzini. Sono lieto di vedere che niente è cambiato».

Sentii Bronagh irrigidirsi tra le mie braccia. «È una brava persona, coglione di merda. Non gli serve un motivo per proteggere qualcuno!».

Trent guardò Bronagh in un modo che mi fece accapponare la pelle.

«Chiamami merda un'altra volta, tesoro».

Bronagh lo guardò. «Sei un essere spregevole».

Trent assottigliò gli occhi. «Non hai ancora visto niente, piccola. Vediamo come mi insulterai quando ti avrò scopato quella bocca sapientona fino a staccartela».

Mi misi davanti a lei. «Toccala e stavolta ti ammazzo sul serio!».

«Oh, la toccherò eccome; a quanto pare ho bisogno di scoparmi le puttane, Slater», mi provocò lui. «Nala era una combattente, ma scommetto che l'irlandesina qui mi farà sudare sette camicie».

Mi irrigidii.

«Hai detto di averla uccisa», dissi a Marco.

«Non l'ho mai detto», rispose. «Ho detto che non potevo lasciarla uscire viva da casa mia. È morta quel giorno, ma non per mano mia; per mano *sua*».

Trent sembrava molto fiero di sé, persino contento.

«Sapevo che l'amavi e, dopo che lei mi aveva rifiutato, quale vendetta migliore per avermi quasi ucciso? Uccidere il tuo cuore, ovviamente. Ha anche urlato, così forte che mi è quasi venuta voglia di incappucciarla ancora prima di finire di scoparla, ma non l'ho fatto. Ho girato tutti i suoi buchi prima di farle esplodere il cervello. Letteralmente».

Questa volta nessuno fu abbastanza reattivo da fermarmi. Balzai su Trent e caddi a terra insieme a lui. Alzai la mano e lo colpii in faccia velocemente fino a che mi sentii trascinare via.

«Era incinta di dieci settimane!», urlai dimenandomi per arrivare a Trent. «Ti ucciderò per questo!».

Trent si alzò e si ripulì il sangue dalla bocca e dal naso. «Quindi ho ucciso la tua puttana *e* tuo figlio? Cazzo, quando si dice prendere due piccioni con una fava, o meglio con una pallottola».

Ruggì e cercai di attaccarlo di nuovo ma delle braccia mi trattennero. Erano tutti concentrati su di me quindi fu una sorpresa quando Bronagh si scaraventò improvvisamente su Trent. Gli saltò addosso e lo prese a pugni e a schiaffi e gli affondò le unghie sul viso facendolo urlare. Provai un senso di soddisfazione vedendo che gli faceva male. Quando lui se la tolse di dosso e le diede un calcio nello stomaco, gli ruggii di fermarsi ma non mi ascoltò.

«Ti farò urlare, troia. Cazzo, vedrai quanto spregevole posso essere».

Trent stava per colpire Bronagh di nuovo ma Marco gli prese il braccio alzato.

«Basta! Mi serve viva. Quante cazzo di volte devo dirlo?».

Trent abbassò piano il braccio. «Ma zio…».

«Niente ma, puoi avere l'altra. Questa appartiene a Nico, e lui mi serve, e a lui serve lei, quindi non se ne parla. Lo capisci, ragazzo?», chiese Marco rivolgendo uno sguardo truce al nipote.

Trent deglutì. «Sì».
Gli uomini che mi tratteneva mi lasciarono andare all'improvviso e io mi accasciai a terra agonizzante.
«Se rimani tranquillo per il resto della riunione, potrai divertirti con quella».
Trascinarono qualcuno nella stanza e non capii chi fosse fino a che Bronagh gridò: «Alannah!». Si accucciò su di lei per sentirle il polso.
«È viva?», chiesi in preda al panico.
«Sì», rispose prendendo l'amica tra le braccia e puntando Marco con uno sguardo di sfida.
Lui rise. «Mi piaci, ragazzina. Hai fegato, ma non so se questo ti renda coraggiosa o stupida».
«Probabilmente tutte e due», rispose lei.
Marco le fece l'occhiolino. «Decisamente, mi piaci».
«Sì, be' io ti *odio*, cazzo!».
Marco sbuffò. «Non saresti la prima né l'ultima, ragazzina».
Strisciai verso le ragazze e mi misi davanti a loro. Trent rideva della nostra piccola rimpatriata ma smise quando sentì degli spari provenire dal Darkness. Le porte erano socchiuse e riuscivano a sentirli. Bronagh mi strinse il braccio.
Marco sorrise. «I fratelli Slater sono arrivati».
Trent si nascose alla mia sinistra nell'oscurità, mentre gli uomini di Marco tiravano fuori le pistole dai cappotti. Anche Marco ne tirò fuori una. Passarono venti secondi prima che le porte delle scale venissero spalancate con un calcio. Fui sollevato nel vedere entrare Dominic, Ryder, Alec e Kane con le pistole. Le tenevano giù e non le puntavano contro nessuno, però, perché Marco e i suoi tenevano le loro puntate contro di noi.
Dominic incrociò lo sguardo di Bronagh e vidi che era disposto a smuovere mari e monti per lei.
«Lascia andare mio fratello, la mia ragazza e la sua amica e non ti farò soffrire quando ti ucciderò».
Marco rise e si sedette sul divanetto. «Non mi vedi da mesi ed è così che saluti lo zio?»
«Non sei niente per noi!», grugnì Kane.

Guardai Bronagh che cominciava ad accasciarsi a terra.

«Potrebbe svenire da un momento all'altro», disse Matt a Marco.

«Mettila quassù allora».

Presi in braccio il corpo privo di sensi di Alannah; Matt intanto metteva Bronagh in piedi e la reggeva mentre la portava dove era seduto Marco. Cadde subito in avanti sul tavolo e l'urlo di Dominic mi fece prendere un colpo.

«Piantala, *fratello*», disse allegramente Trent. «Ha preso una botta in testa, ma sta bene».

«Trent?», dissero i miei fratelli all'unisono.

«Felici di vedermi?»

«Che cazzo sta succedendo?», chiese Alec.

«Ve lo dico io», borbottai. «Marco ha mentito quando ha detto che avevo ucciso Trent. Voleva solo una facile scusa per invischiare voi quattro nelle sue attività e quale occasione migliore che dire che così mi avreste tenuto in vita?»

«Ma abbiamo *seppellito* quello stronzetto», sbottò Ryder.

«No», dissi con voce piatta. «Abbiamo sepolto Nala. Trent l'ha uccisa quando lei ha scoperto che non era morto davvero».

Rimasero tutti in silenzio fino a che Trent disse: «E quella troia aspettava anche un figlio da lui. Direi che ha avuto una sfortuna nera».

«Un figlio?».

Annuii ai miei fratelli che mi guardavano.

«Me l'aveva detto il giorno che hanno ucciso mamma e papà».

«Per questo ti sei allontanato da tutti?», chiese Dominic. «Non per mamma e papà, ma per Nala?»

«Cazzo, pensavo che se ne fosse andata di sua volontà con mio figlio quindi sì, mi aveva sconvolto parecchio, ma adesso so che è morta e anche il bambino. Anche essere tormentato ogni notte da quel coglione perché credevo di averlo ucciso non è stato divertente».

«Significa che sono l'uomo dei tuoi sogni, D?», mi stuzzicò Trent.

Tutti gli occhi erano su Trent e, ancora una volta, Bronagh prese tutti alla sprovvista quando strappò a Marco la pistola da sotto il naso e gliela puntò contro.

«Cazzo, irlandese, sai proprio come fare l'uomo».

Bronagh sembrava sul punto di collassare.

«Di' ai tuoi uomini di farsi indietro o giuro su Dio che premo il grilletto e ti ammazzo», lo avvertì. «Non ho paura di farlo».

«Non vi muovete!», ringhiò uno degli uomini.

«Se non vuoi le cervella del tuo capo sparse dappertutto, ti consiglio di lasciarmi andare dalla mia ragazza o lo uccide sul serio», disse Dominic piano. «Fidati».

Trent si avvicinò alla panca. «Sta bluffando, non è capace di premere il grilletto».

«Non ci scommetterei», disse Kane.

«Ehi, bellezza», disse Dominic sedendosi accanto a Bronagh che aveva le mani tremanti.

«Potrei ucciderlo e fare sparire tutto, potrei».

Parlava mantenendo lo sguardo su Marco.

«So che puoi, piccola, ma per questo pezzo di merda non ne vale la pena».

Si allungò su di lei ma lei lo scansò.

«Vuole portarti via da me e non glielo permetterò», sibilò. «Sei mio, non suo!».

Dominic si avvicinò abbastanza da baciarle la spalla e qualsiasi cosa le avesse bisbigliato la fece piangere.

«Dammi la pistola», incalzò. «Così, brava».

Bronagh stava abbassando il braccio quando si sentì un colpo. Urlò e premette d'istinto il grilletto provocando un colpo ancora più forte. Sussultai e mi misi sul corpo di Alannah quando vennero sparati altri colpi. Passò qualche minuto e quando sentii che c'era silenzio, mi misi a sedere e mi guardai intorno. Quando vidi che gli uomini di Marco erano a terra e i miei fratelli tutti in piedi, svenni quasi per il sollievo.

«Non volevo», disse Bronagh attirando la mia attenzione. «Mi sono spaventata e...».

«Bronagh!», intervenne Dominic. «Va tutto bene, piccola, andrà tutto bene».

«Finiremo in prigione, quegli uomini…».

«Ce ne sbarazzeremo, e anche di Marco e Trent una volta finito con loro».

Guardò Kane che le parlava.

«Allora non finiremo nei guai?»

«Ho fatto molto più che ferire della gente per questo farabutto, Bronagh», le assicurò. «Sta per sperimentare cosa succede quando offro i miei "servigi" *fino in fondo*».

Bronagh piagnucolò.

«Nico, Kane… possiamo parlarne», disse Marco. Poi urlò di dolore quando Alec girò intorno al tavolo e gli premette le dita sulla ferita facendomi quasi vomitare.

«Sulla lunga lista delle cose da fare, Marco», ringhiò mio fratello. «non c'è parlare con te».

Controllai Alannah per assicurarmi che stesse ancora respirando e mi alzai in piedi.

«Porta Alannah nella stanza in cui sto portando Bronagh», disse Dominic a Kane che si stava avvicinando a me. Hanno l'isolamento acustico, quindi anche se si svegliano non sentiranno niente».

Kane e Dominic portarono le ragazze in una stanza vuota con un letto grande.

«Cosa ti hanno fatto?», mi chiese Kane furibondo.

«Non lo so», risposi. «Me l'hanno fatto mentre ero incosciente».

«Che cazzo di bastardi».

«Non possiamo lasciarle per molto», dissi a Dominic. «Bronagh ha una commozione cerebrale e Alannah non si è più svegliata da quando uno di quegli stronzi l'ha colpita».

Fece scrocchiare le mani a pugno. «Fidati di me fratello, *non* ci vorrà molto».

«Promettetemi una cosa».

«Cosa?»

«Ha ucciso Nala, ha ucciso mio figlio e voleva stuprare Alannah», dissi ringhiando. «Lasciate Trent a me».

Annuirono. Sapevano che avevo bisogno di occuparmi di quel cancro che era Trent Miles. Mi aveva rovinato la vita negli ultimi tre anni, mi avevo tolto una persona che amavo e mi aveva privato del mio primo figlio. Lo avrei ucciso e questa volta mi sarei assicurato di farlo davvero.

Capitolo cinque

Ventuno anni

«Che si dice, fratellino?».

Sorrisi come ogni volta in cui uno dei miei fratelli mi chiamava. Mi misi sul divano guardando il mio scherzo di appartamento e dissi: «Non molto. Quali novità dalle vostre parti?»

«A parte il fatto che vado alle Bahamas come accompagnatore dell'amica della migliore amica di Branna, non molto».

Mi drizzai. «Aspetta un attimo».

Alec rise.

«Ripetilo piano».

«Per quanto possa sembrare folle, Dame, la migliore amica di Branna, Aideen, ha quest'altra amica, Keela, che è una figa pazzesca. Fratellino, intendo figa che il diavolo è strisciato fuori dall'inferno e si è seduto sulla Terra. Ha i capelli rossi, gambe da perdere la testa e la bocca… Gesù».

Risi. «Alec, ho capito, è figa. Ma perché le fai da accompagnatore?»

«Giusto». Si schiarì la voce. «Allora, si scopava uno che in realtà usciva con la cugina e lui è andato a letto con Keela per vendicarsi della cugina ma il colpo di scena è che hanno fatto pace e ora si sposano e Keela deve andare al matrimonio perché sua madre è Satana e le renderà la vita un inferno se non ci va. Mi ha chiesto di accompagnarla e di fingermi il suo ragazzo, così almeno può sopravvivere al matrimonio tutta intera».

Mi appoggiai allo schienale. «Porca puttana».

«A chi lo dici», bofonchiò Alec. «È un casino, ma è alle Bahamas e la mia finta ragazza è figa. Sono stracontento».

Scosse la testa. «Immagino di doverti augurare buona fortuna allora».

Alec ridacchiò. «Perché sembri annoiato?»

«Perché lo sono», dissi. «Non c'è niente da fare qui».

«Damien, vivi nel Queens. C'è un sacco di roba da fare».

«Niente che mi va», spiegai. «E poi un'ora fa hanno sparato a qualcuno qui vicino e ci sono poliziotti ovunque, quindi non esco senza motivo».

«Sei un idiota», mi punzecchiò Alec. «Ti piace tanto vivere nel ghetto ma non qui a Dublino con noi?»

«Non mi va di parlarne di nuovo, Alec». Sospirai. «Sto qui perché ne ho bisogno».

Portavo solo guai. A tutto e tutti quelli che toccavo capitava qualcosa di brutto. Avevo sparato a Trent e per questo Marco si era rivalso sui miei fratelli e li aveva trascinati in una vita d'inferno. Mi ero avvicinato ad Alannah quando non avrei dovuto e l'avevano quasi stuprata e uccisa per via del legame con me. Ero una patetica imitazione di una persona e lo sapevo. Avevo lasciato Dublino tre anni prima perché era la cosa migliore per tutti.

La prima cosa che avevo fatto una volta arrivato a New York era stato rimuovere la finta lapide sulla tomba di Nala e del nostro bambino e farne mettere una per loro. Non era molto ma era il meglio che potevo fare. Poi mi ero trovato un appartamento di merda nel Queens, un lavoro dal macellaio e mi limitavo a esistere. Mi mancavano i miei fratelli, mi mancavano Bronagh e Branna e mi mancava Alannah. Mi mancava da morire. Pensavo sempre a lei, davvero tanto e non era un bene per la mia salute mentale.

«Damien», disse mio fratello. «Perché sei scappato?».

Buttai la testa indietro sullo schienale.

«Rovino tutto, Alec», risposi. «Me ne sono andato perché credo che stiate meglio senza di me. Il problema è che io sto peggio senza di voi».

«Sei un cretino», sbottò lui. «Non rovini niente! Tutto quello che è capitato alla nostra famiglia, a me, non è colpa tua e se smettessi un attimo di autocommiserarti lo capiresti!».

Non concepivo come potesse difendermi dopo tutti i problemi che lui e i miei fratelli avevano affrontato per colpa mia. Se non avessi sparato a Trent, Marco non avrebbe mai finto la sua morte e non avrebbe accettato l'offerta dei miei fratelli di lavorare per ripagare il debito.

«Mi ascolti?»

«Sì».

«Ci manchi».

«Mi mancate anche voi», dissi. «Non starò via per sempre. Non sto bene da solo troppo a lungo ma ho bisogno di tempo per capire delle cose, Alec. Mi sono sempre appoggiato a voi e ora devo farcela da solo».

Sospirò e disse: «Capisco».

Grazie a Dio.

«Oggi ho visto Alannah».

Il cuore accelerò. «Si vede con qualcuno?»

«No», rispose Alec. «Ma se dovesse cominciare lo farei andare via. Farei lo strano forte fino a farlo sentire a disagio. Oppure lo farei guardare male da Kane fino a che non scappa».

Sbuffai. «Sei un idiota».

«Parla quello che è dall'altra parte del mondo e chiede della ragazza su cui si è ingrippato da quando era ragazzino. Chi è il vero coglione?».

Borbottai: «Touché, cretino».

Alec ridacchiò. «Fa le solite cose, Dame. Lavora duro in quel college artistico costoso e sta per i fatti suoi. Quando non è a lezione sta sempre con noi e non sembra interessata a uscire con nessuno. Le ragazze cercano di incoraggiarla ma non si lascia persuadere».

Il sollievo che mi scorse nelle vene fu quasi imbarazzante.

Chiusi gli occhi. «Com'è?»

«Come sempre».

«Bellissima?»

«Già».
Sospirai. «Sto andando fuori di testa a forza di pensare a lei».
«Allora vieni a casa e rivendicala».
«Rivendicala?», ripetei. «Chi pensi di essere, Tarzan?»
«Bello, alle ragazze piace un po' di prepotenza. Mi si strusciano tutte addosso quando divento autoritario».
«Ma finiscila».
«Scommetto che non ti dispiacerebbe se Alannah ti si strusciasse addosso».
Chiusi gli occhi e al pensiero del suo corpo contro il mio i jeans cominciarono a stringermi.
«Non mettere "strusciarsi" e "Alannah" nella stessa frase, per favore».
Alec rise. «Il piccolo Damien soffre, eh?»
«Il grande Damien», lo corressi.
Mio fratello sbottò in una risata e questo mi fece sorridere.
«Devo andare», disse Alec. «Mi trasferisco da Keela fino a che non partiamo per le Bahamas. Le ho detto che volevo che sembrassimo due veri fidanzati e che lei deve abituarsi a me, ma in realtà voglio solo sfiancarla. Mi vuole; è che si è fissata che non è così perché pensa che sia un *tombeur de femmes*».
«Lo sei».
«Anche i migliori devono mettere la testa a posto prima o poi. Lei ha tutto quello che cerco e se significa che devo diventare un uomo da una donna sola, allora va bene. Dominic e Ryder mi hanno corrotto con le loro relazioni fisse. Il sesso senza legami è diventato quasi… senza senso».
Risi. «Mi stai dicendo che vuoi che questa Keela sia la tua Bronagh o Branna?»
«Chiedimelo dopo il viaggio e te lo saprò dire».
Mi riattaccò in faccia perché stavo ridendo. Scossi la testa e buttai il telefono sul cuscino accanto a me. Mi sentivo sempre un po' meglio dopo aver parlato con i miei fratelli, ma poi la solitudine mi perseguitava fino a che non mi trascinavo in camera dove mi buttavo sul letto e rimanevo disteso in attesa

che il sonno mi prendesse. Era un modo di vivere tristissimo e lo sapevo, ma era quello che dovevo fare fino a che non decidevo che era il momento di tornare a casa.

Avrei tanto voluto sapere quando sarebbe arrivato, quel momento.

Capitolo sei

Ventiquattro anni

«Damien».

Distolsi lo sguardo da Jax con cui stavo giocando e lo posai su Kane che entrava nella stanza.

«Sì?»

«Sono venuto a parlarti di Alannah».

Mi sentii morire. «Cosa? Perché?»

«Perché ti stai facendo del male a starle lontano e non resterò a guardare».

Aprii la bocca per dire qualcosa ma lui alzò la mano. «Non voglio sentirti. Quello che voglio vedere è te che porti il culo a casa sua perché lei ti vuole parlare».

Rimasi a fissarlo. «Cosa?»

«Alannah vuole parlarti... ora».

Guardai gli altri nella stanza poi, senza una parola, baciai Jax, mi alzai e mi precipitai fuori dalla stanza seguito dalle risate e dalle urla di incitamento di tutti.

«Dame!».

Mi fermai quando Alec mi chiamò. «Che c'è, Alec? Devo andare da Alannah prima che cambi idea».

«Lo so, ascolta», disse abbassando la voce. «Il giorno in cui Carter le ha insinuato quei dubbi su di noi, lei mi ha guardato spaventata e ci penso ancora. Le voglio bene e non mi va che pensi che sono cattivo quindi ti do il permesso di condividere con lei quella parte del mio passato che sai solo tu».

Mi stupiva il fatto che si fidasse a dire ad Alannah una cosa che non sapeva nemmeno Keela.

«Sei sicuro?», insistetti. «Pensaci».

«Devo», disse Alec. «Voglio che sappia che mi fido di lei e che è parte della famiglia. Raccontale quello che le è successo quella notte e saprà che ci tengo a lei».

«Okay», dissi. «Lo farò».

«Buona fortuna», sorrise Alec. «Vai a conquistarla».

Mi girai e corsi fino alle scale e non mi fermai fino a che non raggiunsi il piano di Alannah. Mi fermai a qualche metro dalla sua porta e feci un paio di respiri profondi. Il cuore mi batteva all'impazzata e avevo il cervello in pappa. Erano settimane che aspettavo che mi desse l'opportunità di spiegarmi; infiniti giorni e notti a desiderare di abbracciarla. Mi mancava più di quanto mi fosse mai mancato nessuno e avevo bisogno di sistemare le cose con lei.

L'amavo.

Bussai alla porta aperta. «Alannah?»

«Sono in salotto».

Entrai. Quando la vidi seduta sul divano mi venne l'istinto di andare da lei, toccarla, baciarla, abbracciarla e non lasciarla andare più, ma sapevo che dovevamo farci una bella chiacchierata prima di poter arrivare a quello.

«Siediti».

Mi sedetti sul divano davanti a lei.

«Ti ringrazio per aver accettato di parlarmi», dissi stringendo le mani tremanti e appoggiando i gomiti sulle ginocchia. «So quanto può essere difficile per te».

«Parlarti non è difficile», disse Alannah. «È una delle cose più semplici da fare. La cosa più difficile è ascoltare ciò che mi dirai».

«Lo so, piccola».

La sua espressione si addolcì per un attimo ma poi Alannah alzò il mento e ritirò su il muro.

«Ascolterò tutto quello che devi dirmi senza pregiudizi, quindi non addolcire nulla».

«Non lo farò», risposi. «Ti ho detto che quando fossi stata

pronta ti avrei raccontato tutto, ed è quello che ho intenzione di fare».

Annuì e rimase in attesa. Il cuore mi batteva come un tamburo nel petto.

«I miei genitori furono assassinati da un uomo di nome Marco Miles», cominciai guardandola fisso negli occhi. «Mio padre era il miglior amico di Marco fin da quando erano ragazzini. Misero su il loro impero dal nulla. Avevano legami con molte famiglie mafiose dentro e fuori gli Stati Uniti e con quasi tutti i cartelli della droga conosciuti. Si beffarono della legge per decenni».

Alannah non disse niente ma sembrava che stesse trattenendo il respiro.

«Io e i miei fratelli siamo cresciuti con uno stile di vita *molto diverso* dal tuo. Eravamo trattati come principi e ci davano tutto quello che volevamo, grazie a nostro padre. A tredici anni io e Dominic usavamo delle escort di alto bordo per soddisfare i nostri piaceri: le prime furono addirittura un regalo di compleanno da parte dei nostri fratelli. Conducemmo una vita folle fino al giorno in cui mia madre e mio padre vennero uccisi, proprio dopo il nostro quindicesimo compleanno».

Muovevo la gamba su e giù mentre parlavo.

«Mio padre aveva cercato di fregare Marco per guadagnare qualche soldo extra in un affare con un cartello della droga, così Marco si incazzò e ordinò che venissero uccisi sia lui sia mia madre. Erano amici per la pelle, si conoscevano da una vita, ma la sete di denaro e di potere aveva cambiato mio padre, lo aveva reso profondamente... malvagio. Mia madre non era migliore di lui: amava solo i soldi e le cose materiali. Non ti ho mentito su questo: i miei genitori non volevano bene né ai miei fratelli né a me».

Gli occhi di Alannah si riempirono di compassione.

«Mi dispiace», disse. «Mi dispiace che tu sia cresciuto con genitori così freddi e incapaci di amarvi. Mi rincresce tanto».

Mi schiarii la voce. «Ti ringrazio».

Si appoggiò allo schienale aspettando che continuassi.

«Dopo la loro morte, per molto tempo», sospirai, «mi sono voluto convincere che non amavo i miei fratelli».

Alannah spalancò la bocca scioccata.

«Ero sempre stato il fratello più affettuoso», continuai. «Quello che cercava di più l'amore e le attenzioni dei nostri genitori e, faticando a riceverli spontaneamente, ero capace di fare cose folli pur di ottenerli. Dopo il loro assassinio, mi ritrovai talmente dilaniato dal dolore che il terrore di perdere anche uno solo dei miei fratelli mi portò a fingere con me stesso che non li amavo. In quel modo, se li avessi persi, non avrei sofferto. Mi dicevo che dovevo sopportarli solo perché avevamo lo stesso sangue. A volte mi comportavo da odioso figlio di puttana ed era davvero difficile starmi vicino. Per questa ragione non lasciavo che nessuno mi si avvicinasse. Facevo sesso con tante ragazze diverse perché era l'unico tipo di legame che riuscivo a controllare. Avevo un immenso vuoto dentro… Finché poi non ho conosciuto te».

Deglutì.

«Nel ghetto crescemmo insieme a Trent e Carter, i nipoti di Marco. Carter stava molto con noi, ma era l'opposto di Trent. Era un tipo solitario, non sembrava affatto interessato a quel che succedeva nel nostro quartiere. A un certo punto, Dominic, Trent e io diventammo praticamente amici per la pelle. L'unica differenza tra noi era che Trent godeva quando qualcuno veniva picchiato o torturato. Quando nostro padre e suo zio ci facevano assistere a qualche regolamento di conti, a lui piaceva moltissimo, diceva che ci avrebbe aiutato a fortificare il carattere».

Alannah assunse un'espressione disgustata.

«Non volevamo la vita che ci offriva nostro padre se con essa dovevamo accettare anche cose tanto orrende. Il giorno in cui vennero uccisi i nostri genitori io e Dominic avevamo intenzione di dir loro che volevamo abbandonare quel mondo ma, dopo la loro morte, io mi rifiutai di andar via. Mi sentivo legato a quel posto dal momento che non avevo più loro».

Alannah annuì; evidentemente approvava la mia decisione dell'epoca.

«Nei momenti in cui pensavo solo a crogiolarmi nel mio dolore, non mi andava di avere Trent tra i piedi, e l'unica persona capace di farmi stare un po' meglio era Nala».

Alannah rilasciò un respiro. «Nala?»

«La mia ragazza di quel tempo», dissi. Poi aggiunsi in fretta: «Non voglio ferirti, ma devi sapere di lei per capire tutta la storia. Per capire me».

«Te l'ho detto, non devi addolcire nulla».

Esitai. «Conobbi Nala quando avevamo dieci anni. Si era appena trasferita nel nostro quartiere con il padre e facemmo subito amicizia. Stava sempre appiccicata a me e Dominic, ma a me non dava fastidio perché avevo una cotta per lei. Le chiesi di uscire per la prima volta all'età di tredici anni, lei mi disse di sì e così restammo insieme finché non venne uccisa».

Alannah si portò una mano alla bocca.

«Oh, Da-Damien», balbettò. «Mi dispiace tanto».

Strinsi ancora di più le mani.

«Prima che succedesse eravamo praticamente inseparabili ma dopo la morte dei miei cominciai ad allontanarmi anche da lei. L'amavo, per quanto possa amare un tredicenne. Nala la prese molto male, così Trent le offrì una spalla su cui piangere. Due settimane dopo la morte dei miei genitori, un giorno in cui mi sentivo particolarmente di cattivo umore, Trent commise l'errore di baciarla. Gli saltai addosso e lo riempii di pugni. Lui si difese e, mentre ci picchiavamo, cominciò a dire cose terribili sui miei genitori, che si erano meritati di morire per quello che avevano fatto e che avrebbe desiderato fossi morto anch'io con loro. A quel punto Dominic scattò. Era la prima volta che lo vedevo fare a pugni, e mi fece paura constatare con quanta violenza e velocità riusciva a colpire l'avversario».

Alannah spalancò di poco gli occhi.

«A me però seccava che Dominic fosse intervenuto per difendermi, perché potevo farcela da solo, così lo strattonai perché smettesse di picchiarlo con l'intento di vedermela per conto mio, ma a quel punto Trent tirò fuori una pistola. Se Nala non gli fosse saltata addosso da dietro per distrarlo, mi avrebbe sparato. Glielo lessi negli occhi, lo avrebbe fatto. Grazie a Nala, riuscii a prendergli la pistola».

Strinsi i denti.

«Quando ripenso a quella sera, riesco ancora a sentire

Dominic piangere e implorarmi urlando di gettare via l'arma, visto che noi non eravamo come nostro padre. Magari lo avessi ascoltato, perché quello che feci ha distrutto per sempre la vita dei miei fratelli. Sparai a Trent: cadde a terra e rimase immobile. C'era sangue ovunque e da quell'istante tutto precipitò».

Alannah si portò una mano alla bocca e cominciò a mangiarsi le unghie.

«Sapevo che, per quello, avrei dovuto pagare con la vita. Funziona così: la vita di uno per vendicare l'assassinio di un altro. A quell'epoca ero preparato ad accettare una simile eventualità. Mi sentivo talmente dilaniato per la morte dei miei genitori, per il fatto di essere diventato come mio padre, che desideravo solo morire per fuggire da tutto. Ryder si incontrò con Marco, e non ero così ingenuo da non aver capito di cosa avrebbero parlato. Se Marco mi avesse ucciso, i miei fratelli si sarebbero vendicati, così discussero della questione finché non arrivarono a un accordo».

«Ripagare il debito per l'uccisione di Trent», concluse Alannah. «Morgan ha detto che i tuoi fratelli cominciarono a lavorare per Marco per riscattare la tua vita».

«Esatto», risposi. «Mi tennero fuori dall'accordo per proteggermi».

Alzò il sopracciglio. «Ti dispiace di non aver avuto anche tu un compito pericoloso da svolgere per Marco?»

«No», risposi. «Mi dispiace che i miei fratelli abbiano messo a repentaglio la propria vita per proteggermi, senza dare anche a me la possibilità di estinguere un debito che avevo contratto io e che alla fine era ricaduto solo su di loro. Quel giorno smisi di essere parte della famiglia».

«Cosa intendi?», domandò. «Sei uno Slater».

Non nel modo in cui importava.

«Sulla carta sì», dissi, «ma dentro, non mi sento uno di loro».

«Perché?»

«Perché non mi hanno trattato come se lo fossi», risposi. «Mi hanno trattato come il piccolino di casa verso il quale avevano delle responsabilità, che amavano e che dovevano far crescere. È una cosa che detesto, che ho sempre detestato.

Dominic è nato quattro minuti prima di me ma anche lui ha fatto la sua parte e ha lavorato per Marco».

Alannah rimase in silenzio.

«Comunque», mi schiarii la gola. ««Seppi della morte di Nala solo dopo esserci trasferiti in Irlanda. I miei fratelli volevano sciogliersi dall'accordo con Marco, dal momento che il debito era stato pagato, e grazie a loro lui aveva addirittura guadagnato molti più soldi di quelli che gli avrebbe mai potuto far ottenere Trent. Proprio per questo, però, Marco voleva continuare ad avere in pugno la mia famiglia. Così, la sera in cui andammo insieme al Darkness, mi colpirono e mi fecero perdere i sensi. Anche tu e Bronagh foste tramortite. Marco ci usò come esche per attirare i miei fratelli in trappola. Ma tutto gli si ritorse contro. Trent ammise di aver violentato e ucciso Nala il giorno in cui gli avevo sparato. Lei era venuta a cercarmi, e per caso vide Trent mentre veniva curato da un medico. Marco non poteva permettere che rimanesse viva dopo ciò a cui aveva assistito, così lasciò che il nipote la eliminasse. Prima la violentò, poi la uccise e la seppellì nella tomba che sarebbe dovuta toccare a lui. Era incinta di dieci settimane: me lo aveva detto qualche giorno prima e proprio per questa ragione avevo cominciato ad allontanarmi da lei. Ero terrorizzato all'idea di avere un figlio, ma avevo ancor più paura di amarlo nel timore di poterlo perdere».

Ad Alannah si riempirono gli occhi di lacrime.

«A quell'epoca non sapevo la verità. Pensai che il padre di Nala l'avesse presa e si fossero trasferiti altrove, perché non riuscii più a trovare nessuno dei due per quanto li avessi cercati. Ho sempre creduto che fosse viva e avesse avuto il bambino, ed ero incazzato con lei per non avermi permesso di far parte della loro vita. La morte dei miei genitori mi aveva fatto soffrire molto, ma il dolore per il comportamento di Nala misto al risentimento nei suoi confronti mi spinsero a tenere tutti a debita distanza. Ero così arrabbiato con lei... E invece non sapevo che lei e il bambino erano morti a causa mia».

«Di Trent».

Sbattei le palpebre. «Cosa?»

«Sono morti a causa di Trent, non tua». Tirò su col naso. «Devi smetterla di far ricadere su di te una colpa che appartiene a qualcun altro».

«Alannah...».

«No», mi interruppe. «Incolpi te stesso per tutto quel che successe quando invece tu eri solo un ragazzino. Quindici anni. Non avevi alcun potere su quel che facevano gli altri, quindi smettila di colpevolizzarti. Marco costrinse la tua famiglia con l'inganno a lavorare per lui, quindi è sua la colpa di tutto, e il responsabile della morte di Nala e del tuo bambino è Trent. *Lui*, non tu!».

La guardai facendo fatica a permettermi di credere alle sue parole.

«La colpa non è tua».

«Non dai a me la colpa di quel che è successo?»

«No», disse. «E so che nemmeno gli altri te la danno».

Guardai in basso. Non ci credevo.

«Ne riparleremo», dissi schiarendomi la voce. «Adesso voglio proseguire».

Alannah annuì e rimase in attesa.

«Dopo tutto quello che era accaduto, dopo il Darkness e quello che c'era stato tra noi, fu grazie a Bronagh che decisi di partire per lavorare su me stesso e diventare una persona migliore».

«Bronagh?»

«Sì», annuii. «Quando entrò nella stanza dove eravamo stati io e te, mi parlò senza tanti giri di parole. Mi disse chiaro e tondo cosa pensava di me e che ero stato spregevole, freddo e crudele perché ero venuto a letto con te sapendo benissimo che ti piacevo tanto. La cosa che desideravo di più in assoluto era essere diverso dai miei genitori, e lei lo sapeva, quindi mi fece capire che il modo in cui trattavo le ragazze, e in cui avevo trattato *te*, era sbagliato perché rispecchiava esattamente il carattere di mio padre e di mia madre. Fu brutale, ma fu l'unica a dirmi quel che avevo bisogno di sentirmi dire. Le sue parole mi fecero riflettere».

«Cosa facesti quando tornasti a New York?»

«Tolsi la lapide con il nome di Trent dalla tomba di Nala e ne feci un'altra per lei e per il bambino. So che lo portava ancora in grembo, ma era comunque stato vivo, e volevo che la gente sapesse che era esistito. Capisci cosa intendo?»

«Sì, tesoro, ti capisco».

Feci un sospiro. «Mi odi perché ho messo incinta Nala?»

«Certo che no», rispose sorpresa. «Damien, non sapevi neppure della mia esistenza quando tu e Nala stavate insieme. Non essere sciocco».

Annuii e mi guardai le mani.

«Magari... magari potremmo comprare una stella per Nala e il bambino, proprio come quella che hai comprato per me», suggerì. «In questo modo ogni volta che guarderemo il cielo sapremo che loro sono lassù e vegliano su di noi. Potrebbe esserti d'aiuto in qualche modo?».

Alzai lo sguardo e lo incrociai con quello della donna più premurosa, altruista e meravigliosa che avessi mai avuto l'onore di conoscere. Eccomi lì a raccontare ad Alannah del mio oscuro passato. Lei aveva ascoltato cose terribili eppure rispettava la ragazza che amavo in passato e il bambino che avevamo concepito e non era mai nato. Era la cosa più pura che avessi e l'amavo più di quanto potessi esprimere a parole.

«È normale piangere», mi disse. «È giusto che tu ti senta triste e pianga per coloro che hai perso. Non ti devi preoccupare di quel che sento io. Anch'io sono triste per te e per Nala e il bambino. Nessuno merita quel che è capitato a lei».

Mi pizzicavano gli occhi mentre mi alzai e mi sedetti accanto a lei. Mi avvolse con le braccia quando l'abbraccia. Appoggiai la testa sulla sua e piansi. Piansi per Nala, per il nostro bambino, per Alannah, i miei fratelli, le loro compagne, per tutte le loro sofferenze e anche per le mie.

«Devo dirti dell'altro», dissi schiarendomi la gola.

«Riguarda te o i tuoi fratelli?»

«I miei fratelli», risposi allontanandomi per guardarla. «La mia storia è finita quando... ho ucciso Trent».

Aspettai che rimanesse disgustata dalla mia affermazione ma non successe.

«Sono contenta», disse prendendomi la mano. «Sono contenta».

Chiusi gli occhi e appoggiai la fronte alla sua.

«E non voglio che sia tu a raccontarmi la storia dei tuoi fratelli. Voglio che lo facciano *loro*».

Annuii tenendo gli occhi chiusi e assaporandomi il suo tocco.

«Tutto a posto?»

«Mi sto godendo questo momento in cui posso starti vicino», risposi aprendo gli occhi. «Mi sei mancata tantissimo».

«Anche tu mi sei mancato», disse. «Mi ha fatto soffrire molto tenervi lontani dalla mia vita, ma dovevo farlo. Dovevo raggiungere la giusta serenità interiore per essere pronta ad ascoltare quel che avevate da dirmi».

«Lo so, Lentigginі».

Quando mi baciò fui preso così di sorpresa che per qualche secondo non ricambiai, ma appena lo feci fu magico. Quando ci separammo, rimasi aggrappato a lei. Non volevo che se ne andasse di nuovo. Senza di lei ero incompleto.

«Voglio parlarti di Alec», dissi. «Mi ha dato lui il permesso di dirti una cosa che conosco solo io, perché desidera che tu sappia quanto ti vuole bene e quanto si fida di te, al punto da essere sicuro che non ne parlerai con nessun altro».

Indietreggiò. «Non voglio sapere nulla. Preferisco evitare di avere segreti».

«Si tratta di una cosa che sarai contenta di tenere per te», le assicurai. «Ti servirà solo per capire meglio mio fratello e per renderti conto del suo affetto per te e la fiducia nei tuo confronti, dopo tutto quello che invece ti ha fatto credere Carter».

Alannah sembrava combattuta ma alla fine annuì e disse: «Okay».

«Alec è un trentenne che ha sempre il sorriso sulle labbra», cominciai. «Gli piace usare allusioni e doppi sensi, è esagerato nelle reazioni, dice quello che gli salta in mente sparando cazzate senza pensarci due volte. È diverso dagli altri. Ti sei mai chiesta perché?».

Mi guardò con gli occhi sbarrati. «No».

«Tra i miei fratelli», continuai. «Alec è quello che si merita più di tutti di essere felice e di farsi una risata perché per tanto tempo quell'uomo spiritoso, allegro, che tu conosci, è come morto. Era diventato un relitto umano».

«Cosa?», sussurrò. «Perché?»

«Subì gravi abusi sessuali lavorando per Marco». Deglutii. «Lui lo trattava da prostituto, mentre Alec si considerava una specie di escort. Il più delle volte aveva rapporti consenzienti, molte volte non doveva neppure baciare i clienti, ma ogni tanto… fu costretto a subire cose sulle quali non voglio scendere in particolari».

«È stato stu-stuprato?»

«Sì».

Alannah si coprì la bocca con la mano.

«Fu terribile», dissi con voce seria. «Quando avevo sedici anni, un anno dopo che aveva cominciato a lavorare per Marco, subì una violenza da parte di due uomini e quell'episodio resterà indelebile nella mia memoria».

Alannah sbiancò.

«Tornava sempre a casa tardi e quella sera stavo facendo uno spuntino di mezzanotte quando lo sentii rientrare e salire al piano di sopra. Stava piangendo. Non lo avevo mai sentito piangere prima di allora, così capii che qualunque cosa gli fosse capitata doveva essere davvero brutta. Dopo un minuto o due lo seguii su per le scale per vedere se stesse bene e… tentò di togliersi la vita, Alannah», dissi con il dolore che si spandeva nel petto come un incendio indomabile. «Prese un cavo elettrico, lo legò a una trave del soffitto e se lo mise attorno al collo: dopo l'abuso subìto il suo desiderio era di suicidarsi».

«Oh, Dio».

«Ancora oggi non so come riuscii a tirarlo giù e a togliergli il cavo dal collo. I ricordi sono confusi perché si svolse tutto in pochi minuti, ma sono davvero felice di essere stato sveglio quando rincasò e di averlo seguito per assicurarmi che stesse bene».

Alannah pianse per mio fratello e io la abbracciai.

«Mi raccontò tutto quello che gli era successo e mi fece giurare di non dirlo agli altri. Non perché non si fidasse di loro, ma perché non voleva che soffrissero venendo a sapere cosa aveva dovuto subire».

«Come… come avete cercato di fare tu e gli altri con me».

«Esatto, perché ci sono segreti che è meglio restino sepolti, piccola».

Annuì.

«Non lo dirò mai a nessuno», giurò. «Ti prometto che non lo racconterò a nessuno. Non ne parlerò nemmeno con Alec».

«Ti credo».

«Mi sembra impossibile che lui abbia vissuto un'esperienza così terribile».

«Tutti i miei fratelli hanno conosciuto le pene dell'inferno».

Alannah rimase in silenzio.

«È colpa mia», continuai. «Ho distrutto la loro vita perché non ho saputo controllarmi».

Mi guardò. «Comunque sei certo che non ne abbia mai parlato con Keela?»

«Sì, ne sono certo», annuii. «Dopo il mio ritorno, mi trovai a parlare con lui a quattrocchi e in quell'occasione mi spiegò che desiderava proteggerla almeno da quella parte della sua vita, visto che non aveva potuto farlo con altre che avevano pure avuto ripercussioni negative sul loro rapporto».

«Ma allora perché la racconti a *me*?»

«Perché lui vuole che tu capisca quanto si fida di te. Gli è dispiaciuto moltissimo come lo hai guardato il giorno in cui Carter ti ha manipolata, confondendoti, gli ha fatto male vedere che avevi paura di lui. È solo che… è stato zitto per tanto tempo e adesso invece sentiva di avere un buon motivo per parlare di una cosa tanto personale. Capisci cosa intendo?»

«Sì». Annuì. «Sul serio».

Si alzò di scatto e la guardai confuso.

«Qualcosa non va?»

«No», rispose. «Voglio salire da Kane per parlare anche con gli altri».

Mi alzai. «Sei sicura?»

«Mai stata più convinta in tutta la mia vita».

Quando entrammo in casa di mio fratello c'era il silenzio. Andammo in salotto e ci guardarono tutti. Il loro sguardo si posò sulle nostre mani e tirarono tutti un sospiro di sollievo quando videro le nostre dita intrecciate. Prima che qualcuno parlasse Alannah andò da Alec e lo strinse in un abbraccio.

«Ti voglio bene», disse con la voce ovattata contro il suo petto. «Tanto, antipatico maniaco delle tazze».

Alec rise di cuore.

«Anch'io ti voglio bene, sbadata distruggi-tazze. A proposito, me ne devi comprare una nuova. Ti perseguiterò finché non lo avrai fatto».

Quando si separarono ridevano ancora. Notai che ci guardavano tutti con il sorriso. Poi fu la volta di Bronagh di abbracciare Alannah e piangeva.

«Ti voglio un bene immenso», singhiozzò. «Mi dispiace, scusami per tutto».

«Non devi», le disse Alannah. «Non devi chiedermi scusa di niente, ora ho capito».

Si strinsero forte.

«Sei la mia migliore amica, e ti voglio un bene dell'anima».

Quando si separarono, Alannah si guardò intorno.

«Voglio scusarmi con tutti voi», disse deglutendo. «Ora ho capito perché volevate proteggermi dal vostro passato, e mi dispiace tantissimo di avervi chiamati mostri. Spero possiate perdonarmi».

«Alannah», disse Ryder sbuffando. «Ragazza mia, sei stata perdonata nell'istante stesso in cui lo hai detto».

Lei lo abbracciò, e poi fece il giro di tutti nella stanza e quando tornò accanto a me, mi passò il braccio intorno alla vita.

«Io e Damien abbiamo parlato molto e lui mi ha detto tutto», disse. «Era mia intenzione dare a ciascuno di voi la possibilità di raccontarmi di persona la propria storia, e so che è quello che desiderereste fare, ma per il momento non ho bisogno di sapere altro. Se sentirò questa necessità, ve lo dirò. Adesso desidero solo lasciarmi il passato alle spalle e concentrarmi sul nostro futuro».

«Lana, non avrei saputo dirlo meglio di così».

Guardò Dominic che aveva parlato e sorrise.

«Ora però vorrei che voi quattro mi aiutaste a fare una cosa», disse facendo cenno a Ryder, Alec, Kane e Dominic. «Una cosa importante».

«Qualsiasi cosa», risposero.

«Convincete Damien che non è sua la colpa di tutte le esperienze orrende che Marco e le altre persone coinvolte vi hanno costretto a vivere. Lui se ne considera responsabile e non mi crede se gli dico il contrario. Non si sente vostro fratello e a me spezza il cuore sapere che prova un sentimento simile».

Mi irrigidii e la guardai. Ero stupito che avesse tirato fuori questa cosa.

«Non so cosa vuoi che dica».

«Io sì», disse Dominic richiamando la mia attenzione. «Di' che non è colpa tua e che sei mio fratello».

«La colpa, comunque, resta mia», ribattei. «Sono io l'unico responsabile di ciò che è successo. I lavori che siete stati costretti a fare, le sofferenze e i dispiaceri che hanno conosciuto le vostre compagne, ogni cosa è successa a causa mia. Sono stato io a rovinare le vostre vite».

Rimasi fermo anche quando Dominic venne verso di me, mi prese per il collo del maglione e mi trascinò a sé. Vidi la sofferenza nei suoi occhi o volli farla sparire.

«Qualunque cosa tu abbia fatto, o tu faccia, sei sempre il mio fottuto fratello! Capiscilo e accettalo, cazzo. Ti vorrò bene fino al mio ultimo respiro. Non cambierei nulla della mia vita: le esperienze che ho fatto mi hanno reso l'uomo che sono oggi e mi hanno portato a costruire la mia famiglia».

«Ma la tua vita...».

«Non sarebbe quella che è se non avessimo avuto quel passato. Non avrei mai conosciuto Bronagh, la donna che sto per sposare, e lei non mi avrebbe mai dato la meravigliosa bambina che abbiamo né sarebbe incinta del mio secondo figlio».

Guardai mio fratello, il mio gemello, e mi sentii perso.

«Ma Dominic...».

«Tu. Non. Ci. Hai. Rovinato. La. Vita».

«Dominic…».
«Damien!», urlò tremante. «Tu non ci hai fatto *nulla*. Parecchi sono responsabili delle cose schifose che abbiamo vissuto, ma è stato tutto a causa di un'unica persona e quella persona è Marco, non tu».
Rimasi ammutolito.
«Ammettilo», incalzò. «A voce alta».
Strinsi gli occhi. «Non ci riesco».
Mi sentivo responsabile per tutto e non potevo semplicemente scacciarlo via.
«Damien», disse Dominic lentamente. «Ammettilo. Ad. Alta. Voce».
Sentii Alannah piangere e mi si spezzò il cuore a sentire che questa conversazione la intristiva.
«Damien», disse Alec da dietro di noi. «Dillo, fratello, perché è la verità. Non sei affatto tu il responsabile di quel che abbiamo vissuto».
Non capivo come potesse dirlo dopo quello che gli era successo.
«Dillo», incalzò Kane. «La colpa non è tua, cazzo».
Aprii gli occhi e guardai ognuno dei miei fratelli. Li guardai negli occhi e sentii un gruppo in gola quando vidi che lo credevano davvero. Non mi incolpavano di niente di quello che ci era successo. Non mi proteggevano solo perché ero loro fratello; mi dicevano la verità perché mi volevano bene.
«Coraggio, Dame», Ryder parlò per ultimo con tono deciso. «Dillo. Non sei stato tu a rovinarci la vita, è stato Marco».
Aprii e richiusi la bocca un paio di volte prima di dire: «Io… io non ho rovinato la nostra vita… È stato Marco».
Dominic mi abbracciò e i miei fratelli lo imitarono subito.
«Tutti hanno dei demoni, Dame», disse Kane dandomi una pacca sulla spalla. «Noi dobbiamo solo essere più cazzuti dei nostri perché sai una cosa, fratello? Noi *meritiamo* di essere felici».
Quando ci separammo mi girai verso Alannah.
«Ti amo», disse per la prima volta lasciandomi senza fiato. «Ti amo da impazzire».

Rimasi impalato a guardarla per dieci secondi buoni prima di riprendermi dalla trance e attraversare la stanza in due secondi. Il mio corpo sbatté contro il suo e lei per evitare di cadere all'indietro si aggrappò alla mia vita mentre io le presi il viso tra le mani. La guardai sperando che vedesse tutto il mio amore per lei nei miei occhi.

«Ti amo, Damien», ripeté. «Prima di conoscere te non mi ero mai innamorata e per questo ne sono rimasta terrorizzata quando ho provato per la prima volta questo sentimento così travolgente per te. In effetti non ho mai amato nessuno come amo te. Tu sei la mia vita e, se ancora mi vuoi, sono tua, come lo sono sempre stata».

Le lacrime mi sgorgarono dagli occhi e mi solcarono le guance come una diga che crolla.

«Amore, no», mi implorò. «Ti prego, non piangere. Ti prego».

Si allungò e mi bacio le lacrime premendo le labbra su tutta la faccia e approdando alla fine alle mie labbra.

«Ti amo», disse stampandomi dei bacini sulla bocca. «Ti amo, ti amo, ti amo».

Appoggiai la fronte sulla sua, le feci cadere le braccia intorno alla vita e strinsi il suo corpo stretto contro il mio.

«Alannah», gracchiai con voce soffocata. «Ti amo da quando eravamo ragazzini».

Emise un singhiozzo.

«Anch'io, solo che non lo avevo capito», disse. «Dio, ti amo così tanto, e la cosa mi terrorizza, Damien».

«Non avere paura», dissi. «Se mi vuoi, ci sono e ci sarò io al tuo fianco».

«Che ne dici di restarci per sempre?».

La strinsi. «Dico che mi sembra assolutamente perfetto, Lentiggini».

«Tu, Jack Frost», disse, «sei mio».

«Jack Frost?»

«Sei appena stato promosso, non sei più Fiocco di neve. Congratulazioni».

Sorrisi. «Sono tuo, Lana. Solo tuo».

Solo. Tuo.

«Questa è la prima volta nella mia vita che desidero fare progetti per il futuro», dichiarò. «Voglio che tu ti trasferisca a casa mia, perché voglio che facciamo sesso *almeno* tre volte al giorno, tutti i giorni. Voglio avere dei figli, cinque, dieci. Non mi importa quanti, ma li voglio avere con te. Voglio sposarmi, ma prima dovrai chiederlo a mio padre, altrimenti ti uccide. Ti voglio e ti avrò, e su questo non intendo sentirti fiatare. Sono stata chiara?».

Mi abbassai e le premetti la fronte sulla sua.

«Assolutamente. Sì. Signora».

Quando ci baciammo ci fu uno scoppio di acclamazioni, urla, battiti di mani e risate dei nostri amici, della nostra famiglia. Era come baciarsi con i fuochi d'artificio l'ultimo dell'anno a mezzanotte perché era altrettanto dolce, tenero e perfetto. Era l'inizio di un bellissimo per sempre.

«Allora, Lentiggini, ormai è fatta?»

«Sì, Jack Frost». Sorrise strofinando il naso contro il mio. «Stavolta è fatta sul serio».

Capitolo sette

Presente

Aprii gli occhi svegliato dall'immenso piacere che mi pulsava in mezzo alle cosce. Mi mancò il respiro quando alzai la testa e incrociai lo sguardo di mia moglie che faceva su e giù con la testa facendo scivolare il mio uccello dentro e fuori dalla sua bocca calda e perversa. Aprii le labbra e mi allungai per infilarle le mani nei capelli neri. Riappoggiai la testa sul cuscino e feci del mio meglio per non gemere a voce alta.

«Cristo, piccola», dissi con un sospiro. «Cazzo».

Succhiò più in fretta e con più vigore e la pressione che si era accumulata nelle mie palle venne rilasciata senza preavviso. L'estasi si diffuse e raggiunse ogni centimetro del mio corpo. Alannah mugolò intorno alla cappella mentre mi asciugava. Mi sentivo fiacco, avevo il respiro affannoso e il cuore che mi batteva a mille in petto.

«È ora di alzarsi», disse mia moglie. «Abbiamo dormito per più di un'ora».

Non riuscivo a muovermi. «Dammi un minuto».

Mi sistemò i boxer e i pantaloni ridacchiando e poi si ridistese accanto a me.

«Non lo facevo da un po'», disse. «Adoro il tuo sguardo quando ti svegli e ti rendi conto che te lo sto ciucciando».

«Fammi ricambiare il favore», dissi toccandola.

Rise e scosse la testa. «Sento i bambini di sotto che litigano quindi devo scendere e portare un po' di ordine. Ci possiamo divertire stasera».

«Guarda che ci conto», dissi tirandola a me. «Dammi un bacio».

Accontentò la mia richiesta e quando sentii il mio sapore sulla sua lingua gemetti.

«Non vedo l'ora di averti».

«Lo so». Sorrise contro le mie labbra. «Sei ossessionato da me».

«Lo sono sempre stato e lo sarò per sempre. È il motivo per cui porti la fede».

Alzò la testa e strofinò le labbra sul mio naso.

«Mi rendi più felice di quanto avrei potuto immaginare», disse. «Svegliarmi con te ogni mattina e affrontare la banda insieme... non hai idea di quello che significa per me. Sono ancora così innamorata di te, Jack Frost».

Portai le mani sul suo viso e le dissi: «Sarò sempre follemente innamorato di te, Lentiggini. La mia vita è cominciata quando ti ho conosciuta».

Sorrise e mi baciò. Ci separammo quando mi suonò il telefono in tasca. Lo guardai e risposi quando vidi che era Dominic.

«Vuoi farti una birra o dieci con me?».

Sussultai. «Cha hai fatto?»

«Perché dai per scontato che abbia fatto qualcosa?»

«Perché ti conosco».

Dominic sospirò. «È successo un macello e non ha niente a che fare con me e Bronagh».

Trattenni il fiato. «I ragazzi?»

«Georgie», disse demoralizzato. «Ha un ragazzo e Bronagh non mi permette di ucciderlo. È uno dei figli di Gavin».

«Cazzo», rabbrividii. «'Fanculo. Esco subito».

Riattaccai, guardai mia moglie e dissi: «Georgie ha un ragazzo ed è un Collins».

Alannah spalancò gli occhi. «Gesù Cristo, vai prima che lo uccida».

La bacia sulla bocca, saltai su, mi misi le scarpe e il maglione, poi volai fuori dalla stanza e giù per le scale. Gridai ai ragazzi di fare i bravi, presi la giacca, le chiavi, il portafoglio e uscii. In dieci minuti di orologio ero a casa di Dominic.

«Stai bene?», gli chiesi quando salì in macchina.

Scosse la testa. «Starò bene domani ma ora sono a pezzi».

«Sono a pezzi io, posso solo immaginare come ti senti».

«Stasera ho aperto gli occhi e ho capito che Georgie è una giovane donna e non più una bambina. Il pensiero di un ragazzino arrapato che le sta intorno mi fa salire l'istinto omicida».

«Ho voglia di spezzare le mani e il cazzo di quel ragazzino. Non sei il solo».

Dominic grugnì. «Solo la sua morte mi farebbe felice».

«Ed è un Collins oltretutto».

Non li vedevo spesso, ma quando li vedevo andavano d'accordo con i miei nipoti.

Annuì. «Il figlio di Gavin... Vuoi sapere la cosa divertente?».

Feci di sì con la testa.

«Indie è la copia di Gavin».

«Allora è un bastardo bello».

«Secondo te non lo so?!». Dominic strinse le mani a pugno. «Una volta ho quasi perso Bronagh per lui e ora sto per perdere la mia bambina non solo per suo figlio ma per la sua fotocopia? Cazzo. Voglio ucciderlo. Non mi importa nemmeno che sia un ragazzino».

Sbuffai. «Andrai all'inferno se lo uccidi».

«Mi spiegherò ai cancelli. Non ti preoccupare per me, ottengo sempre quello che voglio».

Sorrisi. «Una delle sorelle Murphy ne è un esempio vivente».

Fece un sorriso. «Ci credi che ho sposato la mia ragazza del liceo?»

«No, considerato che l'avevo prenotata prima io. Sono ancora arrabbiato con te per aver infranto il codice tra fratelli per una ragazza».

Dominic rise. «Cosa farebbe Alannah se scoprisse che volevi portare Bronagh a ballare su un materasso quando l'hai vista la prima volta?».

Tremai.

«Non dirglielo mai». Feci l'occhiolino. «Non mi avrebbe dato cinque figli se l'avesse saputo, questo è certo».

«Non preoccuparti, il tuo segreto è al sicuro con me». Rise. «Me lo porterò nella tomba».

Sorrisi mentre mi allontanavo dal marciapiede e mi dirigevo al pub vicino. Arrivammo, ci sedemmo a un tavolino e ordinammo una pinta di sidro. Fissò il tavolo e poi mi guardò quando gli tirai una pacca sulla spalla.

«Ce la faremo, fratello».

Annuì. «Domani starò bene. Farò buon viso a cattivo gioco... ma ora...».

«Vuoi solo sentirti triste perché la tua bambina non è più una bambina?».

Appoggiò la testa sugli avambracci. «Chiama gli altri... ho bisogno delle loro stronzate».

«Ci penso io». Ridacchiai, e lui aggiunse: «Potresti pentirtene prima della fine della serata».

Passai qualche minuto a chiamare i nostri fratelli e quando arrivarono io e Dominic avevamo già finito la nostra pinta.

«Okay», disse Alec mentre si sedevano al tavolo. «A chi sta bene finire in prigione per aver ucciso un ragazzino?».

Alzammo tutti la mano.

«Ottimo», proseguì Alec. «Ora dobbiamo scegliere in maniera giusta chi avrà il piacere di mandare quello stronzetto al creatore».

Dominic sospirò. «Bronagh saprà che siamo stati noi e mi farà il culo».

Alec ci pensò su e disse: «Allora dovremo accettare la tua perdita. In ogni guerra ce n'è una».

Risi e scossi la testa. «Come fa ad avere un ragazzo? Non capisco. Ha quindici anni».

«Noi avevamo già fatto un sacco di sesso a quindici anni», mi ricordò Dominic. «Ecco perché sono così sconvolto. Non voglio che faccia sesso. Mi sento male al pensiero».

«Anch'io», disse Kane. «Non è giusto. È l'unica femmina tra i nostri figli. Ha ventiquattro ragazzi che le coprono le spalle... quel coglioncello dovrebbe aver paura anche solo a guardarla».

«Forse ha pensato che essendo il cugino dei tuoi figli aveva il permesso».

«Sì», intervenne Alec. «È tutta colpa di Aideen e della sua stupida famiglia».

Risi di nuovo e questa volta anche gli altri. Ordinai un altro giro per tutti e a metà delle nostre pinte non riuscivamo ancora a capacitarci di quello che stava succedendo.

«Vi prego, qualcuno mi dica qualcosa sui suoi figli in modo che questo non mi sembri così terribile».

Kane grugnì. «Io ne ho una davvero bella».

«Prima Jax mi ha detto che mi dovevi dire qualcosa».

«Dovevo sì», borbottò Kane. «Io e Ado siamo tornati presto da fare la spesa e abbiamo sentito un rumore provenire dalla stanza dei bambini. Dovevano essere tutti fuori quindi ho pensato che fosse un ladro ma si è rivelato essere Jax che ci dava dentro con una ragazza».

«Che cazzo dici!», disse Ryder. «Davvero?»

«Davvero». Kane scosse la testa. «Grazie a Dio siamo arrivati prima che potesse succedere qualcosa. Aideen era piuttosto sconvolta ma gli abbiamo parlato e conosce i rischi del sesso, oltre alla gravidanza».

«Wow», fischiò Alec. «Dev'essere brutto».

«Non me lo dire».

«Non ho niente da raccontare sui miei figli, ma ho salvato mia moglie da un ragno mangia-persone che era morto e poi è tornato in vita ed è morto di nuovo perché l'ho spappolato ben bene».

Guardammo tutti Alec e ridemmo. Fece spallucce e sorrise.

«Ho qualcosa sui miei», intervenne Ryder. «Oggi sono tornato a casa dopo la partita dei ragazzi e ho trovato Branna che buttava acqua addosso a Nixon e Jules nel tentativo di farli smettere di picchiarsi sul pavimento della cucina. Quando ho urlato hanno smesso ed è venuto fuori che si trattava di una lite per una ragazza. Jules ha una ragazza che ha baciato Nixon pensando che fosse Jules e lui ha dato di matto prima che Nixon potesse spiegarsi. Alla fine si sono scusati ma porca puttana, questo è solo l'inizio. Lo so».

Scossi la testa. «Questo sì che è strano».

Dominic mi guardò. «E tu hai qualcosa sui tuoi figli?»

«Sì ma non è brutta. Ho capito perché Kailen si è comportato in maniera così strana negli ultimi mesi ed è venuto fuori che è bisessuale e che ha un ragazzo che Leland odia con tutto sé stesso».

Alec mi guardò «Ti ha detto che…».

«Che tu lo sapevi? Sì».

I miei fratelli spostarono lo sguardo da me ad Alec in silenzio.

«Sei arrabbiato?», chiese.

«No», risposi. «Lo capisco. Si è sentito a suo agio a parlarne con te perché anche tu sei bisessuale e tu dovevi rispettare la sua decisione su quando dirlo. Sono contento che sia venuto da te. Mi fa stare una merda sapere che aveva paura a parlarmene».

«In fondo lo sapeva che non ti sarebbe importato. È stata la paura iniziale a fermarlo».

«Lo so». Annuii. «A cena lo ha detto ai suoi fratelli, quindi i vostri figli saranno i prossimi. È preoccupato che non lo accetteranno».

«Cosa?», chiese Kane con gli occhi sbarrati. «I nostri figli si vogliono bene. Semmai proteggeranno Kailen sapendo che gli altri si comportano da cretini nei confronti di chi non è etero».

«Lo so». Sorrisi. «Non sono preoccupato».

«La cosa divertente», intervenne Dominic, «è che nemmeno io sono preoccupato per Georgie. Mi fido di lei».

«Comunque è uno schifo», disse Alec. «Grazie a Dio è l'unica femmina. Non potrei affrontarlo più di una volta».

«Ben detto», concordammo ridendo.

Per il resto della serata parlammo del più e del meno, ridemmo dei racconti degli altri e Alec esagerò un po' con gli scherzi quando minacciò di andare a letto con tutte le nostre mogli… dopo aver ottenuto il permesso da Keela ovviamente, per aggiungere nuovi capitoli alla *Bibbia dell'Uomo* di Dominic. Parlammo e ci divertimmo come sempre. Avevamo un legame che non si poteva spezzare e chi ci aveva provato negli anni lo aveva solo fortificato. Provenivamo da un passato oscuro, ma avevamo davanti un futuro radioso e lo sapevamo.

«Un brindisi», annunciò Ryder. «Alle nostre signore».

«Ai nostri figli», aggiunse Kane.
«Alla salute», disse Dominic.
Sorrisi. «Alla felicità».
«Al sesso», gridò Alec. «E al Manchester United!».
Alzammo i bicchieri ridendo e brindammo alla cosa più importante nelle nostre vite folli e fortunate.
La famiglia.

Ringraziamenti

È la prima volta che piango a scrivere i ringraziamenti per un libro. Non parlo di tirare su col naso o piagnucolare, sto piangendo disperata come una bambina. *Amanti per sempre* non è un semplice libro e in fondo lo so. È il finale della serie *Love*, una serie che mi ha completamente cambiato la vita.

Da questo momento la serie è conclusa. *Amanti per sempre* è l'ultima storia sui fratelli Slater. In tutta onestà non pensavo che questo giorno sarebbe arrivato. Ci ho messo quattro anni per scrivere e pubblicare gli undici libri della serie. Mi ci sono voluti innumerevoli giorni di lacrime, risate infinite, dubbi, paure, ansie e preoccupazioni per arrivare a questo punto e sapete cosa? Non li cambierei per nulla al mondo. Nemmeno un secondo.

Grazie a mia figlia, mia sorella e la mia famiglia per il supporto che mi avete dato dal momento in cui vi ho detto che avrei scritto *Un nuovo destino*. Senza di voi non ce l'avrei fatta. Avete davvero fatto la differenza non solo interessandovi a quello che scrivevo ma anche supportandomi mentre lo facevo.

Mark Gottlieb, grazie per essere un agente meraviglioso e prenderti cura di me. Mi hai scoperta mentre scrivevo *Un pensiero infinito* perciò devo essere grata alla serie per averci fatti incontrare. Sei straordinario. Grazie per tutto quello che fai per me.

Grazie a Editing4Indies per tutto il duro lavoro e le ore infinite passate a scorrere le pagine e a leggere centinaia di migliaia di parole. Jenny, sei fantastica.

Grazie a Nicola Rhead per aver revisionato con cura il mio libro. Lo apprezzo molto.

Amiche mie, Yessi e Mary, siete più che semplici amiche, siete parte della famiglia. Dagli sfoghi ai deliri, le discussioni strambe che degenerano e le battute, amo la nostra amicizia e amo ancora di più voi due.

Alle mie lettrici: ragazze, siete il motivo per cui scrivo. Dal momento in cui è uscito *Un nuovo destino* fino ad oggi mi avete supportata e incoraggiata a scrivere in giorni in cui non volevo farlo. Adoro il vostro amore per i ragazzi, le loro compagne e i loro bambini. Questa serie non è solo mia, non lo è più da molto tempo, è vostra e non sono mai stata più felice di condividere qualcosa di così importante per me.

Grazie dal profondo del cuore <3

Indice

L.A. CASEY

LOVE.

UN NUOVO DESTINO -

- UN INCREDIBILE INCONTRO -

UN PENSIERO INFINITO

Volume rilegato, pagine 864, euro 9,90

Bronagh Murphy ha deciso di allontanarsi da tutti, non ha amicizie, parla poco e gli altri la lasciano stare. Almeno fino a quando Dominic Slater non entra nella sua vita. Abituato a essere sempre al centro dell'attenzione e ad avere gli occhi di tutti addosso, Dominic non può accettare il fatto che la brunetta dalla lingua tagliente non lo degni di uno sguardo...
Keela Daley è la pecora nera della famiglia. E odia da sempre Micah, sua cugina, sempre perfettina, sempre sotto i riflettori. E così non può presentarsi da sola al matrimonio di Micah, sarebbe come dargliela vinta. L'unico scapolo a portata di mano, però è Alec Slater, un uomo che non dorme mai nello stesso letto per più di una notte. Sarà disposto a fingere di essere il suo fidanzato? E a quali condizioni?
Aideen Collins è uno spirito libero. È cresciuta in una casa piena di uomini, e questo le ha insegnato a essere fredda e diretta. Kane Slater è un'anima tormentata. La gente si tiene alla larga da lui, a causa delle cicatrici che gli deturpano viso e corpo. Aideen è l'unica donna che osa dirgli in faccia quello che pensa di lui, senza timore di fargli male. E Kane è l'unico uomo che riesce a vedere oltre la dura scorza di Aideen. Non riescono a sopportarsi, eppure si desiderano...

NEWTON COMPTON EDITORI

L.A. CASEY

LOVE. NON SMETTERE DI AMARMI MAI

Volume rilegato, pagine 416, euro 9,90

Alannah Ryan ha cercato disperatamente l'avventura, qualcosa che le sconvolgesse la vita. E il suo desiderio è stato esaudito: è arrivato un affascinante ragazzo, uno di quelli che spezzano il cuore. Ma i suoi sogni sono stati distrutti a causa di un errore che l'ha perseguitata per oltre cinque anni. Damien Slater ha sempre rovinato la vita delle persone che ha amato. Una decisione presa quando aveva solo quindici anni ha distrutto le vite dei suoi fratelli. Per lui è stato ancora più insopportabile aver ferito l'unica donna che lo aveva voluto per più di una notte. Scappare via lo ha aiutato a guarire, e il suo ritorno può causare solo dolore. L'unica speranza è convincere Alannah ad abbandonarsi alla passione. È una sfida che Damien non intende perdere.

NEWTON COMPTON EDITORI

L.A. CASEY

LOVE. FIDATI DI ME

Volume rilegato, pagine 320, euro 9,90

Branna Murphy si sente sconfitta. Sapeva di essere innamorata persa, di amare quell'uomo più della sua stessa vita e di aver fortemente desiderato quella relazione. Ha sperato fino all'ultimo in un cambiamento, un segnale che le facesse capire di essere desiderata, amata. Ma il miracolo non è arrivato. Parlare, gridare non ha funzionato, piangere non ha funzionato. Il dolore non ha funzionato. Ryder Slater è furioso. Per mesi ha mentito alla donna per cui si farebbe uccidere, ma non può rivelarle i propri sentimenti. È coinvolto in qualcosa di pericoloso e la gente intorno a lui sta iniziando a morire. Non poteva parlare. Le cose tra Ryder e Branna sono arrivate a un punto di non ritorno, ma lui non ha altra scelta che lottare con le unghie e con i denti per salvare la sua famiglia e l'amore della sua vita. Ma è davvero dura riuscire a mantenere il sangue freddo...

NEWTON COMPTON EDITORI

L.A. CASEY

TUTTO PER GIOCO

Volume rilegato, pagine 288, euro 9,90

Per questo Natale tutti i bambini hanno espresso lo stesso desiderio: avere un giocattolo all'ultima moda. Charli, la nipotina di Neala Clarke, lo ha chiesto a sua zia. E deludere le aspettative di Charli non è un'opzione contemplata. Ma manca solo una settimana alla Vigilia e il regalo più desiderato di sempre sembra essere esaurito in ogni negozio della città. Neala però intende mantenere la promessa. Darcy Hart, dopo anni passati tra feste e donne, ha deciso di recuperare il rapporto con il suo adorabile nipotino di sei anni, Dustin. Ecco perché, quando gli ha chiesto un particolare giocattolo per Natale… ha subito risposto di sì. Fortunatamente ne è rimasto uno in un solo negozio della città. Sfortunatamente non è l'unica persona a volerlo. E la sua rivale – a quanto pare – è l'unica donna completamente immune al suo fascino. Per Neala e Darcy sta per iniziare una spietata guerra senza esclusione di colpi. Ma il Natale è alle porte e i miracoli possono sempre accadere…

NEWTON COMPTON EDITORI